KB145967

밀
착
주
의
보

밀착주의보

송라현 장편 소설

목
차

"어디야?"

연락이 되지 않은 지 10일째 되는 날이었다.

들려오는 목소리는 근래 들어 가장 친근한 기계음 속의 여자 목소리였다.

"한재희, 어디야?"

선우는 대답 없는 휴대폰을 물끄러미 쳐다보다 거칠게 벽에 집어 던졌다.

빌어먹을 놈의 목소리.

여전히 집은 어두웠다. 불이 들어오지 않은 지 딱 10일째.

한재희 돌아와. 도대체 어디 있는 거야?

선우는 가만히 어둠 속 집을 올려다봤다. 마치 그녀를 집어삼켜 버린 듯 집은 어둠 그 자체였다.

하지만, 안다. 저 어둠 속에 한재희가 없다는 걸.

한재희 넌 그래 봤자 나한테서 못 벗어나. 돌아와 이제 그만.

선우는 그대로 담벼락에 등을 기댄 채 털썩 바닥에 주저앉았다.

그래, 어려울 게 없다. 한재희가 이런 게 한두 번은 아니니.

기다리면 돌아온다는 것쯤이야 알고 있다.

다만 그 시간이 애달플 뿐이지.

"강선우는 기다리는 데 도가 텄지. 누구 덕분에. 그러니까 한재희 네가 포기해."

나른하게 늘어지는 몸을 겨우 가눈 채 선우는 천천히 눈을 감았다. 술기운이 확 밀려왔다. 밤이슬에 온몸이 축축하게 젖어 갔다.

어? 순간 서늘하게 식어 가던 몸에 온기가 돌았다.

선우는 무겁게 내려앉은 눈꺼풀을 힘껏 밀어 올렸다.

한재희.

언제 온 건지 제 어깨에 머리를 기댄 채 잠들어 있었다.

그래, 이럴 줄 알았지. 한재희가 갈 곳이 어디 있겠어. 이곳밖에.

선우는 잠든 재희의 얼굴을 물끄러미 쳐다봤다.

더 말랐네. 도대체가.

얼굴이 더 가는 선을 그리고 있었다.

하여튼 말은 죽어라고 안 듣지. 밥 굶지 말라니까.

한동안 여기저기 맛집이란 맛집은 다 데리고 다녔다. 그렇게 겨우 얼굴에 살 한 점 붙여 놨더니…….

쯔읏. 선우는 소리 없이 낮게 혀를 찼다.

바짝 마른 입술에 생기라고는 없었다. 물도 먹지 않은 건지 결이 거칠게 일어난 입술이 안쓰럽다.

걱정이란 걱정은 다 하게 만들어 놓은 사람이 더 힘들어 보이면 내가 화를 낼 수가 없잖아.

서서히 기울어지는 입술이 점점 더 가까워져 그녀의 얼굴에 그림자를 만들었다.

닿을 듯 말 듯 한 거리에서 멈춘 입술이 아슬아슬하게 그녀의 입술 위를 배회했다.

서로의 체온이 충분히 느껴질 만큼 가까운 거리였지만, 절대 입술은 닿지 않은 채 그 간격을 유지했다. 그가 제 아랫입술을 있는 힘껏 깨물며 피식 웃었다. 비릿한 향이 목으로 넘어갔다.

언젠가 때가 되면 마음껏 가질 수 있겠지.

그가 상념을 지우며 서서히 상체를 일으켜 세웠다.

아무래도 오늘 밤은 추울 모양이다.

선우는 잠든 재희를 그대로 껴안아 들었다. 그녀의 두 팔이 그의 목에 자연스럽게 걸쳐졌다.

"집에 들어가자."

아주 작게 '응.' 이라는 소리가 들린 것 같았다.

1. 들어올 거면 들어오고

택시에서 내려 시선이 향한 곳은 불이 켜진 집이었다.

이제는 습관적으로 보게 되지만, 사실은 불이 켜져 있어서는 안 되는 곳이기도 했다.

스무 살이 되자마자, 독립 후 지금껏 혼자 살아왔다. 그러니 당연히 제집에는 불이 켜져 있어서는 안 될 일이었다.

하지만, 아무도 없어야 할 집에 불이 켜져 있다는 건…….

한숨을 길게 내쉰 재희는 성큼성큼 걸어 엘리베이터에 몸을 실었다.

비밀번호를 바꾼다 바꾼다 하면서 바꾸지 않은 게 벌써 몇 번째 인지.

그래, 누굴 탓하랴.

비밀번호를 바꾸지 않은 자신을 탓해야 했다.

빠르게 비밀번호를 누르고 집으로 들어서자마자 훈훈한 온기 속에 익숙한 향기가 훅 끼쳐 왔다. 이제는 이 훈훈한 온기 속에 끼쳐 오는 시원한 향이 집 안의 향기처럼 익숙해지는 게 재희는 편치만은 않았다.

"어서 와."

마치 제집인 양 재희를 반기는 선우는 편한 옷으로 갈아입은 상태였다.

"너 뭐야?"

"뭐긴. 보면 모르냐. 배고파서 라면 끓인다. 어떻게 된 게 집에 밥이 하나도 없어. 밥은 먹고 다니는 거냐? 그리고 왜 아직도 비밀번호는 안 바꾼 거야. 몇 번을 말해야 알아들어."

보자마자 잔소리는. 내 엄마도 아니면서. 재희는 주저리주저리 맞는 말만 하는 선우의 잔소리에 대놓고 말하지 못한 채 라면 냄새에 시선만 넌지시 그의 어깨 너머로 던졌다.

"라면 먹을 건데 너도 먹을 거지?"

이미 식탁 위에는 접시에 정갈하게 담긴 김치와 젓가락과 앞접시가 놓여 있었다.

분명 제가 오는 시간에 맞춰 준비를 한 게 분명했다.

저녁 안 먹은 건 또 어떻게 알고.

갑자기 커피 머신이 작동되지 않는다는 소영의 전화에 마감해야 할 원고를 그대로 놓고 부랴부랴 나가, 새로운 커피 머신을 수리하는 바람에 본의 아니게 저녁 식사 때를 놓치게 되었다.

시선이 다시 김치가 담긴 접시로 향했다. 고급 한정식집에서나 볼 법한 자태를 갖추고 있었다. 한 번도 저렇게 김치를 잘라 본 적이 없었다. 가끔 먹어야 할 때면 대충 줄기를 두 번 정도 가위로 잘라 먹곤 했는데, 진심으로 선우가 존경스러웠다.

"가끔 넌 우리 집 도우미로 쓰고 싶다는 생각이 들게 만들어."

하긴 지금도 거의 가사도우미를 자청하고 있긴 하지만.

목도리와 코트만 벗어 대충 소파에 위에 걸쳐 놓은 뒤 재희는 식탁 의자에 앉았다.

"난 언제든지 환영이다. 말만 해."

냄비를 내려놓으며 선우가 피식 웃었다.

꼬들꼬들하게 익은 라면이 어느새 재희의 앞접시에 담겨 있었다. 보자마자 군침이 돌았다. 재희는 선우가 끓인 라면을 좋아했다. 적당히 익은 꼬들꼬들한 면은 먹을 때마다 환상적이었다.

'왜 난 이렇게 못 끓이지?' 라는 의문 아래 라면을 끓여 보아도 절대 선우가 끓은 라면 맛은 낼 수가 없었다.

"이 라면은 도대체 어디서 파는 라면이야?"

재희가 진심이라는 듯 진지하게 물었다.

"편의점."

"내가 아는 그 편의점?"

고개를 갸웃거리며 묻는 재희의 표정에 선우는 라면을 먹다 말고 피식 웃었다.

"한재희."

"왜?"

라면을 후루룩 먹으며 그녀가 무덤덤한 표정으로 대답했다.

선우는 이럴 때면 자신이 겁쟁이라는 걸 뼈저리게 느낀다.

그게 뭐라고, 말을 못 하는지…….

넌 왜 이렇게 귀엽냐. 예나 지금이나. 라는 말이 몇 번이나 숨구멍을 타고 오르락내리락했지만, 끝내 말을 내뱉은 적은 없었다.

어쩌면 한재희에 대한 갈증은 그때부터 시작되었을지도 모를 일이었다.

그때 적어도 그 말을 내뱉었다면 지금은 뭔가 달라졌을지도 모른다는 아쉬움은 항상 제 가슴을 먹먹하게 만들지만, 후회를 하고 싶지는 않았다.

"됐다. 밥하기 싫으면 즉석밥이라도 사다 놔. 그래야 배고플 때 먹지."

제 갈증을 들킬세라 화제를 돌리며 선우는 시선을 재빨리 거둬들였다.

"잔소리는 사양이야. 내가 지금 몇 살인데."

"스물아홉 살, 그래도 할 만하니까 해. 그리고 내 잔소리는 한재희한테만 국한된다는 것도 알아 둬."

진득한 시선을 숨기며 선우는 국물만 남은 냄비를 싱크대에 넣고 설거지를 자처했다.

큰 키에 비해 상대적으로 낮은 싱크대 탓에 살짝 허리를 굽히고, 어깨를 굽힌 뒷모습이 어느 순간부터 재희가 보는 일상이 되어 있었다.

재희는 숨을 죽이며 물끄러미 선우의 뒷모습을 익숙한 눈빛으로 찬찬히 훑어보았다. 언제든지 떠날 수 있는 등이었다. 간다고 하면 언제든지 미련 없이 보내 줘야 할 등이기도 했다.

이제는 눈을 감고도 그의 널따란 등을 그릴 수 있을 정도의 시간을 함께해 왔지만, 그렇다고 그가 떠나면 그 등이 그립지 않을 거라는 장담은 할 수 없었다.

그래, 등 좀 눈에 담는 거야, 뭐. 겨우 등일 뿐인데.

한쪽 팔꿈치를 세워 그 위에 머리를 살짝 기댄 채 아무런 조건 없이 보여 주는 그의 뒷모습을 재희는 눈에 담았다. 선우와 함께하는 시간 중에서 가장 마음이 편한 시간이기도 했다.

조금만 더, 조금만 더.

설거지가 끝나 가고 있었다. 이제는 시선을 거두고 자리에서 일어나야 할 시간이었지만, 오늘따라 좀 더 머물고 싶은 마음이 간절했다.

아마도 며칠 동안 보지 못한 게 이유겠지.

특허권 소송을 맡아 정신이 없던 선우는 일주일 정도 재희의 집에 오지 못했다. 늦게라도 오겠다는 걸 '여기가 네 집은 아니잖아. 나 마감 얼마 안 남았어. 방해하지 마.' 라고 매몰차게 밀어냈다.

피곤할 그를 위한 그녀 나름의 배려였지만, '내 집 해도 되면 하고. 그럼 돼?' 라고 말도 안 되게 되물어 오던 게 약 일주일 전이었다.

말도 안 되는 소리 할 거면 전화 끊겠다는 제 협박에 '일주일 정도는 못 갈 거야. 밥 챙겨 먹어.' 라며 내쉰 한숨이 귓가를 괴롭혔었다.

그래, 그랬지. 그래서 일주일 정도는 밥을 먹는 둥 마는 둥 했지.

재희는 저도 모르게 소리 없이 피식 웃음이 났다. 겨우 라면이었지만, 일주일 만에 먹어 본 따뜻한 한 끼였다.

잠시 회상에 잠겨 있는 사이 등이 사라지고, 완벽한 이목구비를 자랑하는 얼굴이 떡하니 시야에 가득 들어왔다.

"볼 거면 뒷모습보다는 앞모습이 백배는 낫지. 안 그래?"

두 손을 등 뒤로 돌려 싱크대 끝을 잡은 채 모델 같은 포즈를 취한 그의 입술이 빙긋 웃고 있었다.

순간 저도 모르게 얼굴이 화끈거려 재희는 끼익, 소리가 나게 의자를 거칠게 뒤로 밀고 자리에서 일어섰다. 그리고 항상 그렇듯 축객령을 늘어놓았다.

"다 먹었으면 가. 나 오늘 저녁엔 바빠."

그러거나 말거나 신경 쓸 선우가 아니었지만.

"원고 마감?"

"알면 됐고."

그러니까 방해하지 말고 가. 라는 말은 차마 나오지 않았다. 알아서 가 주면 좋으련만.

하지만, 재희는 선우가 가지 않을 거라는 걸 알고 있었다. 갈 생각이었다면 옷도 갈아입지 않았겠지.

또 자고 가겠지. 제집인 것처럼.

강선우는 강적이었다. 그 어떤 말에도 끄덕하지 않았다. 그런 선우를 재희는 한 번도 이겨 보지 못했다. 재희는 이내 포기하고 도망치듯 욕실로 향했다.

욕실로 들어서는 재희의 등을 선우의 시선이 좇았다. 느릿하게 움직이던 시선이 붙박이가 되어 고정되었다.

'다 먹었으면 가.'

한재희 꼭 그렇게 안 예쁜 말만 골라서 하지.

이 집에 들어오기까지 얼마나 많은 시간과 노력이 필요했는데, 겨우 그 말 한마디에 물러설 선우가 아니었다.

더한 말을 해도 갈 생각은 없었지만, 한집에서 밤을 보내는 일이 그리 녹록지만은 않았다.

문 하나를 사이에 두고 그녀가 내쉬는 숨결을 그대로 들이마셔야 한다는 게 그에겐 세상 그 무엇보다 가장 잔인한 고통이었지만, 그는 그 고통을 멈출 수 있는 방법을 알지 못했다. 그저 세상에서 가장 잔인한 고통의 시간을 즐기는 인간이 되는 것밖에…….

그리고 잠들기 전 주문을 외우는 거였다. 아침에 눈을 뜨면 제품 안에 한재희가 안겨 있길…….

하지만, 한재희는 그렇게 호락호락하지 않았다.

양치질과 세안을 끝내고 수건으로 얼굴을 닦던 재희는 어느새 저를 빤히 쳐다보고 있는 선우를 흘겨보고 있었다.

"바쁘다며. 일 안 해?"

서늘하게 자신을 흘겨보는 재희의 시선을 받아치는 선우의 능청스러움은 날이 갈수록 그 깊이를 더해 가고 있었다.

허엇. 콧방귀를 뀐 재희는 뚜벅뚜벅 걸어 제 곁으로 온 선우가 조금 전까지 제가 닦던 수건을 가로채듯 가져가는 걸 보고만 있었다.

"샤워할 거야. 들어올 거면 들어오고."

미처 욕실에서 빠져나오지 못한 채 욕실에 반쯤 걸쳐 있던 그녀의 왼발이 선우의 황당무계한 발언에 놀란 듯 어느새 허공에 떠 있었지만, 시선만큼은 선우를 잡아먹을 듯 노려보고 있었다.

도대체 왜 제집에서 매번 이런 사태가 일어나야 하는지 모를 일이었다. 주객이 전도되는 것도 정도껏이지. 강선우에게는 그 정도가 없었다.

재희는 좀 더 있는 힘껏 선우를 흘겨보았다.

하지만.

"왜? 들어오려고?"

매끈하게 빠진 눈꼬리가 눈웃음을 치고 있었다.

말없이 흘겨보는 눈빛에도 불구하고 웃고 있는 강선우의 저 미소는 인정하지 않을 수가 없다.

그래, 강선우의 저 미소만큼은 인정한다. 둘째가라면 서러울 미소지. 여자들이 저 미소를 얼마나 미치도록 좋아하는지 알고 있다.

고등학교 시절 축제 때였다.

선우는 미소년, 미소녀 대회에 당당히 출전했다. 쟁쟁한 미소년들이 제법 있었지만, 강선우는 자기 차례가 되었을 때 교내 미소년 대회의 역사적인 기록이 될 환한 미소와 함께 대회 명언을 날리며 당당히 우승을 차지했다.

'난 내 인생에 여자는 단 한 명이면 되는데.'

씨익 웃는 미소 뒤로 여학생들의 환호가 쏟아졌고, 환호는 몰표에 가까운 표로 이어졌다.

물론 재희는 선우에게 표를 주지 않았다. 그걸 어떻게 안 건지 선우는 자신이 몰표를 받지 못한 건 한재희가 표를 주지 않아서라고 투덜거렸고, 그 투덜거림에 재희는 '옛다 받아라.' 라며 끝내 표를 주고 말았다.

물론 한재희는 그때나 지금이나 강선우의 능청스러운 미소에 넘어가는 맥락 없는 여자는 아니었지만, 그럼에도 불구하고 선우의 미소가 매력적인 건 부정할 수 없는 사실이었다. 한때 미치도록 갖고 싶었던 미소이기도 했다.

그래서 더 못된 말이 하고 싶어졌다.

"변호사가 콩밥 먹으면 어떤 기분인지 꼭 말해 줘."

재빨리 욕실 문턱 밖으로 발을 빼내며 재희는 진심을 꾹꾹 눌러 담아 말했다.

"그래. 하지만 내가 콩밥을 먹게 되면 겨우 이 정도 가지고는 안 된다는 것도 알아 둬. 이왕 콩밥 먹을 거 난 끝까지 간다."

진심이 과하게 느껴지는 말과 함께 욕실 문이 딸각 소리를 내며 닫혔다.

"뭐, 뭐라는 거야? 야, 강선우. 끝까지가 뭔데."

소리를 질러 보지만, 한번 닫힌 문은 열릴 기미가 보이지 않았다. 저가 내뱉은 말이 다시 되돌아와 제 얼굴에 닿은 듯 화끈거려 재희는 손부채질을 했다.

저게, 진짜. 재희는 아랫입술을 꽉 깨물었다.

강선우는 가끔 이렇게 저를 당혹스럽게 하는 재주가 있었다.

세상 말세지. 뭐 저런 개념 없는 녀석이 법조인이라니!

남의 집 욕실을 제집 욕실처럼. 남의 집 수돗물을 제집 수돗물처럼 쓰는 것도 모자라 제 샴푸와 바디 워시, 게다가 치약까지 쓰면서도 당당하다.

따질 말이 너무 많았지만, 선우의 마지막 말이 메아리처럼 울려 머릿속을 어지럽혔다.

'끝까지 간다. 끝까지 간다. 끝까지 간다.'

그 말의 의미를 모른다고 하기엔 제 나이가 너무 많았다. 재희는 상념을 털어 내듯 고개를 가로저었다.

'도대체가 말이야 막걸리야. 정말 뭘 끝까지 가겠다는 거야? 변호사라는 녀석이.'

내색할 수 없는 답답함에 길게 한숨을 내쉬며 방으로 들어간 재희는 항상 선우가 덮던 이불과 베개를 꺼내 들고 거실로 나왔다. 또 불편하게 거실 바닥에 이불을 깔고 잘 선우의 모습이 그려지니 마음이 불편했다. 재희는 원망 섞인 눈빛으로 굳게 닫힌 욕실 문을 쳐다봤다.

절로 한숨이 나왔지만, 언제나 그렇듯 내색할 순 없었다.

알 게 뭐야. 난 오라고 한 적 없어. 덮든지 말든지 알아서 하겠지.

재희는 소파에 이불을 던지듯 내려놓고 그대로 방으로 들어섰다. 원고 마감이 바빴다. 내일아침까지는 무슨 일이 있어도 보내야 한다.

책상에 앉은 재희는 노트북을 켰다. 이미 저장된 파일을 불러내 마지막 원고 검토를 시작했다.

2. 침대를 빌려주든지

마지막으로 확인한 원고를 메일로 보냈다. 비록 선우의 예상치 못한 등장이 있었지만 언제나 그렇듯 선우는 별다른 방해를 하진 않았다.

인기척이라고는 느껴지지 않아, 정말 거실에 그가 있는지 궁금하게 만들 정도로 그는 조용했다. 분명 지난밤, 늦은 시간에 라면을 먹었으니 금세 잠들진 않았을 텐데 그 어떤 소음도 들리지 않았다. 굳게 닫힌 방문 틈 사이로 비집고 들어오는 불빛이 그가 잠들지 않았다는 걸 알려 주고 있었지만 말이다.

한참 집중한 후 다시 문틈 사이를 보니 불은 꺼져 있었다. 재희는 시간을 확인했다. 시간은 6시가 이제 막 넘었지만, 밖은 아직 어둠이 더 짙었다.

꼬박 밤을 지새운 재희는 늘어지게 하품을 하며 기지개를 켰다. 밤새 모니터를 응시한 목뒤가 뻐근했다. 가볍게 목을 돌리자 소리 없는 비명이 들렸다. 재희는 손바닥으로 뒷목을 감싼 채 시선을 다시 문으로 향했다. 밖이 조용하다.

아직 자는 건가?

재판이 있는 날이면 새벽부터 나서는 날이 많았는데 아직 조용한 걸 보니 오늘은 좀 한가한가 싶었다.

원래부터 꿈이 법조인이었다는 선우는 당당히 국내 최고 대학인 대운대 법학과에 입학했고, 국내에서 가장 유명한 로펌의 변호사가 되었다.

재희는 조심스럽게 발을 떼어 문 앞에 섰다.

작은 거실과 욕실, 방 한 칸이 전부인 공간이다. 혼자 살기엔 부족함이 없는 공간이지만, 성별이 다른 누군가와 지내기엔 불편한 공간임에는 틀림없었다. 방이 부족하니 누군가는 거실에서 불편한 잠을 자야 했다.

아니나 다를까. 문을 열고 나서니, 키가 큰 선우가 거실 바닥에 이불을 깔고 자고 있었다. 베개도 베고, 이불도 덮은 채 반듯하게 누워 자고 있었지만, 왠지 모르게 그 모습이 불편해 보이다 못해 한편으로는 안쓰럽게까지 느껴졌다.

쯔읏. 선 채로 낮게 혀를 찬 재희는 잠든 선우의 얼굴을 가만히 내려다보다 천천히 몸을 낮췄다.

쪼그리고 앉은 무릎 위에 두 팔을 올리고 그 위에 얼굴을 비스듬히 기댄 채 잠든 선우의 얼굴을 찬찬히 훑었다.

그림자처럼 이목구비를 따라 선을 그리자니, 정말이지 얼굴 하나는 기똥차게 생겼다.

'게다가 나와는 다르게 못하는 게 없지.'

아무리 자세히 들여다봐도 삐뚤어진 곳이 없다.

어떻게 된 게 위에서 봐도, 옆에서 봐도, 앞에서 봐도 이렇게 완벽하나 싶다. 어느 한 곳 완벽하지 않은 곳이 없으니 말이다.

그래, 그랬었지. 아주 오래전이지만, 한때 저 얼굴을 갖고 싶다는 세상에서 가장 쓸데없는 바람을 아주 잠깐 가져 본 적이 있긴 했었지.

한 무리의 개미 떼처럼 사람들이 몰려 있는 그곳에서 유독 강선우만 눈에 띄었다. 뭐가 그리 좋은지 긴 눈을 반으로 접어 환하게 웃고 있었다. 그 웃음이 어디로 향하는지는 알 수 없었지만, 계속 웃고 있는 그 미소에서 시선을 떼지 못했다.

그런 때가 있었다.

하지만, 불행인지 다행인지 이제는 저와는 상관없는 얼굴이었다. 이렇게 가까이 한 공간에 있어도 말이다.

한재희는 강선우를 절대 가질 수 없었다. 그건 절대 깨질 수 없는 불변의 법칙 같은 거였다.

언젠가 다른 여자의 시야에서 아른거리고 있겠지.

그래서였을까! 불쑥 심술궂은 말이 튀어나오고 말았다.

"하긴 평생 얼굴 뜯어먹고 살 것도 아닌데, 뭐."

"어디가 그렇게 마음에 안 드는데."

낮게 잠긴 목소리가 곧장 날아왔다. 숨소리도 들리지 않아, 자고 있는 줄 알았더니.

엉덩방아를 찧을 뻔한 걸 간신히 버텨 낸 재희는 순간 얼굴이 화끈거려 맥락 없는 말이 불퉁하게 튀어나오고 말았다.

"그, 그러게 누가 좋은 집 놔두고 이런 곳에서 자래."

"그게 안쓰러우면 단 30분만이라도 좋으니까 침대 좀 빌려주든지."

안쓰럽기는. 작게 중얼거리면서도 재희의 시선은 눈을 감고 있는 선우에게서 떨어지지 않았다.

"하긴, 한재희가 강선우한테 야박한 게 한두 해는 아니지."

"……."

분명 그건 아니었지만, 왠지 반박할 말이 바로 튀어나오지 않았다.

"쫓아내지 않은 걸 다행으로 알아."

이 이른 아침에 왜 이런 불필요한 대화를 나눠야 하는지 이해할 순 없지만, 선우와의 이런 대화가 싫지 않았다. 그는 종종 이렇게 그녀의 얄미운 타박에 잠결처럼 눈을 감은 채 대꾸를 해 주곤 했다.

그래 이럴 줄 알고 있었다. 이게 그리웠다. 영원히 들키지 말아야 할 마음이었다. 그녀는 졸렬하기 짝이 없는 자신의 행동에 소리 없이 자조적인 웃음을 지었다.

그 순간 나른하게 밀려 올라가는 눈꺼풀 아래에 갇혀 있던 검은 시선이 드러났다. 잠을 자지 못한 건지 눈이 붉게 충혈돼 있었다. 순간 재희의 눈에 힘이 들어가며 가늘어진 눈꼬리가 치켜 올라갔다.

하여튼 강선우 사람 불편하게 하는 데 뭐 있지.

마음에 안 들어. 진짜!

재희는 저가 선우를 뚫어져라 쳐다보고 있다는 걸 자각하지 못한 채 그를 내려다보고 있었다.

꾹 다문 입술, 신기하게도 끝만 치켜 올라간 눈꼬리.

뭔가 마음에 들지 않을 때면 나오는 한재희만이 할 수 있는 세트 표정이다. 아마도 제 말이 마음에 들지 않았겠지.

선우는 자꾸만 위로 올라가려는 제 입술에 단단히 힘을 주어야
했다.

"그래, 쫓아내지 않아 줘서 고맙다. 그런 의미에서 앞으로도 잘
부탁하고."

선우가 몸을 모로 틀어 한쪽 손을 머리에 괴자, 재희와 시선이
맞닿을 만큼 가까워졌다.

이게. 진짜. 그녀가 다시 정색하자 치켜 올라간 눈꼬리 끝이 파
르르 떨렸다.

그래, 저 표정이지. 저 표정은 시간이 지나도 질리지가 않는다.
한때는 저 표정을 보고 싶어 일부러 살짝 어깃장을 놓곤 했었다.
그럴 때면 어김없이 한재희는 지금의 저 표정을 지었다.

저 표정을 아침부터 볼 수 있다면야.

"그런데 한재희의 침대를 차지할 수만 있다면 난 그 어떤 대가
도 마다하지 않을 자신이 있긴 하다만."

어린 시절 눈을 뗄 수 없었던 그 웃음이다. 반으로 접힌 눈이
웃고 있었다. 재희는 몸이 튕겨지듯 자리를 박차고 일어섰다.

"내가 비밀번호 바꾸는 걸 너무 잊고 있었지. 출근 잘해라."

지금 이 순간이 마지막이라는 듯 자애로운 표정을 한번 지어 준
그녀는 방으로 들어가 버렸다. 유난히 크게 들리는 방문 닫히는 소
리에 낮은 신음 소리가 절로 새어 나왔다.

그래, 저게 한재희지. 하여튼 도망은 잘 가지.

밤새 한숨도 자지 못해 뻑뻑해진 눈두덩을 꾹꾹 누르던 선우는
부스스 몸을 일으켜 앉았다. 더 누워 있어 봤자 잠은 오지 않을 것
같았다. 선우의 시선이 굳게 닫힌 방문으로 향했다.

손만 뻗으면 닿을 것 같은 거리에 있는 방문이 세상에서 제일

멀게만 느껴졌다.

어디 그뿐인가! 철옹성도 저런 철옹성이 없다.

언제쯤이면 열리려나? 하는 마음이 또다시 끓어오르는 그 무엇처럼 조바심을 내지만, 아무 도움도 되지 않는 조바심이기에 선우는 천천히 심호흡으로 마음을 진정시켰다.

'너 저 방문 마음대로 열고 들어갔다가는 쇠고랑이 문제가 아니라 영원히 아웃이야. 알지?'

스스로를 다독이듯 하는 말이 지독히도 간절했다.

그게 강선우에게는 쇠고랑보다 더 무서웠다. 한재희를 볼 수 없다는 거.

지금의 이 거리가 바로 한재희를 계속 볼 수 있는 거리였다.

선우는 밤새 잠들지 못해 까칠해진 마른 얼굴을 천천히 쓸어내렸다. 방문을 열고 들어가면 안 된다고 스스로에게 말했음에도 여전히 뒤죽박죽인 머리는 끝내 한 소리 하고 말았다.

겁쟁이라고!

"그래. 나 겁쟁이다. 아니까 그만 조잘거려라."

낮게 중얼거린 선우는 불쑥 솟아오른 제 몸의 일부를 내려다봤다. 밤새 곤두서 있던 신경이 재희의 목소리에 일제히 한곳으로 몰려들었다.

'하긴 평생 얼굴 뜯어먹고 살 것도 아닌데, 뭐.'

그 한마디가 뭐라고, 그렇지 않아도 쌓이고 쌓여 터지기 일보 직전인 건강한 발기력은 단숨에 꺼덕거리며 제 위용을 갖췄지만, 써먹을 데가 없었다.

그가 자리에서 곧장 일어나지 못한 이유였다.

진짜 콩밥 먹고 싶네.

어이없는 생각에 한숨을 길게 내쉰 선우는 자리에서 일어나 미리 설정해 두었던 알람을 껐다.

아무래도 오늘은 이른 출근을 해야 할 것 같았다. 선우는 욕실로 향했다.

○ ● ○

알람이 인정사정없이 울려 대기 시작했다. 재희는 잠결에 손을 뻗어 알람을 끄며 몸을 굴려 엉덩이를 천장으로 치켜들었다.

일어나야 할 시간이었지만, 몸은 쉽사리 잠에서 깨어나지 못했다.

지난 한 달 동안 카페와 번역 일로 바쁜 일상을 보냈다.

그래도 오늘은 일찍 나가야 한다. 오늘은 지금껏 혼자 열심히 카페를 봐 오던 소영이 쉬는 날이었다.

재희는 그대로 배를 침대에 대고 몸을 길게 뻗어 기지개를 펴고선 자리에서 일어나 앉자, 절로 시선이 문으로 향했다.

출근했겠지.

괜히 선우가 자고 간 날이면 이유 없이 마음이 심란했다.

쯔읏. 재희는 두 다리를 침대 밖으로 내밀어 가볍게 흔들며 혀를 찼다. 오늘은 정말 비밀번호를 바꿔야겠다는 생각이 들었다.

그러다 피식 웃음이 났다. 선우가 자고 간 날이면 매번 드는 생각이지만, 지금껏 실천에 옮긴 적은 없었다.

'그래, 뭐 어차피 또 김치 가져오면 알려 주게 될 비밀번호 바

꿔 뭐 해. 귀찮게.'

재희는 가볍게 머리를 흔들어 잔상을 털어 내고 문을 열고 밖으로 나갔다.

거실은 텅 비어 있었다. 온기 속에 미미하게 익숙한 향만이 옅게 흩어져 있었다.

○ ● ○

"내가 제일 싫어하는 거 알잖아."

"알아. 안다고. 하지만, 어떡해! 의뢰인이 널 꼭 찍었는데."

선우는 최근 큰 의뢰를 성공적으로 끝마쳤다.

일각에서는 이번만큼은 질 것 같다는 조심스러운 의견을 내놓았지만, 선우는 보기 좋게 승소를 해 보였고, 아슬아슬하게 특허권을 지킬 수 있게 된 회사의 앞날은 승승장구만을 남겨 두고 있었다. 그에 대한 적당한 포상으로 선우는 휴가를 쓰려고 했다.

재희도 오늘부로 원고 마감이었고, 당분간 그녀도 쉴 테니.

그래서 하루 종일 카페 죽돌이가 되어 보려고 했는데, 난데없는 의뢰가 불쑥 끼어들었다. 난데없이 불쑥 끼어든 것도 언짢은데, 거기다 선우가 제일 싫어하는 종류의 의뢰였다.

이혼 소송.

로펌에 들어온 의뢰는 맡기 마련이지만, 그래도 각자 주력 파트는 나뉘어 있었고, 선우는 이혼과는 전혀 상관이 없는 파트로, 지금까지 단 한 번도 이혼에 관한 재판은 해 본 적 없었다. 선우는 체질적으로 그런 소송을 좋아하지 않았다.

하지만, 종종 뭘 좀 아는 의뢰인들은 승소율이 높은 변호사에게 일을 맡기고 싶어 하고, 선우는 가람로펌에서 가장 승소율이 높은 변호사였다. 물론, 문제는 선우가 이혼 전문 변호사가 아닌 기업, 인수, 합병, 특허권 전문 변호사라는 거지만.

"박 선배 있잖아."

"그 인간 지금 맡은 사건 삥삥이 돌고 있어 정신도 없지만, 이미 말했잖아. 의뢰인이 널 꼭 찍었다니까."

진수는 자꾸 똑같은 말만 반복하고 있었고, 선우는 그 말이 더 찝찝했다. 굳이 이혼 전문 변호사도 아닌 저를 선택한 것부터가 마음에 들지 않았다.

선우는 앞에 놓인 의뢰 파일에 손도 대지 않은 채 인상을 찡그리고 있었다.

"강선우, 네가 이런 의뢰 싫어하는 건 아는데. 이번 한 번만 부탁하자."

진수가 답답한 듯 넥타이를 느슨하게 풀어 헤치며 사정했다.

의뢰인에게 어지간히 시달린 모양이군. 치정만 아니며 좋을 텐데.

선우는 하는 수 없이 파일을 스윽 가져왔다.

"무슨 이혼인데?"

"어. 어. 다행히 치정은 아니고, 폭행."

진수가 반색하며 설명했다.

다행이라면 다행이었다. 치정 이혼은 가장 지저분하고 난잡했다.

"의뢰인은 와이프고, 남편한테 폭행을 당했나 봐. 해 줄 거지?"

"까라면 까야지. 일개 변호사가 뭔 힘이 있나요?"

"자식, 꼭 싫은 소리를 그렇게 하더라. 알았다. 이번 일만 맡아

주면 다음에는 절대 이혼 소송 안 맡긴다."

"그 소리 두 번은 듣고 싶지 않은데?"

"예. 예. 알아서 모시겠습니다."

로펌 대표 아들이자, 친구인 진수가 너스레를 떨었다.

"알았어. 일단 의뢰 내용 확인하고 의뢰인 접견해 볼게."

"그럴래? 고맙다."

선우가 의뢰를 맡겠다고 하자마자 진수는 마치 도망이라도 치듯 자리에서 벌떡 일어났다.

"혹시 치정이냐?"

진수의 성급한 행동에 선우가 다시 날카롭게 물었다.

"아니야. 치정. 그건 절대 아니다. 내가 그건 장담한다."

진수가 손을 과하게 흔들어 대니 더 믿음이 가지 않았다.

"너 혹시……. 아니다. 내가 직접 확인해 볼게."

"그래. 그럼 난 그렇게 알고 간다. 수고해라."

진수가 꽁무니를 빼며 빠르게 도망갔다. 선우의 눈에는 그렇게 보였다.

진수가 나가고 난 뒤 선우는 파일을 넘겼다.

민가연.

흔한 이름은 아니었다. 그리고 재빨리 떠오르는 얼굴이 있었다. 그제야 진수가 도망치듯 나간 이유를 알 것 같았다.

약 1년 전 결혼했다는 소식을 들은 것 같긴 했다. 대부분의 동창들이 결혼식에 참석했지만, 선우는 그날 중요한 약속이 있어 참석하지 못했다.

준재벌급 집안에 시집간다고 여자 동창들이 엄청 부러워하더라고, 그날 결혼식에 참석한 진수의 말이 기억났다. 결국은 파국을 맞이한 듯하지만.

선우는 첨부된 사진을 천천히 확인했다.

멍이 든 부위는 옷을 입으면 잘 보이지 않는 팔과 등, 복부 쪽이었다. 누가 봐도 폭행의 흔적이 역력한 사진의 날짜는 모두 최근이었다.

폭행이라면 이혼은 쉽게 진행될 수 있었다. 그런데 대한민국 4대 대형 로펌 중 한 곳인 가람로펌에 그것도 승소율이 높은 변호사를 꼭 찍어 의뢰를 한 경우라면 이건 보지 않아도 재산 분할 소송이었다. 치정만큼이나 시끄러울 게 뻔했다.

골치 아프게 됐네.

선우는 뻑뻑한 눈을 감은 채 고개를 뒤로 젖혔다. 가뜩이나 무거운 몸이 더 깊게 가라앉는 것 같았다.

이럴 줄 알았으면 얼굴이라도 한 번 더 보고 올걸.

괜한 배려를 했다는 생각에 선우는 낮게 혀를 찼다.

조용히 출근 준비를 다 끝내고 집을 나오려는 순간 잡은 방문 손잡이를 끝내 돌리지는 못했다. 눈을 감아도 그려질 얼굴이었지만, 실물을 보는 것과는 엄연히 다르니 말이다.

하지만, 이제 막 잠들었을 재희가 깨기라도 할까 선우는 아쉬운 마음을 뒤로한 채 집을 나서야 했다. 유난히 잠귀가 밝은 재희는 아마 문 열리는 소리에 깰 테니까.

선우는 오늘 하루가 새삼 길게 느껴졌다.

"감사합니다. 안녕히 가세요."

아마도 마지막 손님일 듯하다. 남부 지방에서는 노란 개나리의 꽃봉오리가 잡혔다는 오늘 날씨는 어제와는 다르게 푸근해 밤늦게까지 손님이 제법 많았다.

재희는 어깨를 두어 번 툭툭 두드리며 시간을 확인했다. 빨리 카페 일을 정리하고 집에 들어가고 싶긴 했지만, 시원한 게 간절했다. 일하면서 은근 땀이 많이 났기 때문이다.

10분 늦는다고 해서 기다릴 사람도 없는데, 느긋하게 커피 한잔하고 가도 나쁘지 않지.

재희는 마지막으로 커피를 내렸다. 테이크아웃 잔에 얼음을 채우고, 커피를 부었다.

카페 문이 열린 건 그때였다.

선우였다.

"영업 끝났어."

"알아."

퇴근하고 바로 오는 길인지 그는 슈트 차림이었다.

항상 느끼는 거지만, 강선우는 뭘 입어도 완벽하게 소화해 내는 능력이 있었다. 슈트면 슈트, 추리닝이면 추리닝, 캐주얼이면 캐주얼.

어떻게 그럴 수가 있나 하는 생각은 아주 오래전에 저 멀리 던져 버렸다.

하물며 긴 기럭지에서 뿜어져 나오는 포스는 교복을 입어도 모델 같았으니까.

그런 선우가 연예인이 되지 않고 변호사가 된 건 득인지 무게를 따질 순 없지만, 강선우가 뭐가 되었든 절 귀찮게 할 거라는 생각에는 변함이 없었다.

"혹시 너희 로펌 이 근처로 이전했니?"

하루가 멀다 하고 얼굴을 보이니 말이다.

가람로펌은 대한민국에서 땅값이 가장 비싸기로 명성을 떨치는 곳에 위치해 있었다. 그리고 그곳에서 재희의 카페까지는 꽤 거리가 멀었다.

"한 모금 줘. 목 탄다."

대답 대신 그가 아무렇게나 넥타이를 풀어 헤치며 아직 입도 대지 않은 마지막 커피를 가져갔다.

빨대가 걸리적거리는지 빼 버린 채 커피를 물처럼 마시는 모습을 보니 오늘 뭔가 마음에 안 드는 일이 있었던 게 분명했지만, 재희는 굳이 알은척하고 싶지 않았다.

알은척을 하게 되면 대화는 쓸데없이 길어질 것이고, 집엔 더 늦게 들어가게 될 거였다.

하지만, 오늘은 정말 몸의 한계를 느꼈다. 그냥 빨리 집에 들어가 자고 싶은 마음뿐이었다. 아침에 겨우 두 시간 잔 게 다였다.

커피를 홀라당 다 마셔 버린 채 저를 응시하는 선우의 표정은 뭔가를 말하고 싶은 듯했지만, 재희는 이내 그 시선을 피해 그대로 뒤돌아서 뒷정리를 시작했다. 물을 가장 세게 틀어 컵을 씻고, 믹서기를 닦았다. 마치 지금은 너무 바빠 너랑 대화할 시간이 없다는 듯 유난스럽게 소리를 내며 움직였다.

그때였다. 어디선가 윙, 하는 소리가 들렸다. 익숙한 청소기 소리였다.

재희는 물을 잠갔다. 그리고 뒤돌아섰다. 청소기로 청소를 하고 있는 선우의 뒷모습이 보였다.

큰 키에 살짝 허리를 숙인 채 청소기를 돌리고 있는 그의 모습이 낯설지 않았다.

아니, 쟤는 도대체 왜 시키지도 않은 일을 저렇게 하고 있는 거야.

"그냥 둬."

윙, 윙, 윙.

"강선우 그냥 두라고."

분명 들렸을 텐데 그는 못 들은 척 구석구석 청소기를 돌리고 있었다.

그래, 네 맘대로 해라. 한두 번도 아닌데, 뭘.

그냥 그러려니 하니 마음이 편해졌다. 딱 10분 정도 늦어도 상관없다고 했지만, 선우가 도와준다면야 마감 시간은 더 빨라질 테니……

그리고 그녀의 예상대로 마감은 그녀의 생각보다 더 빨리 끝났다.

"도와줘서 고마워. 커피값으로 생각할게."

"커피값치고 너무 부려 먹던데."

"누가 자처해서."

카페 문을 잠그고 보안 카드를 대며 한 번 더 손잡이를 잡아 흔들어 보았다. 문은 굳건히 닫혀 있었다.

"조심해서 가. 집도 먼데."

선우의 차는 바로 카페 앞에 주차되어 있었다. 잘나가는 변호사답게 잘빠진 검은색 세단이 삐익 소리를 냈다.

"타."

"됐어. 택시 타면 돼."

"타, 이 시간에 택시 잡기 힘들잖아. 거기다 날도 춥고."

선우의 말처럼 춥긴 하다. 그렇다고 걸어가지 못할 정도는 아니었다. 차라리 걸어가는 게 더 낫지, 저 차를 타면 또 제집에서 자고 간다고 할 게 뻔했고, 무엇보다 오늘 아침에 바꾸겠다고 호언장담했던 비밀번호를 바꾸지 않았다. 재희가 선우의 제안을 거절한 이유였다.

"고집부리지 마. 어차피 자고 가려고 온 거니까."

'오늘 하루는 좀 길었다.'

우두커니 서 있는 재희를 빤히 쳐다보는 선우의 눈동자에는 절대 양보할 기색 따윈 없었다.

그리고 그가 고집을 부리면 당해 낼 재간이 없다는 걸 지난 시간 동안 무수히 겪어 본 재희 또한 잘 알고 있었다.

그가 빨리 차에 타라는 듯 고개를 까닥거리자 그녀가 가볍게 한

숨을 내쉬며 차에 올라탔다. 그 모습에 선우는 피식 웃으며 같이 차에 올라탔다.

"저녁은 먹었어?"

"시간이 몇 신데."

"시간이 지나도 안 먹는 사람이 있으니까."

"잔소리하지 마. 네가 내 엄마도 아니면서 잔소리는."

창문 쪽으로 시선을 두고 있던 재희는 선우의 족집게 같은 질문에 고개를 돌려 그를 지그시 바라봤다. 사실 선우의 말대로 저녁은 건너뛰었다. 배가 고프긴 했지만, 바빴고, 허겁지겁 저녁을 먹고 싶진 않았다.

"바쁘면 파트타임을 쓰든지 해."

"정 그게 신경 쓰이면 네가 와서 해 주든지."

무심결에 생각해 보지도 않았던 말이 툭 흘러나왔다.

"그 말 후회하지 마라."

"뭐어?"

그 말에 너무 진심이 느껴져 재희는 화들짝 놀란 표정으로 선우를 바라보고 말았다.

그의 시선은 전방을 주시하고 있었지만, 입술은 묘하게 웃고 있었다. 그제야 그게 농담이라는 걸 알 수 있었다.

어떻게 말과 행동이 저렇게 달라. 저런 녀석이 변호사를 해도 되는 거야?

묘하게 웃고 있던 입술이 일순 차분하게 내려앉았다. 그리고 그가 입을 열었다.

"매일 그렇게 식사를 제대로 챙겨 먹지 않으면 그땐 정말 알바생으로 들어올지도 몰라. 그러니까 내 충고 심각하게 받아들여야 될 거야. 잘나가는 변호사 앞길 막았다는 소리 듣고 싶지 않으면."

"내가 무슨 네 앞길을 막는다고……."

운전 중인데도 절 빤히 쳐다보는 선우의 시선에 재희는 말을 잇지 못했다.

"그러니까 알바 구해."

선우의 말대로 오늘은 무척 바빴다. 오늘 같은 날엔 정말 알바가 필요했다. 그나마 지금은 겨울이기에 다른 때보다는 좀 덜 바빴다.

카페는 목이 좋았다. 그래서인지 오픈하자마자 장사는 그럭저럭 잘됐고, 수완이 좋은 소영은 새로운 메뉴를 개발하고, 가짓수를 늘려 갔다. 그렇게 카페는 금세 자리를 잡았다.

그럼에도 한 번도 알바를 구해야겠다는 생각은 해 보지 않았다. 번역 일이 매달 있는 건 아니었기에 소영과 둘이서 하면 충분하다고 생각하고 있었다.

그런데 오늘 보니 꼭 그렇지만은 않은 것 같았다. 혼자 볼 수는 있어도 선우의 말대로 제대로 된 식사를 챙겨 먹을 수가 없었다.

소영이 그동안 힘들었겠구나, 싶어 미안해졌다. 정말이지 당장 내일이라도 아르바이트생을 구해야 할 것 같았다. 오픈 조를 구하든 미들 조 구하든 말이다.

하지만 당장 선우의 말에 수긍하는 모습은 보여 주고 싶지 않았다. 재희는 말없이 시선만 모로 틀었다.

○ ● ○

선우의 의뢰인 접견 방법은 딱 두 가지였다.

확인해야 할 의뢰 물품이 있는 경우에는 그 물품 확인이 필요한 곳으로 직접 가서 확인한다. 하지만 그럴 필요가 없는 경우에 접견 장소는 항상 로펌의 제 사무실이었다. 의뢰인이 사무실이 아닌 다른 장소를 요청할 때는 정중하게 거절했다.

이번에도 마찬가지였다. 의뢰 물품을 확인해야 할 필요가 없으니 커피숍에서 봤으면 하는 의뢰인의 요청을 정중하게 거절하고 사무실을 접견 장소로 선택했다.

똑똑.

노크 소리가 들렸다. 시간을 확인해 보니 의뢰인과의 약속 시간이었다.

"네."

문을 빼꼼히 열어젖힌 가연이 빙긋 웃으면 안으로 들어섰다.

"오랜만이네."

"그래."

의뢰인과 변호사로 만났지만, 서로 존대를 할 사이는 아니었다.

"여기가 강 변 사무실이구나."

사무실에 들어온 가연은 작지 않은 선우의 사무실을 스윽 훑어봤다. 벽면에 빼곡히 채워져 있는 법률 서적은 잘 정리되어 있었고, 사무실 안 어느 한 곳 정돈되어 있지 않은 곳은 없었다.

"예전에도 느꼈던 건데 강선우가 있는 곳은 뭐라고 할까. 항상 깔끔하다고 해야 하나? 난 이렇게 정리 정돈 잘하는 남자 못 봤는데."

가연이 책꽂이에 꽂힌 책을 손으로 스윽 훑으면 피식 웃었다.

그러고 보니 가연이 대학 때 제 자취방에 온 적이 있었던 것 같다. 일부러 부른 적은 없었지만, 제 친구들 무리에 끼어 불쑥 찾아와 방 두 칸짜리 집을 백 평짜리 저택을 보는 것처럼 한참을 구경했던 기억이 떠올랐다.

"편한 데 앉아라."

선우가 먼저 자리를 잡고 앉자, 가연이 선우의 맞은편에 자리를 잡고 앉았다.

불편할 만도 한데 가연의 얼굴에는 전혀 그런 기색이 없었다.

하긴, 민가연은 학교 다닐 때에도 제법 당차고 맹랑한 구석이 있었다. 남학생들 틈에 홀로 끼어 있어도 기죽는 법이 없고, 내숭을 떠는 법도 없었다.

그녀가 꽤 예쁘지 않았다면, 머리가 길지 않았다면 남자여도 손색이 없을 정도로 그녀는 괄괄한 성격이었다. 그럼에도 그녀는 인기가 아주 많았다.

선우는 가연의 파일을 차분하게 앞에 내려놓았다. 가연의 시선이 선우가 들고 있던 파일로 향했다.

"봤지?"

그녀가 자신의 상태를 다 확인했냐는 듯 물었지만, 불안해하거나 부끄러워하는 목소리는 아니었다.

"의뢰니까."

단답형의 짧고 건조한 대답은 딱딱했다. 당황할 법도 했지만, 가연은 그럴 줄 알았다는 듯 소리 없이 입술을 끌어 올려 웃으며 어깨를 으쓱일 뿐이었다. 제 치부를 드러내는 일이지만, 선우를 선택하는 순간 이미 각오한 일이었다.

"그러게. 사는 게 그렇게 쉽지만은 않네."

"……."

선우는 딱히 대답하지 않았다. 그 길을 매일 걷고 있는 사람이 바로 저니까.

하지만, 가연과 같은 길은 아니었다. 누군가에게 상처를 주는 그런 길.

"그래서 어떻게 하고 싶은 건데?"

"그 전에 왜 내가 널 골랐는지 안 물어?"

"물어야 할 이유가 있나?"

고저 없는 딱 변호사의 말투였다.

푸 , 바람 빠진 듯한 웃음소리 뒤, 그녀의 눈썹이 유려한 곡선을 그렸다.

"강선우는 예나 지금이나 나한테 관심이 없어도 너무 없지. 하긴, 그게 매력이라면 매력이지만."

가연의 붉은 입술이 유혹하듯 팽팽해졌다.

"뭐, 좋아. 그건 그렇다 치고. 의뢰 건에 대해서는 솔직하게 말할게. 그 남자 재산이 좀 많아. 그리고 난 너무 젊은 나이에 이혼이라는 그다지 아름답지 않은 과거를 갖게 되었고. 재산 분할 제대로 해 줘."

역시 이런 이혼은 골치 아프다. 아마 남편 쪽에서도 유명 로펌을 선택했을 것이다.

"남편과 대화는?"

선우가 이 의뢰를 맡기로 한 날 가장 먼저 한 일이 가연의 남편에 대해 알아보는 거였다. 아니나 다를까 가연의 말대로 남편은 꽤 많은 재산을 소유하고 있었다.

"그 인간은 보이는 것과는 다르게 욕심도 소유욕도 강해. 자기 건 쉽게 놓는 법이 없지. 내가 당한 구타도 그런 의미야. 이미 나는 자기 거라고 생각하고 있거든. 그래서 자신의 잘못에도 불구하고 내가 이혼을 요구하는 걸 용납하지 못해. 싫어도 한번 자기 물건이 되면 자기 손에 쥐고 있어야 직성이 풀리는 인간이야."

소유욕. 독점욕.

"그런데 대화? 바늘도 안 들어갈 말이지. 제가 마음에 든 여자한테 명품 가방, 명품 보석 안겨 주는 건 아까워하지 않아도 이혼을 요구하는 여자한테 제 재산을 떼어 줄 인간은 절대 아니야. 그런 의미에서……."

가연이 씁쓸하게 미소를 지었다.

"잘 부탁해. 이왕 이렇게 된 거 내 몫은 제대로 챙겨야겠어."

"원하는 정도는?"

"딱 반."

흐음. 선우가 소리 없이 신음을 삼켰다. 욕심이 좀 과하긴 하다. 두 사람이 결혼 생활을 한 지는 1년도 되지 않았다. 게다가 남편의 재산은 결혼 전에 이미 다 형성된 것들이었다. 반은 무리였다. 법을 전공한 가연이 그걸 모를 리가 없었다.

그녀가 표현하지 않은 꿍꿍이가 무엇일지 선우는 곰곰이 생각해 봐야 했다.

○　●　○

당분간 번역 일은 없으니 카페에만 매진할 수 있게 되었지만, 재희는 지난날 선우가 했던 충고가 떠올랐다.

'매일 그렇게 식사를 제대로 챙겨 먹지 않으면 그땐 정말 알바생으로 들어올지도 몰라. 그러니까 내 충고 심각하게 받아들여

야 할 거야. 잘나가는 변호사 앞길 막았다는 소리 듣고 싶지 않으면.'

귀담아듣지 않은 척하곤 있었지만, 재희는 왠지 선우의 말이 그냥 지나쳐지지 않았다.

그는 농담을 진담처럼 진담을 농담처럼 말하는 아주 묘한 능력이 있는 사람이었다. 그러니 그냥 흘려들을 수만은 없었다.

"저기 소영아."

"응. 왜?"

손님이 주문한 와플에 슬라이스한 딸기와 앙증맞은 블루베리, 갈린 견과류 위에 시럽을 뿌리며 소영이 대답했다.

"우리 파트타임 구하자."

"갑자기 왜?"

"아니, 내가 너 쉬는 날 혼자 일해 보니까 너무 힘들더라. 그동안 내 베프를 너무 고생시켰구나 싶기도 하고. 또 내가 일이 있을 때는 계속 못 나오니까. 그래서."

절대 선우의 협박 아닌 협박 때문이라고 말할 순 없었다.

"참 빨리도 말한다. 그걸 이제야. 이미 몸은 바쁜 시간에 어떻게 움직여야 할지 다 적응시켜 놓고?"

소영이 진동벨 번호를 누르며 밉지 않게 눈을 흘겼다.

"맛있게 드세요."

소영은 손님이 내민 진동벨을 받아 들며, 조화롭게 플레이팅이 된 와플을 건네준다.

"됐어. 이미 다 적응돼서 웬만큼 바쁜 건 다 커버 가능해."

아…… 이게 레벨 차이구나.

재희는 괜찮다고 하는 소영의 반응에 더 미안해졌다.

"그냥 우리 오픈 조를 구하든 미들 조를 구하든 하자. 이제 우리 알바생 구할 정도로 자리 잡았잖아."

카페를 차리자고 제안한 건 재희였다. 번역 일로 먹고사는 거야 별문제는 없었지만, 그래도 프리랜서에겐 좀 더 고정적인 수입처가 필요했다. 그래서 소영에게 제안했다.

소영은 저와는 다르게 사교성이 좋았고, 사회성도 좋았다. 그렇지 않아도 회사 생활 지겨워 죽겠다고, 그놈의 팀장은 허구한 날 절 잡기 바쁘다고, 진작에 그만두고 싶었는데 또 그래 봤자 다른 놈한테 잡혀 하루 종일 구를 테니 그냥 다니는 거라고 말하며 소영은 흔쾌히 허락했다.

재희의 예상대로 소영은 카페를 너무 잘 운영했다. 신메뉴 개발에 앞장선 소영은 카페를 오픈한 지 얼마 지나지 않아 색다른 와플을 내놓았다. 와플이 거기서 거기라는 편견을 깨며 제철에 나온 과일과 아이스크림, 벌꿀과 초코 시럽을 이용해 플레이팅 된 와플은 단골손님들에 의해 블로그와 SNS에 '예쁜 와플', '맛난 와플'로 종종 오르곤 했다.

그 모든 게 다 소영의 공이었다.

"갑자기 왜 이래? 난 돈 많이 벌어서 좋구만."

소영이 난 속물이다, 라며 히죽 웃었다.

"알아. 속물인 거. 그래도 그렇게 하자."

"뭐라고요? 이 속물 친구인 한재희 씨?"

소영이 두 손을 들어 간지럼 태우는 제스처를 취하며 다가왔다. 재희는 유난히 간지럼을 참지 못했다.

"농담이야."

재희가 급정색하는 표정으로 뒤로 물러나며 말을 이었다.

"속물이라면 내가 속물이지. 진소영이 속물이었으면 나처럼 모난 사람과 친구가 되지도 않았겠지. 그러니까 알바 구하자. 내 수익에서 알바비 줘."

"얘가 오늘따라 왜 이래?"

자못 심각해진 재희의 표정에 소영이 팔짱을 낀 채 눈을 흘겼다.

"생각해 봐. 오픈 조로 할 건지, 아니면 미들 조 할 건지. 그리고 앞으로는 아무리 바빠도 식사 시간에는 내가 나올게. 다 먹고 살자고 하는 일인데, 못 먹고 돈 벌면 뭐 해. 어디 쓸데도 없는데."

"쓸데가 없긴 왜 없어? 천지가 돈 쓸데구만. 어서 오세요."

소영이 카운터로 다가온 손님에게 잽싸게 인사를 하며 재희의 엉덩이를 가볍게 툭 건드렸다.

"주문 도와드릴까요?"

주문을 받고자 하는 소영을 앞에 두고 남자는 소영의 뒤에 서 있는 재희에게로 시선을 두었다.

"손님?"

"아. 네. 라떼 한 잔 부탁드리겠습니다."

손님이 정중하게 웃으며 카드를 내밀었다.

"라떼 한 잔이구요. 따뜻한 걸로 드릴까요?"

"네."

"결제 도와드리겠습니다."

남자가 내민 카드를 받아 든 소영이 힐끔 남자의 시선을 따라 재희를 살폈다. 재희는 라떼라는 말에 커피 머신 앞에 서 있었다.

"진동벨로 알려 드리겠습니다."

카드와 진동벨을 소영이 남자 손님에게 건네며 피식 웃었다. 안면이 있는 손님이었다. 재희는 잘 모르겠지만, 소영은 아는 얼굴이었다. 요 며칠 안 오신다 했더니…….

"재희야, 나 잠깐 화장실 좀."

"응, 다녀와."

이미 커피는 다 내려졌다. 따뜻한 우유에 커피를 부어 진동벨을 누를 차례였다. 소영은 재빨리 화장실로 향했다.

곧 남자 손님의 진동벨이 울렸다.

"따뜻한 라떼 나왔습니다."

남자가 진동벨을 들고 서 있었다.

이름이 재희구나.

재희 앞에 선 남자는 짧게 재희의 이름을 되뇌었다.

"가끔 나오시나 봐요."

남자가 진동벨을 건네며 물었다.

"아, 네."

가끔은 아니었다. 지난달이 너무 바빠 가끔 나왔을 뿐.

"여기 커피가 유독 제 입에 맞아서 자주 옵니다."

"감사합니다."

"주로 언제 근무하세요?"

남자의 질문에 재희는 고개를 들어 남자를 바라봤다. 선우만큼은 아니지만, 키가 큰 편이었다. 자연스럽게 웨이브 진 앞머리가 부드럽게 이마로 떨어졌다. 남자의 이미지는 자상해 보였고, 누가봐도 훈남이었다.

"왜 그러시는지?"

어휴 저 철벽. 하여튼.

화장실에 가는 척하다 다시 돌아온 소영이 한숨을 내쉬었다. 분명 남자는 재희에게 관심이 있는 눈치였지만, 남자를 돌처럼 보는 재희에게 그런 눈치는 없었다.

'하긴 한재희한테 남자는 오직 강선우뿐이지. 아니, 아니다. 강선우는 그냥 다른 인간이지.'

소영이 재빨리 제 잘못된 생각을 정정하며 입술을 끌어 올린 채 재희에게 다가갔다.

"재희야, 너 내일 오후에 카페 좀 봐 줄 수 있어?"

소영의 기억에 남자는 주로 평균적인 직장인들 퇴근 시간 언저리에 방문을 했던 것 같다.

"어?"

재희가 '뭔 소리?' 라는 말을 하기도 전에.

"너 내일 오후에 카페 좀 봐라. 내가 내일 일이 있어서."

소영이 슬쩍 남자의 눈치를 보며 운을 떼었다.

"그래, 그럼."

재희가 대답하자 남자는 '잘 마시겠습니다.' 라며 순순히 물러났다.

"갑자기 왜? 집에 무슨 일 있어?"

"응. 있어."

있다. 있어. 너한테.

소영이 격하게 고개를 끄덕였다.

재희가 남녀 관계에 대해 결벽증에 가까울 정도로 회의적이라는 건 익히 알고 있었다. 사랑은 왜 하는지. 결혼은 왜 하는지 모르겠다는 그녀는 어여쁜 외모에도 불구하고 남자한테 관심이 없었고,

대시해 오는 남자들을 하나같이 거절하기 일쑤였다.

하지만, 소영은 친구로서 그녀가 이대로 늙어 가는 것을 지켜보고 싶지만은 않았다. 아직 제 짝을 만나지 못해 그런 걸 수 있으니.

아주 오랜만에 다시 오작교 역할을 해야 할 때가 온 것 같았다.

오래전 일이 떠올랐다. 대학생 때였다.

재희와 학과는 달랐지만, 같은 대학에 다니던 터라 종종 캠퍼스에서 만나곤 했었다. 약간 서늘해 보이면서도 묘하게 시선을 끄는 매력이 있는 재희는 그때나 지금이나 인기가 많았지만, 그녀는 전혀 남자한테 관심이 없었다. 이미 같은 과 남학생들의 고백도 몇 번 거절했다는 이야기를 들은 뒤였다.

재희에게 관심을 보인 사람 중에 소영의 1년 과 선배도 있었다. 재희에게 한눈에 반했다며 소개해 달라는 반협박에 시달리다 못해 소영은 소개팅을 주선하게 되었다. 선배는 매너도 좋고, 키도 크고, 외모도 그럭저럭 나쁘지 않아 과에서도 인기가 많은 편이었다.

하지만, 소영은 그 일로 제일 친한 친구를 잃을 뻔했다.

'다시는 이런 일 하지 마. 나 그럼 두 번 다시 너 안 봐.'

어느 날, 얼음보다 더 차가운 시선으로 뒤돌아서는 재희의 모습에 소개해 준 선배가 무슨 큰 잘못을 저지른 줄 알았다.

씩씩거리며 대차게 따졌지만, 오히려 화를 내는 건 선배였다.

'고백했다. 좋아한다고. 사귀고 싶다고.'

'…….'

'근데, 관심 없단다. 남자한테.'

그 후 재희의 성적 취향이 남다른 게 아니냐는 이상한 소문이 나돌기 시작했다.

그때 그 소문을 잠재워 준 사람이 바로 선우였다.

학교는 달랐지만, 종종 등장하는 선우는 남자들이 보기에도 너무 멋졌고, 그의 등장으로 인해 재희의 성적 취향이 남다른 게 아니라 눈이 높았던 걸로 정정되었다.

그리고 그 일이 있고 난 후 소영은 두 번 다시 재희에게 남자를 대놓고 소개해 준 적은 없었다.

물론 이번에도 잘되리란 보장은 없었다. 그럼에도 소영은 조금 전 라떼를 들고 순순히 물러선 남자를 보고 다시 한번 다짐을 다졌다.

이번만큼은 그때처럼 어설픈 오작교 역할은 하지 않으리라.

○ ● ○

하루가 지났다.

3월로 들어선 날의 기온은 둘쑥날쑥했다. 어제는 평년 기온을 웃돌아 곧 봄이 올 것 같더니만, 오늘은 뚝 떨어진 기온이 다시 한겨울로 돌아간 것 같은 한파를 몰고 왔다.

"야, 오늘 날씨 장난 아니다. 나 다시 한겨울인 줄."

"그러게. 너 오늘 조심해서 일 봐. 옷도 좀 단단히 껴입고."

"됐어. 어차피 집에 갈……."

"응?"

아차차.

"아니. 집에 가서 뭘 좀 챙겨야 해서. 집에서 옷 바꿔 입지 뭐."

"그래. 빨리 들어가. 해 짧아."

재희가 빨리 들어가라며 소영의 등을 떠밀었다.

"그래, 수고해."

"응."

"내일은 좀 늦게 나와. 알았지?"

"알았어. 가기나 해."

오늘 급한 일이 있다면서 미적거리는 소영이 드디어 카페를 나섰다.

카페는 평소보다 더 한산했다. 날씨가 추운 탓에 밖을 돌아다니는 행인도 거의 보이지 않았다. 빈 택시만이 왔다 갔다 하고 있었다.

깍지를 낀 두 손을 머리 위로 길게 올리려던 재희는 때마침 울리는 진동음에 손을 풀어 휴대폰을 집어 들었다. 선우였다.

"왜?"

늘 그렇듯 선우를 대하는 재희의 태도는 한결같았다. 특별히 반기지도 그렇다고 싫어하는 기색도 없었다.

— 밥은?

전화가 연결되자마자 묻는다.

그러고 보니 어제는 선우가 오지 않았다. 마지막으로 본 날 새로운 의뢰를 맡아 이삼 일은 바쁠 것 같다며 밥은 꼭 챙겨 먹으라는 잔소리를 잊지 않았다.

"먹었지. 소영이랑 맛있는 걸로."

— 잘했네.

"그게 칭찬받을 일인가?"

— 대상이 누구냐에 따라서는.

에누리 없는 확인 전화에 재희는 피식 웃고 말았다.

"왜 전화했어?"

설마 밥 챙겨 먹었냐고 묻기 위해 전화한 건 아닐 거라는 생각에 재희가 물었다.

— 밥 먹었나 확인하려고.

"허엇."

저도 모르게 턱이 딱 벌어졌다.

선우의 밥 챙겨 먹으라는 잔소리가 한두 번은 아니었지만, 설마 하니 바빠서 이삼 일은 못 온다던 변호사가 고작 그런 일로 전화를 할 줄은 몰랐다. 재희는 순간 할 말을 잃어버렸다.

— 저녁에 또 전화한다. 밥 챙겨 먹어라. 나의 알바 제안은 유효 기간이 없으니까.

"어. 어서 오세요."

통화 중이던 재희는 카페로 들어서는 손님을 맞이하며, 휴대폰을 카운터 위에 그대로 내려놓았다.

"안녕하세요?"

어제 카페를 찾아온 남자 손님이었다.

"안녕하세요."

"오늘은 오후 근무신가 봐요."

"네."

"오길 잘했네요."

"……."

단정한 남자의 목소리가 통화 중인 휴대폰 안으로 빨려 들어갔다. 아직 통화는 끊기지 않았다.

"주문 도와드릴까요?"

통화가 끊긴 건 바로 그때였다.

○ ● ○

뚜뚜 뚜뚜.

선우는 끊긴 휴대폰을 말없이 쳐다보다 확인하던 서류 위로 툭 던졌다.

조금 전까진 휴대폰 너머에서 들려오던 달콤한 목소리에 훈훈했던 사무실 공기가 냉동 창고에 들어온 것처럼 꽁꽁 얼어붙었다.

선우는 깊게 숨을 내쉬며 눈을 감았다. 고개를 뒤로 젖히자 목울대가 크게 꿀렁였다.

— 오늘은 오후 근무신가 봐요.

남자 목소리였다.

— 오길 잘했네요.

하여튼.

감긴 눈이 번개를 맞은 듯 퍼뜩 떠지자, 새까만 눈동자가 번뜩이며 빛을 냈다. 그가 천천히 머리를 들어 정면을 응시했다.

수컷의 본능이 꿈틀거렸다.

물론 단골손님과의 평범한 대화라고 생각할 수 있었다.

하지만, 수컷의 본능은 다른 말을 하고 있었다. 조금 전에 들려온 남자의 목소리는 제 영역에 들어온 또 다른 수컷의 목소리였다.

감히!

4. 난 그러지 않을 자신 있는데

어딜 가나 눈치 없고, 근거 없는 자신감만 가진 사람들이 있다. 마지막에 어떤 결과를 맞이하게 될 거라는 결론이 이미 나와 있어도 그들은 멈출 줄을 모른다.

그날 그 장면은 들키지 말았어야 했다. 적어도 한 걸음 떨어진 곳에서 지켜보기로 한 사람의 눈에는 말이다.

가을 문턱에서 기승을 부리던 늦여름의 더위가 이틀 동안 내린 비로 한풀 꺾인 날이었다. 약간 차가운 바람이 살짝 불어오는 구름 한 점 없이 화창한 날에 보고 싶은 사람은 단 한 명이었다.

시간표를 알고 있으니 시간을 맞추는 건 어렵지 않았다.

학교를 찾아갔다. 학교에 도착 후 전화를 걸려던 순간 익숙한 뒷모습과 낯선 뒷모습이 나란히 시야에 들어왔다.

남자의 이름은 모르지만, 그 남자가 누구인지는 알 것 같았다.

'소영이 소개해 준 과 선배야.'

탐탁지 않은 말투였지만, 소영과는 세상 둘도 없는 사이였고, 재희는 아마 제일 친한 친구의 부탁을 거절하지 못했으리라.

부를까 했지만, 한재희에게서는 보기 어려운 낯선 장면이었다. 선우는 짓궂은 마음이 일었다. 그 마음은 재희가 아닌 그 옆에서 걷고 있는 낯선 남자의 뒷모습을 향한 거였다.

아직 일어나진 않았지만, 제 눈에는 남자의 가까운 참담한 미래가 보였다. 그걸 보고 싶었다. 제 영역에 허락도 없이 들어와 제 여자에게 마음대로 마음을 가진 수컷에 대한 응징이었다. 천천히 그 뒤를 따랐다.

남자의 시선은 재희에게서 떨어지지 않았지만, 재희는 단 한 번도 옆을 보지 않았다. 재희의 걸음이 멈춘 곳은 그녀의 집으로 향하는 양 갈래 길목에서였다.

그녀의 의도는 확실했다. 저가 살고 있는 곳을 남자에게 알려주고 싶지 않다는 의도였다.

하지만, 남자는 눈치가 없었다. 말없이 묵묵히 서 있는 재희에게 한 걸음 남자가 다가섰다. 재희가 두 걸음 뒤로 물러섰다. 얼굴에는 싫은 표정이 확연했지만, 남자는 역시나 이번에도 더럽게 눈치가 없었다.

남자는 고백을 했고, 재희는 일말의 여지 없이 단호하게 거절했다. 그 순간 저도 모르게 흐뭇한 미소가 입가에 번졌다. 선우는 그날 두 사람을 지켜보는 것만으로도 짜릿함을 느꼈다. 저 안에 그런 사악한 마음이 있다는 걸 알게 된 순간이었다.

물론 이번에도 한재희에게서 평소 볼 수 없는 모습을 볼 수 있

53

을 것이다.

하지만, 지금은 그때와는 상황이 다르다. 여전히 강선우는 한재희 곁에서 서성이고 있지만, 그때처럼 지켜볼 마음은 없었다.

한 번으로 족하지. 내 영역에 발을 들인 수컷은!

시간을 확인한 선우는 옷을 챙겨 자리에서 일어섰다.

입가에 걸려 있는 삐딱한 미소와는 어울리지 않게 깊게 침잠한 검은 눈동자는 잔인할 정도로 차갑게 번뜩이고 있었다.

○　●　○

오늘 같으면 굳이 알바를 쓰지 않아도 될 정도로 카페는 한가했다.

일기 예보처럼 꽃샘추위가 오늘 제대로 기승을 부린 탓에 밤이 가까워지자 기온은 더 뚝 떨어졌고, 거기다 매서운 바람까지 불기 시작했다.

손님이 없는 텅 빈 공간에는 재희가 평소 좋아하는 음악만이 가득했다.

느긋하게 커피 한 잔에 달달한 게 먹고 싶었다.

"그래, 이럴 땐 달달한 와플에 커피가 최고지."

저녁도 건너뛰었겠다, 재희는 달달한 와플을 먹기로 했다. 소영이 만들어 준 와플이 환상적이긴 하지만, 아쉬운 대로 저가 해 먹어야 했다.

와플을 꺼내 막 오븐에 넣으려는 순간 카페 문이 열렸다.

"어서 오…….. 이 시간에 또 웬일이야."

너무나도 익숙한 등장.

짙은 네이비 색 코트에 베이직한 옅은 회색 목도리를 두른 선우가 말끔한 모습으로 카페 안으로 들어서고 있었다. 오늘따라 선우의 모습이 무척이나 눈길을 끌어, 재희는 저도 모르게 한 번 더 힐끔 그를 보고 말았다.

"저녁 안 먹었어?"

선우의 시선이 재희의 손에 들린 와플로 향했다.

"그게, 그러니까……. 조금 많이 바빠서……."

거짓말을 잘하지 못하는 재희는 선우의 시선을 피하며 빨개진 목을 머쓱하게 긁었다.

"일단 비켜 봐. 나도 저녁 안 먹었다. 두 개 먹자."

코트와 목도리를 벗어 대충 테이블 위에 올려 둔 선우가 성큼 카운터 안쪽으로 들어왔다. 소영과 둘이 있어도 비좁다는 생각은 한 번도 해 본 적 없는데, 선우가 들어서니 공간이 무척이나 비좁게 느껴졌다.

와플을 든 채 옆으로 살짝 비켜섰지만, 어느새 제 옆에 다가온 선우의 손은 생각보다 더 빨랐다. 손을 뻗어 재희의 손에 든 와플을 가져간 선우는 오븐 앞에 서 있는 그녀 곁으로 바짝 다가서며 오븐에 와플을 넣었다.

어깨가 겹치듯 닿았다. 선우의 팔이 아슬아슬하게 그녀의 가슴을 피했다. 팔과 팔이 스쳤다. 이상하게 전기가 오르는 듯 찌릿거렸다. 너무 가까웠다. 그곳을 벗어나 보려 했지만, 선우가 막고 있었다. 그리고 나머지는 막다른 벽이었다.

"내가 해."

그를 밀쳐 내 보려 말을 해 보지만, 피식 웃는 소리가 들릴 뿐이었다.

"누가 한 게 더 맛있을 것 같냐?"

신랄하게 비꼬듯이 묻는 눈가에 날이 잔뜩 서 있다.

오늘 변호를 잘못했나. 왜 저래?

선우의 눈치를 슬쩍 살핀 재희는 빠르게 벽 쪽 구석으로 물러섰다. 누가 한 게 더 맛있을 것 같냐는 질문에 대답은 하나 마나였다. 선우는 더는 다가오진 않았다.

선우는 능숙하게 오븐으로 와플을 데우고, 냉장고에서 과일을 꺼냈다. 적당히 따뜻해진 와플 위에 과일을 능숙하게, 그것도 예쁘게 플레이팅 했다. 그리고 달콤한 시럽을 뿌리고, 생크림도 보기 좋게 올렸다. 보기만 해도 맛있을 것 같은 와플이었다.

"커피?"

"응."

재희가 따뜻한 커피를 내리는 사이 선우는 플레이팅이 끝난 와플을 들고 테이블로 향했다. 재희는 묵묵히 커피를 챙겨 그 뒤를 따랐다.

"꼭 챙겨 먹으라고 했더니 뭐가 바쁘다고 저녁을 안 먹은 거야?"

그가 취조하듯 물었다.

"바빴다니까."

퍽도.

선우는 말 대신 조용히 텅 빈 카페를 둘러봤다.

"내가 이 카페 단골인 거 모르냐?"

단골이지. 단골. 카페를 처음 열었을 때 선우는 열 일 제쳐 두고 마치 알바생처럼 매일 드나들었고, 그를 보러 온 여자 손님들이 꽤 많았다. 어쩌면 이 카페가 그 짧은 시간 동안 빠르게 자리를 잡을 수 있었던 데에 분명 선우의 공을 무시할 수는 없었다.

그가 와플을 먹기 좋게 잘랐다. 그러고는 재희 쪽으로 스윽 밀어 주었다.

쩝. 할 말이 없어진 재희는 대답 대신 와플을 한입에 넣었다.

"한 번 경고야. 세 번째 경고 들어가면 나 여기 알바로 들어올 거야."

그가 한입 크게 와플을 입에 넣었다. 미처 다 들어가지 못한 생크림이 입술에 살짝 묻어 있었다.

"칠칠맞게. 생크림 묻었다."

재희는 별생각 없이 손가락으로 스윽 선우의 입술에 묻은 생크림을 닦아 낸다.

"뭐 하냐?"

놀란 듯 선우의 눈썹이 뾰족한 산을 만들었다.

"뭐가?"

사나워진 선우의 태도에 왜 그러냐는 듯 천진난만하게 되묻는 재희의 표정은 아무것도 모르는 순진무구해 보이는 아이의 눈을 가장한 가장 잔인한 눈빛이었다.

순간 선우의 어깨가 딱딱하게 굳었다. 그녀에게서 떨어질 줄 모르는 그의 시선이 부서져 쏟아지는 유리 파편처럼 무너졌다. 선우는 황급히 눈을 감았다.

한재희는 종종 이렇게 강선우를 당혹스럽게 만들었다.

그러거나 말거나 그녀는 다시 적당한 크기로 잘린 와플을 입에 넣으며 '안 먹어?' 라고 물었다.

"진짜 손맛이 있긴 하나 봐. 난 아무리 해도 이 맛이 안 나던데. 진짜 신기해."

이미 다른 와플을 슥슥 자른 그녀는 기분 좋은 표정으로 선우가 물러선 만큼 슬쩍 다가섰다.

좀처럼 좁혀지지 않는 거리. 항상 한재희와의 거리는 이 정도였다.

그런데 오늘따라 왜 이렇게 조바심이 나는지 모를 일이다. 이 간격을 어떻게 좁히지. 얼마든지 기다릴 수 있다 생각했는데.

순간 저도 모르게 선우는 그런 생각을 했다.

제 영역에 들어온 수컷이 처음은 아니지만, 왠지 모르게 이번만큼은 다른 때와 다르게 조바심이 일었다.

"근데 진짜 맛있다. 소영이가 한 것만큼. 너 진짜 여기 알바로 들어와도 손색없겠다."

진심이 느껴질 만큼 눈을 반으로 접어 해맑게 웃는 재희의 모습에 선우는 소리 없는 신음을 삼키며 물었다.

"내일부터 출근하면 되냐?"

정말 그러고 싶다. 하루 종일 붙어 있고 싶다.

항상 보이는 곳에 그녀가 있었으면, 하고 바란 꿈은 늘 갈증을 품고 있었다.

"오픈 조로 할래, 미들 조로 할래? 우리 최저 시급이야. 그래도 내가 너를 알고, 너의 실력도 알고 있으니 최저 시급에서 조금 더 올려 줄게. 시간은 네가 정해 봐."

재희가 마지막 와플을 입에 넣으며 짓궂게 웃었다.

어디 할 수 있으면 해 봐. 내가 너의 연봉은 정확히 모르겠다만 알바 급여가 잘나가는 변호사 봉급에 비할 바는 못 되지.

"최저 시급이어도 한다. 시간은 점주가 원하는 대로 맞출 수 있고."

어, 어, 이게 아닌데.

재희의 미간이 단번에 좁혀졌다.

"오픈 조든, 미들 조든, 마감 조든 안 따진다."

"야!"

"왜?"

초등학생들이나 할 법한 대화에 열을 올린 두 사람은 잠시간 서로의 시선을 꼼짝도 하지 않은 채 마주했다. 이렇게 오래 시선을 마주한 적이 있었던가 싶을 정도로 짧지 않은 시간이었다.

시선을 먼저 피한 건 재희였다.

"안 되겠다. 알바가 너무 버릇없을 것 같아서."

재희가 크흠, 헛기침을 하며 자리에서 일어서려는 순간이었다. 재희의 가는 손이 큰 손에 덥석 잡혀 잡혔다. 그녀의 손등으로 선우의 손바닥이 겹쳐졌다. 지그시 눌러 오는 손바닥에서 체온이 그대로 전해졌다.

"버릇이 없다니. 이만큼 순종적인 알바생이 어디 있을라고. 점주가 하는 말이면 하나부터 열까지 하나도 거스르지 않을 자신이 있는데, 난."

여전히 그에게 제 작은 손을 붙잡힌 채 마주한 눈빛에는 진심이 가득했다.

하. 이게 진짜. 낮은 탄식을 내뱉으며 한껏 날을 세운 재희의 시선이 선우에게로 올곧이 향했다.

그런 시선쯤이야 얼마든지. 선우가 입술을 얄밉게 삐죽이며 어깨까지 으쓱여 보였다. 그거로도 모자라 얼마든지 순종적인 알바생이 될 수 있다는 듯 빙긋 웃기까지 했다.

재희는 선우의 이런 시선이 못내 부담스럽고 또 부담스럽다. 지금껏 딱히 내색한 적은 없지만, 그래도 부담스러운 건 어쩔 수 없었다.

어쩔 수 없는 시선에서 도망치듯 손을 홱 빼낸 재희가 단호하게 말했다.

"그래도 안 돼. 넌 너무 눈에 띄어."

"눈에 띄는데 안 될 이유가 뭐야?"

"그거야. 당연히……."

마땅한 이유가 생각나지 않아 잠시 망설이는 재희의 표정에 선우가 의기양양하게 재희를 올려다보며 어깨를 으쓱였다. 이유를 대 보라는 눈빛이 영 거슬린다.

진짜, 얄밉지. 강선우! 치.

"그거야, 우리 카페는 이미 잘나가니까. 더 북적대는 건 사양이야."

"흐음. 손님을 마다하는 사장이라. 이걸 어떻게 해석해야 하나?"

"말 그대로. 넌 안 된다는 소리지!"

억지라는 걸 잘 알고 있다. 그래도 어떻게 하겠는가! 억지가 아니면 달리 할 말이 없는걸.

그러거나 말거나 선우는 싱글벙글 웃고만 있었다. 못내 그 미소가 신경 쓰였지만, 재희는 더는 그에게 휘말리고 싶지 않아 끝내 시선을 피하고 말았다.

"그만 가. 나 마감하고 들어갈 거야."

"내가 이 시간에 여기 온 이유를 어느 누구보다 더 잘 알고 있는 너한테서 그런 말을 매번 들어야 하는 내 귀를 좀 사랑해 줄 순 없나?"

무슨 말도 안 되는 소리를……. 귀를 어떻게 사랑해?

"그러니까 안 오면 되잖아. 왜 좋은 너네 집 놔두고 이 먼 데까지 오는데!"

재희가 제법 공격적으로 대꾸하며 재빨리 카운터 안으로 도망가듯 피했다.

뚜벅뚜벅.

하지만 단 두 걸음만으로 그가 카운터에 성큼 들어섰다. 키가 큰 그가 상체만 기울였을 뿐인데 순식간에 거리가 좁혀졌다. 재희는 그 순간 저도 모르게 침을 꿀꺽 삼키고 말았다.

입술이 닿을 듯 말 듯 아슬아슬하다.

아슬아슬한 경계선에서 선우의 입술이 느릿하게 움직였다. 그가 한 글자 한 글자 내뱉을 때마다 와플의 달큰한 향이 입술을 간질이다 훅 끼쳐 왔다.

"네가 오지 않으니까, 내가 오는 수밖에……."

난 하루라도 네 얼굴을 안 보면 하루가 너무 길거든.

꾹꾹 눌러둔 마음을 더는 감출 곳이 없다는 듯 가슴이 들썩이다 이내 토해 낼 것처럼 일렁였다.

오늘따라 왜 이러지? 항상 해 오던 일이니 못 할 것도 없는데, 오늘따라 제 마음을 숨기는 게 너무 힘이 들었다.

'오길 잘했네요.'

그녀에게 접근한 남자가 처음은 아니다. 그러니 새삼스러울 것도 없다.

그런데 왜?

선우는 투명하게 빛나는 재희의 검은 눈빛을 빤히 들여다봤다. 그녀의 눈빛 안에는 발가벗기기 전의 한 남자가 우두커니 서 있었다. 숨기지 못한 조바심을 그대로 드러낸 채 말이다.

헛웃음이 새어 나왔다. 새삼스럽지 않은 제 감정이 새삼스럽다.

숨길 수 없는 질투가, 불끈 솟아났다. 더는 참을 수가 없다.

더는 제 영역에 나타난 다른 수컷의 등장에 배려 따위는 하지 않을 거였다.

더는 지켜볼 자신이 없다. 선우는 지금 이 순간 제 마음이 더는 붙잡아 둘 수 없는 상태로 치우쳐 버렸다는 걸 알게 되었다. 이제는 그럴 수 없게 되어 버렸다. 가슴이 두근거리기 시작했다. 지금까지는 심장이 없었다는 듯 가슴이 세차게 뛰기 시작했다.

'그래, 어디 한번 내 영역에 나타난 수컷의 얼굴이나 한번 보자! 한재희 인생에서 다른 수컷의 얼굴을 보게 되는 건 마지막이 될 테니까.'

선우의 검은 눈동자가 깊게 침잠했다.

○　●　○

선우의 행동은 민첩했다. 결론이 섰으니 머뭇거릴 이유가 없었다. 속전속결. 딱 그 말이 맞았다.

선우는 다음 날 바로 가연의 남편 변호사에게 전화를 걸었고, 대면이 이루어졌다. 4자 대면 요청이 있었지만, 가연은 남편과 만나고 싶지 않다고 했고, 어쩌면 그렇게 하는 편이 더 빨리 끝나겠다 싶어 선우는 혼자 약속 장소에 나왔다.

"결론부터 말씀드리겠습니다."

선우가 먼저 말문을 열었다.

"저의 의뢰인께서는 정확히 현 배우자님 재산의 반을 원합니다."

"미친년."

가연의 남편 입에서 곧바로 험한 말이 튀어나왔다.

"제가 상대하겠습니다."

남편의 변호사가 그를 만류하고 나섰다.

"그건 무리입니다. 민가연 씨와의 결혼 생활이 길지 않았고, 민가연 씨가 저의 의뢰인의 재산을 늘리는 데 있어 조금도 기여한 부분이 없습니다. 물론 위자료는 생각하고 있습니다."

상대편 변호사가 침착하게 말을 이었다.

"네. 그 부분은 저희도 인정합니다. 다만, 현재 저의 의뢰인은 남편분을 폭행죄로 신고하겠다는 의사가 매우 강합니다. 아시겠지만, 폭행죄는 합의가 되지 않을 시 실형 선고가 가능합니다. 이에 대해 저의 의뢰인은 합의가 아닌 실형 선고에 대한 의지 또한 매우 강하다는 걸 말씀드리겠습니다."

침착한 선우의 태도에 가연의 남편 얼굴이 일그러졌다.

"또한, 현행법상 간통죄가 폐지되어 그 부분에 대해서는 죄를 물을 수 없다고 하지만, 저의 의뢰인은 그에 따른 정신적인 피해 보상을 얼마든지 요구할 수 있습니다. 저의 의뢰인의 재산 분할 요구 조건이 조금 과하다고 생각하시겠지만, 저는 이 소송에 최선을 다할 생각입니다. 저의 의뢰인은 너무 젊은 나이에 이혼을 해야 한다는 자괴감과 폭행을 당했다는 모멸감에 심각한 정신적인 충격을 받은 상태입니다. 정신적인 피해 보상과 폭행죄에 대한 실형을 생각해 보신다면 어떤 게 더 나을지는 충분히 심사숙고해 보셔야 할 듯합니다."

치정이 아니라고 했지만, 결과적으로는 치정도 포함된 이혼 사유였다. 남편의 외도에 이은 폭행 치사였다. 저를 속였다는 것이 마음에 들진 않았지만, 이미 이 일을 맡겠다고 한 이상 선우는 침착하게 변론을 하기로 했다.

선우의 변론에 두 사람은 귓속말을 주고받았다. 변호사의 귓속말에 가연의 남편 이마가 볼썽사납게 구겨졌다. 그가 선우를 노려보았지만, 선우는 그 어떤 표정 변화도 없이 침착하게 그 시선을 마주했다.

자신의 변호사 말에 귀를 기울이던 남자가 하는 수 없다는 듯고개를 살짝 끄덕였다.

"좋습니다. 저희도 생각할 시간을 좀 주시죠."

아마도 위자료에 대한 생각을 달리할 시간이겠지.

"그러죠. 하지만, 저의 의뢰인이 지금 정신 상태가 심히 불안하다는 건 잊지 않으셨으면 좋겠습니다."

시간을 길게 끌 필요가 없었다.

"알겠습니다. 빠른 시일 내로 연락드리겠습니다."

"그럼."

대화는 간결했다. 아니, 일방적이라는 말이 더 맞았다.

선우가 먼저 자리에서 일어섰다. 시간이 벌써 5시를 향해 가고 있었다. 선우는 곧장 재희의 카페로 갈 생각이다. 사무실에는 전화해 두면 될 일이었다.

퇴근 시간이 가까워진 도심의 거리는 다양한 종류의 차량으로 넘실거렸다. 어제에 이어 오늘도 꽃샘추위가 계속될 거라는 일기 예보처럼 바람이 매서웠지만, 도심의 거리는 바쁘게 움직이는 차량에서 나온 배기가스로 찜질방을 연상케 할 정도로 답답해 보였다.

연속으로 신호에 걸렸다. 앞쪽에서 사고가 발생한 건지 유독 선우가 있는 차선만 차가 더디 움직였다.

선우는 신호가 바뀌자마자 차선을 바꿨다. 급하게 차선을 변경한 탓에 뒤에서 신경질적인 자동차 경적음이 울렸지만, 선우는 그걸 신경 쓸 만큼 지금 마음의 여유가 없었다.

조금 더 가다 보니 역시나 접촉 사고가 있었다. 그곳을 지나자 차는 좀 더 속력을 냈다.

○ ● ○

"저녁 뭐 먹을까?"

소영이 물었다.

"글쎄. 추우니까 따듯한 국물 먹고 싶다."

"그치? 이런 날은 따끈한 오뎅탕에 사케가 딱인데."

"끝나고 마시지 뭐."

"그럴까? 오랜만에 폭풍 수다도 떨고."

"나야 좋지."

"좋아. 그럼 우리 오늘 칼 마감 하고, 건너편 아파트 단지 뒤에 새로 생긴 이자카야 가 보자. 거기 서빙하는 친구들이 완전 훈남이라는 소문이 자자해. 하나같이 잘생겼다고 얼마나 폭풍 칭찬을 하던지. 시간 내서 꼭 가 보라고 권유까지 받은 상태지. 흐흐."

소영이 흐뭇한 표정으로 웃었다.

하루 종일 카페에 있으면서 저 길 건너 새로 생긴 이자카야의 서빙하는 친구들은 어떻게 알고 있나 싶기도 하다.

"우리 카페 자주 오는 단골들과의 공유지."

물끄러미 쳐다보는 재희의 궁금증을 금세 해결해 준 소영은 벌써부터 들떠 있었다.

"그래서 말인데, 내가 오늘은 꼭 다가오는 봄날 벚꽃 구경을 같이 갈 꽃지기를 만들어 봐야겠어. 요즘 너무 오랫동안 혼자 있었더니 옆구리가 너무 시려. 이게 한 해 한 해 다르네. 작년 다르고 올해 다르고. 넌 어때?"

오늘 술 한잔하고 싶다더니.

소영의 숨김없는 호들갑에 재희는 관심 없었지만, 가볍게 웃어 주었다.

소영은 지난해 남자 친구와 헤어진 이후 아직 혼자였다.

"글쎄. 난 뭐……."

"야. 우리가 언제까지 청춘일 순 없잖아. 청춘은 청춘일 때 즐겨야지. 그런 의미에서 우리 오늘 밤……."

소영이 술을 마시는 제스처를 취하는 중 달랑거리는 소리와 함께 카페 문이 열리고 닫혔다.

"어서 오세……. 왔어?"

익숙한 모습이 기습적으로 나타났다. 긴 다리로 성큼성큼 걸어 선우는 곧장 카운터로 다가왔다.

"어."

"너 뭐야?"

소영이 말끔한 모습으로 평균 직장인들보다 더 빠른 시간에 모습을 드러낸 선우를 보고 물었다.

"뭐긴. 저녁 먹으려고. 저녁은?"

"먹어야지."

재희가 시간이 벌써 이렇게 됐네, 라며 시간을 확인했다.

"잘됐네. 나도 아직인데. 재희랑 먼저 저녁 먹고 올게."

"야, 강선우. 네 눈에 나는 안 보이냐!"

"교대해 줄게."

이 자식이, 라며 눈을 흘긴 소영이 못마땅한 얼굴로 선우를 노려봤다. 오늘도 강선우는 한재희에게만 국한된 눈빛으로 그녀를 바라보고 있었다.

재희만큼 오랫동안 선우를 보아 왔지만, 소영은 지금과 같은 선우의 아리송한 눈빛이 어떤 의미인지 여전히 알 수가 없었다. 물론, 한때는 이 세상 여자들이 다 한 번쯤은 제 남자이길 바라는 눈빛으로 재희 곁에 맴도는 선우를 보며 다른 생각을 한 적도 있었다.

재희한테 마음이 있구나.

하지만, 그런 시간이 한 해 두 해가 지나고, 또 다른 해가 다가와도 재희를 대하는 선우의 태도는 변함이 없었고, 그에 응하는 재희의 자세도 다르지 않았다.

한 발짝 물러서 보면 둘 사이는 뭔가 일어나도 진즉에 일어났어야 하는 사이였다.

선우는 그녀의 남자 친구는 아니라면서 필요할 때는 남자 친구 역할을 절대 마다하지 않았다. 그런 선우의 행동 하나하나를 뜯어보자면 분명 그는 어떤 남자 친구보다 더 자상했다. 세상에 저런 남자 친구가 있으면 평생 업고 다녀도 모자랄 정도로 그는 재희에게 지극정성이었다.

생일을 챙기고, 휴가를 맞추기도 했다.

냉장고에 반찬을 채우고, 아프면 약을 사다 날랐다.

어디 그뿐인가! 제집인 양 재희의 집을 드나들고, 잠을 자기도 한다.

그런데도 둘 사이에 아무 일도 없다?

이걸 어떻게 해석해야 하나. 어떻게 받아들여야 하지.

누가 봐도 둘의 관계는 분명 좀 더 친밀하고 은밀해 보였다. 당사자들만 인정하지 않을 뿐이었다.

강선우는 한재희에게서 결코 멀어진 적이 없었고, 더 가까이 다가온 적도 없었다. 냉혹하리만큼 철저하게 유지되고 있는 묘한 거리감은 두 사람이 연인도, 그렇다고 친구도 아닌 거리감이었다.

소영은 그런 둘 사이가 답답하다 못해 화가 나, 도대체 뭐가 문제냐고 선우에게 날을 세우며 물었던 적이 있었다.

'도대체 뭐가 문제야?'

'너는 뭐가 문젠데? 우리 둘 사이엔 아무 문제가 없는데.'

정상일 리 없는 관계였다. 그 긴 시간을 서로의 곁에 바짝 붙어 지내 왔으면서도 친구라……

집도 쉽게 드나들고, 잠도 자고 오고, 갈아입을 옷도 집에 한두 벌은 있을 텐데, 그래도 친구란다.

오히려 제게 왜 그러냐고 태연하게 묻는 선우의 질문에 소영은 할 말을 잃었었다.

둘이 비밀 연애를 하나 싶어 의혹을 가져 보기도 했지만, 그것도 아니었다. 만약 둘이 키스라도 했다면 자기 감정을 숨길 줄 모르는 재희의 얼굴에 그대로 드러났을 테니까.

그러니 의혹은 점점 사라지고, 기대도 점점 사라져, 이제는 강선우는 남자가 아닌 또 다른 인간으로 소영에게 분류되었지만, 여전히 재희 곁에 맴도는 선우의 존재는 애매모호했다.

어떤 이유에서든지.

결국 그 묘한 거리감이 늘 신경에 거슬렸지만, 소영이 내린 결론은 하나였다. 강선우에게 한재희가 특별한 사람이라는 거였다.

"아니 안 돼. 너 혼자 카페 좀 봐. 우리 둘이 먹고 올 테니까."

'흥, 여전히 네 놈 속을 모르겠단 말이지.'

소영이 어깃장을 놓았지만, 그러거나 말거나 선우는 '가자.' 라며 재희에게 손을 내밀었다.

"야!"

선우의 당당한 태도에 소영이 눈을 흘기며 으르렁거렸다.

그때였다. 다시 카페 문이 열리고 찬바람이 훅 끼쳐 왔다.

"어서 오세요. 좀 비켜 주시겠습니까?"

소영이 눈을 부라리며 방해꾼은 비키라는 듯 손을 흔들었다.

"아, 또 오셨네요?"

소영이 반갑게 손님에게 인사를 건넸다.

"네. 안녕하세요."

소영에게서 인사를 받은 남자는 재희에게 시선을 두며 인사를 건넸다. 재희는 별다른 말 없이 고개만 살짝 끄덕였다.

"아, 재희 보러 오셨구나."

소영이 제 어깨 뒤로 향하는 시선을 잽싸게 낚아채며 오작교 역할을 자처했지만, 정작 오작교 건너편에 있어야 할 재희는 벌써 커피 머신 앞에 서 있었다.

남자의 시선이 재희를 따라 움직였다.

흥. 강선우 봤냐? 재희의 인기가 이 정도다.

소영은 차라리 잘되었다 싶었다. 이참에 애매모호한 관계에 확실히 마침표를 찍어야겠다는 생각이 불쑥 튀어나왔다.

"맞죠?"

대답을 들어야겠다는 듯 소영이 화사하게 미소를 지으며 한 번 더 물었다.

"아니라고는 말씀 못 드리겠네요."

예고도 없이 불쑥 들어오는 소영의 한마디에 남자는 머쓱한 웃음을 지어 보였지만, 그 시선 역시 재희에게로 향해 있었다. 남자의 눈꼬리가 보기 좋게 휘어졌다.

역시나 재희한테 관심이 있었어.

"잘 오셨어요. 재희가 당분간은 계속 카페에 나올 거라서, 자주 오세요."

"네. 저야 자주 오면 좋죠."

남자의 미소가 좀 더 짙어지자 소영의 얼굴에도 화색이 돌았다.

"무슨 말씀이세요. 자주 오시면 저희가 더 감사하죠. 라떼 드실 거죠?"

소영이 살갑게 말을 건넸다.

"네."

"잠시만 앉아 계시면 진동벨로 알려 드릴게요."

"감사합니다."

그제야 재희에게서 시선을 거둔 채 가볍게 고개를 숙이며 물러서는 남자는 남자인 선우가 보기에도 나쁘지 않았다.

남자의 옆모습은 둥글지도 날카롭지도 않은 부드러운 선을 그리고 있었다. 살짝 이마를 덮고 있는 약간 긴 앞머리가 부드럽게 떨어져 남자의 이미지는 선하게 보였다.

그리고 남자는 침착했다. 힐끔 재희를 쳐다보며 생긋 웃었지만 더는 다가서지 않는 신중함도 갖추고 있었다.

분명 그럴 리 없다는 걸 알고 있으면서도 마치 재희를 알고 있는 것처럼 행동하는 남자의 모습에 선우의 미간이 심하게 찡그려졌다.

낯선 남자가 한재희를 알 리는 만무했다. 그건 저만이 가능한 일이라 일갈하면서도 미간이 찡그려지는 걸 선우는 막을 수 없었다.

내심 시선을 두려 하지 않았지만, 자꾸만 시선이 남자에게로 향하고 있었다. 통화 중 들렸던 그 목소리의 주인공이라는 확신이 들었다.

제 영역에 들어온 다른 수컷.

준수한 외모에, 깔끔한 옷차림, 게다가 목소리도 나쁘지 않았다. 가볍게 카디건을 걸치고 나온 걸 보면 퇴근을 한 차림은 아니었다. 그의 옷차림으로 보아 잠시 커피를 사러 나온 듯한 모습이었다. 선우의 시선이 건너편 밀집된 빌딩 숲에 잠시 머물렀다.

그사이 재희는 완성된 라떼에 우유 거품으로 하트 무늬를 그려 넣고 있었다.

젠장.

오늘따라 유난히 하트를 더 예쁘게 그려 넣는 것 같았다. 손재주도 없으면서.

"올, 한재희 오늘 좀 그린다?"

소영이 마치 선우에게 들으라는 듯 목소리를 한 톤 높였다.

가늘어진 선우의 시선이 소영을 지나쳐 재희에게로 향했다. 심술궂게 소영이 재희의 앞을 가로막으며 선우의 시선을 차단했다. 그러고는 선우의 심기를 긁기로 작정한 듯 얄미운 표정을 지으며 가볍게 진동벨 번호를 눌렀다.

번번이 고백할 기회를 잃었다. 그 기회를 잃을 때마다 재희의 벽은 점점 더 두꺼워졌다.

첫 고백을 하려 마음먹었던 적이 언제인지 까마득하다.

그날 그 장면을 목격하지 않았다면 지금의 관계가 달라졌을까 하는 아쉬움은 두고두고 남았다.

그날은 겨울 방학을 얼마 남겨 두지 않은 몹시 추운 날이었다. 며칠 전부터 멀리서 보여 다가가면 뒤로 돌아서 가 버리기 일쑤고, 어쩌다 눈이 마주치면 시선을 피하기에 바빴다. 말을 걸 틈도 주지 않은 채 저를 피하기만 하던 재희가 미친 듯이 보고 싶었다.

추울 날에도 불구하고 손에 잡힌 아무 옷에 몸을 끼워 넣고 재희의 집으로 향했다. 4층짜리 다가구 주택 중 재희의 집은 1층이었다.

재희의 집 근처에 도착했을 때 가장 먼저 들려오는 소리는 날카로운 파열음이었다. 추운 날씨에 얼어 있던 창문이 알 수 없는 충격을 이기지 못한 채 와장창 깨져 밖으로 떨어지고 있었다.

'재희야!'

몸이 반사적으로 앞으로 튀어 나가다 우뚝 멈춰 섰다.

'아빠가 잘못한 거잖아!'

깨진 창문 사이로 울먹거림이 가득한 재희의 목소리가 날카롭게 새어 나왔다. 돌아가야 한다는 마음과는 다르게 두 다리는 그 자리에서 꼼짝도 하지 않았다. 창문을 등지고 있는 재희의 작은 뒷모습이 한눈에 들어왔다.

'아빠 얼굴 꼴도 보기 싫어. 엄마랑 내 눈앞에서 사라져 버려. 그 여자한테 가 버려.'

두 주먹을 움켜쥔 채 소리치던 재희가 몸을 돌렸다. 시선이 마주쳤다. 떨어지는 눈물방울에 원망이 가득 담겨 있었다. 그 순간 자리를 뜨지 못했던 자신의 행동에 평생 해야 할 후회 중 반은 한 것 같았다.

그날은, 첫 고백을 하려던 날이었다. 하지만 첫 고백은 그렇게 깨진 창문과 함께 부서져 버렸고, 재희와 저 사이에 보이지 않았던 벽이 형체를 갖추기 시작한 날이기도 했다.

그때 스쳤던 그녀의 어린 눈빛이 가슴에 깊이 박혀 들었다. 절대 지울 수 없게.

선우의 시선이 술잔을 비우고 있는 재희의 옆모습에 고정되었다.

저 봐. 항상 저런 식이지.

재희를 향한 익숙한 선우의 시선에 소영이 꼬인 혀를 낮게 찼다.

정체를 알 수 없는 저 불분명한 시선은 항상 저렇게 재희의 주위를 배회하고 있었다.

소영은 정체를 알 수 없는 선우의 지금의 눈빛이 무척이나 거슬렸다. 더욱이 지금 재희에게 관심을 가진 남자가 나타난 이 시점에서는 더욱더 말이다.

좋아. 어디 한번 해 보자. 내 이번에는 기필코 네 속을 좀 들여다봐야겠다.

술도 들어갔겠다, 소영은 작정하고 덤벼들었다.

소영이 잔을 탁, 소리 나게 내려놓았다. 두 사람의 시선이 바짝 날이 선 소영에게로 향했다. 얼큰하게 술에 취한 소영이 눈썹을 잔뜩 치켜세운 채 선우를 노려보고 있었다.

"너 진짜 뭐야? 왜 자꾸 재희 곁에 어슬렁거리는데."

"어슬렁거린다는 표현은 좀 거슬리는데."

어슬렁거리는 건 아니지. 정확히 말하면.

선우가 한쪽 입술만 끌어 올린 채 눈썹 끝을 살짝 긁었다.

"뭐가 거슬려? 그럼 어슬렁거리는 게 아니면 뭔데? 매일 전화해서 밥 먹었나 묻고, 너 쉴 때마다 재희랑 영화 보고, 휴가 맞추고, 어디 그뿐이야? 네가 한재희 남자 친구야? 그렇지도 않으면서 집은 맨날 드나들고. 너 지금 하는 행동이 딱 그거야. 오늘 먹을까,

내일 먹을까, 있는 침 없는 침 다 발라 놓고 다른 놈들은 근처에도 못 오게 한 채 지켜만 보고 있는 밀림의 할 일 더럽게 없는 사자. 아니지, 팔다리가 긴 놈이니까 재규어 정도 되려나?"

에이 씨, 재규어도 너무 멋있잖아, 라고 덧붙인 소영이 술을 단번에 비워 내며 또다시 열을 올렸다.

"그만해. 왜 또 그래."

가끔 소영은 지금처럼 날을 세운 채 선우를 몰아세우곤 했지만, 한 번도 선우를 이겨 본 적이 없었고, 그럴 때마다 불편한 건 바로 재희였다.

한동안 잠잠하더니…….

재희는 힐끔 선우의 표정을 살피며 제 술잔을 집어 들었다. 갑자기 목이 탔다.

"방금 전에 마셨잖아. 한 템포 쉬어."

넌, 좀……. 뭔가 말하려던 재희는 자연스럽게 제 손에서 술잔을 가져가 입에 털어 넣은 선우를 넋 놓고 쳐다볼 수밖에 없었다. 순간 얼굴에 열기가 확 피어올랐다.

"이봐, 이봐. 한재희 네가 너무 순둥이라서 아니, 너무 물러 터져서 그러는 거잖아! 뭐든 다 받아 주니까 저 자식이 아주 널 만만히 보는 거지. 난 오늘 저 또 다른 종으로 분류된 인간의 애매모호한 모든 것에 마침표를 좀 찍어야겠어."

날 선 소영의 태도에도 불구하고 선우가 피식 소리 내며 웃었다.

"어? 웃어? 너 지금 웃었지. 야, 강선우."

소영이 버럭 소리를 내질렀다. 술에 취한 그녀의 목소리는 우렁 찼다.

"너 내가 진심으로 하는 말인데……."

"마셔라."

소영의 말허리를 싹둑 자르며 선우가 소영의 술잔에 제 잔을 부딪쳤다.

"술도 더 시키고 안주도 더 시켜. 먹고 싶은 거 마음껏."

이미 가장 비싼 안주 세 개와 제일 비싼 사케가 네 병이 나온 뒤였다. 모두 소영이 시킨 안주와 술이었다.

선우의 시선이 자연스럽게 술잔을 비우고 있는 재희의 옆모습으로 향했다.

저게, 진짜! 소영이 어깨에 잔뜩 힘을 주며 상체를 앞으로 기울이려는 순간, 선우는 제 잔을 입에 털어 내며 말했다.

"그리고 괜한 애 쓰지 마. 넌 그 마침표 못 찍어."

그걸 찍을 수 있는 사람은 재희와 나뿐이야.

낮게 깔린 음악 소리보다 더 낮게 깔린 목소리가 굳건했다. 마른땅에 뿌리를 깊숙이 내려 흔들림 없는 나무와도 같은 단단함 위에 더 단단한 검은 눈동자가 열매처럼 빛나고 있었다. 그 검은 빛이 너무 선명하고 또렷했다. 세상 유일한 빛인 것처럼 빛나고 있었다. 그 시선은 역시나 재희를 향하고 있었다.

설마……. 아니지? 그럴 리가 없잖아.

소영은 눈을 치뜬 채 말없이 재희의 표정을 살폈다. 항상 그러듯 재희는 둘 사이가 그러거나 말거나 단아하게 술잔을 비워 내고 있었다. 그리고 그 빈 술잔을 기다리고 있었다는 듯 선우는 술을 반만 채운다.

"천천히 마셔."

다정하게 그가 말을 건넨다.

"술을 주지 말든지."

그녀가 밉지 않게 눈을 흘기며 평범한 말을 건넨다. 그가 피식 웃는다.

달라진 건 없었다. 예나 지금이나. 둘이 만들어 내는 익숙한 장면.

그런데 왜 지금, 이 순간 소영은 아주 오래전에 버려두었던 기대감이 뭉글뭉글 다시 피어나는 걸까! 스스로도 의문이었다.

뭐지?

선우는 오늘 카페에서 본 남자에 대해 한마디도 묻지 않았다. 만약 그가 재희에게 다른 마음이 생겼다면 분명 뭔가는 물어야 정상이었다. 적어도 평범한 연애를 해 온 소영의 입장에서는 그게 정상이었다. 누구냐고, 혹시 너도 관심 있냐고, 그 정도의 대화는 오고 갈 거였다.

하지만, 강선우는 단 한마디도 묻지 않았다. 재희에게도, 저에게도.

도대체 뭐야 강선우!

술을 너무 많이 마신 탓인지, 오늘 뭔가를 알아내겠다고 다짐했던 소영은 제 머릿속에서 둥둥 떠다니는 의문표에 한숨만 길게 내쉬고 말았다. 조금 전 선우가 했던 말이 도돌이표처럼 머릿속을 회전하며 자꾸 술을 불렀다.

'괜한 애 쓰지 마. 넌 그 마침표 못 찍어.'

그렇게 얼마나 마셨을까. 술에 취한 소영이 집에 간다며 자리에서 일어섰다.

"강선우 너, 내 베프, 한재희 집까지 안전하게 모셔라. 이상한 짓거리 하면 아주 죽어. 알겠어!"

소영이 택시에 오르며 손날로 목을 긋는 시늉을 했다. 가장 비싼 술을 세 병이나 시키고도 모자라 한 병 더 시킨 소영은 끝내 취하고 말았다. 정작 집까지 안전하게 모셔야 할 사람은 재희가 아닌 소영이었지만, 소영은 끝내 저 혼자 집에 가야 한다고 고집을 부렸다.

소영은 정말 특이하게 술에 취하기만 하면 귀소 본능이 평소보다 한 200배는 더 강해졌다.

"우리 집에서 자고 가라니까."

재희가 걱정스러운 눈빛으로 물었다.

"됐어. 그 정도 아니거든. 나 집에 갈 수 있어. 내 걱정은 하지 마. 걱정은 내가 아니라 너야. 한재희, 너 말이야. 너 강선우 조심해. 저 자식 뭔가 아주 이상해. 알았지?"

눈을 게슴츠레 뜬 소영이 미덥지 못한 시선으로 선우를 흘겨봤다.

"알았어. 조심해서 들어가. 도착하면 전화하고."

"응응. 근데 진짜 강선우 조심해야 해. 알았지?"

소영은 술기운에도 물가에 내놓은 어린아이에게 당부하듯 같은 말을 몇 번이고 반복하고 있었다.

"출발해 주세요."

새벽바람 끝이 매서웠다. 재희의 코끝이 차갑게 식어 가고 있었다. 보다 못한 선우가 문 옆에 선 재희를 살며시 제 품 쪽으로 끌어당기며 문을 닫자마자 택시가 출발했다.

"차는?"

재빨리 선우의 품에서 두어 걸음 멀어지며 재희가 물었다.

"주차장에. 내일 아침에 가지러 와야지."

"대리 불러서 가."

"좀 걷자. 괜찮지?"

마음 같아선 당장 택시를 타고 집으로 가고 싶었지만, 소영의 장단에 맞추다 보니 선우도 제법 술을 많이 마신 상태였다. 지금과 같은 상태로 밀폐된 공간으로 들어서는 건 위험했다.

하여튼 제멋대로지. 입술을 삐죽이면서도 재희는 앞서 걷는 선우의 곧은 등을 보며 천천히 걷기 시작했다. 앞선 걷던 선우의 걸음이 점점 느려져, 어느 순간 재희와 나란히 서 있었다.

"안 추워?"

새벽이 되자 기온이 뚝 떨어졌다. 코끝에 와 닿은 바람이 제법 매섭다.

"괜찮아. 술도 깨고 좋네."

백 미터를 전력 질주 하듯 달리던 소영의 페이스에 맞춰 술잔을 받다 보니 재희도 평소보다 더 많은 양의 술을 마셨다. 선우가 반 정도 그녀의 술을 마셨기에 다행이지 그렇지 않았다면 그녀도 소영처럼 취했을 거였다. 재희는 몽롱하게 밀려오는 술기운을 떨쳐 내려 차가운 공기를 깊게 들이마셨다.

"입어. 춥다."

코트를 벗은 선우는 자연스럽게 재희의 어깨에 덮어 주었다.

"됐어. 너나 입어."

"그냥 입어. 고집부리지 말고."

"됐다니까. 자꾸 네가 이러니까 소영이가 그러는 거잖아!"

'너 지금 하는 행동이 딱 그거야. 오늘 먹을까, 내일 먹을까, 있는 침 없는 침 다 발라 놓고 다른 놈들은 근처에도 못 오게 한 채 지켜만 보고 있는 밀림의 할 일 더럽게 없는 사자. 아니지, 팔다리가 긴 놈이니까 재규어 정도 되려나?'

살짝 어깨를 틀어 선우의 손길을 떨궈 낸 재희는 매섭게 불어오는 밤바람을 맞으며 선우를 빤히 올려다봤다. 언제나처럼 강선우는 그 자리에 꿈쩍도 하지 않은 채 그녀를 내려다보고 있었다. 그의 눈빛이 익숙하다.

안다. 자신이 얼마나 이기적인 인간인지.

소영은 그가 제 주위를 맴돈다고 했지만, 강선우를 놓지 못하는 사람은 바로 자신이라는 걸. 다가오지도 못하게 하면서 제 영역에서 사라지는 걸 바라지도 않았다. 순둥이는 저가 아닌 바로 강선우라는 걸 재희는 잘 알고 있었다.

"자꾸 내가 뭐?"

진소영이 눈치는 좀 있지. 그러니 매번 그렇게 날 닦달하지. 소영이 자신을 닦달할 때마다 선우는 적당히 대꾸해 주곤 했었다. 한동안 잠잠하더니 오늘 소영의 행동을 보아하니 소영도 그 남자가 어지간히 마음에 들었던 모양이다.

하긴 진소영의 패턴이야 늘 똑같지.

재희 곁에 남자가 나타나기만 하면 항상 자신에게 날을 세워 몰아붙인다는 것쯤이야 오래전에 알고 있었다. 물론 그중 소영이 소개해 준 남자들도 있었지만, 그다지 신통치는 못했다.

쯔읏! 진소영의 남자 보는 눈은 별로인데…….

빤히 재희를 내려다보다는 선우의 눈매가 깊어졌다. 검은 눈동자가 깊이를 알 수 없을 만큼 일렁이다 일순 움직임을 멈춰 재희의 시선을 끌어당겼다.

선우는 오늘 저녁 내내 기분이 롤러코스터를 타고 있었다. 몇 번이나 오르락내리락했을까? 그냥 얼굴이나 보자 했지만, 막상 마주치고 보니 마음이 이성을 따라 주지 못했다.

'다음에 또 뵙겠습니다. 재희 씨.'

카페를 나서는 남자는 재희에게 인사를 건넸다.

'날이 아직 춥네요. 감기 조심하세요.'

살짝 미소를 머금은 채 말을 건네는 남자의 목소리는 군더더기 없이 깔끔했다. 물론 항상 그렇듯 남자에게 관심이 없는 재희는 대답 없이 고개를 까닥이는 게 전부였지만, 오늘 밤은 그마저도 신경에 거슬렸다.

그런 기분은 처음이었다. 말라비틀어진 낙엽처럼 목이 바싹 말라붙었다. 넥타이까지 서서히 목을 조여 왔다.

그동안 재희 곁을 스쳐 지나갔던 남자들이 몇 명이었을까! 그동안 신경 쓸 만한 남자는 없었다. 재희가 풍기는 분위기와 그녀의 외모에 혹해 달려드는 불나방 같은 존재들은 하루살이와 같았다.

하지만, 오늘 카페에서 본 남자는 불나방 같은 존재들과는 다른 포스를 풍기고 있었다. 제 영역에 제대로 된 수컷이 나타났다는 의미였다. 제 영역에 나타난 수컷이 오래전부터 제 옆에 두었던 제 암컷에게 제대로 된 페로몬을 풍기고 있었다. 그 페로몬은 같은 수컷이 느끼기엔 꽤나 위험했다.

"됐어. 안 추우면 쥐. 대신 감기 걸려도 난 몰라."

선우의 시선을 피해 빠르게 코트에 팔을 대충 끼워 넣은 재희는 자신을 빤히 내려다보고 있는 선우를 지나쳤다. 아주 오래전부터 선우의 지금과 같은 눈빛은 피해야 한다고 본능이 경고했었다.

"한재희."

딱 두 걸음 뒤에서 묵직하게 가라앉은 선우의 목소리가 그녀의 발걸음을 잡아챘다.

그 순간 재희는 뭔가 심상치 않음을 느낄 수 있었다. 목에 힘이 들어갔다.

"뒤돌아보지 말고 대답해 봐."

이 질문의 대답에 따라 누군가는 달라질 것이다.

그게 저일 거라는 생각이 들긴 하지만.

"넌 어때? 마침표."

심장이 빠르게 뛰기 시작했다.

"나, 어제 진짜 실수한 거 없지?"

늦은 오후가 다 되어서야 카페에 나온 소영이 수건에 손을 닦으며 조심스럽게 물었다.

"없어."

"진짜지?"

소영은 이미 여러 차례 지난밤처럼 선우를 몰아붙이던 전적이 있었다.

"응. 근데 정말 아무것도 기억나지 않을 정도로 취해 있었던 거야?"

"아니, 기억이 나지 않는다기보다는 내 머릿속에 제멋대로 지우개가 있다고나 할까? 히히히."

소영이 관자놀이를 꾹 누르면 해맑게 웃어 보였다.

"나이를 먹긴 먹었나 봐. 이제 한 해 한 해가 다르네."

"그럼 술 좀 줄여. 너 지난밤에 좀 과하긴 했어."

술도 과했지만, 선우에게도 과했어.

몇 번이고 만류해 봤지만, 지난밤 소영은 도대체 뭐가 그렇게 불만이었던지 선우를 무작정 몰아세우기 바빴다. 선우였기에 망정이지 그가 아니었다면 몇 번은 소란스러웠을 순간이 있었을 거라고 재희는 굳이 말하지 않았다.

"그러니까. 띄엄띄엄 생각나는 기억이 그렇다고 말을 하긴 하더라."

소영이 뒷머리를 긁적이며 멋쩍게 웃었다.

"마감 내가 할게. 들어가."

"아니야. 미안하게. 아 참 강선우 오늘도 온다고 했어?"

으씨, 나 오늘 도망가야 하나? 라고 중얼거리며 소영은 재희의 말을 기다렸다.

오늘 선우에게서 전화는 없었다. 점심은 먹었냐고, 항상 걸려 오던 전화가 오지 않으니 신경이 쓰이긴 했지만, 전화를 해야겠다는 생각은 들지 않았다.

상처를 받았겠지…….

재희는 이미 한번 내뱉어 본 적이 있는 말이었다.

'언제든 환영이지……. 마침표를 찍고 싶은 거면 오늘 밤도 나쁘지 않아.'

아주 오래전 술에 취해 제 어깨에 머리를 기댄 채 고백했던 선우는 기억하지 못하겠지만.

선우의 연락을 2주 정도 받지 않았던 시간이었다. 엄마에게서 연락이 오고 난 뒤 제정신이 아니었다. 아빠에게 여자가 생겼다는 엄마의 전화가 처음은 아니었지만, 이번엔 다른 때와 달랐다. 생명이 위태로울 뻔했다는 의사의 진단은 그녀를 반쯤 미치게 만들었다.

그길로 아빠를 찾아갔었다. 깎지 않아 어지럽게 난 수염과 움푹 팬 볼. 초췌한 몰골이었지만, 그게 눈에 들어오진 않았다. 있는 대로 저주에 가까운 말들을 퍼부으며 닥치는 대로 집어 던졌다.

'아빤 미친 거야. 알아? 제발 눈앞에서 사라져 버려.'

손에 뭐가 잡히는 줄도 모르고 집어 던졌다. 정신을 차렸을 때에는 아빠의 오른쪽 뺨에 길게 상처가 나 있었다. 피가 살며시 배어 나왔지만, 못 본 척 집을 뛰쳐나왔다.

숨이 막혀 죽을 것만 같았다. 터져 나오는 울음을 참으려 입술을 앙다문 채 무작정 앞만 보고 걸어가고 있을 때 전화가 울렸다.

선우였다. 받지 않았다. 전화가 다시 울렸지만, 받을 수가 없었다. 그 순간 전화를 받았다가는 모든 걸 다 끝장내 버릴 것 같았다.

너도 내 몸을 원하느냐고. 너도 내 위에서 헐떡거리고 싶으냐고 퍼부을 것 같았다.

그렇게 2주가 흐르고, 술에 취해 제집 앞에서 기다리고 있던 선우를 마주하게 되었다. 얼마나 오랜 시간 기다렸는지 담벼락에 기댄 어깨며 머리에 이슬이 내려 축축이 젖어 있었다.

그 옆에 나란히 앉았다. 고장 난 시계처럼 이리저리 움직이는 선우의 머리를 조심스럽게 제 어깨에 내려놓았다. 불규칙적으로 내쉬는 숨소리가 어깨를 타고 목으로 흘러들었다.

'재희야. 나 그만하면 안 될까.'

물기가 가득 묻은 목소리는 어린아이의 웅얼거림 같았다. 귀를
기울이지 않았다면 무슨 말인지 알 수 없을 만큼의 아주 작은 웅
얼거림이었다.

순간 가슴에 무언가가 회오리치며 절 무겁게 바닥으로 끌어 내
렸다. 간신히 버티고 있던 두 무릎이 힘없이 바닥으로 무너졌다.

'마침표를 찍고 싶은 거라면 오늘 밤도 나쁘지 않아.'

저 역시 딱 그의 웅얼거림만큼 낮게 웅얼거렸다.

그날 밤은 재희 혼자만의 비밀로 남아 있었다.

"글쎄. 모르겠네."

"오늘 전화 없었어?"

"응."

"뭐야! 웬일로 강선우가 전화도 없어. 하늘이 두 쪽 나도 매일
전화하더니. 혹시?"

"혹시, 뭐?"

"아니, 그러니까……."

설마 무슨 일 있었나?

소영은 묻는 대신 재희의 얼굴을 살폈다. 쌍꺼풀 없이 길고 곧
게 뻗은 눈매 때문에 약간 서늘한 느낌이 드는 분위기지만, 재희는
감정이 잘 드러나는 얼굴이었다. 하지만 재희의 얼굴에는 별다른

변화가 없었다.

고개를 갸웃거리던 소영은 문을 열고 들어오는 남자를 보고 반색했다.

"어서 오세요."

재빨리 인사를 건네며 반긴 소영의 시선은 남자의 손으로 향했다.

혁. 순간 시선을 돌리던 소영은 제 시야에 들어온 풍성한 장미꽃 다발에 두 손으로 입을 황급히 가로막았다.

"안녕하세요. 안녕하세요. 재희 씨."

대박. 고백하려나 보다.

뒤로 한 걸음 슬쩍 물러나 완벽하게 두 사람만의 공간을 만들어준 소영은 자신의 예감이 맞았다고, 자신의 오작교가 이번엔 성공에 가까워지고 있다고 생각하며 소리 없는 박수를 쳤다.

"꽃 좋아하실지 모르겠습니다. 장미꽃이 너무 예뻐서요."

단정한 말투 끝에 수줍음이 묻어 있었지만, 장미꽃 다발을 건넨 손만큼은 거침없었다.

차마 거절할 수 없는 거리. 만발한 장미꽃이 재희의 코앞에서 향기를 뿜어내고 있었다.

풍성한 장미에 가려 재희의 표정이 보이지 않았다. 장미꽃이 서서히 기울어졌다. 누군가 잡은 건 아니었다.

남자는 자연스럽게 장미꽃을 카운터 위에 내려놓으며 주문했다.

"따뜻한 라떼 한 잔 부탁드리겠습니다."

와. 진짜 대박.

소영은 물 흐르듯 매끄러운 남자의 행동에 저도 모르게 감탄사를 내뱉고 말았다. 꽃을 놓고, 주문을 하다니. 재희가 전혀 반격할 기회를 주지 않겠다는 듯 남자의 행동은 완벽했다.

"네."

소영이 재빨리 대답하며 남자가 건넨 카드를 받아 들고 재희를 옆으로 살짝 밀었다.

"커피 좀 내려 줘."

재희에게 커피를 부탁한 소영이 생긋 웃으며 남자에게 카드를 건넸다.

"여기서 잠깐 기다려 주시면 커피 바로 드리겠습니다."

"네. 감사합니다."

남자가 부드럽게 미소 지었다. 남자의 태도는 더 확실해졌다. 확실하게 한재희에게 가고 있었다. 그래, 이 정도는 돼야지. 물론 재희의 태도는 여전히 묵묵부답이지만 남자가 이 정도로 적극적이니 뭔가가 이루어질 것 같았다. 열 번 찍어 안 넘어간 나무 없다지 않은가! 저가 더 들뜬 소영은 머릿속에서 선우를 싹 지워 버렸다.

남자에게 커피를 건넨 재희는 이미 소영이 안으로 들인 장미꽃 다발을 물끄러미 쳐다봤다. 돌려주는 게 맞다. 지난밤 선우의 고백도 거절이라면 거절이었다. 하물며, 저는 이름도 모르는 남자의 그 어떤 것도 받아들일 의사가 없었다.

"꽃다발 줘 봐."

"뭐 하게?"

"돌려드려야지."

"왜?"

"왜, 라니?"

"아니, 꽃다발을 왜? 그냥 예뻐서 준 거라잖아. 난 단골이 집에서 담갔다는 오미자청도 받고, 굴도 받아. 가끔 직접 만들어 준 수

제 초콜릿도 받고, 고구마도 받아. 근데 꽃이 왜?"

억지라는 걸 안다. 그래도 소영은, 재희가 이 꽃을 남자에게 돌려주는 건 결단코 말리고 싶었다.

"그런 거랑은 달라. 줘."

"난 하나도 다르지 않다고 생각하는데."

"진소영."

"왜!"

"……."

"너 그러지 마. 언제까지 혼자 지낼 건데. 우리가 언제까지 청춘일 줄 알아. 이십 대 후딱 지나가. 그때 가서 저런 남자 찾으려면 없어. 저런 남자를 누가 그때까지 남겨 둘 것 같아. 꽃도 한철이야. 줄 때 받아. 내치는 것도 이제 그만하고. 세상의 모든 남자가 다 똑같은 건 아니잖아."

소영은 재희가 아빠를 싫어하는 걸 알고 있다. 그 이유를 말하진 않았지만. 그걸 알고 있기에 이전에도 여러 번 소개팅을 주선해 봤지만, 번번이 실패로 끝나고 말았다. 하지만, 그 벽이 더는 견고해져서는 안 된다.

"진소영."

재희의 눈이 가늘어졌다. 더는 말하고 싶지 않다는 눈빛. 익숙하지. 암, 내가 그 눈빛 잘 알지. 그래, 어디 한번 해 보자.

"좋아. 꽃 줄게. 하지만, 난 네가 이 꽃을 저 남자한테 돌려준다면 너 강선우한테 마음 있는 걸로 받아들일 거야. 그러지 않고서야 네가 이 꽃을 굳이 마다할 이유가 없다고 보니까. 너 나한테 항상 강조했잖아. 강선우는 그냥 나와 같은 친구라고. 자."

소영이 꽃다발을 재희의 가슴에 조심스럽게 밀어붙였다.

90

"……."

안다. 소영은 항상 기회만 되면 어떡해서든지 제게 남자를 붙이려고 노력해 왔다. 물론 소영의 노력은 항상 물거품이 되었지만.

"……."

잠시간 침묵이 맴돌았다. 긍정도 부정도 하지 않는 재희의 모습에 소영이 짧게 한숨을 내쉬며 먼저 입을 열었다.

"꽃 받는다고 연인 되고, 결혼하는 거 아니잖아. 연인도, 결혼도 나중 문제야. 남자를 만나 봐야 어떤 사람인지 알지. 모든 건 그다음 문제야. 그러려면 무조건 부딪쳐 봐야 하고. 아무것도 시도해 보지 않는 건 너무 비겁하잖아. 난 내 친구가 비겁하게 사는 건 보고 싶지 않아. 그러니까…… 때론 타인이 보여 주는 용기에 따라 갈 때도 있는 법이야."

스스로 생각해도 제법 훌륭했다고 자부한 소영은 '꽃은 꽃병에 꽂아 둘게.' 라며 당당히 뒤돌아섰지만, 꽃은 언제고 시들기 마련이었다.

○ ● ○

술기운 때문은 아니었다. 충동적인 건 더더욱 아니었다. 그래, 어쩌면 제 인내의 한계에 부딪혔겠지. 이제는 한계라고 저 스스로 깨우치게 만든 데에는 생각지도 못한 외부의 자극이 있었지만 말이다.

나쁘지 않다고 봐야 하나? 낮은 웃음이 새어 나왔다.

선우는 한 번도 재희와의 미래를 의심해 본 적 없었다. 시간은 걸리겠지만, 그녀의 상처를 알기에 서둘고 싶지 않았다. 그녀가 가지고 있는 사랑에 대한 불신을 치유해 줄 수 있는 거리가 필요하다면 얼마든지 유지해 줄 수 있었고, 시간이 필요하다면 얼마든지 기다려 줄 수 있었다.

하지만, 그 모든 가정 안에 한재희가 제 곁을 떠나는 건 없었다.

'난 언제든 환영이지.'

재희의 대답은 그 어떤 망설임도 없었다. 마치 그 말을 준비하고 있었다는 듯 그녀는 서슴없이 대답을 꺼내 놓았다.

심장이 요동쳤다. 절로 미소가 지어졌다. 그대로 제 품에 안은 채 그녀의 입술에 제 것을 맘껏 부딪치고 싶었다.

'마침표를 찍고 싶은 거라면 오늘 밤도 나쁘지 않아.'

하지만, 서늘하게 굳어진 시선을 한 채 뒤돌아서는 재희의 눈빛에 실려 오는 대답은 강선우가 원하는 대답이 아니었다. 그 대답이 무슨 뜻인지 단번에 알 수 있었다.

익숙한 눈빛. 그녀가 정해 놓은 안전거리를 넘어 버리면 보여 주었던 그 눈빛이었다. 아니, 그 눈빛보다 더했지. 지난밤은.

한재희는 항상 그랬다. 한 걸음 다가가면 한 걸음 뒤로 물러서 항상 자신이 서 있어야 할 위치라고 생각한 곳으로 돌아가곤 했다. 다가오지도 그렇다고 멀어지지도 않았다. 그게 한재희였다.

그리고 지금까진 그 미칠 듯이 가까워지고 싶은 거리로도 충분했다. 그게 강선우였다.

그렇게 곁에서 지켜보며 제 영역 안에서 맘껏 놀 수 있도록 안전거리를 유지해 주었더니, 한재희는 언제든 저를 떠날 마음의 준비를 하고 있었던 모양이다.

한재희.

밀어내지도 못할 거면서 스스로 떠나겠다면 잡지 않겠다라.

선우는 터져 나오려는 쓴웃음을 목으로 삼켜 내렸다.

"그래, 그게 한재희다운 거지……."

지난밤 이후로 확실해졌다. 한재희는 절대 스스로는 강선우에게 오지 않을 것이다. 그렇게 스스로 와 주길 기다렸건만.

어쩔 수 없다. 부딪쳐야 봐야 하는 건가? 그러면 꽁꽁 숨겨 놓은 소유욕이 나올 텐데.

한재희는 모른다. 강선우의 숨겨진 소유욕을.

친구도, 연인도 아닌 그 모호한 경계선에서 저가 보여 줬던 그 모든 것들이 어떤 마음이었는지. 그걸 알아챘다면 결코 제 옆에 두지 않았을 테니까.

두근대던 심장이 차분히 내려앉았다. 귓가에 울리던 소음이 아득히 멀어지며 고요해졌다.

한재희 너 큰일 났다.

○ ● ○

급할 건 없었다. 하지만, 마음과는 다르게 운전은 다소 거칠었다.

시간이 맞으면 좋을 것 같았다. 오늘 마주친다는 보장은 없었지만, 남자가 저와 같은 심정이라면 마주칠 확률이 매우 높았다.

서둘러 카페에 도착하니 역시나 남자의 모습이 보였다.

퇴근 시간이 다 되어 갈 무렵 약속도 없이 가연이 들이닥쳐 한 발 늦었다. 뭔가를 상의할 일이 있다던 가연은 '저녁 먹으면서 이 야기해.' 라고 했지만, 의뢰인과 저녁을 먹으면서 사적으로 할 이야 기는 없었다.

'의뢰인과는 사적인 식사 하지 않는다는 주의여서. 내일 오전 에 보는 걸로 하자.'

그렇지 않아도 오늘 오후에 가연의 남편 변호사로부터 내일 오 전에 만나자는 전화가 왔었다.

'내가 의뢰인이 아니면 그럼 되는 건가?' 라고 묻는 가연에게 별 다른 대꾸도 해 주지 않고 '저 먼저 나갑니다. 의뢰인 배웅 부탁드 립니다.' 라는 말만 비서에게 전달 후 서둘러 나섰지만, 남자보다 조금 늦고야 말았다.

하지만 차라리 잘되었다. 기다리면 될 일이니.

카페 내부가 가장 잘 보이는 곳에 차를 주차한 선우의 시선은 카페의 문으로 향했다.

항상 그래 왔듯, 오늘 제 영역에 들어온 수컷은 사라지게 될 것 이다. 여느 다른 수컷들처럼 그냥 지켜만 보기엔 이번에 들어온 수 컷은 제대로 된 페로몬을 내뿜고 있었다. 저와 비슷한 페로몬이었 다. 동족은 동족을 알아보는 법이니.

수컷은 제 영역 안에서 저와 비슷한 페로몬이 흩날리는 걸 세상 에서 제일 싫어한다. 그러니 어쩌겠나! 목을 물어 숨통을 끊어 놓 는 수밖에. 단번에 물어야 한다. 깊숙이 이빨을 박고, 서서히 그 안으로 신경 독을 흘려보내야 한다.

네가 될 수 없는 이유. 네가 사라져야 하는 이유. 나만이 가능한 이유를 말이다.

선우의 시선이 카페에서 떨어지지 않았다.

○　●　○

"네. 안녕히 가세요. 낼 점심시간에 시간 비워 두겠습니다."

소영이 힘차게 인사를 건네며 좋아했다. 남자는 고개를 가볍게 숙이고 뒤돌아서 문을 열고 카페를 나섰다.

흐음. 카페를 나선 남자는 길게 숨을 들이쉬었다.

재희를 처음 본 건 지난해 여름이었다. 그녀는 기억을 못 하는 듯하지만, 차분한 분위기에 살짝 아래로 깔린 듯한 눈매가 단번에 시선을 사로잡았다. 주문을 받으면서 살짝 올려 뜬 시원하게 뻗은 눈매가 참 예뻤다.

시선을 뗄 수 없어 한참을 쳐다보다, 황급히 주문한 음료는 한 번도 마셔 본 적 없는 청포도에이드였다. 하필이면 신 건 잘 먹지 못하는 그였지만, 그녀의 어깨 너머로 여름 계절상품으로 떡하니 청포도에이드 포스터가 붙어 있었다. 생각보다 시지는 않았지만, 그걸 남기지 않고 다 먹으려 애를 썼던 기억이 떠올라 남자는 피식 웃었다.

그날이 처음이었다. 재희와 만난 날이.

그 뒤 카페는 남자의 단골이 되었다. 여러 번 찾아갔지만, 시간이 맞지 않았는지 그녀를 매번 볼 수는 없었다. 그러다 어느 순간 한 달 정도 얼굴을 보이지 않았다. 혹 그만두었나 싶었지만, 카페엔 다른 직원이 있었고, 우연히 그녀가 카페 공동 사장이라는 걸 알게 되었다. 다시 볼 수 있다는 기대감에 여러 번 찾아갔지만, 뭔가 사정이 있는지 얼굴을 보기란 쉽지 않았다.

그러던 중 그녀를 다시 보게 된 그날. 마음은 순식간에 불어난 홍수처럼 커져 있어 남자는 스스로 당황하고 말았다. 쉽게 마음을 주는 편은 아니었다. 그리고 여자를 보는 제 기준은 좀 까다로운 편이었다.

하지만, 다시 보게 된 그녀는 역시나 단번에 제 마음을 사로잡아 버렸다.

차분한 목소리에 단정한 말투.

살짝 미소를 머금고 있는 입술.

조심스럽게 커피를 건네는 손길.

어느 것 하나 제 마음을 사로잡지 않는 게 없었다. 심장이 제멋대로 뛰기 시작했다. 하루 종일 그녀 생각으로 머리가 어지러울 지경이었다.

처음으로 꽃다발을 샀다. 고백하지 않고는 버틸 수 없을 만큼 마음이 커져 있었다.

이렇게 여자한테 대시해 본 게 얼마 만인지 기억마저 까마득했지만, 이제 제 마음을 멈추기엔 너무 커져 있었다. 남자는 내일 점심시간이 무척이나 기다려졌다.

제 이름은 김경호입니다, 라는 말이 입속에서 계속 맴돌았다. 내일 그녀에게 자신을 소개할 생각에 남자는 한 번 더 카페를 쳐다본 후 몸을 돌렸다.

"실례합니다."

경호는 제 앞에 서 있는 키가 큰 남자와 마주했다.

포멀한 슈트 차림에 전체적인 선의 느낌이 선명한 남자였다. 같은 남자가 봐도 눈에 확연하게 띄는 외모였지만, 외모가 눈에 뜨여서 아는 얼굴은 아니었다. 경호의 기억 속 남자는 카페에서 본 기억이 있었다.

카운터 근처에서 재희와 이야기를 나누는 모습이 친분이 있어 보였지만, 별다른 이야기는 아니었던 걸로 경호는 기억하고 있었다.

경호의 기억 속에서 남자는 재희보다는 소영과 주거니 받거니 이야기를 나누고 있었지만, 시선만큼은 재희에게로 향해 있었고, 어쩌면 제 마음에 조급증이 인 건 그 때문인지도 몰랐다.

막상 남자를 마주하고 보니 경호는 그날 느낀 자신의 불안감이 맞았다는 확신이 들었다.

"강선우라고 합니다."

선우의 소개에 두 사람은 자연스럽게 자리를 옮기게 되었다. 누가 먼저랄 것도 없이 말이다.

남자는 '시간 괜찮으시면 자리를 옮기죠.' 라고 했다.

남자는 말하지 않아도 그들의 공통점이 뭔지 알아차린 게 분명했다.

한재희.

역시 수컷은 수컷을 알아봤다.

"김경호라고 합니다."

맞은편 카페로 자리를 옮긴 남자는 드디어 자기소개를 하며 명함을 꺼냈다.

미르제약 수석 연구원.

남자의 분위기와 잘 어울렸다. 남자는 선우의 갑작스러운 등장에도 불구하고 당황하거나 서두는 기색은 없었다. 어떤 부분에서 남자는 선우의 분위기와 비슷한 면이 있었다.

아주 잠깐 서로의 시선만 바라본 채 침묵의 시간이 흘렀다. 먼저 말을 꺼낸 건 김경호였다.

"일전에 재희 씨 카페에서 뵌 적이 있습니다."

"네. 저도 그렇습니다."

서로 마주 보고 앉은 두 남자는 잠시간 서로의 시선을 교환했지만, 미소를 교환하진 않았다.

오늘은 경호에게 특별한 날이었다. 그동안 말이라도 붙여 볼까 싶어 카페를 찾았지만, 재희와 대화다운 대화는 나누지 못했다. 그점은 몹시 아쉬웠지만, 그렇다고 그동안 부지런히 카페를 찾아간 것이 헛걸음은 아니었다. 서비스라며 허브차를 가져온 소영이 아주 작은 목소리로 재희에게 남자 친구가 없다고 했다.

그리고 오늘 드디어 약속을 잡았다. 그러니 눈앞의 그가 남자 친구일 리는 없었다. 그럼에도 선우의 분위기는 그 이상의 분위기를 풍기고 있었다. 저를 쳐다보는 선우의 눈빛에는 진의를 헤아릴 수 없는 뭔가가 깊게 자리하고 있었다.

경호는 그 눈빛이 뭐든 마음에 걸렸다.

"이렇게 일부러 제 앞에 나타나신 거 보니 하실 말씀이 있으신 것 같으니, 저도 단도직입적으로 묻겠습니다. 재희 씨와는 어떤 관계이십니까?"

선이 굵은 남자였지만, 투박해 보이진 않았다. 아마도 저와 비슷한 분위기를 풍긴 데는 쌍꺼풀이 없이 길게 빠진 눈매와 얇은 입술 때문이겠지.

하지만, 또 이렇게 가까이에서 보니 저와는 분명 다른 구석은 있었다. 진중한 표정으로 묻는 남자의 눈매는 좀 더 차가워 보였다.

뭐라고 해야 할까? 오랜 친구? 후. 가당치도 않은 제 가식에 선우는 저도 모르게 낮게 웃음을 터트리고 말았다.

그래, 한때는 친구라는 허울 좋은 관계로 그녀를 대한 적이 있었지. 장난스레 다가가 말을 건네고, 어깨에 팔을 올리고 장난을 치던.

어떻게 보면 그때가 더 좋았던 점도 분명 있었다. 그때의 한재희는 적어도 제게 벽은 세우지 않았으니까.

하지만, 제가 마음을 보이고, 그녀가 제 마음을 모른 척하는 순간부터 한재희가 제게 단 한 번도 친구였던 적은 없었다. 한재희는 항상 강선우에게 여자였다.

시선.

손길.

마음.

어느 것 하나 여자로서 대하지 않은 적이 없었다. 그걸 모른 척한 한재희만 있을 뿐.

그 시간이 얼마나 애달팠는지 하소연할 생각은 없지만, 그래도 만약 하게 된다면 그 상대는 한재희만이 유일했다.

선우는 상체를 뒤로 살짝 기댄 채 경호를 지그시 응시했다. 마주한 경호의 눈빛은 뭔가를 꿰뚫어 보려는 듯 제법 날카롭게 빛나고 있었다. 선우는 피하지 않고 경호의 눈빛을 응시했다. 재희가 옆에 있었다면 얼마나 좋을까 싶었다. 그러면 지금 제 마음이 얼마나 그녀를 원하고 있는지 단번에 보여 줄 수 있을 테니…….

선우는 이내 들끓는 마음을 차분히 가라앉혔다. 제 마음을 드러낼 사람은 앞에 앉은 남자가 아니었다.

"재희가 제게 여자가 아닌 적은 한 번도 없었습니다."

차분하게 말을 내뱉은 선우의 상체가 느릿하게 기울어졌다. 그리고 쐐기를 박았다.

"앞으로도 말입니다."

낮은 조명. 피아노 선율만이 가득한 반주.

선우의 단호함에 경호의 미간이 티 나게 구겨졌다.

선우가 나타났을 때, 아니 카페에서 선우를 처음 봤을 때 가는 선에도 불구하고 남자만이 낼 수 있는 그 특유의 독특한 분위기에 슬쩍 눈이 가긴 했지만, 일부러 시선을 주지 않으려 했다.

다만, 그가 재희에게 관심이 있다면 만만치 않은 상대가 될 거라는 직감은 들었다.

하지만, 크게 상관은 없었다. 중요한 건 아직 그녀 곁에 아무도 없다는 거였으니⋯⋯. 시작이 같다면야⋯⋯.

경호의 생각은 거기까지였다.

하지만.

"김경호 씨와 저는 시작점이 다릅니다."

선택은 재희 씨 몫이라고 생각하고 있던 경호는 저를 보고 가볍게 싱긋 웃고 있는 선우의 표정이 신경에 거슬렸다. 뭘 믿고 저렇게 당당하나 싶다. 어차피 지금 재희 씨 곁에는 아무도 없는데. 시작점이 다를 건 없지.

"그럴 리가요. 강선우 씨와 저의 시작점이 다를 게 뭐가 있겠습니까? 현재 재희 씨 곁에는 아무도 없다는 게 중요한 거죠."

"정말 그렇다고 생각하십니까?"

엷은 미소를 머금고 있던 선우의 입매가 단단히 굳어졌다. 갸름

하게 빠진 턱 근육이 꿈틀거리며 숨겨져 있던 턱선을 강하게 드러
냈다.

"지금 재희 곁에 남자가 없다고 말씀하시는 건가요? 그럴 리가
요! 당사자 앞에서요. 재희 곁엔 항상 남자가 있었습니다. 이 점이
김경호 씨와 저의 다른 시작점입니다."

"……."

"다만, 그걸 본인이 받아들이지 않고 있을 뿐이죠. 그 남자는
때를 기다리고 있었을 뿐입니다."

"그 남자가 강선우 씨입니까?"

"아니라고는 못 하겠군요. 그 시간이 제겐 너무 애틋해서."

목소리가 단정하다. 군더더기 하나 없이 제 자리를 표명하는 선
우의 목소리는 당당함으로 가득 차 있었다. 그러니 이쯤에서 내 구
역에서 나갈 기회를 주겠다는 눈빛이 역력했다.

하지만, 경호는 쉬이 물러날 마음이 없었다. 재희를 향한 마음
이 결코 가볍지 않았다.

"그 시간 동안 강선우 씨를 받아들이지 않았다면 앞으로도 받아
들이지 않겠다는 마음일 것 같은데요. 그럴 마음이 없는 사람에겐
그 세월이 무척 힘들었을 것 같다는 생각이 드는군요."

설마, 그럴 리가. 한 번도 재희는 제게 떠나라고 말해 본 적이
없다. 물론 다가오라고 말해 준 적도 없지만. 그녀는 항상 그 정도
의 거리를 유지하길 원했고, 그녀가 원하는 거리를 유지해 준 건
다름 아닌 자신이었다.

그러니 한재희는 제 마음을 받아들일 마음이 없는 건 아니었다.
다만 그녀 자신을 믿지 못할 뿐이었다. 그녀가 지닌 상처와 트라우
마 때문에……. 그 상처와 트라우마를 이겨 낼 자신감은 지금부터

채워 줄 예정이다. 쉽지 않은 길이 되겠지만, 한재희를 얻기 위해서 그 정도쯤이야.

"그럴 리가요. 그 긴 세월 동안 제가 뭘 했다고 생각하십니까? 한재희는 그 긴 세월 동안 제게서 뭘 봤다고 보시는 겁니까. 성인 남녀가 그 긴 세월 동안 아무것도 하지 않았다고 생각하기엔 인간이 그렇게 순진무구한 동물은 아니죠."

선우는 시종일관 고저 없는 같은 톤의 목소리를 고집했다. 감정을 드러내지 않으면서도 임팩트를 주는 목소리였다. 한 글자, 한 글자, 귀에 쏙쏙 박히듯 말투는 또렷했다.

그제야 차분하게 제자리를 지키고 있던 경호의 이목구비가 조금씩 흔들리기 시작했다. 단단히 치켜세우고 있던 눈꼬리가 살짝 풀리고 눈매 끝이 흐트러졌다. 그럼에도 경호는 침착함을 잃지 않으려 애를 썼다.

"과거는 상관없습니다. 현재와 미래가 중요할 뿐이죠."

"맞습니다. 저 또한 과거가 중요하지 않습니다. 현재만 보고 살아가고 있으니. 하지만, 뭐든 현재와 미래는 과거에서 시작하죠. 과거가 없으면 현재가 없을 테니, 미래도 없는 셈이죠."

시작점에 이어 또 다른 점이다. 강선우에겐 지금이 현재지만, 김경호에겐 지금이 과거일 수밖에 없었다. 지켜보고, 이해하고, 받아들여야만 했던 과거. 선우의 과거는 이미 지나가고 없었다.

"누구든 과거가 있기 마련이죠."

"……."

"한재희는 제게 현재입니다. 더는 과거가 될 순 없죠."

마지막 말을 내뱉은 선우가 자리에서 일어섰다.

"재희 씨 의견을 들어 봐야겠습니다. 선택은 재희 씨 몫이니까요."

쯔읏. 남자는 쉽게 포기하는 타입이 아니었다.

"재희가…… 저와 생각이 다를 거라고 생각하시는 겁니까?"

선우의 검은 눈동자가 낮은 조명의 빛을 흡수하듯 순간 번뜩였다.

"그럴 리가요. 저와 다르지 않습니다."

순간 선우의 머리 위로 낮게 드리워져 있던 조명 빛이 산산이 부서지며 제 머리 위로 쏟아지는 것 같아 경호는 자리를 뜨는 선우를 쳐다보지 못했다.

선우는 유유히 승자의 미소를 지은 채 건물 밖으로 나섰다.

과거가 아닌 현재를 잡기 위해서.

7. 난 양보할 마음이 없어

"한재희, 너 내일 점심시간 진짜 나랑 약속했다. 난 정확히 12시 30분에 올 거고, 넌 정확히 12시 30분에 점심 약속에 나가게 되는 거야. 알지?"

소영은 막무가내였다. 남자가 나간 뒤 소영은 어린아이를 세뇌시키듯 점심시간을 말하며 제발 밥이라도 한번 먹어 보라고 통사정을 했다. 저가 언제 이렇게 부탁한 적 있냐고. 베프의 간절한 소망이라고. 낼 점심을 먹지 않으면 이제 너랑 절교라고.

소영의 협박은 점점 더 그 강도를 높여 가다 못해 급기야 애원하기까지 이르렀고, 하는 수 없이 재희는 단 한 번이라는 조건으로 허락했다. 어차피 한 번은 남자에게 제 입장을 말해야 할 것 같았다. 그런 일은 몹시 피곤하지만, 시간을 끌어 좋을 게 없었다. 남자의 마음을 알게 되었으니.

"알았어. 대신 정말 내일 한 번만이야. 너도 약속해. 더는 고집부리지 않겠다고."

"그럼, 그럼."

"그래, 조심히 들어가."

"응."

혹 재희의 마음이 바뀔세라 소영이 재빨리 고개를 끄덕이는 모습에 재희가 피식 웃자, 그제야 안심이라는 듯 집까지 태워다 준 소영의 차가 멀어져 갔다.

하여튼. 고개를 절레절레 흔들며 낮게 한숨을 토해 낸 채 뒤돌아서던 재희는 발끝에 뭔가 맞닿은 느낌에 다급히 고개를 들었다.

강선우.

바로 코앞에서 좀처럼 보기 힘든 짓궂은 표정의 선우가 웃고 있었다. 재희는 저도 모르게 흠칫거리는 제 어깨에 힘을 주었다. 어깨가 딱딱하게 굳어 갔다.

그날 이후 이틀 만이었다. 겨우 이틀 만이었지만, 왠지 모르게 아주 오랜 시간이 지난 것 같았다.

"늦었네."

평소보다 30분 정도 늦었다. 소영이 하도 사정을 해 대는 통에 마감까지 늦어진 탓이었다.

"여기서 뭐 하는 거야?"

묻는 말이 퉁명스럽다. 그날 밤 이후 연락은 없었다. 일이 바빠 종종 못 오는 날은 있어도, 전화를 하지 않는 날은 없었기에 뭔가가 달라질 수 있겠구나 싶었다.

그게 자신이든 선우이든.

그런데 전화도 없이 이틀 만에 나타난 선우의 말투는 평소와 다르지 않았다. 묘한 안도감과 함께 알 수 없는 불안감이 동시에 몰려와 재희는 저도 모르게 낮게 투덜거렸다. 혹 조금 전 소영과 나눈 대화를 듣지 않았을까 싶다.

설마 듣진 않았겠지? 굳이 선우의 눈치를 봐야 할 일도 아닌데, 왜 신경이 쓰이는지 모를 일이다. 하긴, 언제 강선우가 제 소개팅에 신경 쓴 적이 있던가? 없었다. 아니, 좀 더 정확히 말하면 그냥 듣고 웃는 게 전부였다.

소영의 반협박에 못 이겨 소개팅을 한 적이 있었다. 그때 강선우는 '왜 그렇게 연락이 안 돼? 무슨 일 있었어?' 라고 물어, 소개팅했다고 솔직히 이야기하면 '어땠어? 나보다 잘나진 않았을 거고.' 라며 가볍게 웃어넘기곤 했을 뿐이었다.

그래, 강선우는 항상 그랬었지. 뭘 새삼스럽게……. 지난밤은 술기운에 그랬던 거겠지. 그 옛날 그랬던 것처럼. 그래. 그런 거야.

고백이라면 고백이었고, 거절이라면 거절이었지만, 재희는 아직 지난밤 일을 어떻게 정리해야 할지 결정을 내리지 못하고 있었다.

그래, 어쩌면 앞으로도 결정은 내리지 못하겠지.

한재희는 절대 강선우에 대해 그 어떤 것도 결정을 내리지 못할 것이다. 하지만, 그가 떠나겠다고 하면 언제든지 보내 줘야 한다. 항상 그런 생각을 하고 있지만, 그 생각이 결코 즐거운 것만은 아니었다. 재희는 그 생각 끝에 저도 모르게 힘없이 웃고 말았다.

"한재희 기다렸지."

하여튼 표정은 못 감추지.

무슨 생각을 하는지 묻지 않아도 그녀의 생각이 보인다. 힘없이 웃는 재희의 모습이 마음에 들지 않아 입술을 삐죽이면서도 바람에 날려 얼굴을 가린 재희의 머리카락을 선우는 부드럽게 귀 뒤로 넘겨 주었다.

차갑게 얼어 가던 귓불이 순간 홧홧하게 달아올랐다. 순식간에 열기가 온몸으로 퍼져 나갔다. 순간 정수리가 따끔거려 재희는 고개를 들어 선우를 노려봤다. 선우가 제 머리를 쓰다듬는 게 처음은 아니지만, 오늘따라 그 손길이 유난히 신경 쓰인다.

슬쩍 접힌 눈매가 야릇한 미소를 띠고 있었다. 심장이 주책없이 쿵쿵거린다.

제발 이러지 마.

애써 외면하고 살아왔는데, 이렇게 제멋대로 심장이 뛸 때면 재희는 어떻게 해야 할지 몰라 당황스럽다. 재희는 이를 악, 깨물었다.

정신 차려, 한재희. 앞으로도 달라지는 건 없어야 해.

"너…… 너 이런 거 하지 말랬지!"

애써 날 선 시선을 던져 보지만, 입 밖으로 튀어나온 말은 그녀의 의지를 따라 주지 못해 더듬고 말았다.

"그럼 다른 건……."

헛된 기대감이라는 걸 알지만, 그가 한 걸음 더 바짝 다가선다. 이미 한재희는 거절이라면 거절을 한 셈이었다. 하지만, 그 거절이 강선우에게는 의미가 없었다.

상체가 절로 기울어져 단번에 간격이 좁혀졌다. 서로의 몸과 몸이 스치듯 닿았다 떨어졌다. 순간 온몸에 열기가 불꽃처럼 피어올라 목이 화끈거리다 못해 뻣뻣하게 굳어 갔다.

아슬아슬하게 닿을 듯 왔다가 살짝 멀어진 선우의 입술이 거리라고 표현하기엔 멋쩍은 위치에서 피식 웃고 있었다.

오늘 밤 강선우는 이상하다. 이럴 때 강선우를 어떻게 대해야 할지 그녀는 방법을 알지 못한다.

달리 방법을 찾지 못한 그녀의 입술이 못마땅한 듯 살짝 벌어질 뿐이다.

진득한 시선이 그녀의 입술을 좇았다.

툴툴대는 입술에 제 것을 부딪치고 싶었다. 치열을 더듬고, 그 안에 달콤하게 녹아 있을 무언가를 빨고 싶은 욕망이 앞선다. 입술에 진 주름 사이사이를 핥고 싶은 점점 더 커진 욕망이 난잡하게 제 머릿속에서 춤을 추고 있었다.

이러한 자신의 욕구를 당장 보여 준다면 모르긴 몰라도 한재희는 다시는 절 보지 않으려 하겠지.

모든 걸 빨아들일 듯 강렬한 시선에 놀란 듯 휘둥그레진 그녀의 동그란 검은 눈동자가 흔들렸다. 겨우 이 정도에 겁낼 거면서 겁도 없이 딴 남자랑 점심을 먹으러 가겠다니……. 하지만, 그건 일어나지 않을 것이다. 쯔읏. 낮게 혀를 찬 선우는 재희의 손을 꽉 잡은 채 잡아끌었다. 멍하니 서 있던 재희는 부드럽지만, 단단하게 제 손을 옭아맨 선우의 힘에 맥없이 끌려가고 있었다.

얼떨결에 잡힌 손을 빼 보려 힘을 줘 보지만 그럴수록 더 단단히 조여 왔다. 올가미에 걸린 여린 짐승이 따로 없었다. 할 수 있는 거라고는 버둥거리는 거밖에 없었다.

그게 더 옭아매는 거라는 걸 알면서도 말이다.

이게, 진짜! 라며 발끝에 힘을 줘 버려 본다. 못 당할 힘도 아닐 텐데, 곧바로 걸음이 멈춘다. 이내 곧게 뻗은 단단한 어깨가 작게 들썩이더니 그가 천천히 몸을 돌렸다.

시선이 마주쳤다. 뭔가를 하려고 했던 건 아니었다. 그저…….

재희는 곧바로 자신의 행동을 후회했다.

마주한 진득한 그의 시선에 재희는 눈을 동그랗게 뜬 채 그를 올려다보았다.

아무런 말 없이 지그시 내리뜬 선우의 낯설지도, 익숙하지도 않은 눈빛에 재희는 저도 모르게 얼굴을 붉히고 말았다.

심장이 제멋대로 뛰기 시작한다.

제발, 이러지 마. 애원에 가까운 목소리를 내 보지만, 진정되기는커녕 얼굴이 더 화끈거리며 달아올랐다.

그러지 말았어야 한다고 질책도 해 보지만, 소용없는 일이라는 걸 안다. 절로 고개가 아래로 숙여졌다.

차마 고개를 들지 못한 그녀는 차가운 바람이 제 얼굴의 열기를 식혀 주길 기대했지만, 기대는 이루어지지 않았다. 바람이 원망스러웠다. 재희는 차마 고개를 들 수 없었다.

절대 그에게 보여 줘서는 안 될 얼굴이었다. 야릇한 침묵이 내려앉았다.

서로 내색하지 못한 심정을 대신하듯 심장 박동 소리와 바람 소리만이 야릇한 침묵을 대신하고 있었다. 그 침묵을 깬 건 선우였다.

"춥다. 감기 걸려. 들어가자."

죽을힘을 다해 참고 있으니까, 이 정도는 봐줘. 라는 말이 혀끝까지 차올랐지만, 선우는 끝내 내뱉지 못한 채, 그저 담담히 그녀의 손을 잡아 이끌었다.

집 안으로 들어선 선우의 시선이 밥 달라고 보채는 배고픈 강아지처럼 재희의 뒷모습만 졸졸 따라다니고 있었다. 이쯤 되면 한 번쯤 눈을 마주쳐 줄 법도 하건만 그녀는 고집스럽게 뒷모습만 보여 주고 있었다. 그렇다고 포기할 선우가 아니었다.

그리고 드디어, 시선이 마주쳤다.

그가 방으로 들어가는 길목을 완벽하게 지키고 있었다. 도대체 왜 그러냐고 묻는 치켜뜬 재희의 시선이 선우의 눈가에 닿았다.

그러게, 라고 눈으로 대답한 그가 피식 웃자, 선이 또렷한 입술이 나른하게 풀어졌다.

그런 선우의 표정은 지독히도 무방비해 보여 그 어떤 말도 못하게 만드는 묘한 매력이 있었다. 선우의 입술이 부드러운 호선을 그리며 나른하게 휘어졌다. 그가 아주 천천히 입을 열었다.

"내가 언젠가 이 오피스텔로 들어오려고 했던 거 기억하지?"

언젠가 재희의 집 옆으로 이사를 오기 위해 은밀히 알아봤지만, 재희에게 들키고 말았다. 그녀가 사는 오피스텔로 이사를 오는 게 그녀의 허락을 받을 일은 아니었지만, 다른 곳으로 이사를 가야겠다는 재희의 그 한마디에 선우는 깔끔하게 포기했었다.

"그게 뭐?"

"지금은 그때 너한테 들킨 게 너무 고맙다는 생각이 들어. 만약 내가 옆집으로 이사를 왔다면 이렇게 한집에서 널 볼 수 없었을 테니까."

"무슨 말을 하고 싶은 거야?"

흐음. 낮은 웃음소리를 낸 선우의 시선이 머문 곳은 재희의 왼손 약지였다. 저 손에 반지를 끼어 줄 날을 얼마나 많이 상상하고 또 상상했는지 한재희는 모른다.

이제는 상상만으로도 그녀의 손에 끼워 줄 반지가 그려질 정도지만, 정작 그 손에는 아직 아무것도 없었다. 유난히 손가락이 가늘고 긴 탓에 더 허전해 보였다.

"앞으로도 내 자리는 여기라고 말하고 있는 거야."

"무슨 소리야?"

시선이 시선을 따라 움직였다. 재희의 손에 절로 힘이 들어갔다.

"난 누구한테도 양보할 마음이 없거든."

나른하게 풀려져 있던 눈매가 단단하고 또렷해진다. 그 안에 자리한 검은 눈동자 가장자리가 선명하게 검은 원을 그리며 반짝였다.

'한재희, 너 내일 점심시간 진짜 나랑 약속했다. 난 정확히 12시 30분에 올 거고, 넌 정확히 12시 30분에 점심 약속에 나가게 되는 거야. 알지?'

소영이 말한 약속이 뭔지 단번에 이해가 되었다.

남자와 헤어진 후 카페로 향하던 선우는 차마 안으로 들어가지 못한 채 근처를 서성이다 차로 돌아왔다. 그 마음 그대로 카페로 들어갔다가는 당장 뭔가 일을 치를 것만 같았다.

남자에게 제 입장을 전하는 순간 온몸에 피가 들끓기 시작했다. 굳이 말하지 않아도 알고 있던 제 마음을 누군가에게 내뱉는다는 게 새삼스러웠다.

당장이라도 재희를 제 품에 가두고 싶었지만, 제 감정만 드러낼 수는 없는 노릇이었다. 지금껏 한재희를 곁에서 지켜봐 왔으니 그래서는 안 된다는 걸 누구보다 더 잘 알고 있었다.

손등의 핏줄이 도드라질 정도로 핸들을 움켜쥔 후 선우는 집 앞에서 재희를 기다리기로 했다. 차를 주차하고, 찬 공기에 몸을 맡긴 채 마음을 진정시켰다.

쉽사리 진정되지 않는 제 마음을 달래는 게 얼마나 힘이 드는지 한재희가 알아줬으면 좋겠다며 주문을 외웠다. 한 번만이라도 좋으니 저를 좀 꼭 안아 달라고 떼를 쓰고 싶었다.

그렇게 얼마나 시간이 흘렀을까. 소영의 차가 들어오는 게 보였고, 본의 아니게 그녀들의 대화를 고스란히 듣게 되었다. 물론 내일 한재희는 약속을 지킬 것이다.

강선우의 점심시간도 그때쯤이니까.

8. 너 앞으로도 다른 남자와 밥 못 먹어

이혼 소송 중 꽃이라고 불리는 재산 분할은 가장 첨예한 대립각이 서는 부분이다. 이혼 시 배우자가 청구할 수 있는 재산 분할 정도는 혼인 기간과 혼인 기간 내 재산을 형성하는 데 기여한 정도와 그 밖에 전반적인 사항을 고려해 합리적으로 판단하는 게 기본이다.

그런데 가연의 경우, 완벽한 유책 배우자인 남편은 이혼을 요구할 순 없지만, 이혼을 요구하는 조건으로 가연이 만족할 만한 위자료를 주기로 한 경우였다. 법학도인 가연은 그걸 놓치지 않고, 재산의 상당 부분을 요구한 상태였다.

그리고 오늘 바로 그 결과가 나오게 될 거였다. 가연이 원하는 만큼의 재산을 취할 수는 없겠지만, 상당한 금액의 재산은 받게 될거라는 게 선우의 결론이었다.

남편의 유책 사유는 폭행, 외도만이 아니었다. 선우는 가연의 남편 쪽 변호사가 건네준 서류를 꼼꼼히 살폈다. 가연이 원하는 조건은 충족할 수 없겠지만, 이 정도면 나쁘지 않은 조건이었다. 1년도 되지 않는 결혼 기간과 재산 증식의 기여도를 따져 본다면 말이다.

하지만, 가연이 어떻게 나올지는 두고 봐야 할 문제였다.

미동도 하지 않은 채 서류를 보던 가연의 미간이 미세하게 구겨졌다. 굳이 설명하지 않아도 법조어가 난무한 서류를 충분히 이해했을 가연의 표정이 만족스러워 보이진 않았다.

"저희 의뢰인께서도 최대한 양보한 상태입니다."

남편 변호사 말에 가연은 차가운 시선으로 상대를 한 번 응시한 후 그대로 다시 서류에 시선을 두었다. 보고 말고 할 것도 없는 서류였다. 가연은 대충 훑어본 후 낮게 콧방귀를 뀌었다.

"흥."

"그건 무슨 시건방진 소리야?"

남편이 날을 세우며 가연을 노려봤지만, 가연은 남편과는 말을 섞고 싶지 않다는 듯 선우에게 서류를 스윽 밀었다.

"이 정도 가지고는 어림도 없어."

"야, 민가연. 이게 반반한 얼굴 하나 가지고……."

"내가 설마, 얼굴만 반반해? 몸매도 죽인다고 했던 것 같은데. 게다가 나 우리나라 최고의 수재들만 간다는 법대 나왔어. 내가 어딜 봐서 얼굴만 반반하다는 건지?"

웃기지도 않아, 라며 공격적으로 눈을 뜬 가연이 으르렁거렸다.

"너 내가 모를 줄 알아? 처음부터 이럴 계획이었다는 거! 네가 나한테 접근했을 때부터 알아봤어야 하는 건데. 보자마자 자자고 한 년이 누군데!"

얼굴이 붉으락푸르락해진 남편이 자리에서 벌떡 일어나며 으르렁거렸다. 남편의 시선이 쫙 달라붙은 원피스를 입은 가연의 몸을 훑어보다 이내 인상을 찡그렸다.

"제 의뢰인에 대한 심한 언행은 삼가 주십시오."

낮은 선우의 목소리가 정중하게 경고했다.

"쳇. 당신도 조심해. 민가연이 남자 꼬시는 게 장난 아니거든."

"진짜 저질스러워서."

가연이 더는 앉아 있을 필요가 없다는 듯 의자를 뒤로 쭈욱 밀어 몸을 일으켜 세웠다.

"앞으론 강 변호사가 알아서 해 줘요. 난 두 번 다시 저 남자 만나고 싶지 않으니까."

가연이 남편을 무섭게 노려봤다.

"너 나한테 꼬리 잡히지 마. 잡혔다간 국물도 없을 줄 알아."

남편도 더는 앉아 있을 필요가 없다는 듯 자리를 박차고 나갔다.

선우도 시간 확인 후 침착하게 일어서 곧장 제 의뢰인을 따라나섰다.

"그 인간 원래 말이 좀 그래."

조금 전 남편의 말이 신경 쓰였는지 한숨을 길게 내쉰 가연이 해명하듯 말을 꺼내 놓았지만, 선우는 관심이 없었다.

"시간 돼?"

"지금?"

"그래."

시간이 있냐고 묻는 선우의 물음에 잔뜩 경직되어 있던 가연의 얼굴이 부드럽게 풀어졌다.

"그럼, 지금 내가 가진 게 시간밖에 더 있겠어?"

조금 이른 점심 식사를 할까 싶었지만, 가연의 예상과는 다르게 선우는 근처에 있는 조용한 카페로 들어섰다. 그리고 조금 전 건네받은 서류를 다시 꺼내 가연에게 스윽 밀어 주었다.

"단도직입적으로 이야기할게. 서류에 적힌 게 무슨 내용인지 모를 리는 없고, 그 정도면 나쁜 조건이 아니라고 보는데."

가연은 선우가 내민 서류를 슬쩍 보기만 할 뿐 관심을 두지 않았다. 조건이야 나쁘지 않았다. 가연도 모를 리가 없었다.

"그 인간 숨겨 놓은 재산 더 있어. 모르긴 몰라도 지금보다 두 배는 더 있을걸."

가연의 말은 맞기도, 틀리기도 한 말이었다. 엄연히 따지며 남편의 명의가 아니니 남편의 재산은 아니지만, 실질적으로 관리를 하고 있긴 했다.

"그건 남편 명의가 아니니 실질적인 소유를 가리기 어렵지."

"흐음."

가연이 짧게 한숨을 내쉬며 팔짱을 낀 채 알고 있다는 듯 몸을 뒤로 젖히며 피식 웃었다. 살짝 접힌 시선이 선우에게서 떨어지지 않았다.

"배고프다. 점심 먹으면서 이야기하면 안 돼?"

"선약 있어."

"오늘 일이 어떻게 될 줄 알고?"

"시간 길게 끌 일 아니잖아."

시간은 선우가 예상한 시간보다 30분이나 일찍 끝났다.

허, 하고 가연이 한숨을 짧게 내쉬었다.

깔끔하게 넘긴 헤어스타일. 몸에 딱 맞게 떨어지는 슈트에 네이

비블루 색상의 넥타이가 완벽하게 조화를 이룬 몸매는 모델이라고 해도 손색이 없을 정도였다. 강선우는 그 시절이나 지금이나 변함 없이 눈길이 가는 남자였다.

학창 시절 강선우에게 마음이 없던 여자는 단 한 명도 없었을 것이다. 그럼에도 불구하고 강선우와 연인이 되어 본 여자는 없었다. 강선우는 그 시절에도 여학생들과는 묘하게 보이지 않는 거리를 두고 있었다. 거기엔 자신도 포함되어 있었지만.

아무리 좁히려 해도 좁혀지지 않는 거리는 마치 자석의 같은 극 같았다. 가까이 다가가기만 하며 밀어 내는 힘 말이다.

"하긴, 강선우가 쉬웠던 적은 한 번도 없었지."

허벅지가 훤히 드러난 다리를 바꿔 꼬며 자세를 바꾼 가연은 묘한 미소를 지으며 선우를 올려다보았다.

"생각 정리해서 연락 줘. 가능한 시간 오래 끌지 않았으면 좋겠다."

선우가 먼저 자리에서 일어섰다. 12시 30분까지 가려면 지금 출발해야 할 것이다. 차가 막히지 않으면 조금 더 여유 있게 도착할 시간이었다.

"언제 시간 돼? 시간 좀 내 줘."

"생각 정리되면 비서 통해서 연락하고, 사무실에서 보는 걸로 하자. 그럼 나 먼저 간다."

단 하나의 미련도 없이 카페를 나선 선우는 바람처럼 가연의 시야에서 사라졌다.

"허엇."

가연은 과거에나 지금이나 여전히 제게 단 한 번도 시선을 주지 않는 선우가 남자로서 무척이나 궁금했다.

○ ● ○

"앞으로 20분 남았네."

12시 30분에 출근하겠다던 소영은 11시 정각에 출근해 재희에게 이런저런 잔소리를 하고 있었다. 점심은 가볍게 먹어라, 직업, 이름, 나이도 좀 물어보라는 잔소리부터 시작해 요구 사항이 끝도 없이 이어졌다. 오늘 점심 약속에 나가야 할 사람은 재희가 아닌 소영 같았다.

"이제 그만, 진소영. 나 골이 다 울려."

재희가 이마를 두 손으로 감싸며 소영의 잔소리에 가까운 수다를 만류했다.

"알겠어. 마지막으로 립스틱이나 한 번 더 바르자. 봐 봐."

"됐다니까. 밥 먹을 건데 립스틱 더 발라 뭐 해."

"얘가, 얘가. 진짜. 만나자마자 밥 먹니. 빨리 발라."

동작 하난 빠르지. 어느새 소영의 손에는 세 가지 종류의 립 제품이 들려 있었다. 재희는 고개를 좌우로 절레절레 흔들며 그중 가장 무난한 색을 골라 발랐다.

"퍼펙트 해. 오늘 완전 예뻐. 같은 여자 눈에도 여신으로 보이니 남자 눈에는 얼마나 예뻐 보일까?"

소영은 요리조리 재희를 살피며 감탄사를 내뱉었다.

날씨는 어제보다 좀 더 푸근했다. 날씨가 좀 풀린 탓에 오늘은 옷차림이 조금 가볍다. 항상 목까지 오는 폴라티를 입던 그녀는 오늘만큼은 살짝 목이 드러나는 베이지색 니트에 몸매가 드러나는 블랙 진을 입고 있었다. 심플하지만, 세련된 멋이 제대로 드러나는 복장에 어깨 위로 가볍게 떨어지는 긴 갈색 머리카락이 여성스러움을 한층 더 돋보이게 했다.

소영은 오늘 재희의 모든 것이 무척 만족스러워 엄지를 척 들어보이며 속삭였다.

"딸을 시집보내는 엄마의 심정 같다고나 할까?"

싱긋 웃어 보이기까지 하는 소영의 모습에 재희는 정말 못 말린다는 표정으로 피식 웃고 말았다.

그 웃음 끝에 달랑, 소리가 들리며 카페 문이 열렸다.

"왔나 보……. 어, 쟤가 이 시간에 여길 왜 와?"

문을 열고 들어선 사람은 소영이 기대하던 남자는 아니었다.

선우였다.

"너, 네가 이 시간에 여긴 웬일이야."

다시 시간을 확인하던 소영이 말까지 더듬으며 당황스러워했다. 곧 남자가 올 시간이다.

어, 이게 아닌데. 강선우가 지금 이 시간에 여기 나타나면 안 되는데.

"점심시간이잖아."

"아니, 그러니까 그 점심시간에 네가 왜 여기 있냐고 묻는 거잖아. 너 혹시 변호사 잘렸니?"

"설마! 나 잘나가는 변호사다."

선우의 그 말에 반박할 말이 없어, 소영은 불퉁하게 입을 다물었다. 선우가 TV에도 몇 번 나오는 걸 본 적 있었다.

왜 이렇게 불안하지? 선우가 나타났다는 것만으로도 소영은 왠지 모를 불안감이 밀려왔다. 아니, 하필이면 나타나도 왜 이 시간이야!

소영이 불만 가득한 표정으로 시간을 연신 확인했다. 올 때가 된 것 같기도 한데 남자는 나타나지 않았다.

아씨. 이럴 줄 알았으면 명함이라도 받아 둘걸.

너무 앞서가는 것 같아 남자에게 명함도, 이름도, 전화번호도 묻지 않았다. 그래서 남자한테 연락할 방법은 없었다. 남자가 직접 나타나기 전까지는. 하지만, 남자가 약속을 어길 것 같진 않았다.

소영은 초조한 마음으로 손에 쥔 휴대폰에 힘을 주었다.

"잘됐네. 소영이랑 같이 점심 먹어."

"너는?"

"난 약속이 있어서."

"점심 약속?"

"어? 응."

재희가 시선을 살짝 틀며 대답했다.

남자는 오지 않을 것이다. 눈치가 있는 남자라면 지난밤 선우가 했던 말의 의미를 알아들었을 거였다. 지난밤 남자는 더는 아무 말도 하지 못했다.

"그 약속은 지켜지지 않을 것 같은데."

"뭐?"

"내가 시간이 그렇게 넉넉지 않네. 가자."

카운터 안으로 들어서는 좁은 문을 연 채 선우가 손을 내밀었다.

"야! 너 그게 무슨 소리야?"

소영이 눈을 크게 치켜뜬 채 물었다.

"올 때 초밥 사다 줄게. 네가 좋아하는 참치와 장어만 들어 있는 초밥으로."

멀뚱히 서 있는 재희의 손을 스윽 끌어당긴 선우는 소영을 보며 생긋 웃었다.

"초밥 먹으러 가자. 괜찮지?"

이미 재희는 카운터 밖으로 나와 있었다.

"나 약속 있다니까!"

"그 약속 못 지킨다니까. 가."

"강선우. 너 진짜 왜 이렇게 제멋대로야!"

알고 있다. 분명 오늘 점심 약속이 있다는 걸 알고 있는 거였다. 지난밤 모른 척하고 있었던 게 분명하다.

"너, 혹시."

소영은 두 사람의 대화에 신경을 곤두세웠다.

"오늘 나 아닌 다른 남자랑 점심 못 먹어. 앞으로도 마찬가지야."

허억. 소영이 두 손으로 입을 가로막았다. 눈알이 튀어나올 것 같이 아팠다.

"……."

역시나 알고 있었다.

"안 된다고 하지 마. 나 이 점심 한번 먹으려고 10년은 넘게 기다린 것 같다."

뭐가, 이렇게 갑작스러워. 소영은 저도 모르게 낮게 내뱉고 말았다.

재희를 내려다보고 있는 선우의 눈빛은 소영이 예전부터 알고 있던 그런 눈빛이 아니었다.

9. 강선우 너 오늘부로 아웃이야!

'너 미쳤어?'

재희의 표정은 딱 그 이상도 그 이하도 아니었다. 그 표정이 익숙했다. 움찔거리며 뒤로 한 걸음 물러설 만도 했다. 예전의 강선우라면······.

하지만.

스윽. 한 걸음 다가섰다. 놀라 움찔거리는 작은 어깨를 감싸듯 가볍게 두 팔 안에 가뒀다.

'더는 도망가지 마.'

놀란 듯 더 점점 커지던 검은 눈동자의 일렁임이 거센 파도가 되어 선우의 심장으로 파고들었다.

그 순간 숨 한번 제대로 내쉬지 못한 마음의 빗장이 부서지며 열려 버렸다. 꽁꽁 가둬 두었던 마음이 풀려난 순간은 그 어떤 순간보다 더 아찔했다.

온몸의 피가 들끓었다. 온몸의 세포 하나하나가 화가 나 바짝 치솟은 고슴도치의 가시처럼 서로를 찔러 대며 비명을 질러 댔다. 그 아찔함을 어떻게 감당해야 할지 도저히 생각해 낼 수가 없었다.

언젠가는 이런 날이 올 거라 고대하며 머릿속에서 수없이 그려 보았던 그 어떤 시나리오도 떠오르지 않았다. 머릿속이 하얗게 탈색되다 못해 생각이란 걸 할 수가 없었다. 이성이 없는 동물이 이런 감정일까 하는 생각이 들었다.

아무것도 떠오르지 않는 뇌의 무게에 다음 행동은 저 또한 예상하지 못했다.

쪼옥. 가볍게 이마에 입맞춤을 했다. 제 머릿속에서 난무하는 난잡한 생각을 겨우 다스린 마지막 인내심 같은 거였다.

그녀의 이마에 키스는……. 재희 또한 전혀 예상하지 못했던 듯 당기는 대로 솜털처럼 가볍게 딸려 왔지만, 그 순간은 생각보다 길지 않았다. 제 가슴을 힘껏 밀며 당장이라도 죽일 것처럼 쏘아보던 재희는 그대로 문을 박차고 카페 밖으로 사라져 버렸다.

점심시간은 끝났다. 약속을 지킬 수 있을 거라고 자신만만했는데, 끝내 재희는 점심 약속을 지키지 못하게 되었다.

'밥은 먹었나 모르겠네. 더 말랐던데.'

점심시간이 한참 지난 후에 사무실로 들어온 선우는 자꾸만 비실비실 흘러나오는 웃음을 참지 못했다. 비서가 무슨 좋은 일 있냐고 물을 정도로 말이다.

차분하게 가라앉은 얼굴에 깊이 박힌 눈이 웃고 있었다.

○ ● ○

점심은 아무도 먹지 못했다.

늦은 오후가 되어서야 카페로 돌아온 재희의 눈가는 붉게 물들어 있었다. 직접 본 게 있으니 딱히 물을 것도 없지만, 소영의 마음은 지금 호기심 천국이었다. 그럼에도 단 한마디도 물을 수가 없어 소영은 점심을 먹지도 않았는데 체한 것처럼 가슴이 답답했다.

하여튼, 강선우!

하지만, 낮에 본 장면은 무작정 나무라기만 하기엔 너무 강렬했다. 영화도 어디 그런 영화가 없고, 드라마도 어디 그런 드라마가 없었다.

"맛있게 드세요."

손님에게 와플을 건넨 재희가 낮게 가라앉은 목소리를 애써 밝게 소리 내며 살짝 미소를 지어 보였다. 옆에서 본 재희의 얼굴은 살짝 상기되어 있었다.

하긴. 그렇게 갑작스럽게 다가왔으니 놀랄 만도 하지. 내심 부럽기도, 또 한편으로는 그녀의 상태가 걱정되기도 했지만, 역시나 아무것도 물을 수가 없다는 게 문제였다.

와, 진짜 답답해 미쳐 죽어.

소영은 주먹을 꽉 쥔 채 소리 없이 제 가슴을 몇 번이고 두들겼다.

'재희 밥 좀 먹여라. 나중에 먹고 싶은 거 다 사 줄게.'

뭐라 대꾸할 틈도 주지 않은 채, 피식 웃으며 돌아선 강선우의 눈가에 묘한 미소가 걸려 있었다. 선우의 그런 소리가 처음은 아니니 이상할 것도 없지만, 오늘만큼은 그 대사가 무척이나 신경에 거슬렸다.

　'아니, 아니, 지금 문제는 그게 아니지.'

　지금 소영의 머릿속에 있는 문제는 그게 아니었다. 끝내 남자는 나타나지 않았다.

　'그 약속 못 지킨다니까. 가.'

　'오늘 나 아닌 다른 남자랑 점심 못 먹어. 앞으로도 마찬가지야.'

　추측해 보건데 선우는 오늘 재희의 점심 약속을 알고 있는 게 분명했다. 어떻게 그럴 수 있지? 라는 의문이 계속해서 꼬리에 꼬리를 물었지만, 소영은 해답을 찾을 수가 없었다.

　전날 밤 선우는 카페에 나타나지 않았다. 저가 재희를 집까지 데려다주었으니 그건 확실했다. 그런데 도대체 언제 어떻게 안 거지? 아니 그걸 안다고 해서 뭐가 달라지지?

　정리되지 않는 부산스러움이 엉킨 실처럼 머릿속을 가득 채웠다. 지금껏 조마조마하게 알 수 없던 그 불안감이 괜한 것이 아니었다. 답답함에 답답함이 더해져 머리가 터질 것만 같았다.

　그래, 어쩌면 재희는 알고 있을지 몰라.

　"저기, 재희야."

　"소영아 오늘은 아무 말도 하고 싶지 않아. 부탁할게."

　"……어? 그래. 알았어."

시선도 마주치지 않은 채 무겁게 가라앉은 재희의 눈동자에 소영은 한숨을 길게 내쉬었다.

하긴……. 강선우랑 가짜 연애라도 해 보라고 한때 노래를 불렀던 사람이 바로 저였다. 그런데 막상 눈앞에서 펼쳐진 한 편의 공포 영화에 가까운 짜릿한 로맨스 영화를 보고 있자니 상대가 아닌 저도 놀랄 노 자였는데, 재희는 더 놀랐을 거였다.

하여튼 강선우 내가 언젠가 사고 칠 줄 알았지.

"한재희 너 오늘은 그만 들어가. 그 상태로는 안 되겠다."

"괜찮아."

"내가 안 괜찮아. 들어가서 정리도 좀 하고, 어떻게 해야 할지도 좀 생각해 봐."

"……."

"내가 봤을 땐 선우 그 자식이 제정신은 아닌 것 같긴 한데……. 제정신 아닌 놈을 어떻게 상대해야 할지 고민해 봐. 빨리 들어가."

소영이 재희의 가방을 챙기며 등을 떠밀었다. 소영에게 미안하긴 했지만, 재희도 계속 일을 하기엔 머리가 너무 아팠다.

"미안. 내일은 내가……."

"알았어. 알았으니까 일단 들어가고, 내일 일은 내일 생각하자."

소영이 손을 휘휘 저어 빨리 가라는 제스처를 취했다. 재희가 카페를 나섰다.

그제야 재희는 차갑게 식어 가는 제 이마를 살며시 매만졌다. 식어 가던 이마에 다시 열이 오른 듯 화끈거려 재희는 화들짝 놀라 이마에서 제 손을 떼어 냈지만, 얼굴의 열기는 가시지 않았다.

정신 차려, 한재희.

뭉근하게 온몸으로 퍼지려는 낯선 기운을 못내 뿌리쳐 보지만, 빠르게 퍼져 가는 기운은 쉽사리 진정될 생각이 없어 보였다.

소영은 생각을 정리하라고 했지만, 뭘 해야 할지 알 순 없었다. 머릿속에 길 잃은 벌이 있는 듯 윙윙거리기만 할 뿐 아무것도 생각나지 않았다. 머릿속이 텅 비어 버린 것 같기도, 뭔가 가득 찬 포화 상태가 되어 버린 것 같기도 한 머릿속에 떠오르는 건 이마에 남은 감촉뿐이었다.

이마에 키스를 하다니. 도대체 무슨 생각으로. 다른 사람도 아닌 강선우가. 선우는 제게 그럴 수 없는 사람이었다. 다른 사람은 몰라도 선우만큼은 절대 그래서는 안 되는 사람이었다. 선우도 그걸 알고 있었다. 그걸 알면서도 제 곁에 머물고 있었다.

선우와는 항상 일정한 안전거리가 있었다. 무심결에 누군가 다가오면 누군가는 한 발 물러서고, 누군가 한 발 더 물러서면 어느새 한 발 다가와 있었다. 그렇게 굳어진 안전거리는 지금껏 단 한 번도 무너진 적이 없었다.

그게 편했다.

그게 좋았다.

그게 한재희가 강선우를 바라보는 방식이었다.

그게 한재희가 강선우를 옆에 두는 방식이었다.

그건 서로 간의 암묵적인 합의 같은 거였다. 아니, 한재희가 강선우에게 종용한 거래였고, 그걸 받아들인 사람은 강선우였다.

그런데 강선우가 오늘 그 안전거리를 무턱대고 넘어서 마구잡이로 휘저었다.

안다. 저도 안다. 제가 얼마나 이기적인 인간인지. 제 마음이 얼마나 이기적이고 못된 마음인지 잘 안다. 강선우에게 세상에서 제일 못된 사람이 저라는 것도 잘 알고 있다.

그래서 뭐! 어쩌라고! 난 몇 번이고 기회를 줬어. 그걸 마다한 사람은 강선우지…….

"내가 아니야."

우뚝 걸음을 멈춰 선 재희는 몇 번이고 같은 말을 낮게 중얼거렸다. 턱이 달달 떨릴 정도로 이를 악물어 보고 눈이 아플 정도로 힘을 줘 보지만 그래도 그녀의 마음은 쉽사리 진정되지 않았다. 잘못은 저가 한 게 아니라고, 그 선을 넘은 강선우 잘못이라고 가장 이기적이고 못된 마음을 떠올려 봐도 엉망진창이 되어 버린 머릿속은 진정될 기미가 보이지 않았다.

제발, 그만해.

그녀는 머리를 좌우로 흔들었다. 아무리 잊으려고 애를 써도 잊히지 않는 기억이 그녀를 순식간에 사로잡았다.

'이건 누구 머리카락이야!'
'왜 10분이나 늦었어? 누굴 만나고 온 거야?'
'이 냄새는 도대체 누구 냄새야! 왜 맨날 냄새가 달라져!'

그 적나라한 감정의 끝은 잘 벼른 칼보다 더 날카로워, 뭐든지 베어 버릴 수 있었다. 모든 걸 끝장낼 수 있다는 걸 알면서도 멈출 수 없는 무기이기도 했다.

듣는 것만으로도 무서웠다. 그 말들이 저를 갉아먹을까 봐서…….

모든 게 다 싫었다. 끊임없이 의심하는 엄마도, 엄마를 그렇게 만든 아빠도. 종국엔 뭐가 진실인지 알 수도 없게 되었다.

그게 바로 죽을 만큼 사랑했다는 사랑의 결말이지.

사랑은, 무슨 얼어 죽을 놈의 사랑. 결국엔 서로가 서로를 좀비처럼 갉아먹다 못해 끝내 서로를 나락으로 밀어내는 거지. 세상 모든 사랑이 다 그렇지.

한재희는 사랑을 믿지 않는다. 끊임없이 의심하다 못해 부정했다. 그 단단한 벽은 차곡차곡 착실히도 제 주위를 둘러쌌다. 더 단단히, 더 견고하게, 누구도 허물 수 없게 말이다.

그 벽이 좋았다. 더 단단해질수록 좋았다. 더 단단해지길 원했다.

어떤 순간에도, 어느 누구에게도 무너지지 않을 만큼 더 단단하게 벽을 쌓았다.

그 벽에서 가장 가까운 이가 강선우였지만, 언젠가는 강선우도 그 벽에 부딪혀 돌아설 거였다. 가까이 다가올수록 더 느낄 것이다. 제 단단함을……

그런데…….

나쁜 자식.

강선우 이 나쁜 자식!

이건 절 나락으로 밀어내는 거였다. 나락의 끝에 있는 건 무저갱일 뿐인데…….

그걸 누구보다 더 잘 알고 있는데, 그걸 뼈저리게 느끼며 살아왔는데.

재희는 어느새 도착한 집을 올려다보았다. 불이 켜진 집들 사이로 홀로 불이 꺼진 집이 우뚝 서 있었다. 점점 짙어져 가는 어둠이 제집에서 나온 것 같아 순간 재희는 어깨를 움츠렸다.

종종, 저보다 일찍 퇴근한 선우가 불을 켜 놓았던 집이었다. 포슬포슬한 계란말이에 된장찌개를 끓여 놓고 기다리던 집이었다.

정갈하게 잘린 김치가 놓이고, 멸치볶음과 김, 오이소박이가 차려진 식탁 앞에서 그가 고개를 까닥였다. 그럴 때면 세상 그 어떤 것도 부럽지 않은, 가장 맛있는 밥을 먹을 수 있는 행복한 집이도 했었다.

그래, 그랬었지. 강선우는 항상 그랬었지. 마치 제집인 양 그렇게 굴었지. 아무런 제약 없이 제집을 자신의 집인 양 드나들었지.

그래, 내가 너무 물렀지. 강선우한테. 그랬으니 오늘 같은 일이 일어난 거겠지.

틈을 줬다고 생각하진 않았는데, 아무래도 그동안 저도 모르게 강선우에게만 단단한 제 성벽을 드나들 수 있는 보이지 않는 쪽문이라도 열어 준 게 틀림없었다.

강선우 너 오늘부로 아웃이야!

○　●　○

한재희를 알고 있다. 서둘러야 했다.

그녀가 퇴근하는 시간보다 먼저 집에 가 있으려 서둘러 사무실을 나서던 선우는 로펌 대표이자 진수의 아버지인 준형과 마주쳤다. 우리 로펌 변호사가 맞느냐며 얼굴 보기 너무 힘들다고 너스레를 떠는 준형은 오랜만에 저녁이나 같이하자고 했다.

선약이 있다는 말로 저녁 식사를 거절했지만, 사석에서 할 말이 있다는 소리에 더는 거절하지 못한 게 패착이었다.

집에 도착했을 때 불은 켜져 있었다. 재희가 마감을 끝내지 않고 왔다는 걸 알 수 있었다.

다급해진 발걸음이 종종거렸다.

띠, 띠, 띠, 띠, 띠. 띠띠띠띠띠.

비밀번호가 틀렸다는 경고음이 연달아 들렸다. 지금껏 미뤄 왔던 비밀번호 좀 바꾸라는 잔소리가 기가 막힌 타이밍에 먹혔다.

"한재희."

늦은 밤이라 낮게 노크를 하며 재희를 부른다.

하지만 대답이 없다.

문틈 사이로 희미하게 새어 나오던 불빛이 사라지고, 어둠이 길게 삐져나와 신발 끝에 와 닿았다. 순식간에 온몸이 얼어붙은 것 같은 착각이 들었다.

"한재희."

……

"재희야."

지금의 이 모든 것이 예견된 일이라는 걸 모르지 않았다. 이보다 더 심했으면 심했지 덜하지는 않을 거라고 예상하고 있었다.

하지만, 막상 자신의 예상과 한 치의 어긋남도 없이 맞물려 가니 바짝 마르기 시작한 입안에 침이 가득 고이며 턱에 뻐근한 통증을 몰고 왔다.

이런 기분 진짜 별론데. 처음이 아니어서 익숙한 통증이라서 더 싫었다. 두 번째 퇴짜 아닌 퇴짜를 맞았던 그때보다 백배는 더 싫었다.

두 번째 때는 고백다운 고백도 해 보지 못했던 첫 번째와는 다르게 기회가 좋았다.

재희는 부모님이 함께 여행을 가시기로 했다며, 날씨를 확인하면서 즐거워하던 때였다. 그녀는 그 일로 며칠 기분이 계속 좋았다. 어쩌면 이번에는 그녀가 제 마음을 받아 줄 것 같았다. 설레임으로 부푼 선우의 가슴이 기대감으로 한껏 부풀었다.

그때 재희의 휴대폰이 울렸다. 휴대폰 너머에서 들린 목소리는 꽤나 날카로웠다. 울부짖는 것처럼 들리기도 했다.

조금 전까지 웃고 있던 선이 고운 입술이 깨진 유리 조각처럼 선을 그었다. 서늘하게 내리깐 눈매에 살기마저 느껴질 만큼 그녀의 표정은 변해 있었다. 뭔가를 꾹 참고 있는 듯 말이 없던 그녀가 툭 한마디를 내뱉었다.

'넌 사랑 같은 건 하지 않았으면 좋겠다.'

그녀 자신에게 한 말인지, 저에게 한 말인지, 그도 아니면 둘 다인지 알 수 없었지만, 저는 그럴 수 없었다.

'그건 어려울 것 같은데,'

난 이미 시작했거든.

뒷말을 삼키며 조심스럽게 내뱉은 그 한마디에 그녀의 눈이 도끼의 날처럼 저를 향했었다.

'그래?'

그 한마디가 번쩍이는 도끼날보다 더 무서웠다.

'그럼, 어쩔 수 없지. 우린 두 번 다시 보지 말자.'

왜 그런 말을 했는지 물어볼 시간은 없었다. 말이 끝나기 무섭게 자리를 박차고 일어난 그녀는 그 어떤 미련도 없다는 듯 멀어졌고, 그 순간 떠나는 재희의 뒷모습이 세상에서 제일 무서웠다. 정말 그녀의 말대도 두 번 다시는 그녀를 볼 수 없을 것 같았다.

성큼성큼 걸어가는 그녀의 팔을 낚아챈 두 번째 고백은 그러했다.

'그 상대가 네가 될 일은…… 없겠다만.'

그 한마디에 당장이라도 죽을 듯 노려보던 그녀의 날 선 눈매가 솜사탕 녹듯 녹아내렸다. 그제야 그녀의 눈동자가 다행이라는 듯 싱긋 웃고 있었다.

갈기갈기 찢긴 마음의 조각들이 스산하게 흩어졌다.

그날 저녁, 세상에서 제일 끔찍한 밥을 재희와 함께 먹었다. 첫 번째도, 두 번째도 제 의지와는 무관하게 모든 게 무너져 내렸다.

시간이 필요하다고 생각했다. 그녀에게.

그때부터 선우의 바람은 단 하나였다. 그 시간이 너무 길지만 않길…….

그런데, 오늘 자신의 행동은 그 시간을 더 길게 만들었는지도 모른다.

하지만, 이제는 돌이킬 수 없게 되었다. 앞으로 자신이 할 수 있는 건 앞만 보고 전진하는 길밖에 없었다. 그 길을 걸으면서 상처를 입고 다쳐도 상관없지만, 재희만큼은 그 어떤 상처도 입지 않길 바랄 뿐이었다.

쿵.

굳게 닫힌 차가운 철문에 이마가 닿았다.

재희야. 낮게 그녀의 이름을 부르며 여러 번 이마를 부딪쳐 보지만 문은 꿈쩍도 하지 않았다. 이 문은 절대 저 스스로는 열리지 않을 거였다.

"그래, 이래야 한재희지."

체념처럼 들릴 수도 있겠지만, 마음은 그와는 정반대였다.

"듣고 있는 거 다 알아."

낮게 깔린 목소리가 문을 타고 안으로 흘러 들어갔다. 크지도 않은 목소리였다.

재희는 더욱더 바짝 숨을 죽였다. 제 숨소리가 문을 타고 밖으로 새어 나갈 것만 같았다.

"너 큰일 났다. 이제 더는 도망 못 가."

쿠웅. 쿠웅. 쿠웅.

문에 머리를 부딪치는지 같은 소리가 일정한 간격을 유지했다.

하지 마! 그런다고 문 안 열려.

재희는 어둠 속에 문을 노려보며 주먹을 움켜쥐었다. 제 손으로 저 문을 여는 일은 없을 것이다. 이미 결정은 끝났다.

강선우 너 아웃이야. 두 번 다신 여긴 못 들어와.

"그래, 문 열지 마. 절대로."

이대로 문이 열린다면……. 난 아마 널 그대로 품에 안을 것 같으니까.

열망으로 이글거리던 눈동자가 차갑게 식어 갔다.

오늘밤은 유난히 길 것 같았다.

그에게도.

그녀에게도.

○ ● ○

씩씩대는 것도 지쳐 갔다. 손님이 오면 웃으며 맞이하다 다시 휴대폰을 들어 전화할 때면 씩씩거리기를 반복하다 보니 백 미터 달리기를 전력으로 수십 번은 질주한 것처럼 에너지가 소모되었다. 그럼에도 끝내 전화는 연결되지 않았다.

"이런 천하에 쓸모없는 놈 같으니. 귀는 괜히 두 개가 있고, 손은 괜히 두 개냐! 전화는 도대체 왜 안 받아?"

씩씩대며 휴대폰을 터치한 소영은 아무리 해도 연결되지 않는 전화번호에 삿대질을 하고 있었다.

"내 살다 살다 휴대폰 전화번호에 삿대질을 하게 될 날이 올 줄 몰랐네. 그것도 강선우 때문에."

정확히 첩보 영화에 준하는 로맨스 영화를 찍은 지 3일이 지난 뒤였다. 오늘 출근 시간에 재희로부터 전화가 걸려 왔다. 조금 늦게 나가도 되겠냐고 묻는 목소리가 낮게 잠겨 있었다. 분명 아픈 목소리였다. 아프면 쉬라고 했지만, 고집스럽게 재희는 점심시간에 맞춰 카페로 나왔다.

역시나 화장기라고는 하나도 없는 창백한 몰골에 눈가에는 열이 가득했고, 얼마나 앓았는지 입술에는 각질이 거칠게 일어나 있었다.

'너, 열.'

말보다 손이 더 빨랐다. 이마를 만져 보니 불덩이다. 그런데 그

135

몸을 이끌고 카페를 나온 재희한테 소영은 버럭 소리를 지르고 말았다.

'너 강선우 때문이야?'

요 며칠 재희는 지금껏 제가 알던 한재희가 아니었다. 뭔가 많이 어설프고, 더 과장되고, 괜히 더 많이 웃는 재희는 밝은 척하고 있었지만, 분명 충격이 있었을 테니 모른 척해 주었다.

그날 점심 약속을 지키지 않은 남자.

갑작스럽게 나타난 선우.

그리고 정상이 아닌 재희.

뭐가 어떻게 된 건지는 정확히 알 순 없었지만, 흘러가는 모양새를 보아하니 이 모든 일의 교차로에는 강선우가 서 있는 게 분명했다. 교통정리는 되어 가고 있는 건지, 아니면 대형 사고가 나기 직전인지는 알 수 없었지만, 사태가 그리 녹록해 보이진 않았다.

그런데 오늘 아침 사달이 벌어지고 말았다. 나타나지 않은 두 남자 대신 한재희의 몸이 불덩어리였다. 당장 들어가라고 등을 떠민 후 가장 먼저 한 일은 선우에게 전화를 거는 거였다. 하지만 두 시간이 지나도록 선우는 전화를 받지 않았다. 신호 끝에 들려오는 기계적인 여자 음성에 화가 치밀었다.

"그래, 먹튀한다 이거야! 이게 아주 그렇게 안 봤는데, 감히 먹튀를 해? 그것도 한재희를 상대로. 강선우가."

휴대폰을 쥔 소영의 주먹이 부르르 떨렸다.

"이래서 사람은 바닥을 겪어 봐야 해."

선우가 그런 사람이 아니라는 걸 누구보다 잘 알고 있지만, 지금 이 순간만큼은 강선우가 세상에서 가장 못되고, 나쁜 놈이었다.

"나쁜 놈. 천하의 나쁜 놈. 그딴 식으로……."

전화가 울린 건 그때였다. 지금껏 아무리 걸어도 받지 않던 전화번호가 떡하니 화면에 떴다.

너 잘 걸렸다.

소영은 거칠게 휴대폰을 터치하며 눈을 치켜떴다.

"이게 누구신가?"

— 재희한테 무슨 일 있어?

이게 진짜. 받자마자 재희 얘기부터 할 거면서 왜 그동안 연락도 없고, 전화도 안 받았냐고 따져 묻고 싶었지만, 거칠게 갈라진 선우의 목소리에 소영은 말없이 한숨만 토해 냈다. 한재희의 모든 걸 걱정하고 챙겨 주는 이는 저보다 강선우였다.

그래, 족치는 것도 얼굴을 보고 해야 하는 게 정석이지. 암.

소영은 고개를 끄덕여 스스로를 설득시켰다.

"너 뭐 하는 놈이야?"

그래도 말이 좋게 나오진 않는다.

— 무슨 일이야. 그것부터.

긴 대화는 사절이라는 듯 묻는 말투가 단호했다.

"그렇게 걱정할 거였으면……. 하아, 됐다. 재희 아파."

뚜욱.

전화가 그대로 끊겼다. 말도 없이 그냥. 소영은 꺼진 화면을 황당한 표정으로 쳐다봤다.

이럴 거면 진작 좀 찾아오기라도 하지.

울컥 화가 나다가도 선우의 반응을 보니 묘하게 안심이 되었다.

사실 인정하고 싶진 않지만, 재희에게 선우만큼 어울리는 남자도 없었다. 두 사람을 보아 온 세월이 얼마인데 그걸 모를까!

다만 저도, 재희도 입 밖으로 꺼내지 않았을 뿐이었다.

어쩌면 생각보다 교차로 정리는 빠르게 일방적으로 끝날지 모르겠다는 생각이 들었다. 지금껏 한재희를 걱정하는 강선우가 있긴 했지만, 아무래도 이번만큼은 지금까지와는 다른 느낌이다.

소영은 고개를 뒤로 젖혀 허공에 나직한 웃음을 흘려보냈다.

그래, 어쩌면 잘된 건지도 몰라. 어쩌면 말이야. 길고 짧은 건 대 봐야 아는 거지만.

이번이 좋은 계기가 될 것 같았다. 두 사람에게.

"강선우 진짜 잘해라."

소영은 가장 친한 제 친구를 위해 또 다른 제 친구를 응원하고 싶어졌다.

○　●　○

운전이 거칠다. 여기저기서 불쾌감을 드러내는 클랙슨 소리가 울렸지만, 선우는 모든 걸 무시한 채 도로를 내달렸다.

급하게 나온 바람에 코트도 걸치지 못한 선우는 넥타이를 아무렇게나 풀어 헤친 상태였다. 오피스텔에 도착해 엘리베이터를 기다리는 그 시간이 초조했다. 발을 동동 구르지 않은 건 그의 마지막 이성이었다.

엘리베이터가 도착하자마자 올라탔다. 빠르게 8층을 누르고 닫힘 버튼을 눌렀다. 선우의 마음을 아는 건지 엘리베이터는 8층에 빠르게 도착했다.

그는 엘리베이터에서 내리자마자 성큼성큼 재희의 집으로 다가갔다. 비밀번호는 이미 바뀌었지만, 선우는 습관적으로 번호를 눌렀다.

젠장. 문은 역시 열리지 않았다.

선우는 휴대폰을 꺼내 전화를 걸었다. 지금 눈에 뵈는 게 없었다.

"나야."

— 왜?

조금 전보다 훨씬 누그러진 소영의 목소리가 들렸다.

— 잠깐만. 주문하신 와플과 커피 나왔습니다. 네, 맛있게 드세요.

소영은 손님을 맞고 있었다.

— 무슨 일인데?

소영이 다시 말을 이었다.

"부탁 좀 하자."

손잡이를 잡은 손에 땀이 배어난다. 마음이 초조하다.

잠결에 받은 전화가 소영이라는 것밖에 기억나지 않았다. 무슨 말을 했는지는 모르겠지만, 소영의 목소리가 다급했던 게 어렴풋 이나마 기억이 난다.

무겁게 머리를 짓누르던 무게감이 좀 가신 듯 소영과의 통화가 묵직한 무게감을 뚫고 불현 듯 떠올랐다.

나아진 건가?!

열이 심하게 났었다. 물에 젖은 솜처럼 무거운 몸이 바닥으로 하염없이 꺼지는 느낌은 아무리 겪어 보아도 나아지지 않았다. 아무것도 할 수 없는 무기력감이 제 몸을 휘감아도 할 수 있는 거라고는 끙끙 앓는 게 전부다.

힘겹게 집으로 돌아온 후 상비약으로 있던 해열제를 먹긴 했지만, 저는 해열제가 잘 안 드는 편이었다. 한번 아프기 시작하면 그 아픔을 고스란히 다 앓아야만 낫는 아주 정직한 몸이었다. 그런데 웬일로 해열제가 제대로 든 건지 몸이 한결 가벼웠다. 눈도 제대로 떠지지 않았는데 지금은 힘겹게나마 뜰 수 있을 것 같았다.

"흐음."

낮은 신음성을 흘리며 재희는 천천히 눈꺼풀을 밀어 올렸다. 어설프게 뜬 시야가 어둠으로 가득했다. 커튼이 쳐진 방은 어두웠다. 방 안의 모든 것이 어둠의 그림자를 입고 있었다. 시간을 확인해 보지 않았지만, 아무래도 밤이 된 것 같았다.

그래, 소영이한테 전화가 온 거 보니 마감 시감이 가까워졌을지도 모르지. 소영이 온다고 했던가? 기억이 또렷하진 않았지만 '집' 뭐라고 했던 것 같기도 했다.

깁스를 해 놓은 듯 무겁게 목을 오른쪽으로 돌린 재희는 어둠 속 익숙한 듯 익숙하지 않은 검은 인영과 마주했다.

"소영……?"

이라고 하기엔 지나치게 크다. 짧은 머리와 뭔가 못마땅한 듯 팔짱을 끼고 있는 모습. 단지 어둠에 감싸인 그림자였지만, 그 실루엣이 익숙하다.

하지만, 비밀번호를 바꿨으니 선우가 들어왔을 리는 없다, 라는 단정이 무색하게 지금 제 눈앞에 있는 남자가 다른 누구도 아닌 강선우라는 확신이 들었다.

그제야, 잠결에 소영이 물어보았던 게 집 비밀번호였다는 걸 기억해 냈다. 소영을 탓할 건 없었다. 아마 소영이 알려 주지 않았다면 강선우는 다른 방법을 동원해서라도 문을 열었을 거였다.

"이젠 주거 침입도 하니?"

가뭄에 갈라진 논바닥의 그것처럼 목소리가 거칠었다. 마음 같아선 당장 문밖으로 내쫓고 싶었지만, 지금은 길게 말할 힘도 없었다. 지난 5일 동안 거의 밥을 먹지 못한 그녀에겐 선우와 대적할 만한 힘이 남아 있지 않았다. 재희는 고개를 모로 틀어 시선을 피했다.

"좀 더 자."

"……."

스윽. 선우의 손이 이마에 닿았다. 뭘 했는지 이마에 닿은 커다란 손바닥은 차가웠다. 아직 열기가 남아 있던 이마가 잠깐이마나 편안해졌다.

"넌, 아프면…… 하아. 아직 열 있다. 기다려."

선우가 무언가를 들고 자리에서 일어났다. 어둠에 가려져 있어 그가 손에 든 물건이 뭔지 가늠하기는 쉽지 않았다. 방문을 열고 나간 선우는 금세 돌아왔다.

"눈 감아. 그리고 더 자."

적당히 차가운 젖은 수건이 이마에 올려졌다.

설마! 해열제를 먹어도 효과 없는 몸이 웬일로 열이 떨어졌나 싶더니만…….

"너……."

"나한테 말할 힘 있으면 아껴 둬. 지금은 아니야. 몸부터 추슬러."

단호하게 말한 선우는 그 어떤 대화도 하지 않겠다는 듯 팔짱을 낀 채 입을 꾹 다물었다.

어둠 속에서도 그런 선우의 모습은 또렷하게 보였다. 저렇게 굳게 입을 닫고 있으면 무슨 일이 있어도 열 수 없다는 걸 알고 있다. 이런 상황이 처음은 아니니.

저가 아플 때면 항상 간호를 해 주는 사람은 엄마도 아빠도 아닌 선우였다. 언젠가부터 그랬다.

그래, 아주 어릴 적 제 곁엔 엄마도, 아빠도 있었다. 아프기라도 하면 서로가 앞서 아픈 저를 보살펴 주곤 했었다. 하지만, 그 시간은 그리 길지 않았다. 더 이상 부모님의 보살핌을 받을 수 없다는 걸 깨우친 후에는 혼자 끙끙 앓았다. 그게 더 편했다. 죽지 않을 만큼 앓고 나면 몸은 어느새 나아 있었다.

해열제가 들지 않는다는 걸 알기에 그녀는 고스란히 모든 걸 몸으로 느끼고 버티는 수밖에 없었다. 어느새 버티는 건 습관이 되었고, 어른이 되어서도 아프면 혼자서 끙끙 앓은 버릇이 남아 있었다.

하지만, 어느 순간부터 그녀의 곁에는 항상 강선우가 있었다. 해열제 대신 머리에 물수건을 얹어 열을 내려 주고, 인스턴트 죽 대신 직접 죽을 쒀 주고, 몸이 회복될 때까지 아픈 그녀를 챙겨 주었다.

그래서인지…….

아플 때마다 유난히 선우가 그리웠다. 한없이 다정하기만 한 그의 손길이…….

하지만, 이제는 그에게서 벗어나야 할 때가 되었다. 이제 그의 손길은 더는 조건 없는 손길이 아니었다. 더는 모른 척할 수가 없게 되었다. 더 미루다가는 무슨 일이 벌어질지 상상이 되지 않는다. 가능한 최대한 잔인하게 말해야 한다. 강선우가 그 어떤 생각도 하지 못하게. 더는 다가오지 못하게. 더는 이 관계가 무너지지 않게.

머릿속에서 아주 못된 말들이 꿈틀거렸다.

"아니……."

그녀가 무겁게 가라앉은 몸을 천천히 일으켜 세워 앉았다. 이마를 덮고 있던 젖은 수건이 침대로 투욱 떨어졌다.

"난 지금 말해야겠어."

바짝 마른 입술만큼 건조한 목소리 끝이 갈라졌다.

"나중에 해. 기회는 많아. 너와 내가 지내 온 시간만큼."

그녀가 쏟아 낼 말이 두렵진 않다. 무슨 말을 해도 다 들어줄 테니.

팔짱을 푼 선우가 몸을 일으켜 다가왔다. 침대에 떨어진 수건을 한 손에, 나머지 한 손은 땀에 흠뻑 적은 그녀의 마른 어깨를 살며시 눌렀다. 다시 누우라는 의미였다.

"그렇게 은근슬쩍 내 몸 만지니까 좋아?"

"뭐어?"

손끝이 싹둑 잘려 나간 것처럼 날카로운 통증이 파고들었다.

"내 몸 만지니까 좋냐고 묻잖아."

숨이 가빠 왔지만, 재희는 애써 숨을 골랐다.

"한재희, 그만해."

다음 말이 예상이라도 되는 듯 가볍게 어깨를 누르고 있던 손에 절로 힘이 들어갔다.

"묻잖아!"

무딘 칼로 베어지는 게 더 아프다. 한재희 특유의 저 날 선 말투쯤은 이제는 아무렇지 않다고 생각했었는데……. 너무 오랜만에 들어서일까. 무딘 칼이 스삭, 하고 살갗을 베어 낸다.

"……."

어깨를 감싸고, 손을 맞잡고, 얼굴을 쓰다듬은 적도 있었다. 그럴 때도 한 번도 들어 보지 못한 말이었다. 무겁게 가라앉은 선우의 아련한 시선이 재희를 향했다.

재희야.

손을 뻗어 보지만, 차마 그녀의 마른 얼굴에 닿지 못했다.

"너도 내 몸 위에서 헐떡이고 싶어?"

거대한 망치가 날아왔다. 절 향해 겨누고 있던 칼이 그대로 몸 속 깊이 파고들었다.

'좋았니. 그년 위에서 헐떡거리니까 좋았냐고!'

물건을 내던지다 힘이 빠진 엄마의 마지막 말은 항상 똑같았다.

'아니라고 몇 번을 말해야 돼. 제발, 좀!'

그리고 아빠의 말도 항상 똑같았다.

'거짓말! 거짓말! 거짓말이잖아!'

아귀처럼 달려드는 엄마의 두 팔을 올려 잡은 아빠도 이미 아귀로 변해 있었다.

'그래, 좋았다. 어쩔래. 어쩔 거냐고!'

결말은 항상 똑같았다. 뭐가 진실인지 구분조차 되지 않는 뫼비우스의 띠 같은 일상은 반복되고 또 반복되었다.

귀를 막고, 또 막아도 서로에게 상처가 되는 말은 날카롭게 귀를 파고들어 어린아이를 괴롭혔다. 그런 말들은 싫다고, 절대 그런 말은 하지 않을 거라고 발을 동동 구르며 주문을 외웠다.

한재희는 그런 말은 하고 싶지 않아.

한재희는 세상에서 그런 말을 제일 싫어해.

누군가 제 머릿속을 깨끗하게 비워 주었으면 좋겠다고 바랐다. 혹시나 무심결에 그런 말들이 튀어나올까 봐 전전긍긍했다. 그곳에서 벗어나면 절대 그럴 일은 없을 거라고 생각했었는데…….

하지만 결국엔 내뱉고 말았다.

어둠보다 더 어두운 어둠이 무겁게 내려앉았다. 숨이 막혀 왔다. 죽을 것만 같다. 당장이라도 저 커튼을 걷어 내고 창문을 열어젖히고 싶었지만, 몸은 움직일 생각을 하지 않았다.

한재희.

그 어떤 말도 다 들어줄 거라고 했는데, 이 말은 전혀 예상하지 못했다. 그 어떤 동요도 보이고 싶지 않은 선우는 신음을 꾹 눌러 삼키며 호흡을 가다듬으려 했지만, 머리와는 달리 심장이 요동치기 시작했다.

뜨거움과 차가움이 격돌했다. 한 치의 물러섬도 없이 치열한 혈전이 제 안에서 벌어지고 있었다.

한재희를 안고 싶은 적이 있었던가?

답은 언제나였다. 목마름에 참다 참다 죽을 것 같을 때면 머리를 쓰다듬거나, 어깨에 손을 가볍게 얹거나, 그것만으로도 힘들 때면 잠든 그녀의 얼굴을 하염없이 쳐다보는 게 전부였다. 그게 강선우가 한재희에게서 가질 수 있었던 유일함이었다.

그런데…….

어깨를 잡고 있는 오른손에 열기가 피어올랐다. 순간 한쪽 얼굴이 타들어 가는 느낌이 들었다.

"……그렇다고 하면 허락해 줄 수는 있고?"

생각보다 말이 먼저였다. 내리치는 번개 같은 속도로 튀어나온 말이 너무 침착했다.

"뭐?"

홉뜬 눈매 끝이 파르르 떨렸다. 깊게 자리한 검은 눈동자가 점점 커지며 파장을 일으키다 급기야 풍랑을 맞은 파도처럼 일렁였다.

어두웠지만, 한재희의 그런 눈빛은 익숙하다. 어둠보다 더 어두운 눈빛.

그녀의 말이 진심이 아님을 안다. 진심일 리 없었다.

상처를 받았겠지. 상처 주지 않겠다고 했는데…….

선우는 비명처럼 터져 나온 제 말을 곧바로 후회했다.

"……그런 말은 하는 게 아니지. 아무리 화가 나도."

자신에게 하는 말인지 그녀에게 하는 말인지 모호했지만, 선우의 목소리는 화가 잔뜩 난 아이를 달래듯 부드러웠다. 더는 이 의미 없는 대화를 이어 가지 말자는 간절함도 담겨 있었다.

하지만.

한재희는 그럴 생각이 없었다.

"허락하면 어떡할 건데?"

낮게 깔린 목소리가 바닥을 쓸어 길을 열었다. 그 끝이 어디인지 모를 길이 드디어 열렸다.

"한재희."

그녀의 이름을 낮게 부르는 부드러운 선우의 목소리는 점점 딱딱하게 굳어 갔지만, 그녀는 단단히 작정한 듯 흔들림이 없다. 눈매가 더 단단한 선을 그려 냈다.

"너도 바라던 거 아니었어? 난 매번, 매 순간, 강선우가 날 쳐다볼 때마다 그렇게 느꼈는데."

손에 힘이 들어갔다. 젖은 수건에서 흐르는 물방울이 발등 위로 섬뜩하게 떨어진다.

"아니야?"

외치듯 묻는 그녀의 목소리가 바짝 마른 낙엽처럼 바스락거렸다.

"밥 먹을 때마다, 커피 마실 때마다, 영화를 보면서, 길을 걷다가, 우산을 쓴 채 손을 맞잡고 날 내려다볼 때마다, 씻고 나와 날 바라볼 때마다……."

입속에 가시가 돋아난 듯 아파 와 잠시 숨을 고르지만, 그녀는 멈추지 않았다.

"……숨을 내쉬고, 들이마실 때마다……."

난 그럴 때마다 숨이 막혔어.

차마 말을 다 잇지 못한 그녀의 꽉 깨문 입술이 덜덜 떨렸다. 모든 걸 끝내 버릴 듯 토해 내던 그녀의 입술이 파랗게 변해 가고 있었다.

그래, 그랬었다. 그녀의 말대로……. 그녀의 말이 다 맞았다.

지금 이 순간에도 그녀의 마른 어깨를 안아 주고 싶은 마음이 간절했다. 그렇게 잘 알면서도 왜 그동안 그렇게 모른 척 외면했냐고, 왜 그렇게 힘들게 외면했냐고 묻고 싶었다.

원망보다 가슴이 아파 왔다. 그동안 한재희도 강선우가 힘들었던 그 이상으로 힘들었겠구나 하는 생각이 드니 가슴 한편이 뻐근하게 아파 왔다.

그동안 선우는 자신의 마음을 잘 숨겨 왔다고 굳건히 믿었다. 그런데, 그녀의 단 몇 마디에 모든 것이 와르르 무너져 내렸다.

그녀의 무심함을 웃어넘기고, 그녀가 원하는 거리를 유지해 주었다.

그녀가 다가오면 한 걸음 뒤로 물러나고, 그녀가 멀어지면 한 걸음 다가설 뿐이었다.

그녀가 상처받길 원하지 않았다. 그녀가 가진 상처가 치유되길 바랐다. 계절이 셀 수 없을 만큼 바뀌어도, 시나브로 한재희가 강선우에게 젖어 들 수 있는 시간이길 간절히 바랐다.

뭐가 먼저였는지는 알 수 없었다.

포옹이 먼저였는지. 키스가 먼저였는지.

입술에 내려앉은 뜨거움에 재희는 정신이 번뜩 들었다. 정신을 차렸을 때에는 이 모든 게 일어난 후였다. 단단히 제 몸을 껴안은 두 팔의 힘에 밀어 낼 생각은 하지도 못한 채 정신없이 끌려가고 있었다.

"재희야."

벼랑 끝 간신히 매달려 있는 사람의 목소리처럼 간절하게 부르는 제 이름이 그녀는 낯설었다.

"재희야. 한재희."

살짝 벌어진 잇새로 신음처럼 흘러나오는 목소리에 열기가 가득하다. 조심스럽게 볼을 감싸 쥐고 있었지만, 절대 놓을 수 없다는 듯 입술을 핥은 그의 뜨거운 혀가 몇 번이고 그녀의 마른 입술을 핥고 지나갔다. 상처를 쓸어 올리는 어미 사자의 그것처럼 천천히, 부드럽게 입술을 핥고 있었지만, 혀가 지나간 자리마다 불에 덴 듯 뜨거움이 가득했다.

심장이 쿵쿵거렸다. 온몸의 혈관이 열린 듯 미친 듯이 뛰기 시작했다.

열기를 가득 품은 재희의 입술이 더는 참을 수 없다는 듯 벌어졌다. 정성스럽게 입술을 핥던 혀가 치열을 훑으며 미끄러지듯 그녀의 입안으로 들어서 휘저었다.

하아. 누구의 신음 소리인지는 알 수 없었다.

선우의 몸이 좀 더 밀착됐다. 재희의 몸이 순식간에 기울어지며 등이 침대에 닿았다. 양 볼을 감싸 쥔 손이 그녀가 다치기라도 할세라 그녀의 뒷목을 단단히 받쳐 들었다.

땀에 젖어 식어 가던 옷에 금세 열기가 가득 차올랐다.

재희야. 바람처럼 속삭이며 선우의 혀가 그녀의 길 잃은 혀를 옭아맸다. 어쩔 줄 몰라 이리저리 나부끼던 혀가 단단히 얽매었다.

서로가 내뱉은 신음을 삼키는 소리가 적나라하게 서로의 귓가를 파고들었다.

이 밤이 이대로 영원했으면 하고 바라는 간절한 선우의 심장 소리가 그녀의 심장 위로 내려앉았다.

○ ● ○

"이것도 같이 주세요."

둥근 손잡이가 달린 나무 바구니에 손이 덜 가는 다육 종류의 꽃이 담기기 시작했다.

엄마는 살아생전 꽃을 좋아했지만, 매일 물을 주러 올 수는 없으니, 그녀가 선택할 수 있는 건 그나마 손이 덜 가는 종류의 꽃이었다.

꽃 가게에 있는 다육 종류의 꽃을 모두 담은 그녀는 계산을 하고 밖으로 나섰다.

4월로 들어선 첫날이었지만, 바람은 여전히 차가웠다. 분갈이를 하기엔 날씨가 아직 춥고, 바로 옮기면 꽃도 스트레스를 받을 것이다. 옮겨 담을 화분을 사고, 분갈이용 배합토도 샀지만, 바로 옮겨 심을 수는 없었다.

엄마는 항상 말했었다. 꽃도 환경이 바뀌면 그 환경에 적응하기까지는 시간이 필요한 법이야.

꽃을 좋아하고, 나무를 좋아한 엄마는 마음이 무척 여린 사람이었다. 한번 마음을 주면 변하는 법이 없었다. 그러기에 엄마 손에 가꿔진 꽃과 나무는 죽는 법이 없었다. 죽어 가는 꽃도 엄마의 손이 닿으면 감쪽같이 살아나곤 했었다. 엄마는 적어도 꽃들에게만큼은 마법사였다. 분갈이를 하다 더 이상 화분에서 키울 수 없을 땐 자연으로 돌려보내곤 했었다.

그런 엄마가 좋았다. 엄마를 너무 사랑했다.

엄마가 내뱉은 가시 같은 말들이 죽기보다 듣기 싫었지만, 그래도 엄마를 사랑했다.

꽃을 보던 곱던 눈에 가시가 돋치고, 찰랑거리던 머리카락이 하얗게 세어 가고, 기억은 점점 사라져 가고, 더 이상 꽃을 키울 수 없게 되었지만, 그래도 제게 엄마는 세상에서 단 하나뿐인 사람이었다. 엄마가 다른 사람으로 변해 가도 엄마를 버릴 수는 없었다.

더 이상 꽃을 키울 수 없는 엄마는 아픈 사람이었다. 몸도 마음도. 점점 자신을 갉아먹고 있었지만, 멈추는 법을 몰랐다. 온전히저의 모든 걸 한 남자한테 줘 버린 엄마는 자신을 찾는 방법도, 자신을 사랑하는 방법도 잊어버렸다. 온전히 제 사랑을 가져간 한 남자한테서 모든 걸 찾으려 했다.

엄마의 사랑은 변할 수 없었다. 엄마는 변해야 한다는 걸 받아들이지 못했다.

변할 수 없는 엄마의 사랑에 어린 시절엔 화가 났었다. 그냥 놔 버리라고, 그래도 된다고, 그래야 한다고 소리쳤다.

하지만 엄마는 아빠를 너무 사랑해, 라고 했다. 소름이 돋았다. 엄마를 사랑했지만, 엄마의 그 소리는 미치도록 싫었다.

자신의 모든 걸 갉아먹은 사랑이 뭐가 좋으냐고! 그런 사랑을 배신한 아빠가 뭐가 좋으냐고!

아빠가 죽어 버렸으면 좋겠어. 난 사랑 따위는 하지 않을 거야. 절대 사랑 따위는 하지 않을 거라고. 사랑 따윈 믿지 않을 거라고 악에 받쳐 소리쳤다.

눈물이 하염없이 방울져 떨어졌다. 세상이 이대로 망해 버렸으면 좋겠다고 생각한 순간 엄마가 아득히 멀어져 갔다. 무서웠다. 엄마를 다시는 볼 수 없을 것만 같았다.

엄마. 눈을 비비며 훌쩍이는 제 손 위로 마른 나뭇가지처럼 비쩍 마른 손이 포개졌다. 핏기라고는 하나도 없는 마른 손이 연신 손등을 쓰다듬었다.

엄마의 눈에도 눈물이 가득 고여 있었다. 비쩍 마른 손으로 눈물을 닦아 주면 엄마가 말했다.

언젠가 사랑하는 사람이 생기면 꼭 보여 준다고 약속해. 엄마가 많이 미안해. 우리 재희한테.

그 순간 저도 모르게 고개를 끄덕이고 말았다. 지킬 수 없는 약속이 될 거라고 말하면서도 고개를 끄덕이고 말았던 그 순간 엄마는 아주 오래전에 보여 줬던 그 미소를 지으며 고개를 끄덕여 주었었다.

신호등 앞에 선 재희의 시선이 아득해졌다.

그날 밤 차마 제 눈에 고인 눈물을 닦아 주지 못한 채 낮게 웅얼거리던 선우의 목소리에 물기가 가득했었다.

'재희야 제발 나한테 와 줘.'

결국엔 엄마의 말이 맞은 셈이다. 사랑을 하지 않을 수 없다는.

'강선우. 널 어쩌면 좋으니…….'
낮게 한숨을 내쉰 재희는 깜박이는 신호등에 발걸음을 뗴었다.
빵아아앙.
경적음이 요란하게 울렸다.

○　●　○

이상하리만큼 평온하다.

이게 아닌데. 이게 아닐 텐데. 이래선 안 되는데……. 뭔가 이상한데, 그게 뭔지 도무지 알 수가 없다. 마치 폭풍 전야 같은 느낌을 지울 수가 없다.

선우한테서는 그날 이후 연락이 없었다. 그렇다고 카페를 찾아오지도 않았다. 마치 재희가 이곳에 없다는 걸 알고 있는 것처럼.

하지만 그럴 리가 없다.

'선우한테는 말하지 않았으면 좋겠어.'

재희가 떠나기 전 전화가 왔었다. 한참이나 말이 없던 재희가 아주 오래전 이야기를 꺼냈다.

엄마와 아빠 사이가 아주 좋았었을 때 기억이라고 했다. 꽃을 좋아하는 엄마는 항상 봄이 되면 꽃을 사 화분에 분갈이를 하면서 노래를 흥얼거렸고, 아빠는 그 화분에 물을 주었다고 했다. 고사리 같은 손으로 흙을 화분에 퍼 담던 기억이, 자신이 기억하는 엄마 아빠에 대한 마지막 추억이라고 했다. 그때가 너무 그립다고. 다시는 돌아갈 수 없겠지만, 그때가 너무 그립다고.

담담하게 책 읽듯 내뱉은 호흡은 울음을 참는 듯 일정한 간격을 유지하고 있었지만, 울음소리가 들리진 않았다.

그리고 부탁을 했다.

'소영아, 미안한데 나 3일만 쉴게. 다녀올 데가 있어서. 혹 선우가 물어 와도 말하지 말아 줘.'

정확히 오늘이 3일째다.

그때는 그냥 시간이 필요할 것 같아 흔쾌히 허락했지만, 하루하루가 지날수록 알 수 없는 불안감이 점점 커져만 가고 있었다.

휴가를 떠난 재희한테서 연락은 단 한 번도 오지 않았다. 어딜 간다고 말하지도 않았다.

혹시나 집에 돌아왔나 싶어 지난밤에 찾아가 봤지만, 집은 비어 있었다. 온기가 없는 걸로 봐서 재희는 아직 집에 돌아오지 않은 게 확실했다.

완전히 끝난 건가? 싶기도 하지만, 그렇다고 보기엔 두 사람이 함께해 온 시간이 그리 만만치 않았다. 재희에게서 전화가 오던 날 밤 자신이 모르는 무슨 일이 있었다는 전제를 하더라도 말이다.

그런데 여전히 전화 연결이 되지 않으니 자꾸만 마음이 불안하다.

'선우한테 연락을 해 봐야 하나? 어떡해야 하지. 왜 이렇게 불안하지.'

그날 밤 재희가 했던 이야기가 못내 머릿속에서 떠나지 않았다. 곧 봄이 올 텐데, 엄마가 좋아하는 꽃들이 필 거라고 했다.

소영은 휴대폰 화면을 켰다, 껐다를 반복했다. 재희에게 몇 번이고 전화를 걸어 봐도 음성으로 넘어갈 뿐 받지 않았다.

○　●　○

오늘로써 3일째다. 재희와 연락이 닿지 않고, 얼굴을 보지 못한 더 긴 시간도 있었지만, 이번처럼 애가 탄 적이 있었던가 싶을 정도로 모든 신경이 곤두섰다.

남은 건 정공법밖에 없다고 확신했는데, 제 확신이 잘못된 건 아닌지 계속 의심이 들었다. 어쩌면 시간이 더 필요했을지 모른다고. 너무 성급했던 건 아니냐고. 어쩌면 한재희는 지금쯤 제게 마음을 열고 있었을지도 모른다고.

자신감이 바닥을 친다. 고작 3일 만에 강선우의 자신감이 바닥을 쳤다.

그날 밤.

키스를 한 건 분명 저가 먼저였지만, 종국엔 제 목에 팔을 두르고 매달린 건 재희였다. 아마 스스로도 예상하지 못했던 변화였겠지.

제 목에 손을 두르고 매달리듯 키스하던 그녀가 미친 듯이 사랑스러웠지만, 그녀가 당황스러워할까 선우는 제 몸을 최대한 그녀의 몸에 밀착시키고, 그녀를 더 깊게 품에 안았다. 누구의 것인지도 모를 거친 숨소리가 귓가를 가득 채웠다.

이미 변화가 일어난 몸은 빈틈없이 맞물려 그녀의 신체 쪽으로 파고들었다. 아찔한 통증이 온몸을 관통했다.

멈추라는 경고등이 미친 듯이 울려 댔다. 무시하고 싶었다. 아니, 아예 고장 내 버리고 싶었다.

하지만 재희야, 라고 불렀던 그녀의 이름에 한 가닥 남아 있던 이성이 절 그녀에게서 떼어 놓았다.

익숙해진 어둠 속에서 마주한 검은 눈동자가 울음을 참고 있었다. 가득 고인 눈물을 차마 떨어트리지 못한 채 꾸역꾸역 누르고 있는 모양새가 더 가슴 아팠다.

'미안…….'

'내가 나쁜 놈이야. 그러니까 제발, 아무 생각 하지 말고 날 원망하고, 날 욕해. 넌 아니야.'

3일 만에 까맣게 타들어 간 마른 얼굴을 선우는 거칠게 쓸어내렸다. 깊게 팬 시선이 휴대폰으로 향했다. 날짜가 깜박였다.

그러고 보니 곧 재희 어머니 기일이네.

재희의 어머니가 돌아가신 때가 이맘때였다.

언젠가 재희와 연락이 닿지 않아 발을 동동 구르고 있을 때 낯선 전화번호가 떴다. 직감적으로 재희일 거라고 생각했다.

전화 연결이 되었지만, 상대방은 한참 동안 말이 없었다. 낮게 들썩이는 숨소리만이 전부였다.

무슨 일이 생긴 걸까 심장이 덜컹거렸을 때 선우야, 라고 부른 목소리는 잘 들리지도 않을 만큼 힘이 없었다. 마음은 급했지만 재희가 다시 말을 할 때까지 기다렸다.

한참 뒤, 재희가 담담하게 말을 꺼내 놓았다.

엄마가 돌아가셨어.

재희야.

심장이 차갑게 얼어붙었다.

재희는 종종 어머니에 대해 이야기를 했었다. 꽃을 좋아한 엄마는 꽃에 대해 모르는 게 없다고. 죽어 가는 꽃도 살려 낼 정도라고.

'엄마가 다시 꽃을 키울 수 있었으면 좋겠어.'

이후 재희를 본 건 납골당 앞에서였다. 모든 걸 혼자 다 감당한 뒤였다.

홀로 우두커니 서 있던 그 모습이 가슴 아팠다. 얼마나 혼자 힘들었을까 하는 생각에 가슴이 미어졌다.

내가 너한테 뭘 해 줄 수 있을까.

곧 쓰러질 것같이 위태로워 보이는 그녀의 등 뒤를 지키는 것밖에 할 수 없었다.

그녀는 엄마의 사진 앞에서 한참을 말없이 서 있었다. 작은 어깨를 가만히 보고 있자니, 그녀가 담담히 이야기를 꺼내 놓았다.

'나 엄마 전화를 안 받았어. 세 번이나 왔었는데.'

'……'

'그날은 정말 받고 싶지 않았거든. 왜 그랬는지 모르겠어.'

'……'

'내가 엄마를 버린 것 같아. 엄마 전화를 받았어야 했는데……. 엄마한테는 나밖에 없는데, 내가 전화를 받았다면 엄마는 잘못된 선택을 하지 않았을 텐데. 선우야, 내가…….'

무너지듯 주저앉은 그녀를 재빨리 안아 제 품으로 끌어안았다.

네 잘못이 아니라고, 수도 없이 속삭였지만, 그녀는 제 가슴에 얼굴을 묻은 채 탈진할 때까지 오열했다. 그리고 힘없이 웅얼거렸다.

사랑 같은 건 절대 안 할 거라고. 그딴 거 지옥에나 가 버리라고.

그 일은 강선우가 한재희에게 마냥 다가갈 수 없게 만들었다. 기다리는 것만이 할 수 있는 전부라고 다시 한번 상기시켜 주었다.

얼마든지 기다릴 수 있을 거라고 생각했는데. 도대체 어쩌자고…….

드르륵.

선우의 휴대폰이 몸을 떨었다. 소영이었다. 동시에 노크 소리가 들렸다. 선우는 먼저 휴대폰을 집어 들었다. 다시 노크 소리가 들렸다.

"나야."

대답과 동시에 사무실 문이 열렸다. 조심스럽게 문을 연 진수가 오른손을 든 채 사무실 안으로 들어섰다.

"뭐야?"

하얗게 얼굴이 질린 선우가 자리에서 벌떡 일어섰다.

"무슨 일이야?"

직감적으로 무슨 일이 생겼다고 느낀 진수가 성큼 다가와 물었다. 선우는 서둘러 통화를 마무리했다.

"나 휴가 처리 부탁한다."

그 말만 남긴 선우가 번개 같은 속도로 사무실을 빠져나갔다. 진수는 혼비백산된 얼굴로 저를 지나친 선우를 보자마자 딱 한 사람이 떠올랐다.

한재희.

강선우를 저렇게 뒤흔들 수 있는 사람은 진수가 아는 단 한 명뿐이었다.

선우의 친구로서 한재희를 모르는 사람은 없었다. 선우가 한재희에게 어떤 마음인지 모르는 사람도 없었다. 강선우의 마음을 모르는 사람은 세상 단 한 사람뿐이었다.

친구들은 그런 선우를 보고 의아해했다. 모든 일에 맺고 끊음이 칼보다 더 칼 같은 놈이 왜 한재희라는 여자한테만큼은 세상에서 가장 물러 빠진 사람이 되는지.

강선우는 한재희와 있을 때는 전혀 다른 사람이 되었고, 친구들은 그런 선우를 가장 지능적인 이중인격자라고 놀리곤 했지만, 그럼에도 적응은 쉽지 않았다.

하지만, 때론 세월이 약이 되는 경우도 있었다. 시간이 지날수록 친구들은 선우의 그런 모습을 받아들이게 되었다.

한재희의 강선우는 다른 강선우라고.

그렇게 지내 온 세월이 진수가 알기로도 10년이 훌쩍 지나 있었다. 그리고 진수가 알기로 아직도 둘의 관계는 수평선이었다.

강선우, 이 미친 새끼.

거친 욕설이 거침없이 스스로에게 쏟아졌다. 그러지 말았어야 했다고.

젠장!

거칠게 핸들을 내려친 손이 부르르 떨렸다.

빠아앙.

차선을 미친 듯이 바꿔 가며 거리를 질주하는 자동차의 굉음이 점점 붉게 물들어 가는 먼 하늘에 울려 퍼졌다.

제발. 제발.

얼마나 내달렸을까!

도착한 곳은 재희 어머니를 모신 납골당이었다.

―― 재희랑 연락이 안 돼.

'무슨 소리야?'

재희와 연락이 닿지 않는다는 소영의 전화에 생각난 곳은 이곳밖에 없었다.

그런데 재희의 흔적이 없다. 납골당은 텅 비어 있었다. 누군가 왔다 간 흔적도 없었다.

오는 길에 무수히 많이 전화를 해 봤지만, 휴대폰은 꺼져 있었다.

시간이 필요하다고 생각했을 뿐인데…….

두 무릎이 힘없이 꺾였다. 재희의 흔적 대신 환하게 웃고 있는 재희 어머니의 영정 사진만이 선우를 반겼다. 한재희가 사랑한다는 어머니였다. 사랑할 수밖에 없다던 그분이었다.

만약 재희의 어머님이 살아 계셨다면 어땠을까! 영정 사진 속 웃는 모습이 아니라 실제로 웃고 계셨다면 지금의 한재희와는 달랐을까?

선우는 밭은 숨을 내쉬며 고개를 들어 사진 속 얼굴과 눈빛을 마주했다.

"어머님. 저 재희 사랑합니다."

…….

"저, 재희 없이는 아무것도 할 수가 없습니다. 숨을 쉬는 것조차……. 평생 한재희만 바라보며 살겠습니다. 평생 한재희만 사랑하며 살겠습니다. 평생 재희가 불안해하지 않게 살겠습니다. 그러니 제발, 한 번만 도와주세요."

제발 한재희를 제 앞에 데려다 달라고…….

텅 빈 공간에 낮게 울려 퍼진 선우의 목소리가 어딘가에 부딪혀 다시 돌아와 귓가에 맴돌았다.

선우는 천천히 몸을 일으켜 세웠다. 서늘한 밤공기가 두 다리 사이를 갈퀴처럼 할퀴고 지나갔다. 온몸에 바짝 힘을 줘 몸을 지탱했다. 선우의 단단한 시선이 여전히 웃고 계신 재희 어머니의 영정 사진으로 향했다.

"재희가 잘못돼도 전 재희 못 놓습니다. 그러니 어머님이 양보하세요."

이곳에 오는 동안 내내 밀려오던 불안감을 털어 내듯 어둠을 뚫고 내뱉은 선우의 고백은 단호했다.

"지금은 아닙니다. 그러기엔 재희도, 저도 지난 시간이 너무 애틋합니다."

……

"재희랑 다시 오겠습니다."

짧게 묵념을 한 선우는 그길로 몸을 돌렸다. 검은 공기가 등 뒤로 끈덕지게 달라붙었지만, 문을 향해 걸어가는 선우의 발걸음은 거침없었다.

문을 열자 차가운 밤공기가 훅 밀려왔다. 비를 몰고 오는 건지 바람 끝이 서늘하다.

항상 그렇듯 저가 기다릴 곳은 한 곳밖에 없었다. 이곳이 아니라면 한재희가 돌아올 곳은 그곳뿐이지.

성큼성큼 걸어가는 선우의 등 뒤로 한두 방울씩 빗방울이 떨어지기 시작했다.

○　●　○

밤이 되자 빗줄기는 점점 더 굵어졌다. 쏴아악, 소리를 내며 떨어지는 빗줄기가 시야를 흐릿하게 만들었지만, 선우는 시선을 놓지 않았다.

초조해할 필요 없어. 한재희는 돌아올 거야. 재희가 돌아 때까지 기다리면 될 일이다. 그 옛날처럼 말이다.

연락이 되지 않으면 할 수 있는 건 기다리는 것뿐이었다. 그리고 언제나 그랬듯이 한재희는 제가 기다리고 있는 곳으로 돌아오곤 했다. 그러니 이번에도 다를 게 없었다.

납골당을 나온 선우는 곧장 재희의 오피스텔로 향했다. 제가 갈 곳도, 그녀가 돌아올 곳도 한 곳밖에 없었다.

납골당에서 돌아오던 길에 선우는 근처 병원과 경찰서에 전화를 걸어 확인해 보았다. 혹시 사고가 났거나, 혹은 병원에 실려 온 응급 환자가 있었는지.

병원에선 오늘 오후에 실려 온 응급 여성 환자가 있다고 했다. 오른쪽 신체가 반쯤 무너질 정도로 교통사고가 크게 났는데, 신분을 확인할 수 있는 게 없어 애를 먹고 있다고 했다.

젊은 여자라고 했다. 그 순간 심장이 덜컹 주저앉았다. 온몸이 통나무처럼 딱딱하게 굳다 못해 숨이 턱 막혔다. 손에서 툭 떨어진 휴대폰을 간신히 붙들며 물었다.

'환자 혈액형이 어떻게 됩니까?'
—— 아, 잠시만요.

그 순간이 억겁의 세월처럼 길게 느껴졌다.
제발, 제발, 제발. 그 외에 다른 말은 떠오르지 않았다.

164

— O형입니다.

그 순간 울음 섞인 신음이 터져 나왔다. 휴대폰 너머 여보세요, 하고 부르는 소리가 여러 번 들렸지만, 선우는 선뜻 입을 열지 못했다.

한참이 지난 뒤 그는 호흡을 가다듬고 대답했다.

그 여자는 한재희가 아니었다. 선우는 스스로에게 말하듯 천천히 말했다.

한재희는 A형입니다.

그래, 한재희. 날 힘들게 하고 싶다면 얼마든지 원하는 대로 힘들어할게. 대신 낸 눈앞에만 있어. 그러니, 이젠 그만 나타나.

선우는 불이 꺼진 재희의 집을 한참 동안 올려다보았다. 익숙하다. 저 어둠이.

선우는 망설이지 않고 어둠이 내려앉은 재희의 집으로 곧장 향했다. 집으로 들어서자마자 선우는 집 안의 모든 불을 켜기 시작했다. 안방도 커튼을 거둔 채 불을 밝혔다.

한재희가 돌아올 때까지 집 안의 모든 불은 꺼지지 않을 것이다. 그리고 강선우는 이곳에서 기다릴 거였다. 언제나처럼 그녀가 돌아올 때까지.

그러니, 한재희 돌아와.

선우는 굳게 닫혀 있는 현관문을 노려보았다.

○　●　○

봄을 재촉하는 빗줄기치고는 제법 매서웠다. 점점 굵어진 빗줄기는 우산도 소용없었다. 몸은 점점 더 차갑게 굳어 가고 있었다.

아, 선우가 타 준 따뜻한 꿀 차 마시고 싶다.

재희는 불이 꺼진 아파트를 가만히 올려다보았다. 자정이 지나 가고 있었지만, 선우의 아파트 창문엔 불이 들어오지 않았다.

그 사고만 아니었다면 만날 수 있었을까!

엄마를 위해 산 다육이는 끝내 분갈이도 해 보지 못하고 사라지고 말았다. 그래도 누군가가 다치지 않은 게 다행이었다.

꽃을 산 후 횡단보도를 건너던 중이었다. 그런데 깜박이는 녹색 신호등을 무시하고 달려오던 오토바이는 미처 다 건너지 못한 할머니와 부딪히기 일보 직전이었다.

재희는 들고 있던 바구니를 내동댕이치고 그대로 할머니를 제품으로 끌어당겼다. 아슬아슬하게 할머니를 스치듯 지나가던 오토바이는 재희가 내동댕이친 바구니를 그대로 치고 가 버렸다. 화분은 산산조각 났고, 오토바이 바퀴에 깔린 다육이는 망가져 있었다.

놀란 나머지 숨을 거칠게 몰아쉬는 할머니를 병원에 모셔다드리다 보니 시간이 너무 지나 있었다. 하는 수 없이 엄마의 납골당은 빈손으로 갈 수밖에 없었다.

그곳에 머문 시간은 길지 않았다. 어차피 며칠 후 다시 와야 하니. 마음이 급해졌다.

엄마, 어쩌면 엄마랑 했던 약속 지킬 수 있을지 모르겠어.

그 한마디만 남겨 둔 채 그길로 곧장 선우가 있을 로펌으로 갔지만, 만나지 못했다. 다시 선우가 살고 있는 집으로 향했으나, 역시나 불은 꺼져 있었다.

하는 수 없지. 다시 오는 수밖에. 날 받아 줄지는 모르겠지만.

불이 꺼진 선우의 집을 뒤로하고 돌아서는 그녀의 발걸음이 멈칫거렸다. 어쩌면 두 번 다시는 올 수 없는 곳이 될지 모른다는 불안감이 해일처럼 덮쳤다.

무서웠다. 제 곁에 없을 선우가 그려져…….

그녀는 천천히 고개를 돌렸다. 여전히 불은 꺼져 있었다. 자조적인 웃음이 힘없이 흘러나왔다. 아무것도 없이 텅 비어 버린 것 같은 공허함이 그녀의 가슴을 가득 채웠다.

끝내 그녀는 우산을 떨구고 말았다. 그녀의 얼굴로 빗방울이 세차게 들이쳤다.

후회가 된다. 두고두고 후회가 될 말이다. 하지 말았어야 했다. 그 말만큼은 하지 말았어야 했다.

상처를 받았겠지. 지금까지 상처만 줬는데.

'너도 내 몸 위에서 헐떡이고 싶어?'

그날 밤 선우에게 결코 해서는 안 될 말을 하고 말았다. 후회할 줄 알았지만, 그 순간만큼은 모든 걸 끝내야 된다고 생각했었다. 그게 지금껏 한재희에게서 상처만 입은 강선우를 위한 일이라고. 강선우는 한재희만 아니면 더 좋은 여자를 만나 행복하게 살 수 있다고. 이제는 이기적인 제 사랑을 끝내야 한다고. 더 이상 강선우를 옭아매서는 안 된다고……. 놓아줘야 한다고 말이다.

그래서 그랬다. 저가 할 수 있는 가장 잔인한 말을 내뱉었다.

하지만, 제 몸은 다른 말을 하고 있었다. 강선우를 원한다고. 강선우를 떠나보낼 수가 없다고.

사랑 따위는 믿지 않는다고 저 스스로를 믿으며 살아왔는데, 그게 모두 위선이었음을 인정하지 않을 수 없었다. 그 믿음이 한순간에 산산이 부서져 내렸다. 무너진 벽 너머에는 아무것도 걸치지 않은 그동안 꽁꽁 숨겨 두었던 헐벗은 마음이 기다리고 있었다는 듯 위풍당당하게 버티고 있었다. 그건 저 스스로도 어찌 할 수 없는 마음이었다.

부정할 수 없었다. 강선우를 사랑한다는 걸.

강선우를 떠나서는 살 수 없다는 걸.

그동안 애써 모른 척 외면했던 그 시간이 무색하게 무너진 벽 너머의 마음은 순식간에 저를 사로잡았다.

괜찮아. 다시 오면 돼. 강선우가 받아 줄 때까지…….

"바보, 보내 줄 때 떠났어야지……."

강선우 너 이제 큰일 났다.

만감이 교차한 마음을 애써 삼키며 그녀는 자신의 집으로 돌아가기 위해 택시를 탔다.

택시에서 내린 순간 시선은 습관처럼 한곳으로 향한다.

어? 불이 켜져 있다. 거실과 방 모두 환하게 불이 켜져 있다. 항상 커튼으로 불빛이 새어 나오지 않게 했던 안방이 대낮처럼 환하게 불을 밝히고 있었다. 이곳이 네가 있어야 할 곳이니 어서 오라는 듯.

강선우.

제집에 불을 켜 놓을 사람은 한 사람밖에 없다.

재희는 우산을 펴는 것도 잊은 채 그대로 내달렸다. 얼굴에 굵은 빗줄기가 내리쳤지만 상관없었다.

그가 이곳에서 기다리고 있을 거라고는…… 생각지도 못했는데. 이렇게 쉽게 용서해 주면 안 될 텐데. 강선우 이 바보.

복잡하게 얽혀 있던 모든 것이 순식간에 풀어 헤쳐지자 심장이 거칠게 뛰기 시작한다. 잇따라 들리던 철벅거리던 발자국 소리가 아득히 멀어져 갔다.

허억. 허억.

현관문 앞에 선 재희는 몇 번이고 거친 호흡을 가다듬었다.

이 문을 열고 들어가면 앞으로는 모든 게 달라질 거였다. 아마도 되돌릴 수 없을 테지. 이전의 한재희와 강선우로는 돌아갈 수 없게 된다. 강선우의 마음을 모른 척할 수도, 제 마음을 외면할 수 없을 것이다. 강선우를 남자로 받아들이게 되면 한재희는 멈추지 못할 것이다. 그리고 한재희는 그에게 집착할 것이다.

확인하고 또 확인할 것이다. 강선우가 제 남자이고, 제가 그의 여자임을 매 순간마다 확인할 것이다.

당장 문을 열고 싶은 마음과 도망가고 싶은 마음이 그녀를 흔들었다. 현관문 손잡이를 노려보는 그녀의 눈빛이 서늘하게 가라앉았다.

그녀는 길게 숨을 내쉬며 중얼거렸다.

도망치고 싶지 않아……

어깨가 크게 들썩였다. 조심스럽게 비밀번호를 누르는 손끝이 바르르 떨렸다.

띠리릭.

기계음이 유난히 크게 들려 어깨가 절로 움칠거렸다.

스륵.

문이 열렸다.

"선우……야."

문 앞에 선우가 서 있었다.

"한재희."

커다란 손이 머리 위로 조심스럽게 내려앉는다. 차마 제 품으로 끌어당기지 못하는 손의 떨림이 고스란히 느껴졌다.

"늦었다. 거기다 비까지 맞고."

깊이 억눌린 신음 같은 목소리가 묵직하게 흘러나왔다.

"……."

"저녁도 안 먹었을 거고, 휴대폰도 꺼져 있고. 경고 세 번 감인데."

그의 목울대가 크게 울렁이더니 휴우, 한숨을 길게 내쉰다.

"잘 왔어. 한재희."

그래, 강선우는 항상 이랬지. 항상 이렇게 서 있었다.

순간 감정이 울컥 복받쳤다. 바보처럼 지금껏 힘들게만 한 내가 뭐가 좋다고…….

왈칵 쏟아지려는 눈물에 재희는 그의 품으로 와락 달려들었다.

익숙한 향기가 코를 타고 온몸으로 퍼져 나가 그녀는 크게 숨을 몰아쉬었다. 비에 젖어 서늘하게 식어 가던 온몸에 온기가 돌았다.

"잔소리는. 네가 우리 엄마야?"

울먹거리는 목소리가 그의 가슴에 파묻혀 웅얼거렸다.

"……한재희."

점점 더 제 품속으로 파고드는 재희를 어쩌지 못한 채 그대로 서 있는 선우의 검은 동공이 크게 흔들렸다.

"강선우, 너 이제 큰일 났다."

뭐어? 가슴이 뜨겁게 벅차올랐다. 그녀의 고백이 아찔하다. 한재희가 이런 고백을 할 줄이야.

꽈악. 멋쩍게 허공을 가로지르던 두 팔이 있는 힘껏 그녀의 허리를 껴안아 들어 올렸다. 단숨에 높이를 맞춘 입술이 스치듯 닿았다 떨어지길 반복한다.

"한재희."

그건 내가 할 소리지.

그의 이마가 그녀의 젖은 이마에 마구 비벼졌다. 얼굴 이곳저곳을 비비는 그의 행동이 애달프다. 코끝이 스치듯 닿고, 내뿜은 서로 다른 온기가 서로의 입술에 닿았다 사라졌다. 진득하게 얽힌 시선에 갈증이 가득했지만, 단비로 해결될 갈증이 아님을 서로가 안다.

"재희야."

그녀의 이름을 부르는 선우의 목소리가 가늘게 떨렸다.

"날 주고 싶어. 지금."

그의 시선이 그녀의 시선에 얽혀 들었다. 그녀의 허락을 구하는 그의 열띤 눈빛이 그녀의 심장을 떨리게 했다. 그녀는 부드럽게 그의 얼굴을 감싸며 서서히 다가갔다.

창가를 때리는 빗줄기가 점점 더 거세지고 있었다. 아마도 올봄은 요란스럽게 올 모양이었다.

이 비가 내리면 새싹은 돋아나고, 꽃은 필 것이다. 봄은 그에게도, 그녀에게도 꽃을 피우게 해 줄 거였다.

허락을 품은 그녀의 입술이 조용히 그의 입술 위에 내려앉았다.

가볍게 부딪쳐 오던 입술이 성급하게 입술 주름 사이사이를 진득하게 핥아 댄다.

"선우야."

그녀의 몸을 감싸고 있던 젖은 옷들이 벗겨져 무질서하게 바닥에 떨어졌다. 그의 손이 스치는 곳마다 뜨거움이 내려앉아 온몸에 전율이 일었다.

"재희야."

갈증에 목말라 성급하게 그녀의 목덜미를 물어 댔지만, 결코 상처를 내진 않았다.

"하앗."

길게 목덜미를 핥아 올리는 진득함에 온몸에 오소소 소름이 돋아났다.

그가 성급히 제 윗옷을 벗어 던졌다. 곧게 뻗은 넓은 어깨가 단숨에 그녀의 가녀린 몸 위로 몸을 낮췄다. 이불 위를 묵직하게 파고드는 그녀의 온몸을 이불이 포근하게 감싸 주었다.

"사랑해."

열망에 들뜬 목소리 끝, 선우는 그녀의 둥근 가슴을 한 손에 움켜쥐며 신음했다. 그녀의 떨리는 입술이 조개처럼 벌어진다. 벌어진 잇새로 짧은 신음이 새어 나왔다.

"사랑해. 재희야."

그토록 기다려 왔던 순간이다. 시작은 그리 어려울 게 없었는데, 이 한마디면 충분했는데. 이 한마디가 그토록 애달팠다. 그의 입술이 그녀의 입술 위에 꽃잎처럼 내려앉았다.

그녀의 입술을 할짝거린다. 성급하게 빨아들인 입술을 이를 세워 잘근거렸다. 그녀의 잇새로 신음이 연신 흘러나왔다.

천천히 다가가려는 마음과는 다르게 모든 게 갈급하다. 그녀의 몸을 훑어 대는 손이 처절할 정도로 애달프고 애달팠다.

재희야. 재희야, 를 불러 대는 그의 입술이 길 잃은 조난자처럼 그녀의 온몸을 헤집으며 그녀를 찾아들었다.

달아오른 배꼽에 입술을 내린 그가 참지 못하고 제 바지를 성급하게 벗어 던졌다. 그가 곧장 그녀 위로 몸을 낮췄다. 얇은 브리프 안에 갇힌 그의 남성이 성이 난 듯 연신 재희의 다리 사이를 찔러 댔다. 얇은 팬티 위로 전해지는 선연한 느낌이 너무 야해, 재희는 길게 신음을 토해 냈다. 그가 성급하게 그녀의 젖은 입술을 집어삼켰다.

오늘 밤 재희가 돌아온다면 분명 그냥 지나치지 못하리라 예상했었다.

그 생각만으로 현기증이 날 정도로 아찔했었다.

"재희야."

나직한 부름과 함께 서로의 은밀한 부위가 비벼졌다. 뜨겁게 일어난 마찰에 당장이라도 서로의 몸에서 분출물이 터져 나올 것 같았다. 아릿한 통증을 동반한 흥분감이 온몸을 돌고 돌아 결국은 입술로 내려앉았다.

"잠깐만……. 잠깐……만 선우야."

그녀의 목덜미를 지분거리던 선우의 입술이 일순 멈췄다. 고개를 들어 저를 부르는 그녀의 시선에 눈을 맞춘다.

무슨 말을 해도 다 들어줄 것 같은 그의 눈빛에 재희는 짧게 한숨을 내쉬었다.

말해야 해. 모든 걸. 강선우를 위해서도, 나를 위해서도. 우리를 위해서도.

저가 가지고 있는 이 불안감을. 이 나락의 끝을.

평생 선우를 옭아맬지도 모른다. 그를 나락으로 밀어낼지도 모른다.

그러고 싶지 않지만, 그건 제 의지를 언제든지 배반할 수 있었다.

지금껏 그 불안감 때문에 그를 밀어내고, 그의 마음을 모른 척하며 살아왔다. 그 불안감의 끝이 어디인 줄 알기에 더 무서웠다. 그리고 아직 저는 그 불안감에서 벗어나지 못했다. 그녀의 눈빛이 흐려졌다.

가고 싶어. 더는 밀어내고 싶지 않아. 그러니 적어도 강선우에게는 이 모든 걸 다 말해야 한다.

그녀는 떨리는 아랫입술을 깨물며 그를 올려다봤다.

"난…… 널 힘들게 할지 몰라."

그녀의 가슴이 크게 들썩여 선우의 가슴에 와 닿았다.

"그래서."

시선을 올곧이 마주한 그가 대수롭지 않게 대답했다.

"매일 내 곁에 있는지, 날 사랑하는지 묻고 또 물을지 몰라."

집착은 곧 의심으로 변할 것이다. 그 집착이 어떤 결과를 가지고 올지 잘 알고 있다.

"그게 왜."

하지만 선우는 그게 당연하다는 듯 흥분으로 풀어져 있던 눈을 느릿하게 밀어 올려 눈매를 또렷하게 만들었다. 선득하게 일어선 하반신의 반응에 선우의 미간이 옅게 찌푸려졌다. 그가 작게 몸을 움직여 본다.

"난 널 힘들게…… 하고 싶지 않아. 그러니까 언제든…… 힘들면 내 곁을…… 떠나도 돼."

과연, 그럴 수 있을까?! 절대 그럴 수 없다. 강선우는 한 번도 한재희를 떠난다는 생각은 해 본 적이 없다. 그건 앞으로도 변하지 않겠지.

그녀의 끝을 알 수 없는 사랑에 대한 불신이 먼저일지, 저의 소유욕이 더 클지는 끝내 알지 못하겠지. 서로서로 치열하게 싸울 테니. 그럴수록 점점 더 끈끈하게 서로를 얽매어 서로가 서로를 찾게 되겠지.

선우는 확신했다.

"넌…… 힘들어도 내 곁에서 못 떠나. 영원히."

그녀가 원하는 대답이 될 순 없겠지만, 그 어떤 대답보다 더 명료하다.

진득한 소유욕이 묻어나는 입술이 불안을 내뱉은 그녀의 입술을 단숨에 꿀꺽 집어삼켰다. 살짝 벌어진 잇새로 파고든 혀가 농밀하게 그녀의 혀를 옭아매 끌어당겨 온다. 다시는 그런 말은 하지 말라는 듯, 아니 그런 생각은 하지 말라는 듯 집요하게 그녀의 여린 혀를 희롱하고 괴롭혔다.

빈틈없이 맞물린 몸이 서로의 체온을 후끈 끌어올렸다.

"잊지 마."

어림도 없는 소리다. 떠나다니!

깊게 팬 쇄골을 따라 서서히 입술이 아래로 움직였다. 입술이 지나간 자리마다 붉은 자국이 선명하게 흔적을 남겼다. 그 흔적 위로 긴 손가락이 그림을 그리듯 따라 움직이다, 봉긋하게 솟은 분홍빛 유두를 동그랗게 돌리다, 비비기를 반복했다.

집요하게 빨아 성이 난 유두에 통증이 아릿하게 일어 그녀의 허리가 활처럼 휘며 더욱더 몸이 밀착되었다.

흐음. 그가 낮게 신음을 내뱉으며 그녀의 소담하게 부푼 둥근 가슴을 쓸어 올려 손안에 가볍게 쥐며 속삭였다.

"사랑해."

선우의 붉은 입술이 끝내 그녀의 허리 아래 더 붉은 곳에 묻혔다. 흥분으로 가득 찬 곳에 입술이 깊게 파고들었다. 한 번도 느껴 본 적 없는 선연한 느낌에 순간 들썩인 그녀의 몸속으로 깊숙이 혀가 파고들었다.

"하읏······."

외마디의 신음이 흘러나왔다.

혀가 어느 한 곳을 쿡 찔러 대자 허리가 파르르 떨리며 절로 들렸다. 허억. 그녀가 두 손으로 입을 막아 보지만 새어 나오는 신음을 어찌할 수가 없다. 두 손으로 검은 머리를 밀어 내 보려 하지만, 금세 두 손은 제 입으로 향하고 만다.

허리 아래 감각이 이상하다. 한 번도 느껴 본 적 없는 열기가 선우의 혀끝으로 향하고 있었다.

할짝거리는 소리 뒤, 선우의 혀끝에 그녀의 뜨거운 애액이 왈칵 쏟아져 그를 덮쳤다. 그 순간 그녀의 또 하나의 체온에 점령당해 버린 선우는 온몸으로 신음하며 그녀의 체온을 기꺼이 즐겼다. 뜨거운 체온이 너무 달콤해 갈증을 일게 만들었다.

손끝이 바짝바짝 마르기 시작했다. 마른 손바닥으로 부드럽게 그녀의 은밀한 부위를 쓸어 올린다. 촉촉하게 젖은 곳이 움찔움찔 떨었다. 선우는 낮게 그르렁거리며 거칠게 위아래로 손을 움직였다. 촉촉하게 젖은 곳이 불에 덴 듯 열기가 퍼져 나갔다.

온몸의 세포가 비명을 질러 대며 그녀의 감각을 일깨웠다. 온몸의 세포 하나하나까지 솟아나는 느낌이다. 자극이 지나치다. 흥분이 지나쳐 숨을 쉴 수가 없다. 몸이 바르르 떨리다 못해 경련이 인다. 빠져나가려 뒤튼 가는 허벅지가 단단한 두 손에 붙잡혀 옴짝달싹할 수가 없었다.

제발. 신음처럼 토해 낸 그녀의 들뜬 탄식에 선우가 고개를 들어 올렸다. 언젠가 그녀와 함께하는 이런 날이 오면 멈추지 못할 것 같았다. 그 스스로도 자제할 수 없을 만큼 폭주하리라 생각했었다.

하지만, 저를 멈출 수 있는 사람 또한 오직 한 사람뿐이니, 그녀가 멈추길 원하면 얼마든지 멈출 수 있었다.

"네가 원하지 않으면…… 그만할 수 있어."

욕망으로 가득한 눈빛이 서서히 그 빛을 줄여 간다.

"날 멈출 수 있는 건 한재희뿐이지."

열기가 가득한 손가락으로 그가 나른하게 재희의 뺨을 쓰다듬었지만, 그가 살짝살짝 움직일 때마다 선득하게 발기한 그의 남성이 은밀한 부위를 스쳐 댔다. 결코 친절하거나 양보의 미덕을 겸비한 움직임은 아니었다.

몸은 어느 누구도 뭐라 할 것 없이 솔직했다.

한재희는 강선우를, 강선우는 한재희를 원하고 있었다. 미치도록.

"그럴 리가. 널…… 원해. 지금."

돌아갈 길은 없었다. 한재희는 그런 길을 알고 있지 않았다.

그가 있는 대로 입술을 끌어 올려 웃었다.

한재희. 그녀의 이름을 부름과 동시에 그의 몸이 더는 가까워질 수 없을 만큼 밀착되어 그녀를 파고들었다.

"힘들면 날 물어."

흐윽. 단숨에 깊고 빠르게 파고드는 그의 움직임에 그녀의 잇새가 벌어지며 탄식에 가까운 신음을 토해 냈다.

재희야, 재희야. 그녀의 이름을 부르는 그가 허리가 움직였다.

그의 허릿짓에 그녀의 봉긋 솟은 하얀 가슴이 위아래로 흔들리며 그를 더 자극했다.

"재희야."

그가 그녀의 분홍빛 유두를 한입에 베어 물었다. 입안 가득 찬 부드러운 포만감에 쾌락이 배가된다. 아찔한 쾌락에 그의 움직임이 더욱더 빨라져 그녀를 몰아붙였다.

빈틈없이 맞물린 곳에서 마찰이 불길을 만들어 온몸을 태우기 시작했다. 그녀의 잇새로 연신 터져 나오는 신음성에 선우 또한 깊이 신음했다.

한재희가 나한텐 그 어떤 자극보다 더 자극적일 줄 알았지. 그가 몸을 치받으며 속삭였다.

멈출 수가 없다. 참을 수가 없다. 처음이니 조금은 천천히 해도 나쁘지 않으리라 생각해 보지만, 그건 생각에서 그칠 뿐 실천이 될 순 없었다. 천천히 해야 한다는 생각을 하면 할수록 몸은 더 애가 닳아 더 거칠게 치받았다.

퍽퍽, 치받는 소리가 적나라하게 들렸지만, 아픔보다는 쾌락이 더 크다.

그가 몸을 뒤로 물려 다시 안으로 치받았다. 그 충격에 그녀의 두 다리가 바짝 쪼여 그를 끌어안았다.

"흐윽."

선우의 잇새로 신음이 터져 나왔다. 온몸을 관통하는 듯한 아찔한 쾌락에 선우는 머리를 좌우로 털어 냈다.

점점 부푼 그의 분신이 그녀의 안을 다 채울 듯 팽창하기 시작했다. 그녀의 두 다리가 그의 허리 위에서 힘없이 흔들렸다.

"사랑해. 사랑해. 재희야."

수없이 마음속에서 되뇌던 말을 내뱉으며 그가 그녀의 두 다리에 폭풍 키스를 퍼부었다.

허리가 빠르게 움직인다. 서로가 서로의 이름을 부르며 애타게 찾았다. 입술이 얽혀 들었다.

"으윽. 윽. 허억."

절정에 다다른 그가 빠르게 제 분신을 꺼내 그녀의 편편한 배 위에 파정했다.

거친 숨소리가 섞인 사랑한다는 속삭임이 창문을 때리는 빗소리에 아득히 멀어져 갔다.

○ ● ○

방 안에 빛은 들어오지 않았다. 어둑한 방 안은 휴대폰 불빛조차 없이 완벽하게 어둠에 휩싸여 있었다. 아직도 밤인가 싶지만, 그렇다고 하기엔 시간이 꽤 지난 느낌이다. 선우가 암막 커튼을 쳐 놓은 게 분명했다.

몸을 일으키고 싶지만, 손가락 하나 움직일 힘이 없다는 걸 느끼기 무섭게 지난밤의 시간이 주마등처럼 지나가 얼굴이 화끈거렸다. 차라리 어두워 다행이었다.

"일어났어?"

뒤척이는 재희의 움직임에 뒤에서 그녀의 허리를 끌어안으며 선우는 가볍게 그녀의 어깨에 입을 맞췄다.

"어……. 응……."

차마 몸을 돌려 시선을 마주할 자신이 없어 재빨리 고개를 떨궈 보지만, 닿은 몸만큼은 어찌할 수 없었다. 맞닿은 느낌이 선명했다.

지난밤 어떻게 잠들었는지도 모르겠는데 아직도 둘 다 알몸이라니. 자꾸 다리 사이에 무언가가 닿았다. 순간 얼굴이 홧홧하게 달아올라 귀까지 화끈거렸다. 둘 중 누군가는 빨리 옷을 입는 게 좋을 것 같았다. 이건 너무 민망했다.

"크음. 저기, 나, 옷 좀."

어깨를 가볍게 틀어 빠져나가려는 그녀를 선우는 더 단단히 끌어안았다.

"그냥 이대로 있어."

뭘 그냥 이대로……. 으악! 비명이라도 지르고 싶은 심정이었지만, 비명 대신 온몸이 바짝 긴장하며 허리에 뭉근한 통증을 가져왔다.

밤새 정신없이 몰아붙이고선 뭘 또 이렇게 강단 있게 와 닿는건지. 다리 사이로 뭉근하게 와 닿은 선연한 감각에 부끄러운 줄도 모르고 온몸에 빠르게 피가 돌았다.

순간 재희는 울고 싶었다.

밤새 그에게 시달렸던 은밀한 곳에 은근한 열기가 피어올랐다. 다리를 오므려 보려 했지만 그건 불가능했다. 그녀가 할 수 있는건 붉게 달아오른 얼굴을 떨구는 것뿐이다.

고개를 떨구자 지난밤 남긴 흔적들이 눈에 들어왔다. 온몸에 붉은 자국들이 흡사 붉은 꽃처럼 방만하게 피어 있었다.

그래, 그에게 미친 듯이 매달린 건 저였다. 그에게 매달리며 그의 몸을 물고 빨았다.

정신없이 매달렸다. 끝도 없이 빠져드는 기분이었다. 제 몸에서 그토록 야한 소리가 나올 수 있다는 게 놀라웠다. 생전 처음 들어본 야릇한 낯선 제 목소리에 소스라치게 놀라 손으로 입을 막아보았지만, 그건 아무 짝에도 쓸모없는 일이었다.

지난밤 무서우리만큼 몰아붙였다.

그녀가 그를. 그가 그녀를.

저만큼 선우의 몸에도 흔적들이 남아 있으리라…….

하앗. 어쩌자고…….

만약 남자를 알게 된다면 그건 선우가 될 거라는 막연한 이기심으로 가득했던 시간 속에 그를 떠올려 본 수많은 밤이 있었지만, 결코 지난밤 선우는 그 어떤 상상에서조차 존재한 적 없었다.

지난밤, 선우는 시작만 있고, 끝은 없는 것처럼 굴었다. 침대에서 욕실로, 다시 침대로 제 몸 구석구석을 애무했고, 제 몸은 주는 대로 선우를 먹어 치웠고, 선우는 어느 한 곳도 남김없이 절 먹어 치웠다.

어제의 강선우는 지금껏 한재희가 알던 강선우가 아니었다.

순간 아릿한 통증이 허리 아래에서 찌릿거렸다. 지난밤의 모든 걸 기억이라도 한다는 듯 선득하게 와 닿은 단단함에 몸이 절로 반응하며 뭉근하게 아랫배가 뭉치기 시작했다.

허리에 둘려진 그의 손이 그녀의 배를 부드럽게 훑어 내렸다.

으윽. 이건 아닌데. 아, 그래. 출근!

그제야 선우의 출근이 생각났다.

"선우야. 너 출근 안 해?"

라고 물으며 살짝 몸을 앞으로 떼어 내려 엉덩이에 힘을 줘 본다.

"응. 안 해. 그리고 그냥 있어. 움직이면 더 심란해."

지금이 최선이야, 라는 말을 덧붙이며 선우가 재희의 머리에 콩, 하고 제 이마를 대었다.

옷을 입으면 되잖아, 라고 말하고 싶었지만, 알몸으로 일어나 옷을 찾으러 갈 자신도 없었다. 지난밤 입었던 옷은 비에 젖었을 테니, 옷을 입으려면 알몸으로 옷장까지 걸어가야 할 것이다.

재희는 그 생각 끝에 눈을 질끈 감았다.

고스란히 보고 있겠지. 그건 안 돼. 선우와 살을 마주했다고 해서 알몸으로 그 앞에서 돌아다닐 수는 없잖아. 그나저나 어떻게 옷을 입지?

그 순간 소영이 떠올랐다.

"선우야?"

"응?"

"나 소영이한테 전화해 줘야 하는데."

그렇지 않아도 아침에 소영이로부터 전화가 왔었다. 재희가 깰까 싶어 그대로 휴대폰을 꺼 버렸지만. 그걸 말하면 안 되겠지. 하지만, 전화는 해 줘야 할 것 같았다. 어제 재희와 연락이 되지 않는다고, 불안하다고 안절부절못했던 소영이었다. 그 일만 아니라면 이대로 그냥 더 있고 싶었지만 소영의 애타는 마음을 모른 척하기는 어려웠다.

"기다려."

선우는 이불을 재희의 목까지 덮어 준 뒤 그대로 침대를 빠져나갔다. 알몸인 그의 탄탄한 뒤태가 시야에 길게 들어왔다.

"어차피 네 건 배터리가 없을 것 같으니까 내 걸로 하자."

화장대 위에 올려 둔 휴대폰을 집어 든 선우가 아무런 예고도 없이 그대로 돌아섰다.

흐읍. 앞모습은 뒷모습과 다르게 좀 더 디테일하다. 자잘한 근육이 자리한 가슴과 완벽한 자태를 드러낸 복근을 지나 깊게 빠진 치골은 그야말로 어둠 속에서도 거침없는 남성미를 드러냈다. 그걸 몸소 증명이라도 하듯 완벽하게 자태를 갖춘 남성이 위풍당당하게 꺼덕이고 있었다. 일순 온몸이 긴장하며 하복부에 피가 몰렸다. 마치 그의 남성을 또 원한다는 듯 그녀의 은밀한 부위가 움찔거리며 열기를 토해 냈다.

보는 것만으로도 온몸에 열기가 피어오를진대, 그런 재희의 마음을 아는지 모르는지 서우는 한순간의 망설임도 없이 재희에게로 다가와 휴대폰을 내밀었다.

"자."

그리고 이불을 들춰 그 속으로 자연스럽게 들어가 그대로 재희를 제 품으로 끌어당겼다. 다시 탄탄한 가슴에 열기가 오른 마른 등이 밀착되었다. 경고를 알리는 뇌와는 달리 그녀의 몸은 그의 몸에 따라 꿈틀거렸다.

"전화해."

이대로?

휴대폰을 받아 든 재희는 꼭 이 상태로 전화해야 해? 라는 의문을 가득 품은 채 선우를 돌아보았다.

"내가 해 줘?"

그런 뜻은 아닌데. 좀 떨어져 달라는 의미였다.

하지만, 선우는 말없이 절 빤히 올려다보는 재희의 시선에도 불구하고 좀 더 몸을 밀착하며 깊게 파고들었다.

하는 수 없이 재희는 그 상태로 소영에게 전화를 걸었다.

스피커폰으로 통화를 돌린 휴대폰 너머에서 쏟아지는 폭풍 질타에 재희는 단 한마디도 하지 못한 채 휴대폰만 들고 있었다.

선우가 피식 웃으면 조심스럽게 휴대폰을 제 손으로 옮겨 잡았다.

— 야, 강선우. 너 전화는 왜 안 받고, 왜 꺼 놓은 건데! 도대체 뭐 하는 놈이야. 재희는 만났어? 아니 연락은 됐어? 가타부타 무슨 말이 있어야지. 만났으면 만났다. 못 만났으면 못 만났다. 전화가 왔다, 오지 않았다. 뭔가 말이 있어야지. 사람 애타는 건 안중에도 없지! 도대체 입은 뒀다 어디다 쓰려고? 변호사는 입 없으면 못 먹고사는 거 아니야? 도대체 입은 어디다 둔 거야! 야, 강선우 내 말 듣고 있는 거야?

"그래, 듣고 있어."

씩씩거리는 소리가 바로 옆에 있는 것처럼 또렷하게 들려 재희는 작게 한숨을 내쉬고 말았다. 소영이에게 전화를 해 준다는 게 하지 못했다.

아주 어릴 적 가장 행복했던 순간이 가득했던 곳을 찾았다. 지금은 다른 사람이 살고 있었지만 엄마가 가꿔 놓은 화단은 그대로 있었다. 그리고 엄마가 돌아가시기 전까지 살던 집은 여전히 비어 있었다. 재희에게 물려준 집이었지만, 재희는 그 집에 들어갈 생각은 하지 못했다. 그곳에 누군가 들어가게 된다면 적어도 저는 아닐 거였다.

굳게 닫힌 집을 뒤로하고 엄마의 납골당까지 가는 길에 휴대폰 충전을 해야 한다는 생각은 하지 못했다. 제 잘못이었다. 적어도 소영이에게는 전화를 했어야 했는데. 누구보다 소영이 절 얼마나 챙기는지 잘 알면서 말이다.

"소영아."

시선을 들어 선우를 올려다보며 재희가 나지막하게 친구를 불렀다.

— 한재희? 재희야.

휴대폰 너머 아주 찰나의 숨죽임이 이어진 뒤였다.

"응. 나야. 미안해."

재희가 진심 마음을 담아 사과했다.

— 괜찮은 거지?

소영이 무턱대고 묻는다. 소영의 걱정 어린 목소리에 재희는 그녀가 자신을 얼마나 걱정하고 있었는지 여실히 느낄 수 있었다.

"응."

― 후우. 기지배, 전화 좀 해 주지.

"미안. 배터리 충전을 못 했어. 미처 챙겨 가지 못했거든."

소영이 길게 내쉬는 안도의 한숨 소리가 귓가로 파고들었다.

― 그래. 이렇게 통화됐으면 됐지. 됐어. 이젠 됐어.

맥이 풀린 듯 소영의 목소리가 아주 작게 떨렸다.

"미안해. 정말. 내가 잘못했어."

― 잘못은 무슨! 진짜 잘못한 놈은 따로 있지.

휴대폰 너머 질책하는 목소리가 신랄하다.

"그래. 내가 잘못했다."

소영의 질책에도 선우는 그녀가 고마웠다. 그녀의 전화가 아니었다면, 어젯밤 재희를 만나지 못했을 수도 있으니. 지금 같으면 얼마든지 소영의 싫은 소리를 들어 줄 수 있을 것 같았다.

― 알면 다행이고. 모르면 쥐어 패서라도 알려 줘야겠고.

소영의 우렁찬 목소리에 피식 웃는 재희의 이마에 선우는 가볍게 입을 맞췄다. 차마 소리를 내지 못한 채 아랫입술을 꽉 깨문 재희가 선우를 노려봤지만, 선우는 어깨만 으쓱일 뿐이었다.

"그래. 이왕 잘못한 건 한 번 더 하자."

― 그건 또 무슨 소리야?

"재희, 오늘까지만 쉬자."

― 그건 상관없지만, 왜? 어디 아파?

"응. 몸이 좀."

지난밤 그렇게 몰아붙였으니 말이다.

― 다친 거야? 어디가? 많이 다친 거야?

소영이 부산하게 물었다. 목소리가 휴대폰을 뚫고 나올 만큼 커졌다.

"그건 아니고. 어쨌든 오늘만 쉬고, 내일은 내가 교대해 줄게."

— 뭐?

"아니야. 소영아. 오늘 늦더라도 나갈게."

재희가 다급하게 대답했다. 소영은 눈치가 빠르다. 그녀가 어디가 아픈 거냐고 꼬치꼬치 물어 온다면, 그것만은 막고 싶을 뿐이다.

"너 못 나가. 오늘은 무슨 일이 있어도."

"너, 정말."

입이 있어도 말 못 하는 심정이 이런 거구나 싶었다. 죄 없는 눈동자만 이리저리 굴려 노려보지만, 이번엔 한 술 더 떠 입술에 입술을 부드럽게 맞춰 온다.

"내일까지만 수고해 줘. 그다음엔 휴가 줄게. 부탁한다."

— 뭐, 그거야 어렵지 않지만, 진짜 재희 어디 다친 거 아니지? 지금 어디야?

뚜욱.

소영의 성화에 대한 대답은 통화를 끊는 것으로 대신했다. 그리고 휴대폰이 곧바로 꺼졌다.

"야, 강선우. 소영이가 묻잖아."

"이 전화의 목적은 아무 일 없다는 걸 알리기 위함이었으니 충분히 제 할 일은 다 했잖아. 더는 무리야."

꺼진 휴대폰을 아무렇게나 방바닥에 던져 놓고 재희의 허리를 꽉 껴안는다.

"배 안 고파?"

배가 고프긴 하다. 어제도 거의 제대로 먹질 못했다. 게다가 비를 맞아서 그런 건지, 혹은 지난밤 때문에 그런 건지 유난히 더 허기가 밀려왔다.

"고파. 배. 그것도 아주 많이."

항의라도 하는 듯 코를 찡긋거리며 투정하는 모습이 너무 귀엽기만 하다. 선우가 그녀를 꽉 끌어안으며 머리에 입술을 비볐다.

"그런 말을 그런 표정으로 하는 건 반칙이야. 일어날 수 없게 만들잖아."

"내가, 뭘."

정말 억울하다는 듯 불퉁하게 튀어나온 입술에 쪼옥, 하고 입술이 가볍게 닿았다 떨어졌다.

"하는 수 없지. 뭐든 배가 불러야 하니까. 꼼짝 말고 누워 있어."

선우가 한숨을 길게 내쉬며 몸을 반쯤 일으켜 세워 앉았다.

"아니야. 같이해."

항상 식사 준비는 선우가 해 줬다. 물론 선우가 준비한 식사가 제가 한 것과는 비교 불가로 맛있겠지만, 옆에서 뭐라도 도와주고 싶었다.

"그냥 있어. 그러지 않으면 침대에서 나가지 말란 소리도 받아들일 테니까."

장난스레 올라간 입꼬리와는 다르게 어둠 속 눈빛은 진심으로 가득했다.

"……."

단번에 선우의 말뜻을 이해했다. 재희는 다시 이불을 코까지 끌어당겼다. 눈만 빼 놓은 채 노려보지만, 그래 봐야 강선우에게는 먹힐 리가 없었다.

"걱정 마. 지금은 달려들지 않을 거야. 참는 게 너무 힘이 들긴 하지만, 뭐라도 좀 먹어야 할 것 같으니까. 너 살 빠졌더라."

귀신 같은 녀석. 도대체 어떻게 남의 몸무게를 그렇게 보지도 않고 알 수 있는 건지 신기할 뿐이다.

"먹기 간편한 걸로 준비할 거야. 한숨 더 자. 다 되면 깨울게."

냉장고에는 먹을 게 없을 텐데. 선우가 챙기지 않은 냉장고는 그냥 말 그대로 차가운 기계일 뿐이었다.

빠르게 옷을 챙겨 입은 선우가 싱긋 웃어 보이며 방문을 열고 나섰다. 그제야 재희는 참고 있던 숨을 길게 내쉬었다. 조금 전 생긋 웃는 그의 미소에 장이 두근거렸다. 키스라도 했다면 절대 그의 눈빛을 거절할 수 없을 만큼.

생각지도 못한 너무 갑작스러운 전개에 재희는 모든 게 꿈처럼 느껴졌다. 이렇게 될 거라고 전혀 예상하지 못했다는 것보다, 지난 밤 선우의 모든 걸 예상하지 못했다는 말이 더 정확했다. 그리고 그녀 또한 지난밤은 예상하지 못했었다.

맹세컨대, 선우를 받아 주기로 했지만, 지난밤 일은 생각조차 해 보지 못한 일이었다.

지난밤 선우가 한 말이 부지불식간에 떠오른다.

'날 주고 싶어. 지금.'

재희는 순간 홧홧하게 달아오른 얼굴의 열기에 이불을 머리끝까지 뒤집어썼다.

쿵쿵쿵. 둥둥둥.

두 다리가 하염없이 침대 위를 동동 굴렀다.

선우의 말도 충격이었지만, 어쩌자고 저는 그랬는지 모를 일이었다.

'그럴 리가. 널 원해. 지금.'

미쳤어. 어떻게.

얼굴이 화끈거리다 못해 터질 듯 뜨겁게 달아올랐다.

그런데 이 기분은 어떡하지. 자꾸만 몸이 가벼워지며 실실 웃음이 삐져나온다. 혹시 문이라도 열릴세라 이불 위로 빼꼼히 눈만 내밀어 살펴보지만, 문은 열리지 않았다.

그녀는 적잖이 긴 한숨을 내쉬었다.

선우 말대로 잠을 자는 게 좋을 것 같았다. 이대로 선우의 얼굴을 볼 자신도 없으니.

재희는 문을 등지고 몸을 모로 틀었다. 여전히 알몸인 채로.

○ ● ○

선우의 옷이다. 185cm에 달하는 선우의 긴팔은 재희에겐 원피스 비슷한 모양새다.

자신의 옷을 입겠다는 재희에게 굳이 제 옷을 입힌 선우는 그 상태 그대로 재희를 식탁 앞까지 안고 가 내려 주었다.

"꼭, 이렇게까지…… 해야 해?"

좋긴 한데. 진짜 좋긴 한데. 어색하고, 민망한 것도 어쩔 수 없었다.

10년이 훌쩍 넘는 시간 동안 친구 아닌 친구로 지냈다. 한집에서 잠도 자고, 밥도 먹고 했지만, 이렇게 밀착되어 있던 시간은 없었다. 그러니 단 하루도 아닌 단 몇 시간 만에 이렇게 가까워지는 건 재희에게는 다소 무리였다.

강선우는 아닌 것 같지만.

"더한 것도 할 생각이야. 이 정도에 정색하지 마."

고소한 냄새가 나는 하이라이스 위에 계란 프라이를 올린 둥근 접시가 바로 코앞에 놓인다.

흠흠. 대꾸할 생각보다 후각이 먼저 냄새에 반응하며 기분이 금세 좋아졌다. 선우의 요리는 항상 상상 그 이상이다. 도대체 밥을 언제 해서 하이라이스를 할 생각을 했을까! 보기만 해도 군침이 돌 정도였다. 거기다 된장국까지. 총총 썬 쪽파 모양이 예쁘다.

"식기 전에 먹어."

어서 먹어 보라는 듯 고개를 까닥거린 선우는 수저만 들고 있는 재희를 빤히 쳐다보다 한쪽 팔을 세워 그 위에 비스듬히 얼굴을 기대며 빙긋 웃고 있었다.

재희는 재빨리 시선을 피하며 한 숟가락 크게 떠 입에 밥을 넣었다. 고슬고슬하게 지어진 밥알이 입안에서 맛있게 굴러다녔다.

역시 강선우다.

"넌 안 먹을 거야?"

"먹을 거야."

그 자세로는 무리인 것 같은데.

"매일 먹고 싶지?"

아니라고 하고 싶은데 그럴 수가 없을 정도로 맛있다. 재희는 가볍게 고개를 끄덕였다.

"방 빼야겠네. 여기 들어오려면."

"야!"

"왜?"

노려보는 눈빛에도 선우는 마냥 싱글벙글이다.

하긴, 언제 강선우가 제집에 오지 않은 적이 있던가? 1년 365일을 되짚어 보자면, 분명히 이곳에서 보낸 시간이 더 많을 게 분명했다. 말린다고 들을 위인도 아니고.

"네 맘대로 해. 그래도 네가 자야 할 곳은 항상 같은 곳이야."

밥이 사라진 수저가 정확히 선우가 그동안 잠들었던 거실 바닥을 콕 찍어 가리켰다.

"것도 나쁘지 않고. 대신 한재희도 거실에서 자야 할 거야."

뭐가 이렇게 막 나가. 도대체 변호사라는 녀석이 무슨 협박을 매번 이렇게 밥 먹듯이 해.

"그러니까 앞으론 침대 내줘. 자리 많이 안 차지할게."

그가 드디어 밥을 한입 크게 떠 넣으며 말했다.

안 차지하긴. 그 키에. 그 덩치에.

나오는 건 한숨뿐이었지만, 그래도 밥은 꾸역꾸역 들어갔다. 도대체 어떻게 하면 이렇게 맛있게 할 수 있는 거야, 라는 말이 절로 나왔지만, 선우의 대답은 없었다. 대신 매일 해 줄게. 먹고 싶은 거, 라는 말이 돌아왔다.

코끝이 간질거리고, 귀가 후끈거리다 못해, 심장이 주책없이 뛰기 시작했다. 목이 간지러워 물을 마셔야 했다.

○ ● ○

끝내 오늘도 카페에 늦게 나오고 말았다.

늦은 점심을 먹고 난 뒤 설거지를 하겠다고 자청한 게 패착이었다. 설마 그럴 줄이야. 누가 알았겠는가. 도대체 그런 건 어디서 본 건지 진심으로 묻고 싶을 정도로 닭살스러웠다.

설거지를 하는 제 등 뒤에 서 있던 선우는 내가 하는 게 더 빠를 것 같은데, 라며 그대로 그녀를 제 품에 껴안은 채 팔을 뻗어 설거지를 하기 시작했다. 설거지라고 해 봤자 둥근 접시 두 개와 수저 두 개, 작은 국그릇 두 개가 전부였다. 그 정도쯤이야 누가 한들 시간이 얼마나 걸리겠는가!

그런데 한사코 뒤에서 제 손 위에 자신의 손을 겹쳐 설거지를 끝낸 선우는 어느 순간 그녀의 목덜미를 이로 잘근거리고 있었다. 좀 씻어야겠다는 말로 빠져나가려는 재희의 허리를 끌어안으며, '좀 있다 해. 한재희 냄새 너무 좋다.' 라고 해서 그러고 있을 줄만 알았다.

그런데 이게 웬걸. 남자는 다 늑대라더니. 서서히 목덜미를 지분거리던 입술이 목을 타고 쇄골로 밀려들었고, 문제는 제 몸이었다. 지난밤의 모든 걸 기억한다는 듯 몸이 환호를 부르며, 그의 입술을 열렬히 환영했다.

입술이 닿을 때마다 낮게 터진 신음성에 선우는 못 참겠어, 라며 입술을 격렬하게 부딪쳐왔다. 이건 아니라고 애써 제 자신을 부정해 봤지만, 소용없었다. 몸은 제 생각보다 더 정직했다.

금세 달아오른 가슴을 한껏 움켜쥔 선우는 그대로 침대로 직행했다. 그리고 속삭였다. 앞으로 내 자리는 여기야, 라며 그녀를 품으로 끌어안았다.

그때부터 시달린 몸은 깊은 밤이 되어서야 잠들 수 있었고, 본의 아니게 오늘 출근도 늦게 할 수밖에 없었다. 온몸이 소리 없는 비명을 질러 댔기 때문이었다. 근육통은 운동만으로 생기지 않는다는 걸 실감했다.

"소영아. 미안해."

목을 완벽하게 가린 폴라티를 입은 채 재희가 가장 멀쩡한 두 손으로 소영의 두 손을 맞잡았다.

"미안하긴. 돌아왔으면 됐어. 몸 힘들면 더 쉬지."

"아니야. 힘들긴."

"정말 괜찮은 거지? 어디 다친 데는 없지?"

손을 빼내어 재희의 몸 이곳저곳을 더듬는 소영의 손길이 꽤 다정했다.

"응. 정말 괜찮아."

"그럼 다행이고. 선우가 너 아프다고 하길래."

그 말에 얼굴이 화끈 달아올랐다. 하여튼 강선우 쓸데없는 소리를.

"그나저나 강선우는 어디서 어떻게 만난 거야?"

"어?"

사실대로 말해야 할까? 선우와의 달라진 관계를……. 하지만, 지금 이대로는 영 민망하다. 지금껏 그렇게 곁에 두고 모른 척했는데…….

"응. 그게, 집에서."

"너네 집?"

"응. 선우가 기다리고 있었어."

"아……. 응?"

소영의 두 눈이 휘둥그레졌다.

이거, 이거 수상한데. 뭔가 냄새가 나.

어제 통화할 때도 뭔가 좀 이상하다 느끼긴 했는데, 시선을 슬그머니 피하는 재희를 보니 뭔가 알 것 같기도 한 묘한 분위기로 변해 가고 있었다. 소영의 눈이 게슴츠레 변했다.

"그게, 내가 새벽에 비를 맞아서……. 그래서 몸이 좀 으슬거렸거든."

재희가 사실에 가까운 변명을 늘어놓았다.

"응응."

"그래서 내가 좀 아프니까 선우가……."

"밤새 같이 있었고?"

"어? 어, 선우가 그게 간……."

간호, 라는 말은 차마 나오지 않았다. 그건 간호라고 보기엔 어려웠다.

"간호를 해 줬다?"

"……어? 어, 뭐 비슷해. 밥을 챙겨 줬거든."

그리고 다시 그 밥을 소화시켰지. 완벽하게.

달랑.

그때 문이 열리며 선우가 카페로 들어섰다. 동시에 둘의 시선이 선우에게로 향했다. 두 사람의 시선을 동시에 받은 선우는 가볍게 손을 들어 인사를 대신하고 카운터 앞으로 당당히 다가왔다.

"왔어?"

난처함과 반가움이 묘하게 섞인 표정으로 재희가 선우를 맞이했다. 그 표정에 선우가 피식 웃으며 재희의 머리를 살짝 흩트렸다.

'이거 뭐야?'

소영의 눈이 점점 더 커졌다.

"궁금한 거 있음 나한테 물어. 재희한테 묻지 말고."

드디어 소영의 놀란 눈이 튀어나올 듯 커졌다. 지금껏 고전해 온 재희의 모든 행동이 선우의 그 한마디로 와르르 무너졌다.

진짜 못 살아, 강선우. 고개를 절레절레 저은 재희의 양 볼은 끝내 붉게 달아오르고 말았다.

"너, 너너너, 너네 뭐야?"

소영이 뒤로 한 걸음 물러서며 파르르 떨리는 손가락으로 두 사람을 번갈아 가리키며 물었다.

"천천히 하자. 지금은 나 손님으로 온 거니까. 커피 한 잔 부탁."

"응."

놀란 소영 대신 재희가 재빨리 대답하며, 팽팽하게 서로 마주한 두 사람의 신경 어린 시선 안에서 슬그머니 빠져나왔다.

"아이스로 줘."

"안 추워?"

"응. 날씨 많이 풀렸네. 오는 길에 보니까 개나리꽃이 활짝 피었더라."

개나리? 개나리 같은 소리 하고 있네.

놀란 자신은 뒤로한 채 사랑스럽기 짝이 없다는 눈빛으로 재희를 바라보고 있는 선우를 소영이 있는 힘껏 노려봤다. 없던 포커페이스가 생긴 재희보다 선우의 표정이 더 확실했다.

뭐야? 이거? 설마!

소영이 눈을 연신 깜박거리며 혹시나 자신이 잘못 본 게 아닌가 싶어 다시 눈을 부릅떠 보지만, 확실했다. 강선우의 표정이 모든 걸 말해 주고 있었다.

질문은 재희가 아닌 자신에게 하라고 했지만, 선우와 붙어 이길 자신은 없었다. 어쨌든 자신의 질문에 답할 사람은 선우가 아닌 재희였다.

"너, 빨리 사라져."

소영이 재빨리 선우에게 커피를 건네며 화난 들소처럼 으르렁거렸다.

"흠흠."

선우가 낮은 헛기침과 함께 커피를 건네받으며 야릇한 미소를 지었다.

"이번 의뢰만 끝나면 나 휴가 받는다. 너한테도 휴가 줄게."

마치 자신이 카페 사장인 양 휴가를 운운하는 선우의 얼굴을 소영은 어이없는 표정으로 멍하니 쳐다봤다.

"가고 싶은 데 비행기 티켓도 끊어 준다."

갈수록, 허엇. 소영은 헛웃음을 지었다.

"그래도 만족이 안 되면 진소영이 마음에 드는 호텔도 잡아 줄 게. 그 정도에서 합의해."

누가, 변호사 아니랄까 봐. 화를 내야 하는데, 입꼬리는 왜 이렇게 올라가는지. 가고 싶은 곳이야 많다. 거기다 내가 마음에 드는 호텔. 흐흐흐. 예상치 못한 이 흐뭇한 전개란?

소영이 애써 입꼬리를 내리려 힘을 주자 얼굴에 경련이 일어날 것처럼 떨렸다.

"내가 어딜 갈 줄 알고?"

"어디든!"

웃으면 안 되는데, 진짜 안 되는데 끝내 얼굴에 웃음꽃이 피고 말았다. 사실 따지자면 화를 낼 일은 없었다. 좋으면 좋은 일이지 나쁜 일은 아니었다.

다만, 서운할 뿐이다. 아니 부러울 뿐이다. 부러우면 지는 건데, 왜 이렇게 부러운 건지.

그 와중에도 선우는 마냥 좋다는 시선으로 재희를 빤히 쳐다보고 있었다.

그래, 좋은 건 좋은 거고, 심술은 심술이다 싶어 소영은 재빨리 재희의 손을 끌어당겨 제 등 뒤로 숨겼다.

"협상은 좀 더 디테일하게 하는 게 좋겠어. 인질은 내가 데리고 있을 테니까 넌 저 테이블로 잠시 가 줘야겠어."

소영이 턱으로 카운터가 가장 안 보이는 구석진 테이블을 가리켰다. 선우가 그 정도는 양보할 수 있다는 듯 어깨를 으쓱거리며 유유히 뒤돌아섰다. 그러고는 카운터가 가장 잘 보이는 테이블에 자리를 잡고 앉았다.

"저게 진짜."

소영은 하는 수 없다는 듯 한숨을 길게 내쉬며 어깨를 들썩였다. 그리고 재희의 손을 잡아 등받이가 없는 둥근 의자에 앉혔다. 소영의 시선이 재희에게 끈질기게 따라붙었다.

이럴 줄 알고, 좀 더 나중에 말하려고 했는데. 하여튼 강선우.

재희는 이마를 긁적이며 멋쩍게 살짝 웃어 보였다.

"저기, 소영아. 그게……."

"아니야. 질문은 내가 할게. 넌 예, 아니오로만 대답해 봐."

진짜 쑥스럽다. 뭐라고 해야 하지? 사실대로 말하자면 어려울 게 없는 관계였다. 그냥 그렇게 됐어, 라고 하면 될 일인데 그렇게 되었다고 설명하기가 참 애매하다.

도대체 어떻게 했기에 이렇게 갑작스럽게 만나게 된 건데? 라고 물으면 뭐라고 해야 해? 잤다고? 그건 너무 부끄럽다. 강선우와 이런 관계가 된 것만으로도 사실 말하기 벅찬데, 절대 그걸 제 입으로 말할 수는 없었다.

"저기, 소영아."

"나 아직 시작 안 했어."

"그게 아니고. 질문은…… 선우한테만 하라고 했던 것 같아서."

"뭐?"

소영이 당황한 표정으로 재희를 내려다봤다.

한재희 캐릭터가 이런 캐릭터가 아닌데. 한재희는 이런 뻔뻔하고 뺀질 거리는 캐릭터가 아니다. 진심으로 거짓말은 못하고, 표정도 감추지 못하는 그런 솔직한 캐릭터가 아니던가?

그런데 이건 뭐야? 뺀—질?

소영의 시선이 카운터에서 바로 보이는 선우에게로 향했다. 재희의 말이 들릴 턱이 없는데도 선우는 빙긋 웃으며 어깨를 으쓱거렸다. 그러고는 휴대폰을 흔들어 보였다. 마치 소영이 가고 싶어 할 만한 호텔을 알아보는 것처럼.

뭐야? 내가 지금껏 이 능구렁이 커플한테 속아 온 거야? 강선우야 그렇다 치고, 한재희까지?

알 수 없는 배신감이 부글부글 끓어올랐지만, 끝내 재희에게서는 미안하다는 말밖에 듣지 못한 소영은 마감 시간에 카페 청소를 해 준 선우를 노려보는 수밖에 없었다.

"의뢰는 언제 끝나는데?"

헤어지기 전 소영이 물었다.

"아마도 내일모레쯤 정리될 것 같아."

"그럼, 난 내일모레부터 휴가 쓰면 되는 건가?"

선우가 재희를 쳐다봤다.

"응. 그럼. 얼마든지. 나 당분간 일 없어."

"그래도 너 혼자서는 무리야. 날 풀려서 요즘 카페 손님 많이 늘었어."

"괜찮아. 그리고 어차피 알바 구하기로 했잖아."

"혹시 그 알바가 내가 알고 있는 강씨 성을 가진 본직이 변호사인 남자는 아니지?"

소영이 뾰족한 시선으로 선우를 올려다봤다. 변호사가 쓸데없이 키만 커서는, 이라는 핀잔도 잊지 않은 채.

"그, 그럼. 아니지."

"당분간 내가 할 거야. 알바는 여행 다녀와서 구해. 여자로만."

"야! 네가 사장이야? 난 남자 알바 구할 거야. 그것도 아주 잘생기고 젊고, 힘 좋은 남자 알바로."

"여행 다녀오면 남자도 소개해 줄게. 원하는 조건 말해 봐. 최대한 맞춰 줄 테니까."

아니, 이 자식이 오늘따라 왜 이렇게 약을 팔아! 라고 해 보지만, 또 마음이 아예 없는 것도 아니다.

"크흠. 어쨌든 그건 여행 다녀와서."

한 두어 걸음은 훌쩍 뒤로 물러난 소영의 태도에 재희가 소리 내어 웃고 말았다.

"웃지 마. 이 배신자."

"조심히 들어가. 낼 봐."

재희가 소영의 손을 잡아 흔들었다.

"휴우. 알았어. 갈게. 너도 조심히 들어가."

"응."

"그리고, 잘했어. 강선우는 마음에 안 들지만, 한재희 옆에 있는 강선우는 봐 줄 만하지. 나 간다."

소영이 입술을 삐죽여 선우를 보고서는 그대로 차에 올라타 빠르게 멀어져 갔다.

"가자."

"집에 안 가?"

"갈 거야."

말하지 않아도 그가 가고자 하는 집이 어디인지 알 것 같아 재희는 고개를 절레절레 흔들며 선우를 올려다봤다. 못마땅한 기색이 역력했지만, 선우는 아무것도 모르는 척 자연스럽게 재희의 손에 깍지를 끼며 차가 있는 곳으로 향한다.

"앞으로는 너무 우리 집에 자주 오지 마."

"싫어."

"강선우, 이제 소영이 눈치도 있고, 난 좀."

부끄럽기도 하고 멋쩍단 말이야, 라고 말하고 싶었지만, 차 문을 열고 저를 빤히 내려다보고 있는 선우의 시선에 입을 꾹 다물었다.

"매일 올 거야. 가능한. 그리고 매일 키스할 거야. 그래서 말인데."

"……."

"지금 키스해도 돼?"

라고 묻는 목소리는 너무 달콤했다. 그냥 해도 되는데 꼭 이렇게 허락을 구한다.

오늘 아침에도 출근 전 자고 있는 제 귓가에 나직이 속삭였다.

'좀 더 자. 근데 키스해도 돼?'

잠결에 고개를 끄덕였던 것 같다. 그리고 입술에 닿은 촉감도 느꼈던 것 같다.

"못 말려. 정말."

그동안 어떻게 참았는지 정말 진심을 다해 묻고 싶었지만, 입술에 촉촉이 와 닿는 선우의 입술에 그 질문은 묻히고 말았다. 그리고 알게 되었다.

선우에게 키스는 그냥 키스로만 끝나지 않는다는 걸.

어떻게 운전하고 집에 온 건지 신기할 뿐이었다.

한 손으로 운전대를 잡고 한 손은 제 손을 꼭 잡은 채 연신 손등에 뽀뽀를 해 대더니, 차에서 내리자마자 다시 입술을 겹쳐 왔다. 누가 본다고 해도 상관없었다.

엘리베이터가 올라가는 동안은 눈을 질끈 감고 있더니, 현관문이 닫힘과 동시에 그는 돌변했다. 마치 조금 전까지 자신이 무척 정중한 신사였다는 걸 반증하는 것처럼 거칠게 재희를 몰아붙였다.

하지만 거침없는 행동과는 다르게 그는 그녀에게 허락을 구하는 걸 잊지 않았다.

지금 널 갖고 싶어.

지난밤에도 힘들었다. 무척이나. 그런데 또? 내일 아침에 또 일어나기 힘들 텐데. 그러면 소영이에게는 또 뭐라고 말을 해야 하지?

선우와 이렇게 급진전된 것도 사실 어디서부터 어디까지 말해야 할지 아직 그 경계선을 정하지 못했다. 그래서 오늘은 선우에게 모든 걸 다 미뤘지만, 언제까지 그럴 수는 없는 노릇이었다.

여기저기 입술을 부딪치느라 보지 못한 줄 알았더니 뭔가 고민하는 재희의 표정을 단번에 눈치챈 선우는 오뚝한 그녀의 코에 살며시 입술을 부볐다. 그리고 몸을 낮춰 속삭였다.

"소영인 이미 다 알고 있을걸."

"뭐……? 뭘?"

"뭐든. 진소영이 눈치는 좀 있잖아."

흐읍. 어떡해. 크게 숨을 들이쉰 재희의 표정이 울상이 되었다.

"그리고, 부탁인데."

선우의 입술이 스치듯 닿았다 떨어졌다 반복했다. 그럴 때마다 몸과 몸이 위아래로 농밀하게 쓸려 열기를 일으켰다.

"날 앞에 두고 그런 표정은 짓지 마. 진짜 울리고 싶어지니까."

마치 선전 포고를 하는 것처럼 피식 웃는 선우가 그 순간만큼은 악동처럼 보였지만, 그 어느 때보다 더 사랑스러웠다.

마음이 이렇게 순식간에 바뀔 수 있나 싶었다. 아무리 그동안 몰래 마음에 두고 있었다고 하더라도 한 번도 선우 앞에서 꺼내 본 적 없었다. 그래서는 안 되었으니까!

그래서일까. 꾹꾹 가둬 두고 있어서, 더는 가둬 둘 수 없을 만큼 마음이 너무 커져서 이제는 절대 강선우를 놓지 못할 것 같았다. 그를 놓고선 살 수 없을 것 같았다.

울리고 싶다는데 울어 주는 것쯤이야.

"할 수 있음 얼마든지."

그가 기다렸다는 듯 그녀의 입술에 입술을 눌렀다. 낮은 웃음소리가 새어 나왔다.

행복했다. 너무 행복해 밤이 좀 더 길었으면 좋겠다.

봄이 오면 밤이 짧아질 텐데…….

○　●　○

얼마 전까지만 해도 죽을상을 하고 있더니 요즘은 꽃도 저런 꽃이 없다. 원래부터 잘생긴 얼굴 뒤에 자체 후광을 달고 다니긴 하지만, 요즘은 그 후광이 너무 눈부실 정도로 미소를 여기저기 난발하고 있었다.

지가 무슨 연예인이야, 뭐야!

아침 출근길에 제 앞에 있는 선우의 뒤통수를 진수는 있는 힘껏 흘겨보았다.

"안녕하세요. 변호사님."

"아, 네. 안녕하세요."

눈에 힘을 준 채 선우의 뒤를 따르던 진수는 직원의 인사를 대충 받아 주다 끝내 참지 못하고 선우를 불러 세웠다.

"강 변."

"언제 부르나 했다."

"뭐냐? 넌 뒤통수에도 눈이 달렸냐?"

"여기저기 온통 거울이라. 가려질 덩치는 아니잖아."

자식은 꼭. 작년부터 찌기 시작한 살이 올 겨울을 넘기며 한 5kg 정도는 훌쩍 더 찐 것 같았다. 그렇지 않아도 운동 좀 해야겠다 싶었지만, 시간이 좀처럼 나지 않았다.

그러고 보면 항상 완벽한 몸매를 유지하는 선우의 비결이 궁금하긴 하다. 딱히 운동을 하는 것 같지도 않은데 오늘 마주한 얼굴은 좀 더 슬림해 보였다. 얼굴 경락이라도 받는 거야 뭐야?

힐끔 옆얼굴을 쳐다보니 안 그래도 날렵한 턱선이 더 날렵해졌다. 그리고 눈은 좀 더 퀭해 보였다. 이 자식 기분이 좋은 거야, 안 좋은 거야? 표정은 분명 웃고 있는데 눈은 퀭한 걸 보니 뭔가 꽤나 상반적이었다.

재희 씨랑 뭔가 있나? 분명 지난날 휴가 처리 좀 해 달라는 말 한마디만 남긴 채 다급하게 사무실을 빠져나갔고, 그다음 날은 그의 요청대로 휴가 처리를 해 주었다. 그리고 그다음 날에는 바빠서 선우를 보지 못했다.

"흠흠. 강 변."

"말해."

제 사무실 문을 열고 들어가 재킷을 벗어 걸어 놓은 선우는 망설임 없이 자리에 앉아 서류를 펼쳐 들었다.

묻고 싶다. 진짜 묻고 싶다. 한재희와 무슨 일이 있었냐고. 하지

205

만, 묻는다고 순순히 토해 낼 놈도 아니었다. 하는 수 없지, 술이나 먹여 봐야겠네.

"너 이번 모임에 나갈 거냐?"

"무슨 모임?"

"무슨 모임이긴. 대운대 법학과 동창 모임이지."

"신년회 한 지 얼마나 됐다고 또 모임이야. 다들 그렇게 한가해서 밥은 먹고 사는 거냐?"

선우의 모임 참여율이 그렇게 좋은 편은 아니었다.

"먹고살 만하니까 모임 하는 거지. 비싼 회비 내 가면서."

"그래. 그런가 보네. 난 일개 변호사라서 그럴 여유가 없다. 시간도 없고. 난 안 간다."

그럴 시간이 어디 있어. 재희 얼굴 볼 시간도 없는데.

마음 같아선 변호사 때려치우고 재희 카페에 알바로 들어가고 싶다. 아니면 근처에 더 넓은 땅을 사서, 카페를 2층으로 만들고 그 위에 집을 만들어 살고 싶다. 일하면서도 얼굴 보고, 밤에도 보고, 아침에도 보고 싶다.

선우는 그런 생각을 하며 피식 웃고 말았고, 그 모습을 말없이 지켜보던 진수의 미간은 와장창 구겨졌다.

'뭐야? 저 자식 지금 웃는 거야? 미친 거 아니야? 아니면 웃음병이라도 걸린 거야 뭐야?'

뭔가 있는 게 분명했지만, 묻는다고 순순히 대답할 선우가 아니었다.

그래, 말해 줄 생각이 없는데 어쩔 수 없지. 직접 알아내는 수밖에. 강선우가 웃는 일이 그리 흔하지 않으니. 게다가 미친놈처럼 웃고 있잖아?

확신에 찬 진수는 의기양양한 표정으로 자리에서 일어서며 자신을 쳐다도 보지 않는 선우를 뚫어져라 쳐다봤다.

"넌 가야 된다. 송년회는 물론이고, 신년회에도 안 나왔잖아. 이건 같은 시간 동안 같은 공간에서, 더 나은 미래를 위해 처절하게 싸운 친구들을 대하는 예의가 아니지. 우린 그 시간을 좀 더 진하게 공감할 필요가 있다."

"말은!"

"그렇게 알고 난 간다. 날짜는 내가 기억하고 있으니 넌 시간만 빼라."

다른 말을 들을세라 진수는 그길로 선우의 사무실에서 나와 대표실로 향했다.

"가긴 어딜 가."

한재희가 있는데. 선우는 순간 달아오른 제 몸의 열기에 넥타이를 잡아당겨 느슨하게 풀었다.

아무리 생각해도 한재희는 너무 자극적이다. 어떻게 하면 그렇게 자극적일 수 있지?

지난밤 한재희는 강선우를 충동 조절 장애가 있는 사람으로 만들어 버렸다. 아무리 멈추려고 해도 멈출 수 없게 만들어 버린 그녀 때문에 끝내 재희의 눈에서 눈물을 보고야 말았다.

선우야. 제발. 그만. 울며 사정하는 재희의 모습이 너무 자극적이었다.

'괜찮겠지?'

이른 아침에 기절하듯 잠든 모습을 한참 동안 들여다보다 힘겨운 출근길에 나섰다. 마음 같아선 하루 종일 같이 잠들고 싶었지만, 그럴 수 없었다. 오늘은 가연의 변호가 끝나는 날이었다. 드디어 합의하겠다는 가연의 연락을 받았다.

강선우가 드디어 미쳐 가는구나. 절제할 수 없는 저를 보며 미쳤다고 생각하면서도 그게 마냥 좋은 듯 선우는 낮게 웃음을 터트렸다.

'어쩔 수 있나. 미칠 것 같으면 미치는 수밖에.'

방법이 그것뿐이라면 받아들이는 것도 나쁘지 않다.

생각을 갈무리한 선우는 시간을 확인했다. 오전 중에 만나기로 했기에 늦지 않게 약속 장소로 나가야 했다. 선우는 한 번 더 파일을 확인하고 자리에서 일어섰다. 휴가를 위한 마지막 관문이었다.

호텔 커피숍.

비밀 유지가 가능한 프라이빗 룸 안에 네 사람이 마주 보고 앉았다. 팽팽한 긴장감이라고 할 것까지는 없지만, 합의에 이르기까지 금액 차가 커 그다지 편안한 분위기는 아니었다.

상대편 변호사가 합의서를 꺼냈다.

"자녀가 없으므로 이혼은 저희 쪽에서 진행하겠습니다."

가연이 고개를 끄덕였다.

"명의 변경은 이혼 소송이 마무리되는 대로 바로 진행하겠습니다. 시간은 그리 오래 걸리지 않을 겁니다."

가연이 사인하기 전 선우는 다시 한번 빠르게 합의서를 검토했다. 모든 내용은 하나도 빠짐없이 기재되어 있었다. 가연이 원하는 조건에 가장 부합한 합의였다.

"빠른 시간 안에 결정해 주셔서 감사합니다. 저희 의뢰인도 남편분에 대한 고소는 취하하기로 하셨습니다."

고소 취하라는 말에 남편의 얼굴이 일그러졌지만, 다른 말은 하지 않았다.

"다 됐습니다. 그럼."

변호사의 말이 끝나기 무섭게 남편이 자리를 박차고 먼저 일어섰다.

"민가연이 난 년은 난 년이네."

남편은 그 말만 남긴 채 그대로 프라이빗 룸을 빠져나갔다. 그리고 이어 남편의 변호사가 룸을 빠져나갔다.

"우리도 그만 일어서자."

"이왕 온 김에 점심이나 먹고 가. 배고파."

일전에도 이와 비슷한 가연의 요구가 있었다. 이른 점심을 할 수도 있지만, 굳이 그녀와 마주 보고 앉아 점심을 먹고 싶진 않았다.

"각자 알아서 먹자. 나 사무실 들어가 봐야 해."

"뭘 그렇게 불편해해. 우리가 전혀 모르는 사이도 아니고."

"모르는 사이는 아니어도 무턱대고 밥 먹을 사이도 아니지."

"이제 의뢰인과 변호사 관계도 끝났잖아."

가연이 제 손에 들린 합의서 파일을 들어 보였다.

"밥 먹어. 정말 배고파서 그래. 요 며칠 제대로 먹지 못해 아사 직전이야."

가연은 그대로 벨을 눌렀다. 어차피 지금 사무실로 가도 점심은 먹어야 한다. 시간은 아끼는 게 좋지. 가능한 빨리 일을 끝내고, 재희의 카페로 가야 한다. 오늘도 마감을 같이하기로 했으니까. 아마도 소영은 저가 갈 때쯤 퇴근하고 없을 테니.

선우는 그 생각으로 기분이 들떴다.

"간단한 걸로 먹자."

○ ● ○

"진짜 괜찮은데."

"아니야. 가서 여행 갈 준비도 하고 그래야지."

흐흐흐. 여행 이야기가 나오자마자 소영은 웃음을 흘리고 말았다.

선우는 약속대로 소영이 원하는 여행지로 가는 일등석 비행기 티켓과 함께 5성급 호텔을 예약해 주었다. 물론 계획이 조금 틀어져 원래 일정보다 4일 정도 늦게 출발하게 되었다는 것만 빼면 소영의 여행 계획은 완벽했다.

비행기 티켓에, 딱 제 맘에 드는 호텔까지. 그것도 유럽으로. 흐흐흐.

소영은 더 이상 선우를 문전 박대 하지 않았다. 단 하루 만에 반전된 소영의 모습이었다.

"그럼 그럴까? 하긴 유럽이기도 하고, 또 여기하고 날씨도 좀 다르기도 하고. 여기저기 찾아보니까 은근 준비할 게 좀 많긴 하더라. 너도 알다시피 내가 유럽은 또 처음이잖아."

"응."

들떠 있는 소영의 모습에 재희는 흐뭇한 표정으로 그냥 웃고만 있었다.

"그냥 가까운 중국이나 일본이었으면 뭐 그냥 가볍게 다녀올 수 있는데, 아무래도 한국과는 너무 먼 곳이라. 그래서 준비도 좀 단단히 해야겠지?"

"그럼."

"그래. 내 인생 호텔일 수도 있는데 괜히 허접하게 준비해서 갈
수는 없지. 장소에 어울리는 격식을 좀 갖춰 줘야지. 챙이 큰 모자
도 하나 사고. 그치?"

"그럼."

"맞아. 파리의 몽마르뜨 언덕에 가서 영혼도 좀 불태우고 말이
야. 흐흐흐."

소영은 마냥 좋은지 그저 웃기에 바빴다.

"안 되겠다. 이렇게 말하고 보니까 준비할 게 너무 많다. 근데
너 진짜 괜찮겠어?"

소영이 고개를 쑥 내밀어 카페 안을 살펴보았다. 테이블이 거의
다 차 있었다.

"응. 괜찮아. 진소영도 했는데, 나도 할 수 있어야지."

재희가 제법 야무지게 대답했다. 하지만, 어디 몸 쓰는 일이 대
답만 잘한다고 잘할 수 있는 게 아니었다.

소영이 시간을 확인했다. 어쩌면 곧 선우가 올 것 같은 강한 예
감이 들었다. 그가 마감 일을 도와준다고 했던 말이 떠올랐다.

"그래. 믿을 사람 있는데 뭔 걱정이야. 와플 플레이팅도 내가
한 것보다 더 완벽하던데. 그러고 보면 강선우가 대놓고 못하는 게
없지. 그치?"

소영이 재희에게 얼굴을 가까이 들이대며 눈을 찡긋거렸다.

"어? 그, 그렇지. 플레이팅이 완벽에 가깝지. 하하하. 나보다
더."

어색하게 웃는 재희의 모습에 소영의 입꼬리가 삐딱하게 기울어
졌다.

"그래, 뭐. 그렇지. 암."

소영이 앞치마를 풀어 옷걸이에 걸으며, 키득키득 웃었다. 그 웃음이 잔잔한 미소로 바뀔 무렵 카페 문이 열렸다.

"어서 오……. 왔네."

소영이 인사를 하다 말고 입술을 삐죽였다. 그러면, 그렇지. 참. 이미 예상하고 있었지만, 어쩌면 딱 그렇게 제가 나갈 시간에 맞춰서 오는지.

"왜 이렇게 빨리 와?"

재희가 물었다.

"유능한 변호사라서."

"헉. 재수 없어. 강선우 은근 재수 없다니까. 학교 다닐 때도 그랬어. 지만 완전 멋지지. 있는 개폼, 없는 똥폼 다 잡고."

재희는 두 사람의 언쟁 아닌 언쟁에 슬그머니 뒤로 한 발 빼 물러섰다.

"입은 삐뚤어졌어도 말은 바로 하랬다고, 원래 멋진 사람은 뭘 해도 멋지지."

선우는 재희를 보며 어깨를 으쓱이곤 망설임 없이 카운터 안쪽으로 들어섰다. 그러곤 가방과 재킷을 비품 창고에 넣고는 소영이 벗어 둔 앞치마를 자연스럽게 목에 걸었다. 팔목 단추를 풀어 가볍게 와이셔츠를 접어 올리는 폼이 무척이나 자연스러웠다.

"허엇. 야, 강선우. 나 아직 안 갔거든."

"셋이 있긴 좀 비좁은 감이 있지만, 나야 좋지. 재희랑 좀 더 붙어 있을 수 있으니까."

선우가 재희 곁으로 바짝 붙어 선다.

"와. 나 진짜 이 꼴을 계속 봐야 하나. 이렇다 저렇다, 가타부타 설명도 없이, 이렇게 막 들이대면 끝이야? 나 아직 너희 둘한테 서운한 거 다 안 풀렸다. 오해는 금물이야."

"보는 대로 느껴. 뭐가 더 필요해. 지난 시간 우리 두 사람을 가장 가까이에서 봐 온 유일한 사람인데. 굳이 설명이 필요해?"

선우는 항상 이런 식으로 모든 걸 간단명료하게 만들곤 했다.

"설명이 더 필요하다면 난 좀 과감한 걸 즐기는 편이라."

선우의 손이 자연스럽게 재희의 가는 허리를 살짝 끌어당겼다.

"야. 강선우!"

방심하고 있던 재희는 화들짝 놀라며 제 허리에 감긴 손을 찰싹 때렸다.

"죽느니 않으라, 이 소리지. 아이구야. 곧 여행을 떠나는 게 이렇게 천만다행일 수 없네. 내가 몽마르뜨 언덕 가서 몽마르뜨 몽뜨 남작이라도 한 명 물어 오든가 해야지."

정색하며 가방을 챙기는 소영의 태도에 선우는 재희의 머리카락에 살며시 입술을 붙였다 떼어 냈다.

"간다, 가. 내가 가야지. 어휴. 그래, 강선우가 대놓고 못하는 건 없지. 뭔들."

소영이 고개를 절레절레 흔들며 뒤도 돌아보지 않은 채 그대로 문을 열고 사라졌다.

"강선우!"

"왜?"

능숙하게 앞치마를 매는 선우의 모습에 재희는 눈을 흘겼다.

"너 앞으로 가게에서 나한테 1m 접근 금지야. 알겠어?"

제법 나무라는 눈초리가 사납다. 그런 재희의 모습에 선우는 이내 빨리 수긍해야 한다는 걸 알고 있다. 그러지 않으면 정말 한재희는 그렇게 할 테니까. 저래 봬도 은근 강단 있지.

"좋아. 그럼 집에선?"

한 침대에서 자야 하는데. 앞으로도 계속.

선우가 항복의 표시로 두 손을 들어 올리며 눈썹을 실룩거렸다.

14. 마음은 걷잡을 수 없다

"하앗. 재희야."

아무리 생각해도 이건 너무한다 싶다가도 제 몸에 퍼지는 열기에 그 마음이 쏙 사라지고 만다. 어떻게 이럴 수가 있지? 라는 의문만이 빛의 속도로 제 뇌리 속을 훑고 지나가지만, 그뿐이다.

씻고 나오자마자 기다리고 있었다는 듯 선우가 다가왔다. 오지마, 라고 손을 흔들었지만, 선우는 가볍게 손을 잡아 손등에 입맞춤을 했다.

이 정도야 뭐, 라고 안일하게 생각한 게 문제였다. 손등에서 시작한 입맞춤은 곧 키스로 돌변했다. 양의 탈을 쓴 늑대란 표현은 이럴 때 쓰는 게 분명했다. 그는 마치 손등에 입맞춤만 할 것처럼 가볍게 손을 가져가더니 이내 제 목에 두르게 만들었다.

간지럼을 유난히 참지 못하는 그녀를 알고 있는 선우는 그대로 그녀가 가장 간지러움을 심하게 타는 겨드랑이 쪽을 파고들었다.

그 순간 모든 근육이 수축하며 선우의 목에 두른 두 팔에 힘이 들어갔다. 그 순간을 놓치지 않고 선우는 그대로 그녀의 허리를 안아들어 목덜미에 키스를 퍼붓기 시작했다.

그래, 강선우는 뭐든 대충 하는 법이 없지. 그리고 소영의 말대로 못하는 게 없지. 물론 이쪽으로 조예가 이렇게 깊을 줄은 몰랐지만.

키스는 점점 탐닉에 가까워졌다. 온몸 구석구석 키스를 퍼붓는 강선우는 말 그대로 한재희의 모든 것을 탐닉했다.

탐닉은 중독을 불러왔고, 강선우는 한재희에게 중독되었다. 재희의 살결에 코를 묻고 깊이 흡입하는 모습이 흡사 중독자의 그것과 비슷했다.

"미칠 것 같아."

봉긋하게 솟아 예민하게 돌출된 부분을 연신 혀로 굴리던 선우가 짧은 신음을 연이어 흘려보냈다. 그 행위가 야한 건지, 소리가 야한 건지 구분이 어려울 정도로 모든 게 야릇했다.

"선우야."

옴짝달싹 못 하게 두 다리로 재희의 아래쪽을 포박한 채 상체만 움직이는 선우의 몸놀림은 흡사 어떤 동물의 모습과 비슷했다.

"응."

그럼에도 충실히 그녀의 부름에 대답한다.

"저기, 흐읍……."

그새를 못 참고, 이를 세워 가슴의 정점을 잘근거렸다. 혀로 둥글게 굴리고 할짝이다 이로 잘근거려 츠읍, 하고 빨아들였다. 그녀의 풍부한 살냄새가 후각과 미각을 가득 채워, 그를 아찔하게 만들었다.

"흐응. 말해."

그가 낮게 신음하며 대답했다.

말해야 했다. 꼭 말하고 싶었다.

"저기, 그러니까. 우리 오늘은 그냥 자면 안 될까?"

고백 이후, 함께 보낸 밤을 그냥 보낸 적은 없었다. 하루도 빠지지 않고 그는 몰아붙였다. 내일은 없고 오늘만 있는 것처럼 말이다.

남들도 다 이런가? 이제 막 마음을 열고 사귀기 시작한 연인들은 다 이런 건가?

진심으로 묻고 싶지만, 누구에게? 질문은 점점 쌓여만 가고, 마땅히 물어볼 만한 사람은 없었다.

이를 세워 가슴의 정점을 잘근거리던 선우가 고개를 스윽 들어 올렸다. 허리 아래는 그녀의 하복부에 밀착시킨 채, 그가 상체를 살짝 들어 올리자 그의 딱딱해진 분신이 그녀의 예민한 곳을 스쳤다. 그녀의 미간에 절로 주름이 잡혔다.

"왜?"

왜라고 물으신다면 뭐라고 대답을 해야 할까? 하지만, 사람이 좀 쉬어야 하는 거 아닌가?! 왜 그가 자꾸 고칼로리 음식을 먹으라고 하는지 단 며칠 만에 깨달았다.

점심때 카페로 장어덮밥이 배달되어 오질 않나!

저녁에는 고급 참치 초밥이 배달되어 오질 않나!

그것도 모자라 영양제까지 배달되었다. 밥이야 2인분이니 소영의 입을 잠재우는 데는 별문제가 없었지만, 영양제는 들키지 않으려 전전긍긍했던 걸 생각하면! 도대체 강선우는 왜 이렇게 뭘 해도 대충 하는 법이 없는지 모르겠다.

냉장고에는 홍삼액도 있었다. 그래, 이럴 땐 진실한 게 최고지.

"그게, 너무 힘들어. 몸이."

재희가 솔직하게 대답했다. 정말 힘들긴 하다. 그는 한번 몰아붙이면 밑도 끝도 없다.

재희의 키는 162cm다. 선우의 키는 그보다 20cm 이상은 훌쩍 컸다. 몸무게 차이도 확연했다. 선우가 큰 키에 비해 호리호리한 몸매를 유지하고 있지만, 그래도 남자라 떡 벌어진 어깨와 흥분에 겨워 위에서 몰아붙이는 힘을 그대로 받아 주는 게 여간 힘에 부치는 게 아니다.

그것만으로도 벅찰진대, 한번 시작하면 단번에 끝나는 법이 없다. 두 번, 세 번은 몰아붙여야 조금 숨 쉴 틈을 주곤 했다. 그러니 힘들고 안 배기면 그건 사람이 아니다.

재희는 자신을 빤히 내려다보고 있는 선우의 시선을 차마 피하지 못하고 물끄러미 마주했다. 그 눈빛에 실린 열기가 너무 처연해 미안한 마음이 들려고 했다. 뭘 또 그런 눈빛으로.

"힘들어?"

"……어? 어. 조금."

"아침에 홍삼 안 먹었어?"

홍삼이 문제가 아니잖아.

"먹었지."

"영양제는."

"먹었지."

"장어는?"

"먹었지."

"참치 초밥도?"

“그것도.”

“근데도 힘들어?”

이게 진짜. 대답을 마친 재희는 절로 지어진 헛웃음을 숨기지 않은 채 내뱉었다.

“지금 그게 문제가 아니잖아. 넌 좀 정도가 지나쳐.”

“내가?”

“그래.”

정말 몰라서 묻는 건지 묻고 싶다.

단호한 재희의 대답에 선우가 길게 한숨을 내쉬며 두 팔에 체중을 실어 제 몸을 그녀에게서 떼어 냈다. 여전히 그녀의 몸 위에 있긴 했지만, 완전히 밀착되었던 몸이 살짝 그 간격을 넓히자 순식간에 서늘함이 몰려왔다.

그가 힐끔 아래를 내려다본다. 선우는 제 분신이 꺼덕이며 그녀의 은밀한 부위 위에 우뚝 솟아 있는 모습에 천천히 눈을 감았다 떴다.

아, 괴롭다. 재희만 보면 제 몸이 말을 듣지 않는다. 모든 기능을 상실하고 오로지 그 기능만 남아 있는 것처럼 충실하다. 절로 피가 하복부로 몰리고, 그 기능은 단번에 그녀를 품게 만들곤 한다. 그걸 참고 집까지 오기가 얼마나 힘든 건지 정말 그녀에게 리포트로 제출하고 싶을 정도지만, 한재희가 하지 말라고 하면 할 수가 없다.

“네가 싫다면 어쩔 수 없지. 내가 무슨 힘이 있나. 한재희 앞에서.”

얘는 또 무슨 말을……

시무룩한 표정으로 어깨를 축 늘어트린 선우의 모습이 또 못마땅하다.

뭘 또 그렇게 기가 죽기까지야.

"힘들지만 참아 볼게."

여전히 내려올 생각은 없는지 그의 두 팔은 그녀의 몸 위에서 제 몸무게를 지탱하고 있었다.

샤워 후 말리지 않은 앞머리가 제멋대로 흩어져 있었다. 스윽. 재희는 별다른 생각 없이 헝클어진 앞머리를 뒤로 쓸어 넘겨 주었다.

"이런 거 하지 마. 참기 힘들어져."

눈을 질끈 감으며 그가 패전을 알리는 패잔병처럼 내뱉는다.

이런 거에 넘어가면 안 되는데.

길게 뻗은 속눈썹이 촘촘히 숲 그림자를 만든다. 항상 느끼지만, 강선우의 저 운치 있게 감긴 눈매는 쉽사리 눈을 뗄 수 없게 만든다.

그래, 뭐 한 번쯤이야. 약속하면 되지. 강선우가 지금껏 참은 걸 생각하면 내 생각만 할 순 없지.

재희는 살짝 고개를 들어 그의 입술에 살며시 입을 맞췄다. 감겨 있던 눈이 번쩍하고 빛을 내었다.

"너…… 이러면."

"적당히만 해."

말이 헛나갔다. 한 번이라고 해야 하는데, 적당히라니! 이런 계산법은 늘 주인장 맘이거늘.

그가 씩 웃는다. 마치 그럴 줄 알았다는 듯. 이어 그가 단번에 간격을 좁히며 농밀하게 밀착해 왔다. 서늘하게 식어 가던 몸에 순식간에 열이 차올랐다.

"알았어. 적당히 할게. 걱정하지 마."

웃으면서 그런 말은 좀!

그가 단숨에 배꼽에 입술을 묻었다. 길게 숨을 내쉬어 열기를 가득 채웠다. 그것만으로도 온몸에 전율이 일었다.

입술이 서서히 아래로 향했다. 치골을 감싸던 손이 미끄러지듯 흘러 촉촉이 젖은 동굴 옆을 스치듯 지나쳤다. 손끝이 스칠 때마다 움찔거리는 게 느껴진다.

한재희는 모르겠지만, 그녀의 몸은 너무 예민하다. 살짝 스치기만 해도 몸의 떨림이 그대로 느껴질 정도로 그녀의 온몸은 예민했다. 딱 제 취향인 걸 그녀는 알까!

흐응. 그가 낮게 신음하며 잠시 머뭇거렸다. 그 순간 긴장한 재희의 엉덩이에 힘이 바짝 들어갔다.

그때를 기다렸다는 듯 그의 두 손이 엉덩이를 부드럽게 움켜잡아 살짝 들어 올렸다. 살짝 들린 엉덩이 사이로 활짝 열린 여린 붉은 속살이 지나치게 자극적이다. 그가 그대로 그곳에 혀를 묻고 들어갔다.

동굴 속 출구를 잃어버린 조난자처럼 그의 혀가 그녀의 깊은 곳을 유린한다. 가는 곳마다 흔적을 남기기 바쁘다. 이곳저곳 모든 곳을 다 둘러보아야 길을 알 수 있다는 듯 끊임없이 움직였다. 쉽사리 출구가 나오지 않는다.

그래도 무섭거나 두렵지 않다. 오히려 너무 기뻐 춤을 추고 싶은 심정이다.

녹아내릴 듯 뜨거운 열기를 가득 품은 그녀의 동굴에 계속 머물 수만 있다면 출구 따위는 필요 없었다.

"으웃. 선우야."

그녀의 입에서 끝내 신음이 새어 나왔다. 시작도 하지 않았는데…….

그녀의 손아귀에 잡힌 이불이 모양 없이 구겨졌다. 그녀가 손에 힘을 주는 대로 구겨진 이불이 끝내 그녀의 손에 딸려 올라갔다.

"……제발."

발끝에 힘이 들어가는 순간, 왈칵하고 뜨거운 게 쏟아져 그의 혀를 적셨다. 그가 만족스러운 듯 혀를 할짝였다.

힘이 풀린 두 다리가 제멋대로 벌어진 채 그를 맞이했다. 천천히 그가 밀고 들어왔다. 촉촉해진 길목이 기꺼이 기쁜 마음으로 점점 더 깊게 그를 안으로 안으로 끌어당겼다.

"……재희야."

그가 몸을 낮춰, 열기로 범벅이 된 그녀의 눈가에 키스했다.

"언젠가는 이런 날이 오면 멈추지 못할 걸 알고 있었어."

그가 신음처럼 낮게 속삭이며 허리를 천천히 움직인다. 그녀의 몸이 위아래로 부드럽게 움직였다. 부푼 가슴이 구름처럼 둥실거렸다.

"힘들게 해서 미안해."

그가 가쁜 숨을 내쉬는 그녀의 얼굴을 어루만지며 속삭였다.

"그래도 넌 나한테서 못 떠나."

진득하게 시선을 마주한 그가 허리를 거칠게 치받아 깊게 파고들었다. 끝이 없는 것처럼 더, 더, 더, 그녀를 몰아붙였다. 끝까지 뒤로 빠져나간 그의 터질 듯 부푼 남성이 단숨에 그녀의 안으로 파고들어 내밀한 속살을 뚫었다. 그녀의 두 다리가 경련하며 뻣뻣하게 굳어져, 그의 남성을 꽉 물었다. 그가 가늘게 신음하며 다시 허리를 거칠게 치받았다.

"……하윽."

강하게 치받은 그의 움직임에 재희의 몸이 크게 휘었다.

"보약을 좀 먹여야 하나 봐."

그가 허리를 좀 더 빠르게 흔들어댔다. 젖은 살이 부딪히며 야한소리를 냈다. 그의 움직임에 재희의 몸이 바람에 흔들리는 꽃처럼 나부꼈다. 거친 비바람 속에 홀로 피어 비바람을 모조리 다 맞은 꽃처럼 점점 지쳐 갔지만, 결코 꺾이거나 뽑히진 않았다. 오히려 더 깊게 뿌리를 내리려는 것처럼 바람 따라 몸을 부드럽게 맞춰 나갔다.

"한재희."

그 모습에 웃음을 가득 담은 채 선우가 그녀의 이름을 뜨겁게 불렀다.

"흐으응."

신음처럼 그녀가 대답했다.

"적당히가 안 될 것 같아. 미안."

마음을 걷잡을 수가 없다. 한번 터져 버린 마음은 봄날 터진 봇물처럼 넘쳐 났다. 담으려야 담을 수가 없다. 그저 흐르는 대로 둘 수밖에.

그가 속도를 높였다. 서킷을 무한 질주 하는 레이스카처럼.

○ ● ○

소영의 여행 준비는 차근차근 진행되어 가고 있었고, 선우의 휴가 계획도 당연하게 진행되고 있었다.

선우는 퇴근하기 무섭게 카페로 출근을 했고, 소영은 본의 아니게 이른 퇴근을 해야 했다.

선우는 여행 잘 다녀오라는 깊은 뜻이라고 말했지만, 소영은 그 말에 콧방귀만 연신 날렸다. 그래 봐야 제 이른 퇴근을 막을 길은 없었지만.

소영의 여행이 이틀 앞으로 다가왔다.

"내일은 너 오후에 나와. 계속 일찍 나와서 힘들잖아."

재희의 얼굴이 날이 갈수록 더 퀭해지고 있었다. 선우가 주문해 준 비싼 도시락을 잘 챙겨 먹는데도 말이다.

이걸 알은척을 해, 말아!

소영은 열심히 커피를 내리고 있는 재희의 옆모습을 보며 생각 했다.

알은척하자니 순진한 제 친구가 부끄러워할 것 같고, 선우한테 말하자니 낯 뜨겁다. 뭐 알 거 다 아는 사이에 크게 부끄러울 것도 없지만, 문제는 제 베프가 그 중간에 있다는 거였다. 물론 둘이서 뭘 하든 상관할 일은 아니지만, 재희 얼굴이 날이면 날마다 말라 가니 하는 소리다. 없던 다크서클이 내려앉아 곧 판다가 친구 하자 고 할 판이었다.

생긴 건 하기 싫다는 소리 진짜 잘하게 생겨 가지고, 순진하게 또 하자는 대로 끌려가겠지. 강선우는 적당히 하는 법이 없고! 쯔 웃. 안 봐도 비디오다. 에이 하여튼 강선우, 그 자식은 마음에 안 들어.

소영이 낮게 혀를 차 보지만, 결국엔 입을 다무는 수밖에 없었 다. 연인이 되었으니 서로 맞춰 가겠지. 소영이 내린 결론이었다.

어디 그런 게 코치한다고 될 일도 아니거니와, 또 코치한다고 그게 먹힐 강선우도 아니었다. 이래저래 내 친구 한재희만 힘들겠구만! 이렇게 보니 둘이 잘된 게 정말 잘된 건지 아닌지 헷갈려 소영은 낮게 혀를 차고야 말았다.

"오늘도 선우 온대?"

"응? 어. 근데 오늘은 좀 늦는다고 해서 내가 오지 말라고 했어."

"그래?"

"응."

"잘됐다. 어차피 나도 내일은 좀 일찍 들어가 봐야 하니까 오늘은 같이 마감하자."

"너 괜찮겠어?"

"그럼. 이미 모든 준비는 완벽하게 끝내 놓았지. 갈 때 공항에서 환전만 좀 하면 끝이야."

"잘했네."

"응. 근데, 선우는 오늘 왜 좀 늦는대?"

"동창회 있대."

"동창회?"

"응."

"무슨 동창회를 월초부터 해. 변호사들 안 바쁘대?"

"글쎄."

"어쨌거나 잘됐네. 그 덕에 오늘은 오롯이 내 친구 차지하지 뭐. 강선우 그렇게 안 봤는데…… 집착 완전 쩌는 듯."

소영이 선우의 새로운 면을 발견했다는 듯 고개를 절레절레 흔들었다.

그런가? 라고 묻고 싶었지만, 재희는 입을 꾹 다물었다. 확실히 밤에는 좀 집착적이긴 했다.

"우리 오랜만에 카페 마감하고 술이나 한잔할까?"

소영이 손목을 꺾으며 말했다. 소영은 은근 주당이었고, 술을 즐기는 애주가이기도 했다.

"그럴까?"

"좋아."

소영이 환하게 웃으며 환호했다.

그래, 선우한테 시달리는 것보다야 백배는 낫지. 그럼.

재희가 손가락을 동그랗게 말아 보였다.

○　●　○

"어이쿠. 이거 강 변 아니신가!"

신년회와 작년 송년회도 빠진 선우를 동창들이 반겼다. 원래 이런 자리에서 얼굴 보기 힘든 터라 이번에 참석한 선우가 나름 인기인이 되었다.

네가 친구냐고, 윽박지르는 진수의 반협박에 못 이겨 나오긴 했지만, 여전히 내키지 않는 자리이긴 했다. 학창 시절 익숙한 얼굴들이 여기저기서 알은척을 하며 손을 들어 인사를 건네 왔다.

"오래만이다."

선우도 손을 들어 인사를 건넸다.

"야. 그래. 너 바쁘고 잘나가는 건 아는데, 얼굴 좀 보자. 이런 데서 안 보면 따로 시간 내기도 힘들잖아."

"누가 아니래. 아니, 그나저나 넌 여자 안 만날 거냐. 그 얼굴은 무슨 데코레이션도 아니고, 여자 친구는 왜 안 만들어!"

선우를 알고 있는 친구들은 모두 그게 궁금했다. 저 스펙과 저 얼굴로 여자를 하루가 멀다 하고 갈아 치워도 시원찮을 판국에 여태 그 곁에 여자 친구라고 서 있는 여자는 본 적이 없었다. 그들 기억 속 선우의 곁에 가장 가까이 있는 여자는 한재희뿐이었다.

"맞다. 이름이 한재희였지?"

"누구? 선우 여자 친구?"

선우와 재희를 알고 있는 친구들 사이에서는 재희를 선우의 여자 친구라고 부르곤 했었다.

"응."

"그래, 맞아. 한재희였지. 난 두 번 정도 본 적 있다. 여신급이지."

재희를 아는 선우의 동창들이 모두 고개를 끄덕이며 동의했다. 선우의 대운대 법학과 동창들 사이에서도 한재희는 유명했다. 재희가 예쁘기도 했지만, 선우가 그녀에게 꼼짝 못 한다는 걸로 더 유명했다.

"그러고 보니 여전한지 한번 보고 싶네. 웃는 모습이 진짜 끝내줬는데. 난 그렇게 눈매가 단아하게 접힌 여자는 처음이었다니까. 어떻게 시간이 지나서도 그 접힌 눈매가 잊히질 않냐. 게다가 몸매도 장난 아니었는데. 아직도 그 한재희 씨는 여전하지?"

동창 중 한 명인 김창희가 재희에 대한 기억을 떠올리며 맛있는 음식을 앞에 두고 먹지 못했다는 듯 입맛까지 다시는 눈빛이 야릇하게 변했다.

"네가 재희를 왜 보고 싶어?"

친구의 회상을 싹둑 잘라 내며 묻는 선우의 시선이 날카로웠다. 김창희의 여성 편력에 대한 소문은 학창 시절부터 익히 들어 알고 있었다. 그런 그가 재희의 이름을 언급하는 것조차 불쾌했다.

"……뭐?"

선우의 날 선 시선에 당황한 김창희가 어깨를 뒤로 흠칫 물렸다.

"네가 한재희를 보고 싶어 할 이유가 없잖아. 한재희가 네가 보고 싶다고 볼 수 있는 사람도 아니고!"

어림도 없다.

"아니, 뭘…… 그렇게 정색하는 거냐? 생각나면 말할 수도 있지. 그렇게 정색할 건 또 없잖아!"

선우의 반응에 당황한 그도 정색했다.

"야, 야. 그만해. 강선우가 그 한 분한테만큼은 유별난 거 우리 중 모르는 사람 있냐? 너도 알잖아."

싸늘하게 변한 선우의 표정에 한 친구가 급하게 손을 휘저으며 두 사람 사이를 막아섰다.

"누가 모르냐! 강선우가 한재희라는 그 아가씨를 신처럼 모신다는 걸. 그렇다고 둘이 사귀거나 결혼한 사이도 아니잖아. 미혼 남녀가 보고 싶으며 볼 수도 있는 거지. 그 정도면 내가 보고 싶어 할 이유는 충분한 것 같은데?"

뭐가 문제냐는 듯 김창희가 불퉁하게 말을 내뱉었다.

"야!"

선우의 표정을 살피던 한 친구가 정색하며 김창희를 말렸다. 친구가 듣기에도 김창희의 말이 충분히 불쾌하게 들렸다. 더욱이 그녀에게 마음이 있는 선우 입장이라면 더 기분 나쁠 수도 있을 만큼. 선우가 그녀에게 마음이 있다는 걸 모르는 친구는 없었다.

"왜? 내가 못 할 말 한 것도 아니잖아! 뭘 그렇게 아직도 정색하는 거야! 사귀는 것도 아니잖아."

김창희의 삐딱한 시선이 선우에게로 향했다.

"사귀는 사이가 아니면 해 볼 수는 있고?"

선우가 냉소 가득한 웃음을 삐딱하게 흘렸다. 그녀와의 관계가 변한 건 맞지만, 굳이 그걸 밝힐 이유는 없었다. 그녀와 저에 관한 것들은 오로지 두 사람만의 것이었다.

그걸 두 사람이 아닌 타인에게 굳이 구구절절 말할 필요는 없었다. 그런 이유로 과거 친구들이 왜 재희와 사귀지 않느냐고 끈질기게 물었을 때 아무런 말도 해 주지 않았다. 그런 까닭에 친구들의 궁금증이 증폭되긴 했지만, 상관없었다.

김창희는 차마 대꾸하지 못한 채 아랫입술을 꽉 깨물었다.

학창 시절 선우와 친한 편은 아니었다. 왠지 모르게 선우 옆에만 서면 저도 모르게 위축되곤 했었다. 수려한 외모도 한몫했지만, 그는 묘하게 사람을 주눅 들게 하는 묘한 분위기가 있었다. 그래서 일부러 그와 가까이 지내진 않았다.

하지만, 지금은 저도 당당히 법조인이 되었고, 그건 지난 과거라고 생각했는데 막상 또 부딪치니 저도 모르게 위축이 되었다.

김창희는 지금 선우의 저 날 선 시선이 이유 없이 싫었다.

"오랜만에 만난 친구와 길게 말다툼을 할 생각도, 주먹다짐을 하고 싶지 않아. 하지만, 적어도 지성인이라며 상대방에 대해 이야기를 할 때는 기본적인 예의는 갖춰야지. 너도 알고, 나도 아는 사람을 그렇게 쉽게 말해서는 안 되지."

"내가 언제 쉽게……."

김창희가 말을 어물거리며 조금 전 자신이 한 말을 떠올려 보았다.

'게다가 몸매도 장난 아니었는데······.'

"조금 전에. 내가 주먹을 휘두르지 않은 건 더는 재희 이름이 언급되는 게 싫어 참았을 뿐이다."

눈빛은 냉소적이었고, 표정은 싸늘하게 굳어 단단하게 날이 서 있었다. 당장이라도 주먹을 휘두를 것처럼 선우는 그를 노려보고 있었다.

길게 말해 좋을 일도 아니었다. 게다가 강선우를 상대로 시시비비를 가려 이길 자신도 없었지만, 시시비비를 가린다고 해서 득 될 게 없어 보였다. 주위의 친구들도 사과를 하라는 분위기였다. 김창희는 후, 길게 숨을 내쉬었다.

"그런 뜻은 아니었다. 기분 나빴다면 사과할게."

사과를 하고 보니 김창희는 스스로 느끼기에도 본인의 말이 경솔했음을 깨달았다.

"그래."

그 한마디가 다였다. 강선우는 예나 지금이나 길게 말을 하는 법이 별로 없었다.

젠장. 김창희는 손에 들린 와인을 단번에 비워 냈다.

그리고 선우는 더는 이곳에 머물 필요가 없다는 듯 차가운 시선을 거두며 자리를 벗어났다.

굳이 오고 싶진 않았지만, 회장이 된 자신의 체면을 세워 달라는 진수의 요구에 참석한 자리였다. 역시나 오지 말았어야 했다. 그랬다면 재희가 조금 전 불필요한 말을 들을 필요도 없었을 거라고 생각했다.

한적한 곳에 자리를 잡은 선우는 시간을 확인했다. 얼굴은 비쳤으니 약속은 지킨 셈이다. 아무래도 가야 할 시간 같았다.

선우는 진수에게 인사를 하고 갈 생각으로 그를 찾았다. 조금 전까지 보이던 그가 보이지 않았다. 진수를 찾아볼 생각에 와인 바를 지나치려던 선우는 길을 막고 모여 있는 동창들에 막혀 잠시 서 있었다.

"진짜?"

"그래. 내가 너 좋아했었다니까."

누군가의 고백에 여자의 웃음소리가 무리를 뚫고 들려왔다. 무리에 둘러싸여 있어 얼굴이 보이진 않았지만, 이틀 전까지 들었던 목소리의 주인공이 누구인지 선우는 단번에 알 수 있었다.

민가연이었다.

"그러면 그때 고백하지 그랬어?"

"그땐 민가연이 좀 날렸어야지. 내가 좀 쫄았다."

그 소리에 서로 다른 웃음소리가 한꺼번에 와하하, 터져 나왔다.

"그래서. 지금은 안 쫄고?"

"해 볼 만하지."

"오올."

탄성이 무리 속에서 울려 퍼졌다.

그러거나 말거나 선우는 관심 없다는 듯 무리를 뱅 돌아 와인 바를 벗어나려고 할 때였다.

"어, 강선우."

지금까지 무리에 둘러싸여 있던 가연이 그 사이를 가르며 선우에게 인사를 건넸다. 가연은 몸매가 그대로 드러나는 블랙 미니 원피스를 입고 있었다. 화려한 듯 절제된 그런 분위기를 풍겼다.

"어, 그래."

선우의 인사는 그게 전부였다.

"어떻게 이번 모임은 나왔네."

"그렇게 됐네."

"강선우가 올 줄 몰랐는데."

그녀가 선우 곁으로 다가왔다. 그러자 두 사람 주위로 둥글게 무리가 만들어졌다. 그중에는 가연에게서 시선을 떼지 못하는 이들도 있었다.

"안 그래도 가려는 중이다."

"왜? 벌써? 이제 시작인데."

가연이 자연스럽게 와인 잔을 가져가며 대꾸했다.

"그래, 넌 재밌게 즐기다 가라."

"나 때문에 가는 거야?"

이 뜬금없는 의기양양한 태도는 뭐지? 가연의 시선을 마주하는 선우의 시선이 딱 그랬다.

이 중에서 꽃이라 해 보아야 많지 않지만, 그중 가장 눈에 띄는 꽃은 자신이라고 가연은 자신했다. 조금 전까지만 해도 제 주위에 벌들이 떼로 모여 있지 않았는가! 물론 그중 마음에 드는 벌은 없었지만.

그녀는 오늘 선우가 온다는 걸 알고 있었다. 진수에게 은근슬쩍 물어봤다. 올해 이 모임의 회장이 진수라는 걸 신년회 때 알고 있었으니 선우의 참석 여부를 알아보는 건 어렵지 않았다. 처음 이곳에서 들어올 때부터 주위를 둘러봤지만, 가장 갖고 싶은 남자는 한 명밖에 없었다. 아니 오래전부터 갖고 싶었다.

대학 때 아무리 대놓고 대시를 해도 꼼짝도 안 했던 강선우. 여자 친구가 있는 건가 싶기도 했지만, 여자 친구는 없었다.

이름이 한재희였지? 멀리서 몇 번 본 적 있었다. 선우 곁에 있던 여자를. 여자 눈에도 예쁘긴 했었다. 청아한 대나무를 연상케 하는 그녀는 저와는 다른 분위기를 풍기고 있었지만, 세상에 그런 분위기를 가진 예쁜 여자가 어디 한둘인가! 뭐든 먼저 쟁취하는 자가 승자인 거지.

그때는 워낙에 빈틈이 없었지만, 최근에 본 선우는 어딘가 모르게 좀 느슨해진 것 같았다. 그날, 점심을 먹을 때도 뭐가 좋은지 피식 웃기까지 했었다.

기회라면 지금이 기회였다. 가연은 남자, 강선우가 무척이나 궁금했다.

그런데.

"내가 왜?"

선우는 그 한마디만 남겨 두고 그대로 진수에게 '나 간다.' 라며 룸을 빠져나갔다.

가연의 눈썹이 삐딱하게 휘어졌다.

○　●　○

선우는 약속대로 휴가를 받았다. 2주 전에 받았어야 할 휴가였지만, 가연의 변호로 인해 약 보름 정도 미뤄진 휴가였다.

그런데 오히려 휴가가 미뤄져 더 좋았다. 재희와 이렇게 될지 그때는 상상도 하지 못했으니. 전화위복인 건가.

소영은 휴가를 떠났고, 앞으로 열흘 동안은 완벽하게 카페 알바로 일할 수 있게 된 선우는, 지난밤 트렁크에 아예 옷을 챙겨 와 재희의 옷장 한 칸을 차지해 짐을 풀기 시작했다.

그 모습을 어이없는 표정으로 지켜보고 있는 재희의 시선에도 선우는 아랑곳하지 않고 제 짐을 완벽하게 정리 정돈했다. 옷장 한 칸은 이제 아예 선우의 옷이 차지하고 있었다. 재희가 왜 자꾸 짐을 가져오느냐고 핀잔을 줘 봤지만, 소용없었다.

필요하잖아. 네 옷은 너무 작고. 옷을 입지 않길 바란다면 나야 좋지!

놀라 눈 튀어나올 소리를 아무렇지 않게 해 대는 선우의 뻔뻔함은 이전과는 비교가 되지 않을 정도였다. 얼굴색 하나 변하지 않고 어떻게 그토록 뻔뻔할 수 있는지 그 속이 정말 궁금했지만, 차마 묻진 못했다.

옷 정리를 다 끝낸 선우는 능숙하게 저녁 시간에 마트에서 장봐 온 물건들로 냉장고를 가득 채우기 시작했다. 냉동식품부터 시작해, 과일, 야채까지 완벽하게.

도대체 언제 다 해 먹을 거냐고 묻는 말에 아침으로 해 먹고, 야식도 먹어야 할지 모른다고 했다. 가능한 자주 먹어야 할 것 같다는 선우의 말에 딸꾹질이 나오고 말았다.

고백을 들은 그날 이후 좀 더 강력해진 모습으로 돌아온 선우는 능숙하게 컵을 닦고 있었다. 재희는 그런 선우의 뒷모습을 물끄러미 바라보고만 있었다.

"이틀 뒤에 정규 휴일이지?"

불쑥 선우의 말이 들려왔다.

"그런가?"

요즘은 이래저래 정신없는 하루를 보낸 탓에 시간 가는 줄 모르고 있었다. 그제야 재희는 달력을 확인했다. 선우의 말대로 이틀 뒤 일요일은 카페 정규 휴일이었다.

"그날 뭐 하고 싶어?"

컵을 다 닦아 엎은 선우가 수건에 손을 닦으며 물었다.

"글쎄."

딱히 생각해 둔 건 없었다. 휴일이면 어김없이 선우가 찾아왔고, 뭘 하고 싶다고 생각하기도 전에 선우는 뭔가를 항상 먼저 하고 있었다. 영화를 미리 예매해 놓거나, 가벼운 산책 코스를 정해 놓았던 게 일상이었기에 어느덧 재희는 그 일상에 젖어 있었다.

그러고 보니 엄마한테 꽃을 가져다주기로 했는데…….

재희는 물끄러미 자신을 내려다보고 있는 선우를 올려다봤다.

'엄마랑 한 약속을 지킬 수 있을 것 같아.'

마지막으로 엄마를 보고 올 때 한 말이 떠올랐다.

"왜? 할 말 있어?"

자신을 빤히 올려다보는 재희의 표정을 귀신같이 알아챈 선우가 한 발 더 가까이 다가오며 물었다. 은근하게 두 팔을 허리를 향해 뻗으려는 선우의 제스처에 재희는 고개를 가볍게 좌우로 흔들었다. 피식 웃으며 가볍게 깍지를 껴 보이는 선우의 모습이 사랑스러웠다.

말하고 싶다. 그 손을 잡고 꽃을 사서 엄마를 보러 가고 싶다고.

점점 시름시름 앓던 엄마는 종국에 스스로를 놓는 방법을 선택하고 말았다. 그건 재희에게 평생 동안 두고두고 멍에가 될 수밖에 없었다.

싸늘하게 식은 엄마의 모습이 재희에겐 마지막이었다. 하지만, 얼굴만큼은 평온했다. 마치 '재희야, 이젠 마음이 평온해.'라고 말하는 것 같았다.

이미 싸늘하게 식어 버린 엄마의 손을 한참 동안 잡고 있었다.

처음엔 눈물이 나진 않았다. 왜 그런지 알 순 없었다. 눈물이 터진 건, 옆에 있던 의사가 하얀 천을 들어 엄마를 덮을 때였다. 그녀는 그대로 바닥에 주저앉아 오열했다.

다시는 엄마를 볼 수 없다는 사실이 온몸을 잠식했다. 어떻게 해야 할지 알 수가 없었다. 엄마, 엄마를 외치던 그날 끝내 그녀는 실신하고 말았다.

아무에게도 알리지 않았다. 아빠에게조차. 아빠는 엄마를 만나러 올 자격이 없다고 생각했었다.

엄마의 장례를 혼자 치르고, 유일하게 전화했던 사람은 선우뿐이었다. 선우만이 엄마의 마지막 길을 함께해 준 유일한 사람이었다.

그때 말해 줬다면 엄마가 더 기뻐했을까? 가슴이 뻐근하게 아파 온다.

"응? 아니야."

"아닌 것 같은데. 한재희 눈가가 촉촉한데."

촉촉하게 젖은 까만 눈망울이 세상 그 무엇보다 예쁘다.

스윽. 눈가에 살짝 맺힌 눈물 한 방울을 툭 찍어 낸다.

"아니거든."

"그래. 아니라면 어쩔 수 없고. 그럼 내가 가고 싶은 데 가도 되지?"

"응?"

"이번에 쉴 때는 내가 가고 싶은 곳 가자. 넌 그냥 몸만 오면 돼. 모든 건 내가 다 준비할 테니까."

손을 잡아끌어 의자에 재희를 앉힌 선우는 카운터 앞에 바짝 다가섰다.

"그리고 그런 모습은 아무한테나 보여 주지 마. 남자들은 다 똑같아."

손등으로 남은 눈물을 꾹 누르던 재희는 의아해하는 눈빛으로 선우를 쳐다봤다.

"흐음. 한재희의 그런 모습은 좀 많이 사랑스럽거든."

카운터에 좀 더 몸을 바짝 붙여 재희의 모습을 완벽하게 가려 낸 선우는 절대 뒤돌아보지 않았다.

재희는 눈만 깜박이다 이내 헛웃음을 짓고 말았다. 선우의 저런 모습은 여전히 적응하기 쉽지 않았다.

도대체 어떻게 하면 저럴 수가 있지? 순간 얼굴이 빨개진 재희는 재빨리 고개를 숙이고 말았다.

그 뒤 음료 주문 받는 일은 마감 시간까지 선우의 몫이었고, 마감은 평소와 같은 시간에 끝났다.

"안 피곤해?"

"응. 매일 하는 일인걸."

소영과 카페에서 일하는 건 일상이었지만, 이렇게 하루 종일 선우와 같이 일을 해 본 적은 없었다. 그런데 오늘 선우와 함께한 하루가 나쁘지 않았다. 뭔가 더 몸이 편한 것 같고, 바쁘게 느껴지지 않았다. 매출이 꽤 나왔는데도 불구하고.

"하지만, 알바는 꼭 구해. 내가 봤을 때는 마감 조를 구하는 게 좋을 것 같다."

"그건 소영이하고 상의해 봐야지."

"마감 조로 구해. 그게 아니면 마감 시간을 좀 앞당기든지."

마음 같아선 그냥 집에서 번역 일만 하라고 하고 싶었지만, 그 말을 했다가는 오늘 재희네 집에 들어가지 못할 것 같아 선우는 꾹 참았다.

"여긴 소영이하고 나의 고유 영역이야. 강선우의 영역은 아니거든."

"그럼 지분 투자하면 가능한가?"

진심 가득한 눈빛으로 선우가 물었다.

"아니, 우린 추가 지분 투자가 필요하지 않거든."

카페 문을 잠그고 나오면서 재희가 단호하게 말했다.

"내가 생각해 봤는데."

"뭘?"

선우는 이미 어둑해진 카페 주위를 스윽 훑어봤다. 주위에는 여러 상가가 가득 들어서 있었다. 얼마 전에는 맞은편에 새로운 카페도 생겼다.

그래서 이 주변에 땅을 사기란 어려울 것 같았다. 물론 상가를 사는 건 가능하겠지만, 상가는 그다지 매력이 없었다.

"내가 좀 더 넓은 땅을 사서 2층짜리 카페를 차리고, 그 위에 집을 짓는 거지. 한재희와 강선우가 살 집 말이야."

순간 재희의 얼굴이 화끈거렸다. 지금 자신이 무슨 말을 듣고 있는 건지 영 감이 오지 않았다.

"무, 무, 무슨 소리야?"

얼굴이 붉어진 채 말을 더듬는 재희를 선우는 지그시 내려다봤다.

"무슨 소리긴. 말 그대로 내가 너한테 지분 투자할 기회를 주겠다는 거지. 물론 방은 무료로 내어 줄게. 내 옆방으로."

재희의 손을 잡아 살며시 제 옆으로 당기며 선우는 피식피식 웃고 있었다.

"내가 왜? 내 집 놔두고. 그럴 일 없거든."

"장담하지 마. 앞으로 일어날 일은 아무도 모르는 거잖아."

내가 한재희와 지금 이렇게 나란히 손잡고 걸을 수 있다는 것도 몰랐으니.

"아니. 절대 그럴 일 없어. 안 가. 싫어."

어린아이처럼 완강하게 싫어, 라고 말하는 재희의 입 모양이 귀여웠다. 눈을 흘긴 채 쳐다보는 것도 귀엽다. 더 보고 싶긴 하지만 그건 또 그 나름대로 참기가 힘들다.

"키스해도 돼?"

아무런 신호도 없이 선우가 불쑥 입술을 내밀어 온다. 시도 때도 없이. 장소 구분도 없이. 도대체 법을 지켜야 할 변호사가 뭐가 이렇게 막무가내인지 모르겠다.

"안 돼. 너 이거 미풍양속 저해야. 풍기 문란이라고! 변호사가 그런 것도 몰라?"

차 문이나 열라는 듯 재희가 고개를 까닥거렸다.

그러자 삐익, 하고 차 문이 열리는 소리는 또 들린다.

"겨우, 키스 한 번에 미풍양속 저해는 무슨. 키스는 만국의 공통어로 쓰여도 무방할걸?"

말은 그렇게 하면서도 그녀의 허락 없이는 절대 입을 맞춰 오지 않는다.

"그래도 한재희 허락 없이는 어려우니까, 빨리 허락해 줘."

사탕을 달라고 조르는 아이처럼 선우가 조른다. 사탕을 달라는 아이를 이길 수 있는 부모가 몇이나 될까? 극소수겠지만, 저는 그 극소수의 부모에 들지 못할 것 같았다.

"키스……만이야."

그녀가 살짝 발뒤꿈치를 들어 올려 그와의 간격을 좁힌다. 그가 입술을 그대로 부딪쳐 와 촉촉이 입술을 적셨다.

그 순간 재희는 확신했다.

앞으로 남은 짧지 않은 선우의 긴 휴가는 이런 일상의 반복이겠구나.

○ ● ○

"또 무슨 일이야. 이 시간에."

가연의 의뢰는 이미 종결된 상태였다. 선우에게서 다시는 이런 의뢰 맡기지 말라고 한 소리를 들은 뒤였다.

안다. 저도. 만약 가연이 이런저런 법조어를 내세우지 않았다면 진수도 굳이 선우의 분야도 아닌 이혼 변호를 맡기지 않았을 거였다.

하지만, 도둑은 도둑이 잡고, 변호사 목은 변호사가 조른다는 말이 맞았다.

현재 한서그룹 법무 팀에서 근무하고 있는 가연이 오늘 만나자고 연락해 왔다.

"뭘 그렇게 날을 세워. 아직 앉지도 않았으면서."

완벽한 고양이상의 눈매를 가진 가연은 확실히 매력적인 여자였다. 남자라면 한 번쯤은 만나고 싶어 할 만한 외모에 지적 능력까지 갖춘 여자였다. 게다가 성격은 거칠 게 없을 정도로 당찬 편이었다.

그런 가연의 매력에 한때 진수도 마음을 둔 적이 있었다.

"온 더 락?"

가연의 옆에 앉은 진수가 고개를 끄덕이자 가연이 자연스럽게 술을 주문했고, 술은 바로 진수 앞에 놓여졌다. 진수는 잔을 들어 한 모금 길게 마셨다.

"요즘 가람 너무 잘나가는 거 아니야?"

얼마 전 한서그룹에서 인수하려 했던 화장품 회사 '미인(美)'은 가람로펌에 의뢰한 좀 더 규모가 작은 세진그룹에서 인수하게 되었다. 중국 진출을 앞두고 있던 한서그룹 계열사 '한 코스메틱'은 그 일에 박차를 가했지만, 세진그룹에 패하면서 코스메틱 사업에 브레이크가 걸린 상태였고, 법무 팀도 자연스레 타격을 입게 되었다. 가연은 그 일을 하던 팀원이었다.

"이미 끝난 일 이야기하자고 부른 건 아닐 테고. 용건부터 말해 봐."

한 잔을 비운 뒤 다시 온 더 락을 주문한 진수가 가연을 힐끔 쳐다봤다.

며칠 전 모임에서 가연이 선우에게 다가서는 걸 봤고, 선우는 곧장 제게로 와 인사만 건네고 가 버렸다. 그리고 지금은 휴가 중이었다. 휴가 중인 선우가 갈 만한 곳이 어디인지 묻지 않아도 알 수 있을 것 같았다.

그리고 진수는 오늘 가연이 만나자고 한 이유가 선우가 아니길 바랐다. 해 줄 말도 없지만.

"하여튼 보채기는. 장진수 이런 귀여운 면은 좀 있지."

"뭐?"

미간을 찡그리는 진수의 표정에도 불구하고 가연은 가볍게 술잔을 비워 내며 한 잔 더 주문했다.

"왜. 내가 장 변 잡아먹기라도 할까 봐? 걱정 마. 나 이제 이혼한 몸이야. 나도 그 정도 염치는 있어야지."

어깨를 으쓱이며 피식 웃은 가연이 짠, 하고 잔을 부딪쳐 왔다.

"하여튼 민가연 당당한 건 알아줘야지."

"그리고 내 상대는 장 변도 아니고."

"그렇게 대놓고 말하니까 은근 섭하네. 내가 또 한 매력 하는데."

"하하, 그래. 나름 귀여운 구석은 있지. 그런데 내가 귀여운 타입은 취향이 아니라서."

"허엇. 이런 면전 일패는 뭐지? 그럼 민가연 취향은 키 크고, 얄상하게 빠진 외모에, 쌍꺼풀 없이 크고 긴 눈을 내리깔면 냉정함이 뚝뚝 떨어지는 그런 놈? 입만 열면 나 차갑고 도도한 놈이다, 라고 외치는 놈?"

딱 강선우다. 누가 들어도 강선우였다.

"그런 놈 있음 진작 내 앞에 데려다 놨어야지."

"허엇."

의미심장하게 웃는 가연의 미소에 진수는 낮게 헛웃음을 날렸다.

그쪽은 너 아닌 것 같은데.

가연과 재희는 완벽하게 다른 타입이었다. 가연이 아열대 지방에 열린 야자수 같은 타입이라면 재희는 북극의 오로라 같은 타입이었다.

그리고 선우의 취향은 완벽하게 북극의 오로라였다.

암, 강선우는 오로라 공주를 좋아하지. 그것도 아주 많이.

그나저나 이 자식은 어떻게 된 게 연락을 해도 전화를 안 받아. 꼭 이렇게 내가 재희 씨 얼굴을 보게 만들지.

○ ● ○

아침부터 진수성찬이다. 아침에 일어나자마자 누가 이렇게 많이 먹을 수 있다고 한 상 가득인지 모를 일이다. 그리고 더 놀라운 건 이걸 다 언제 준비했냐는 것이다.

지난밤에도 딱 한 번만을 외치던 선우는 끝내 약속을 지키지 않았다. 마치 지난 시간을 소급 적용 하고 있는 것 같았다.

"앉아."

의자를 빼 주며 앉길 권하는 선우는 멀뚱히 자신을 올려다보고 있는 재희의 양어깨를 가볍게 눌렀다.

"도대체……."

이건 언제 다 준비한 거야.

"일단 먹어. 식기 전에."

맞은편에 가서 앉은 선우는 고개를 까닥였다. 재희는 수저를 들어 아욱국을 먼저 한입 떠먹었다. 시원한 국물이 부드럽게 넘어갔다.

"입맛에 맞아?"

재희는 고개를 가만히 끄덕였다. 자신은 한 번도 만져 본 적이 없는 식재료였다. 아욱국이라니. 그가 사 온 식재료에 아욱이 있는 줄도 몰랐다.

"아침이니까 부담 없이 목 넘김 좋은 걸로만 만들었으니까, 먹어 봐. 요즘 더 말랐더라."

이게 진짜! 그게 누구 때문인데, 라고 말없이 눈으로 묻자 선우가 피식 웃었다.

"그래서 아침 성심성의껏 준비했잖아. 내 성의 봐서라도 많이 먹어."

하지만, 일어나자마자 아침을 무슨 입맛으로 먹는단 말인가! 재희는 선우가 이렇게 챙겨 주기 전까지 아침은 먹지 않거나 커피 한 잔으로 때웠다. 선우가 있으니 토스트라도 먹게 되고, 가볍게 수프도 먹게 되었다. 그리고 이제는 종종 간단하게나마 아침을 쌀밥으로 먹게 되었다.

"일어나자마나 아침에 무슨 입맛으로."

입맛은 없었지만, 그의 말대로 성의를 생각해 수저 가득 밥을 떠 국에 푹 넣은 뒤 단번에 입에 넣고 오물거리던 재희는 자신을 빤히 쳐다보고 있는 선우의 시선에 밥을 꿀꺽 삼키고 말았다.

선우의 저런 시선은 왠지 모르게 불안하다. 강선우를 그렇게 오랫동안 봐 왔는데, 요즘은 자신이 모르는 강선우의 표정이 있다는 게 새삼 놀라울 정도다. 지금 저런 표정도. 게다가 저 눈빛은 근래 들어 가장 익숙한 눈빛이기도 했다. 어린아이가 사탕을 달라고 조르는 듯한 눈빛과 가장 많이 닮은 듯하지만, 결코 강선우가 어린아이는 아니었다.

"맛있네. 밥이 너무 잘 들어가. 이거 먹고 또 먹을 수 있을 것 같아. 입맛이 확 도네."

재빨리 시선을 국으로 떨어뜨리며 재희는 또다시 한 숟가락 듬뿍 밥을 떠 국에 말았다.

"하긴, 아침에 운동하고 먹는 밥이 꿀맛이긴 하지. 난 원래부터 아침 운동을 하는 편이라 어렵지 않은데. 넌 어때?"

아침 운동? 재희의 머릿속에서 빨간불이 정신없이 울려 댔다.

"나, 난 아침 운동은 체질에 안 맞아. 원래부터 운동을 좋아하지도 않고. 난 그냥 아침잠 많은 체질이야. 아주 푹 자야 하는 체질. 난 한번 잠들면 깊게 자는 편이야. 동면하는 동물처럼."

어울리지 않게 말까지 더듬으며 재희가 급하게 대답했다. 그러자 선우가 소리 없이 웃었다.

"한번 생각해 봐. 아침 운동이 건강에 좋아. 이제 시작하는 단계니까 가볍게 하는 게 좋을 것 같아."

가볍게는 무슨!

"아니, 가볍게 하는 건 의미가 없을 것 같아. 난 그냥 잘게. 아주 푹."

재희는 아침 운동을 하지 않아도 입맛이 돈다는 듯 잘 말린 계란말이를 크게 한입 베어 물었다.

"한재희에게 뭔가를 시작하게 만든다는 건 생각보다 더 뿌듯할 거 같아. 내일 아침 기상 시간은 6시 30분으로 하자. 한 한 시간 정도면 충분할 거야."

한 시간!

"강선우!"

"응."

재희가 벼락처럼 이름을 불러도 선우는 느긋하게 대답했다.

"넌……."

재희가 얼굴을 붉히며 아랫입술을 지그시 깨물었다.

"무슨 생각을 하기에 얼굴이 발그레해진 거야?"

선우가 모른 척 시치미를 뗀다.

"도대체가 머릿속이……."

온통 그 생각뿐이야! 라고 쏘아붙이고 싶었다.

"머릿속에 뭐가 들었냐고? 한재희가 들었지. 그런데 난 그 한재희가 그렇게 야한 여자일 줄은 몰랐네."

장난꾸러기 아이처럼 선우가 키득거렸다. 키득거림 끝에 강렬한 눈빛을 한 선우의 시선이 재희에게로 향했다. 그가 손을 뻗어 재희의 밥 위에 잘 익은 떡갈비 하나를 올려놓으며 말했다.

"물론 그 야한 여자를 내가 무척이나 좋아한다는 거지만, 그 생각에 동참하고 싶지만 아쉽게도 오늘 아침은 늦었다. 밥 더 줄까?"

헛웃음이 절로 새어 나왔지만, 재희는 딱히 대꾸할 말은 찾지 못했다.

아침을 어떻게 먹었는지도 모르게 설거지까지 끝낸 선우는 재희의 손을 잡고 서둘러 카페로 향했다.

카페는 아침부터 붐볐다. 날씨가 풀린 탓도 있겠지만, 분명 선우 탓도 있었다.

"어, 알바 새로 구했어요?"

"아, 임시 알바입니다만, 종종 도울 예정입니다. 자주 오세요."

메뉴를 주문한 후 자리로 이동하지 않고 선우 앞에서 자꾸 말을 걸어오는 중년의 여자 손님들을 선우는 싫은 내색 없이 능숙하게 응대하고 있었다.

"아, 그냥 정규직으로 하면 더 좋겠네. 호호호."

아줌마들이 대놓고 좋아했다.

"그럴까요?"

"아이. 우린 그럼 좋죠."

"강선우, 커피 좀 내려 줘."

"네. 사장님."

깍듯한 태도로 뒤돌아선 선우가 커피를 내리는 사이 재희가 음료를 직접 전달하자, 중년의 여자 손님들이 아쉬워하며 카운터에서 멀어졌다.

그녀들이 멀어지자, 선우는 어느새 재희 옆에 서 있었다.

"나 진짜 변호사 때려치우고 알바할까?"

"그건 이미 내가 안 된다고 했던 것 같은데."

"한번 생각해 봐. 가게 매출에 큰 도움이 될 것 같거든."

"아니, 절대 안 돼."

서늘하게 감긴 듯한 눈매를 애써 치켜세우며 입술을 뿌루퉁하게 내민 재희의 표정에 커피를 내리며 소리 없이 웃던 선우가 손을 아래로 뻗어 카운터 아래에 놓인 재희의 손을 꽉 잡았다.

"하루 종일 너랑 있고 싶다는 내 마음이 안 보여?"

갈증이 가시질 않는다. 이 갈증이 언제쯤 가실지는 장담할 수 없었다. 아마 사라지지 않겠지. 먹어도 먹어도 갈증이 나겠지. 선우는 그런 자신을 잘 알고 있었다.

제 아버지는 조금 이른 사별을 한 어머니를 잊지 못해 여전히 혼자였다. 꽤 시간이 지났고, 혼자 늙어 가기엔 아버지 나이가 있으니, 이제는 다른 사람을 옆에 둬도 되지 않겠냐는 말을 선우는 선뜻 하진 못했다. 오히려 주변의 아버지 친구들이 더 성화셨다.

그럴 때마다 제 아버지는 한결같은 대답을 늘어놓았다.

내 평생 여자는 선우 엄마면 족하지, 뭘 더. 가서 만나면 되지.

자신은 아버지의 그런 면을 고스란히 빼다 닮았다. 한번 꽂히면 쉽사리 헤어나지 못하는 거 말이다. 그건 그 상대가 이 세상에 없어도 마찬가지였다.

그런 아버지를 선우는 온전히 이해할 수 있었다. 제 마음도 다르지 않으니.

"너 그런 말은 좀."

재빨리 주위를 살피며 재희가 입술을 달싹이는 선우를 만류하고 나섰다.

"우리가 연인이라는 걸 알면 안 되는 사람이 있나? 왜 그렇게 눈치를 봐. 내가 너한테 키스한 것도 아닌데."

"이게……."

"그러니까, 눈치 보지 마. 난 광고라도 내고 싶은 심정이니까. 사람들 시선 싫어하는 널 위해서 참고 있는 중이야."

재희는 짧게 한숨을 내쉬었다. 강선우와 이런 실랑이를 해서 이겨 본 적이 없지만, 저 좋다는데 딱히 실랑이를 할 일도 아니었다.

다만, 저 스스로가 좀 더 조심스러운 부분이 있기에, 적응이 다소 더딜 뿐이었다. 그런 그녀로서는 빛의 속도로 앞서 나가는 선우를 따라가기엔 다소 무리가 있었다.

아직 제 마음속 깊은 곳에 남아 있는 어둠을 믿지 못하니…….

너무 급하게 가는 건 위험했다.

'강선우, 커피 좀 내려 줘.'

혼자 해도 되는 일이었다. 하지만, 손님이라는 걸 알면서도 그가 빙긋빙긋 웃고 있는 모습에 불쑥 튀어나온 말은 그녀 스스로가 느끼기엔 다소 날카롭게 들렸다.

휴우. 진정해, 한재희.

"커피 식어."

"괜찮아. 어차피 아이스잖아."

그제야 재희의 손을 놓은 선우는 유리컵에 얼음을 가득 채우고 물과 커피를 따랐다. 커피가 얼음 사이사이로 부드럽게 퍼져 나갔다.

커피 잔을 건네주고, 그녀의 불안을 아는 듯 선우는 가장 안쪽으로 살며시 물러나며 진동벨 번호를 누르라며 턱을 까닥거렸다.

여자 손님이 재희가 내민 커피를 받아 가자 선우가 손을 까닥이며 소리 없이 한재희, 라고 불렀다.

그녀가 왜, 라고 입으로 묻자 사랑해, 라고 했다. 그 입 모양이 또렷했다.

선우의 저런 무차별적인 공격은 더 따라가기가 어렵다. 전 아직 한 번도 사랑한다고 말해 본 적이 없는 것 같은데, 강선우는 시도 때도 없이 사랑한다고 속삭이고 있었다. 사랑을 나눌 때도, 잠들기 전에도, 아침에 일어나서도, 밥을 먹다가도, 길을 걷다가도, 이렇게 카페에서도 말이다.

그러면서도 한 번도 자신에게 사랑한다고 말해 달라 조르지 않는다. 그러고 보니 그랬다.

하긴 강선우는 항상 주기만 했지. 그리고 한재희는 고스란히 받기만 했지. 지금 이 순간까지!

한재희는 자신의 걸 누군가에게 주는 것에 익숙지 않았다. 아니, 자신의 뭔가를 누군가에게 주는 것을 극도로 절제하는 사람이었다. 그래서 학창 시절 도도함을 넘어 재수 없다는 소리까지 듣고 살았다. 누군가 싫어서가 아니라, 단지 제 것을 누군가에게 준다는 것이 익숙지 않았을 뿐이었다.

그게 당연하다고 생각하며 살아왔는데, 이제 보니 저는 강선우에게 참 못되고 지나치게 이기적인 사람이라는 게 새삼스러웠다. 퍼 주기만 하면 언젠가는 지치기 마련인데.

모르긴 몰라도 한재희는 강선우가 그동안 퍼 준 모든 것으로 가득 차 넘치고 있을 거였다.

그것도 모르고 살아온 거지. 내가. 이 이기적이기 짝이 없는 한 재희가.

하지만, 섣불리 입에서 사랑해, 라는 말이 나오질 않는다.

목에 얇은 막이 있는 것처럼 퉁퉁 부딪혀 다시 가라앉기만 할 뿐 얇은 막을 뚫고 나올 생각은 못 하는 것 같았다.

"저기…… 선우야."

"왜?"

사랑한다고 말하고 싶다. 진짜 사랑한다고 말하고 싶어졌다.

"저기 그러니까."

"응."

대답을 기다리는 선우는 차분했다. 살짝 입매를 늘어트린 채 차분하게 대답을 기다렸다.

"내가. 널."

달랑.

카페 문이 열렸다.

"어서 오세요. 어?"

카페 안으로 들어서는 남자를 재희는 알아보았다. 몇 번 선우와 함께 본 적 있는 얼굴이었다. 재희의 시선이 선우에게로 향했다.

재희의 시선에 자리에서 일어난 선우가 카운터 앞으로 다가오는 진수의 얼굴을 확인했다.

"재희 씨 안녕하세요. 오래만입니다."

"아, 네. 안녕하세요."

"장진수, 네가 여기 웬일이야?"

재희를 제 쪽으로 끌어당기며 선우가 물었다.

"이렇게 재희 씨를 볼 여지를 주니 안 보러 올 수가 있나. 전화는 왜 안 받아?"

진수에게선 전화가 두 번 정도 와 있었다. 휴가 중이니 일 이야기는 아닐 테고, 급하면 문자 남기겠지 싶어 받지 않았다.

"네가 재희 볼 일이 뭐가 있어?"

"그거야……."

진수는 요즘 네 놈이 무척 수상한데 무슨 일이냐고 묻고 싶었다.

하지만.

저, 저, 눈 봐라. 자식. 저래 놓고 친구라고! 웃긴 놈.

당장이라도 목을 물어뜯을 것처럼 노려보는 선우의 시선에, "네 놈이 네 발 달린 짐승이 아닌 게 천만다행이다."라며 진수가 한 발짝 뒤로 물러섰다.

'그래 봤자, 재희 씨 앞에서는 순한 양도 안 되면서…… 체엣.'

힐끔 선우를 살피던 진수는 아주 오래전에 품었던 호기심에 천천히 입맛을 다셨다. 변호사 대 변호사로 선우와 싸울 생각이라면 피투성이가 될 정도의 각오는 하고 뛰어들어야 할 것이다.

'하지만, 그게 아니라면 해볼 만하지.'

진수는 아주 오래전 강선우와 한재희를 알게 된 순간부터 두 사람에 대해 꾸준하게 품었던 호기심이 지금 이 순간 훅 커졌다.

○ ● ○

초대받지 않은 진수의 등장으로 하는 수 없이 셋은 근처에 있는 가까운 술집으로 오게 되었다.

진수는 제 말을 듣는 척도 하지 않는 선우를 뒤로한 채 재희에게 동의를 얻게 되었고, 재희 말이라면 꼼짝 못 하는 선우는 말없이 따라나서야 했다. 선우의 얼굴에 못마땅한 기색이 역력했다.

"아, 진짜 오랜만이네요. 그동안 잘 지냈죠?"

"네. 진수 씨도 잘 지내셨죠?"

"아, 그럼요. 제가 선우 덕분에. 하하하."

재희의 잔에 짠, 하고 잔을 부딪치며 진수가 히죽 웃었다.

"빨리 먹고 가라."

"야. 나 내일 휴일이야. 토요일. 변호사도 토요일은 쉬어. 네가 휴가여서 잘 모르는 것 같아서 미리 말해 둔다."

"우린 일해. 그러니까 적당히 하고 가."

"자식, 적당히 해라. 안 그럼 오늘 재희 씨 모시고 저 강릉 앞바다로 놀러 가자고 할 수 있으니까."

지금 당장이라도 갈 수 있다는 듯 제 술잔을 옆으로 살짝 밀쳐 내며 진수가 너스레를 떨었다. 그 모습이 정말 개구쟁이 아이처럼 얄미워 보여, 선우는 잔뜩 미간을 찌푸리고 눈썹을 치켜세운 채 진수를 노려봤다.

"아, 아. 됐고."

진수가 슬그머니 선우의 눈빛을 피하며 재희 쪽으로 시선을 돌렸다.

"그나저나, 재희 씨."

"네."

두 사람의 실랑이를 재밌게 듣고 지켜보던 재희가 순순히 대답했다.

"요즘 선우한테 무슨 일 있어요?"

"네?"

지금껏 실실 웃더니 갑자기 심각한 얼굴로 묻는 진수의 표정에 재희는 선우를 물끄러미 올려다봤다. 그런데 눈빛이 뭔가 좀 모호하다.

오호, 이것 봐라.

"무슨 소리야?"

선우가 대신 물었다.

"그게 말입니다."

피식 웃은 진수의 시선이 다시 재희에게로 향했다.

"아니, 요즘 저 자식이 실실 웃으면서 미소를 남발하질 않겠습니까? 강선우한테 미소란 사막의 오아시스 같은 존재거든요. 있어도 신기하고, 봐도 신기한 뭐 그런 존재 정도?"

"너, 도대체 무슨 소리야?"

"그래서 말입니다. 제가 좀 추리를 해 봤거든요. 사람이 갑자기 변하게 되는 계기란, 딱 두 가지라고 제가 알고 있습니다. 사랑 혹은 죽음."

미끼는 던져졌다. 진수는 천천히 두 사람의 표정을 살폈다. 재희는 말없이 고개를 살짝 숙여 진수의 시선을 피했다.

재희 씨 쪽인가?

진수가 알고 있는 한재희는 원래 말이 많은 편이 아니었다. 그렇다고 묻는 말에 대답을 피하는 타입도 아니었다. 말이 많지 않은 대신 자신의 의사 표시가 확실한 사람이었다. 그런데 시선을 피한다라……

말없이 술잔을 들이켠 선우가 슬쩍 재희의 눈치를 보고 있었다. 진수는 그 모습을 유심히 지켜보았다. 그가 무슨 말을 할지 기대가 되지만, 강선우는 필요 이상의 말을 하는 편이 아니었다. 더욱이 그게 한재희와 관련이 있는 거라면 더욱더 말을 아낄 것이다.

지난 긴 시간 동안 지켜본 진수의 눈에 강선우는 한재희를 제 여자로 찍어 놓은 듯했다. 무슨 사정 때문에 계속 친구라고 하는지는 잘 모르겠지만, 선우의 눈동자에는 집착이라고 할 법한 눈빛이 서려 있는 걸 진수는 여러 번 본 적이 있었다.

"말해도 돼?"

술잔을 비운 선우가 조용히 묻는다.

"응?"

재희가 고개를 들어 선우를 바라봤다.

"네 베프는 이미 알고 있고, 만약 누군가 우리 사이를 가장 먼저 알게 된다면 그중 한 명이 저 녀석이 될 거야."

선우가 턱으로 진수를 가리켰다.

뭐야? 이거? 뭔가 너무 쉽게 풀리는 것 같은데. 오늘 얼마나 단단히 마음을 먹고 왔는데.

지난 시간 동안 풀리지 않은 호기심을 풀어 보고자 준비한 가설이 한두 가지가 아니었다. 그리고 바로 오늘 그중 한 가지를 풀게 되었다.

아니, 이건 그냥 미끼지.

학창 시절에 진수는 한때 작가의 꿈을 꾼 적이 있었다. 비록 지금은 작가와는 다른 글로 먹고살고는 있지만, 그래도 학창 시절의 꿈은 계속 뭔가를 쓰게 만들었다. 로맨스보다는 추리 소설 쪽이지만 말이다.

"잠깐. 잠깐만. 그러니까. 지금……."

역시 추리 소설 쪽이다.

"내가 추리를 해 보자면."

"필요 없고. 괜찮지?"

다정하게 묻는 선우의 미소에 재희가 고개를 끄덕였다. 선우가 다정하게 재희의 손깍지를 껴 제 쪽으로 바짝 끌어당겼다. 재희의 몸이 자연스럽게 끌려갔다.

뭐야, 뭐야?

진수의 눈이 점점 커지다 이내 일그러졌다. 이 익숙한 듯 낯선 상황이란…….

"나 한재희랑 연애해."

진수의 눈이 일순 커지며 턱이 벌어졌다.

항상 궁금했다. 둘의 사이가 그냥 평범한 사이는 아닐 거라고 생각하면서도 세기의 로맨스가 될지, 아니면 그냥 막장이 될지, 그도 아니면 그냥 그렇고 그런 흔한 로맨스가 될지는 두고 볼 문제라고 내내 생각하고 있었다.

선우는 친구라고 했지만, 눈빛만큼은 친구가 아니었다. 한재희도 강선우를 친구라고 했지만, 그녀의 눈빛은 좀 모호했다. 친구 같기도 혹은 그 이상 같기도. 하지만, 그녀의 행동은 절대 친구 이상의 선은 넘지 않았다.

"저기, 재희 씨."

"재희한테 묻지 마. 나한테 물어. 그리고 뭐가 더 궁금한데?"

궁금하지. 궁금해. 난 둘이 사귄다는 것보다는 왜 그동안 그러고 있었는지가 무척 궁금하거든. 이건 그렇게 쉽게 확 풀어 버릴 이야기가 아니잖아!

진수의 콧잔등에 주름이 잡혔다.

"궁금해하지 마. 너한테 이해를 구할 문제는 아니지. 그냥 그렇구나, 해."

선우가 일순 진수의 궁금증을 싹둑 잘라 냈다.

"야, 그게, 그게 아니지. 내가……."

"제가 선우를 많이 좋아해요."

가만히 있던 재희가 불쑥 한마디를 내어놓았다. 고저 없는 목소리가 단정하다. 일순 두 사람의 시선이 재희에게로 쏠렸다. 선우의 손에 살짝 힘이 들어갔다.

"그동안 제가 선우한테 못할 짓을 많이 했어요."

담담한 고백이 이어진다.

"한재희."

선우가 낮게 그녀의 이름을 불렀다. 선우의 목소리가 아득히 멀어지는 것 같아 재희는 힐끔 선우를 쳐다보다 다시 시선을 떨어뜨렸다.

"그래서, 앞으로는 그러지 않으려고요. 잘할 자신은 없지만, 적어도 밀어내는 건 안 하려고요. 제가 너무 힘들어서요."

고백이 담담하다. 햇살을 가득 담은 채 잔잔하게 흘러가는 물처럼 그녀의 목소리가 차분했다.

그녀가 크게 숨을 몰아쉬었다. 어깨가 크게 들썩였다.

"……제가 선우를 많이…… 사랑해요."

이렇게 할 생각은 아니었지만, 이렇게 해도 나쁘지 않은 것 같다. 사랑한다는 말이 뭐 그렇게 어렵다고 그동안 단 한 번도 하지 않았는지. 막상 내뱉고 보니 그리 어려운 말도 아닌데…….

하지만, 그녀는 너무 잘 안다. 그 말의 힘이 얼마나 대단한지. 또한 누군가에는 벗어날 수 없는 속박이 될 수 있음을. 그 속박이 독이 될 수 있음을. 그 몸서리치게 위태로웠던 시간을 봐 왔으니. 그래서 어쩌면 그토록 조심스러웠는지 모른다.

차마 고개를 들어 선우를 바라보지 못한 재희는 화끈거리는 얼굴을 두 손으로 가리듯 감쌌다.

한재희.

생각지도 못한 재희의 고백에 선우의 동공이 흔들렸다.

찰나의 침묵이 가져온 그 간극을 진수의 허허로운 웃음이 메웠다. 허허허. 허허롭게 웃던 웃음이 점점 그 속을 채워 갔다. 그 속이 다 채워질 즈음 진수는 웃음을 멈추고, 선우를 빤히 쳐다봤다.

그럼 그렇지. 강선우는 오로라 공주지. 내 짐작이 맞았지, 암.

"먼저 축하해야겠네요. 어쩐지 오늘 오고 싶더라니. 이러려고 오고 싶었나 봅니다. 사실 선우 저 녀석이 그동안 애 좀 타긴 했죠. 하하하."

"쓸데없는 소리 하지 마."

"쓸데없긴. 난 강선우의 시선이 항상 어디로 향하고 있었는지 알고 있었지."

은근슬쩍 얼굴이 붉어진 선우가 가만히 재희의 시선을 마주했다. 차마 대답하지 못한 긍정의 의미를 담은 새까만 눈동자만이 또르륵 굴러 제자리를 벗어났다.

"뭐, 이왕 이렇게 되었으니 결혼까지 쭉 한 방에 갔으면 좋겠네요. 강선우도 이제 결혼할 때가 되긴 했죠."

결혼이라……. 그건 미처 생각해 보지 못했다. 지금은 선우와 이런 관계가 되는 것만으로도 벅차다.

"여자 친구도 없는 사람 입에서 나올 소리는 아닌 것 같다. 여자 친구라도 사귄 뒤에 훈수를 두는 게 순서이지 싶은데."

"지금 연애한다고 자랑하는 거냐?"

진심 부러운 듯 진수가 물었다.

"그래. 아주 많이."

"허허. 얼씨구."

'젠장. 아! 재희 씨한테 한 말은 아닙니다.' 라며 입에 털어 넣은 술잔을 시작으로 진수는 자신의 페이스를 잃고 달리기 시작했다. 그리고 술에 취한 진수를 보다 못한 선우는 그를 앞세워 술집에서 나왔다.

"재희 씨……. 정말 축하드립니다. 제가 요 강선우는 보증하거든요. 제가, 공증도 서 드릴 수 있습니다. 저 자식이 저래 봬도 진국입니다. 진국. 여자들이 그렇게 들이대도 꿈쩍도 안 하거든요. 돌부처가 따로 없습돠."

술에 취한 진수의 혀가 반쯤은 꼬여 있었다.

"야, 빨리 가."

"아니, 잠깐만. 넌 안 가냐?"

"어딜?"

"집에?"

"내가 왜?"

에이 씨. 술이 확 깨네.

진수가 고개를 좌우로 거칠게 흔들었다. 같이 집에 가서 한잔 더 하려던 진수는 억지로 차 문을 열고 자신의 몸을 밀어 넣는 선우를 노려보지만, 힘을 당할 수는 없었다.

"야, 너 그렇게 막무가내 막 들이대고 그러면."

안 돼. 소리와 함께 문이 닫혔다.

"잘 부탁드립니다."

"네. 걱정 마세요."

그 말과 함께 기다리고 있던 대리 기사가 운전하는 진수의 차가 빠르게 멀어져 갔다.

휘청.

차가 떠나자마자 재희의 몸이 가볍게 비틀거렸다. 선우는 재빨리 재희의 어깨를 껴안았다.

"괜찮아?"

"흐으응."

대답이 귀엽다.

재희 씨 한잔하세요. 술은 이럴 때 마시는 겁니다. 라며 자꾸 술을 건네는 진수를 거절하지 못하고, 모조리 받아 마신 재희의 얼굴이 발그레했다.

선우는 피식 웃으며 재희의 머리를 부드럽게 쓰다듬었다.

"한재희."

"으응?"

'제가 선우를 많이 사랑해요.'

한재희가 고백을 할 줄이야. 그것도 그렇게 대담하게.

그런 한재희는 상상해 본 적 없었다. 평생 사랑한다는 말을 듣지 못한다 해도 상관없다 생각했는데, 그녀의 그 한마디에 온몸의 피가 좁디좁은 길을 빠져나가는 성난 홍수처럼 빠르게 움직여 심장을 두드렸다.

후우. 터질 것 같은 감정을 누그러트리며 그가 물었다.

"업어 줄까?"

맞잡은 제 손의 힘에 의지해 가볍게 좌우로 흔들리는 몸이 사랑스럽다.

히죽 웃은 재희가 선우의 손을 잡아 그의 탄탄한 팔에 머리를 기댄 채 좌우로 살짝살짝 흔들었다.

"아니, 그냥…… 이렇게 가."

오늘 밤 한재희는 미치도록 사랑스럽다. 사랑한다는 말만으로도 가슴 벅찰진대 고백까지. 하루하루가 오늘 밤만 같으면 평생 밥 안 먹어도 살 수 있을 것 같았다. 장진수가 완전한 불청객은 아니었던 모양이다.

너무 귀여우면 안 되는데.

혼잣말처럼 선우가 중얼거렸다.

"뭐라고?"

그 말을 또 들었는지 재희가 묻는다. 천천히 내디딘 발걸음이 우뚝 멈춰 선다.

"궁금해?"

"응."

그가 묻고 그녀가 대답했다.

선우는 남은 한 손으로 그녀의 볼을 살며시 쓰다듬었다. 자꾸만 감기려는 눈을 뜨는 재희의 모습이 무척이나 자극적이었다. 그녀는 이런 자신의 얼굴을 알까! 아마 평생 가도 모르겠지. 오로지 강선우만 볼 수 있는 얼굴이었다. 그래서 더 좋다. 더 사랑스럽다.

대답 없이 빤히 자신을 내려다보는 선우의 시선에 턱을 살며시 치켜들며 정말 궁금하다는 듯 다시 그녀가 물었다.

"뭐라고 한 거야? 너무 작아서 잘 안 들렸어."

술에 취한 한재희가 이렇게 귀여울 줄이야. 큰일이네.

살며시 입술을 부딪쳐 온다. 한재희가.

그리고 속삭였다.

궁금해.

마치 강선우의 모든 것을 다 알고 싶다는 듯.

"강선우가 하는 말이 궁금해. 말해 줘."

평소의 재희에게서는 볼 수도, 들을 수도 없는 것들이 밤하늘의 별처럼 쏟아지고 있었다.

"감당할 수 있을까?"

살짝 비틀거린 재희의 허리를 꽉 끌어안아 당긴다. 그리고 가볍게 이마에 입을 맞췄다.

"그럼. 뭐든."

그녀가 아주 느릿하게 대답했다. 선우가 흠, 하고 낮게 한숨을 내쉬었다.

"집에 가자. 업혀."

몸을 낮춰 등을 내어 준다. 잠시 머뭇거리던 그녀가 무거워도 난 몰라. 절대 내리지 않을 거야, 라며 덥석 업혀 온다.

무겁긴. 퍽이나.

발걸음이 가볍다. 몸이 날아갈 것처럼 가볍다. 그녀의 체온이 등을 가득 채운다. 그녀가 목에 팔을 두르며 귓가에 속삭였다.

"근데, 뭐라고 한 거야?"

알람 소리 대신 속삭이는 소리를 잠결에 들은 것 같았다.

좀 더 자. 먼저 나갈게.

잘 떠지지 않는 눈을 억지로 뜨려는 제 눈에 닿는 느낌이 따듯했다.

응. 딱 10분만 더. 라고 한 것 같았다. 그런데 눈을 떠 보니 11시다.

"헉."

자리에서 벌떡 일어났다. 선우는 보이지 않았다. 거실로 나가 보니 식탁 위에 선우의 흔적이 고스란히 남아 있었다.

「콩나물국 데워서 꼭 먹고 나와.」

포스트잇이 식탁에 떡하니 붙어 있었다. 식탁 위에는 국과 밥만

뜨면 먹을 수 있게 한 상 차려져 있었다.

"하여튼, 강선우 못 말려."

언제 준비했을까! 저는 한 번도 선우에게 밥을 차려 준 적이 없었다.

도대체가 안 해 준 게 뭐가 이렇게 많은 거야. 고작 해 보아야 지난밤 고백이 전부다.

순간 가슴이 울컥거렸다. 강선우는 뭐든 앞섰다. 지난밤에도 말이다.

'샤워하자.'

지난밤 술에 취해 몸을 가누기 힘든 저를 안은 채 선우는 차분히 옷을 벗겨 냈다. 평소라면 부끄러워 손도 대지 못하게 했을 텐데, 어제는 그가 하는 대로 내버려 두었다.

가슴으로 떨어지는 따뜻한 물이 배꼽을 타고 다리 사이로 길게 떨어졌다. 등 뒤에는 선우가 단단히 제 몸을 받치고 있었다.

뭔가가 와 닿은 느낌이 간지러워, 저도 모르게 소리 내어 웃자 '왜 웃어?' 라고 묻던 선우는 좀 더 밀착한 채 천천히 제 몸에 풍성한 거품을 바르기 시작했다.

어깨선을 타고 천천히 아래로 흘러내린 거품을 따라 묘한 열기가 피어났다. 제 몸에 닿은 거품이 자연스럽게 선우의 몸으로 옮겨졌다. 같은 향기를 품은 거품이 두 사람을 완벽하게 감쌌다.

얼마나 시간이 지났을까. 샤워 중인데도 술기운을 이겨 내지 못한 눈이 자꾸만 감겼지만, 연신 이곳저곳에 와 닿은 선뜩한 감각에 저도 모르게 선우의 목에 팔을 두르고 입을 맞췄다.

하지만.

'너 지금 몸 제대로 못 가눠서 위험해.' 라고 한 선우는 샤워가 다 끝날 때까지 꿋꿋하게 참아 냈다.

'다 됐다. 닦아 줄게.' 라는 말이 들리는 건 신기한 일이었다. 반은 잠에 취해, 반은 술에 취해 몽롱한 상태로 '응.' 이라고 대답했다.

그래. 내가 대답했지. 응. 이라고.

"내가 정말 못 살아."

언제, 어떻게 옷을 입었는지 기억이 또렷하진 않았다. 확실한 건 저가 입은 건 아니라는 거였다. 그 생각 끝에 시선이 절로 훤히 드러난 다리로 향했다. 속옷까지 완벽하게 입혀진 제 몸이 그제야 새삼스레 민망했다.

다 봤을 거 아니야.

원피스를 입은 휑한 아랫도리에 뭉근하게 열이 피어올라 온몸이 부르르 떨렸다.

카페에 나가야 하는데. 당장 선우를 봐야 한다는 게 너무 부끄럽긴 하지만, 선우가 기다리고 있으니 서두르는 게 좋을 것 같았다. 재희는 콩나물국에 밥을 말았다.

○ ● ○

마음 같아선 몇 번이고 전화를 하고 싶었지만, 지난밤 실신하듯 잠이 든 재희가 생각나 선우는 휴대폰만 물끄러미 쳐다보기만을 반복했다. 지금쯤 일어났을까 싶다가도, 좀 더 자게 둬야지 하는 마음이 주거니 받거니 하고 있었다.

"오늘따라 하루가 무척이나 길다."

날이 많이 풀린 탓에 테이크아웃 손님이 많았다. 충분히 혼자 할 수 있었지만, 그래도 재희가 옆에 있었으면 좋겠다는 마음이 간절했다. 아무것도 하지 않고 그냥 앉아만 있어도 좋으니 말이다.

어둠이 내려앉은 새벽. 사랑한다는 고백에 이어 술에 취해 제 목에 팔을 두른 채 숨을 색색거리며 반쯤 감긴 눈으로 키스해 줘. 라는 말을 할 줄은 몰랐다.

살짝 맞춘 입술에 더 깊숙이 맞물려 오는 입술을 마다할 수는 없었지만, 술에 취해 몸도 제대로 가누지 못한 재희를 품기는 싫었다. 그건 싫었다.

그런데.

'하고 싶어.' 라는 소리에 간당간당하게 매달려 있던 이성이 툭 끊어졌다. 안 된다고, 저 자신을 붙잡는 데도 한계가 있었다.

어쩔 수 없었다. 하는 수 없이 그녀가 느낄 수 있게 해 주는 수밖에.

혀가 은밀한 곳을 파고들었다. 혀가 닿을 때마다 바르작거리며 '선우야.' 라고 부르는 그녀의 부름에 온몸이 비명을 질러 댔다. 연신 내지르는 신음 소리를 듣고 있자니 정신이 아찔했다.

바짝 치켜세워진 몸이 자꾸만 한 곳을 향해 몸부림쳤다. 달랜다고 달랠 수 있는 상태는 아니었다. 끝내 제 손에서 뿜어져 나온 멀건 정액이 그녀의 배 위로 쏟아졌다.

그것만으로 충분했다. 따뜻한 젖은 수건을 가져왔을 때에는 열기에 취해 재희는 잠들어 있었다. 그 모습을 보고 있잖니, 괴로운 몸과는 다르게 마음만은 너무 행복했다.

상념에 입술이 실룩거리는 순간 카페 문이 열렸다.

"어서 오……. 왔어?"

말끔한 얼굴로 드디어 재희가 나타났다.

"응. 미안. 너무 늦었지?"

"늦긴. 밥은 먹었고?"

"응. 너는?"

"먹어야지."

시간은 1시가 다 되어 가고 있었다.

"내가 있을게. 가서 맛있는 걸로 먹고 와."

"됐어. 와플이나 먹자."

"안 돼! 밥은 거르는 게 아니라면서. 가서 먹고 와. 빨리."

재희가 멀뚱히 서 있는 선우의 등을 밀었다.

"알았어. 조금 있다. 오자마자 밥 먹으러 가라고 등 떠미는 건 너무하잖아."

얼마나 보고 싶었는데. 내 맘도 몰라주고.

앞치마를 꺼내 재희의 목에 걸어 주며 선우가 낮게 투정했다.

"배고플까 봐 그러지. 아침은?"

"먹었지. 한재희랑 같은 걸로."

"잘했네."

재희는 가능한 많은 걸 해 주고 싶었다. 선우에게. 그 칭찬이 뭐가 그렇게 어렵다고, 겨우 한마디 해 놓고선 차마 시선은 마주하지 못한 채 재희가 손을 등 뒤로 돌려 앞치마를 마저 묶으며 대답했다.

"한재희한테 칭찬, 그거 진짜 듣기 어려운 건데."

눈을 지그시 마주쳐 온 검은 눈동자가 넘쳐 나는 감정을 주체하지 못하겠다는 듯 잘잘하게 흔들렸다.

"밥 가서 먹고 와. 그럼 또 칭찬해 줄게."

가능한 많은 걸 해 보고 싶기도 하다. 강선우와 함께.

끝내 함박웃음을 터트리고 마는 선우의 입술이 보기 좋게 호선을 그렸다.

"한재희. 요즘 자꾸 그렇게 예쁜 말만 할 거지?"

좋아 죽겠다.

"왜. 싫어?"

싫긴. 싫을 리가 있나.

"싫긴. 너무 좋아 탈이지. 종종 해 줘."

매일 듣고 싶지만, 그랬다간 정말 변호사 때려치울지도 모를 일이다.

끝이 둥근 손가락이 이마에 닿았다. 둥근 이마를 스쳐 코끝을 타고 내려오던 손가락이 부드럽게 입술을 꾹 찍어 냈다.

"금방 갔다 올 거야. 약속 잊지 마."

재희가 천천히 고개를 끄덕이자 선우가 카페를 나섰다. 카페 문을 나선 선우가 활짝 웃으며 손을 들어 보였다.

심장이 제멋대로 뛰기 시작한다. 그게 뭐라고. 손 한번 들어 준게 뭐라고!

어떡해. 너무 좋아.

떨리는 심장을 진정시키려 애를 썼지만, 심장은 쉽사리 진정되지 않았다. 문제는 도대체 뭘 먹고 온 건지 선우의 너무 빠른 등장 때문이었다.

나간 지 20분도 되지 않아 돌아온 선우는 '칭찬해 줘.' 라며 바짝 다가섰다. 여긴 카페라고 조금 떨어지라고 해 보아도 소용없었다.

끝내 어린아이를 달래듯 머리를 쓰다듬으며 '잘했어.' 라는 말에 선우는 가볍게 입을 맞춰 왔다. 눈을 흘기며 입술을 깨물어 봤지만, '이 정도는 봐줘.' 라는 선우의 애교 아닌 애교에 고개를 절레 절레 저을 수밖에 없었다.

날마다 선우의 새로운 모습을 보게 된다. 미처 알지 못했던 새로운 모습에 가슴이 설렌다. 다정했던 선우가 더 다정해졌다.

오후 내내 몇 번이고 손을 잡고, 눈길을 마주치며 사랑한다고 속삭여 왔다. 주문 들어온 메뉴를 능숙하게 만들어 '여기 있습니다.' 라고 능청스럽게 음료를 건네기도 했다.

어느 순간 마감할 시간이 되어 있었다. 시간이 너무 빠르게 흘러가고 있었다. 퇴근 후 집에 돌아와 그의 마사지를 받는 그 순간까지 말이다. 하루가 너무 짧게 느껴졌다.

재희는 잠든 선우의 얼굴을 물끄러미 쳐다봤다.

선우는 이제 당연하다는 듯 침대로 올라왔다. 물론 침대에 오르기 전, 거실 아니면 침대? 라고 묻긴 했지만 말이다.

이왕 잘 거면 침대에서 자야지 굳이 바닥에서 자야 할 이유가 없어, 침대라고 하면 기다렸다는 듯 냉큼 침대로 올라와 제 옆을 툭툭 두드렸다.

이젠 그런 선우가 너무 좋다. 잠결에 닿는 숨소리며, 제 품으로 끌어안는 팔이며, 눈뜨면 닿는 입술이며, 어느 것 하나 좋지 않은 게 없다.

재희는 눈을 감고 있는 선우의 이마에 살며시 입을 맞췄다. 이미 커져 버린 마음은 자꾸만 제 의지와는 상관없이 튀어나왔다.

와락. 허리가 휘었다. 잠든 줄 알았는데, 순간 허리에 둘린 힘에 재희는 어깨를 살짝 뒤로 물려 선우의 얼굴을 살폈다. 여전히 선우는 잠든 것처럼 눈을 감고 있었다.

하지만, 허리를 꽉 껴안은 손에는 점점 더 힘이 들어가고 있었다.

"내가 먼저 잠든 척한 건, 한재희가 빨리 자기를 바라기 때문이지."

눈은 뜨지도 않은 채 그가 한숨처럼 말을 토해 냈다.

"그래야만 내가 얌전히 잘 수 있을 테니까."

꿀꺽. 마른침이 넘어갔다.

"그런데, 지금 이건 나보고 자지 말라는 거지?"

그제야 꾹 감겨 있던 눈꺼풀이 천천히 위로 말려 올라가자, 그 안에 숨어 있던 어둠 속에서 먹이를 찾는 짐승의 눈빛이 드러났다. 새까만 검은 눈동자가 어둠 속에서도 그 빛을 잃지 않았다.

"그, 그게 아니라. 잠든 거 아니었어?"

숨을 참으며 아주 조심스럽게 물었다.

"잠들려 했지. 누굴 위해서."

칭찬해 줄 때는 언제고, 일하는 곳은 일하는 곳이라며 사람 맘을 들었다 놨다 했던 재희는 가벼운 키스 이후 하루 종일 옆에 붙어 있으면서 1m 접근 금지를 내려 손 한번 제대로 잡기도 힘들었다.

하루 종일 붙어 있으면 좋을 줄 알았는데, 그건 또 그것대로 힘들었다.

시도 때도 없이 한재희를 안고 싶어서.

"그런데 그 누군가는 그럴 생각이 없는 것 같으니까 내 맘대로 해도 되지?"

대답을 바라는 건 아니었다. 충분히 기회를 줬다는 듯 단숨에 목에 이빨을 박아 넣고 잘근거리는 느낌에 뽀송뽀송한 솜털이 일제히 뾰족하게 섰다.

흐음. 그가 그녀의 살에 코를 부비며 신음했다. 한재희의 달큰한 살냄새는 완벽하게 강선우 맞춤이다.

"아니, 나는 그냥……."

눈을 동그랗게 뜬 채 탄탄한 어깨를 뒤로 한껏 밀어 보지만, 그건 의미 없는 움직임이었다. 그가 좀 더 바짝 달라붙는다. 그리고 속삭인다.

"힘들지 않게 할게. 잘하면 칭찬해 줘. 칭찬은 고래도 춤을 추게 한다잖아."

지금 이 상황과 전혀 어울리지 않는 말이었지만, 이상하게 위화감이 느껴지지 않는 게 문제였다.

고래라니……. 그리고 뭘, 칭찬해? 라고 묻는 입술이 벙긋하게 벌어졌다.

그 모습에 키들거리는 웃음을 참으며 선우가 낮게 속삭여 왔다. 뭐든. 살짝살짝 달래듯 부딪쳐 오던 입술이 점점 더 격렬하게 부딪쳐 왔다.

숨이 차오를 즈음 턱을 타고 내려가는 입술이 길게 목덜미를 핥아 올렸다. 이제 막 태어난 새끼를 핥아 주는 어미의 그것처럼 조심스럽고 때론 세심했다.

할짝이는 소리에 그녀의 가는 어깨가 잘잘하게 떨렸다.

"갈증이 나."

그가 마른 입술을 혀로 핥았다.

"한재희를 이렇게 바로 앞에서 보고 있는데도 말이야."

얼굴에 닿은 그녀의 머리를 쓸어 넘기며 시선을 마주한다.

"듣고 싶어……. 사랑한다는 말."

아무리 들어도 부족할 말이다. 평생 들어도 듣고 싶겠지.

욕망으로 번들거리는 눈동자를 숨기듯 살며시 눈을 감은 채 그가 기다렸다. 강선우는 항상 그랬다. 보채는 법이 없었다. 지금껏.

그녀가 천천히 그의 입술을 더듬었다. 그의 기다림은 길지 않았다.

"사랑해."

"사랑해."

그녀의 말을 그가 따라 읊으며, 단숨에 그가 그녀의 몸을 파고들었다.

좀 더 천천히 하려 했는데.

"흐흑."

순식간에 파고드는 그의 움직임에 그녀의 잇새로 새된 신음이 절로 새어 나왔다. 선우야, 라고 부르는 목소리에 들뜬 그가 허리를 낮춰 움직이기 시작했다. 제 몸에 꼭 맞춘 듯 조여 오는 그녀의 여린 살결은 정신이 아찔할 정도로 지나치게 자극적이다. 흥분에 젖은 그녀의 달큰한 체취가 훅 끼쳐 왔다.

재희야, 라고 부르는 그가 그녀의 입술을 급하게 찾아들었다. 자극에 자극이 더해졌다. 온몸이 타는 듯 뜨겁다.

그를 깊게 품은 그녀 안의 남성이 꿈틀거렸다. 그의 탄탄한 허리가 더 빠르게 움직였다. 더욱더 단단해진 그의 분신이 쉴 새 없이 여린 속살을 치받으며 그녀의 검은 숲 둔덕을 괴롭혔다. 그녀의 검은 숲 둔덕이 소리 없는 신음을 내뱉었다.

잘하려고 했는데. 아무래도 칭찬받기는 글렀다. 제 목에 단단히 손을 걸어 매달린 그녀의 눈가가 촉촉하다. 아무래도 칭찬은 다음 번을 기대해 봐야 할 것 같네.

점점 더 빠르게 치받는 움직임에 선우야. 선우야. 이름이 연신 흘러나왔지만, 결코 다른 말은 나오지 않았다.

칭찬은 점점 더 멀어져 갔지만, 고래의 춤은 쉬이 멈추지 않았다.

○ ● ○

아침에 일어나자마자 준비를 끝낸 선우는 어딜 간다는 말도 없이 재희의 손을 잡아끌었다.

익숙한 길이었다. 역시나 선우는 당할 수가 없다.

"곧 어머니 기일이잖아."

선우에게 엄마가 돌아가신 걸 알린 건 그녀로서는 자신을 위한 최선의 위로였다. 그 무엇으로도 대체할 수 없는 세상에서 단 한 명뿐인 사람이 제 곁을 떠나는 날, 제 곁에 아무도 없다는 건 생각보다 더 큰 두려움이었다.

그때 떠오르는 사람은 선우밖에 없었다.

제 전화 한 통에 단숨에 찾아온 선우는 자꾸만 힘없이 꺾이는 두 무릎을 대신해 든든하게 등 뒤에서 절 붙잡아 주었다. 그날만큼은 아무 생각 없이 그에게 맘껏 기댄 날이기도 했다.

절 안아 든 선우의 탄탄한 가슴에 그대로 안겨 잠들었던 기억이 새록새록 돌아났다. 식은땀에 젖은 머리카락을 살며시 쓸어 넘기는 손길을 거부하지 않았고 물끄러미 바라보다 절 안아 주는 선우를 밀쳐 내지 않았다.

그 품이, 그 시간이 얼마나 안도가 되었는지 모른다. 그걸 내색

할 수 없었던 저 자신이 그 순간만큼은 제일 싫을 정도로…….

그래, 어쩌면 그날 엄마가 가는 마지막 길에 선우를 보여 주고 싶었는지도 모른다.

재희는 물끄러미 선우를 올려다보았다. 강선우는 그날이나 지금이나 변함이 없었다.

"왜?"

재희의 시선을 느낀 선우가 싱긋 웃으면 물었다.

"고마워."

"오늘 어머님 뵈러 온 거?"

"응."

전부 다 고마워. 라는 말은 차마 못 하겠다. 그건 좀 더 시간이 지나 그의 마음을 모른 척 외면했던 제 지난 지나침을 좀 돌려놓은 뒤에 해도 늦지 않을 것 같았다.

"꽃 사서 가자."

"꽃?"

일전에 급한 나머지 빈손으로 찾았었다.

"음. 사고 싶은 게 있긴 한데."

그날 다 짓이겨진 다육이 생각났다.

가까운 꽃집에 들렀다. 서로서로 마음에 드는 다육이를 고르다 보니 제법 많다.

"이걸 다 놓기는 어려울 것 같은데?"

선우의 양손에 들린 바구니에는 앙증맞고 귀여운 다육이들이 가득 담겨 있었다.

"남으면 집에서 키우면 되지."

"하지만……"

재희는 꽃을 키우지 않았다. 독립한 후 한 번도 키워 본 적이 없었다. 그러고 싶지 않았다. 어릴 때 곧잘 꽃에 물을 주곤 했지만, 언젠가부터 저가 키운 꽃은 얼마 가지 못해 시들어 죽기 마련이었다.

"아니야. 네가 가져다 키워. 난 됐어."

"그래, 그럼."

선우가 흔쾌히 대답했다.

날씨가 풀린 탓에 납골당을 찾는 사람들이 제법 많았다. 선우는 재희의 손을 꼭 잡고 안으로 들어섰다. 언제나 변함없는 미소로 웃고 있는 재희의 엄마가 그들을 반겼다.

"엄마 나 왔어."

재희가 한 발 앞서 나가며 손을 들어 보였다.

머리가 하얗게 세기 전 찍었던 마지막 사진이 영정 사진이 되었다. 다행이라면 다행이었다. 어깨 아래까지 찰랑거리며 떨어지던 머리카락은 머리가 하얗게 세면서 짧아졌다.

엄마는 느슨하게 땋은 머리가 잘 어울렸다. 사진 속에서 웃고 있는 엄마는 생전 자신이 좋아했던 헤어스타일을 하고 있었다.

"참 미인이시지?"

선우가 한 걸음 다가와 재희의 가는 허리에 손을 둘렀다.

"응."

엄마는 선이 고운 미인이었다. 이목구비가 오목조목했다. 선이 또렷한 미인은 아니었지만, 부드럽게 아치형 호선을 그린 쌍꺼풀 진 눈은 여린 꽃잎처럼 보일 정도로 선이 고운 얼굴이었다.

그러고 보면 재희는 엄마보다는 아빠를 닮았다. 쌍꺼풀 없이 길게 빠진 눈매는 영락없는 아빠 눈이었다. 엄마는 그런 아빠의 눈이 세상에서 제일 매력적이라고 했었다.

재희는 힐끗 눈을 돌려 선우의 옆모습을 훔쳤다. 쌍꺼풀 없이 길게 빠진 눈매가 또렷한 선을 그리고 있었다. 어딜 봐도 선이 또렷한 얼굴이었다.

"왜, 새삼 잘생겼어?"

으으. 하여튼, 이라고 핀잔을 줘 보지만, 반박할 수 없는 사실이라 재희는 그러네, 하고 말았다.

"한재희는 좋겠네. 잘생긴 남자 친구를 둬서."

눈썹이 높은 산처럼 휘어졌다. 씨익 웃으며 자신을 내려다보고 있는 선우의 시선에 가슴이 쿵쿵거렸다. 순간 얼굴이 화끈 달아올라 그녀는 끝내 시선을 떨구고 말았다.

어떡해. 엄마가 보는데…… 부끄럽게. 내가 못 살아.

하지만 투정 아닌 투정에도 심장은 제 손을 부드럽게 파고드는 선우의 손길에 또다시 뛰기 시작했다.

"어머님. 저 재희 사랑합니다."

선우의 시선이 재희 어머니의 영정 사진으로 향했다.

'어머님은 이미 알고 계시죠?'

재희와 연락이 되지 않았던 그날 그녀를 찾으러 이곳에 왔던 선우가 한 말이었다.

"제가 마음에 안 드실지도 모르겠습니다. 그래도 예쁘게 봐 주세요."

'재희가 잘못돼도 전 재희 못 놓습니다. 그러니 어머님이 양보하세요.'

이미 선포했었다. 그러니 망설일 맘은 없다.

선우의 고백이 이어졌다.

"저, 재희 없으면 죽습니다."

대답은 없었다. 그저 환하게 웃는 얼굴이 선우를 마주하고 있었다.

"평생 한재희만 바라보며 살겠습니다. 평생 한재희만 사랑하며 살겠습니다."

낮은 울림이 등 뒤에 와 닿은 햇살처럼 낮게 퍼졌다.

"그러니, 혹 제가 마음에 들지 않으시더라도 어머님이 너그럽게 봐 주세요. 축복받고 싶습니다."

선우는 제 손안에 든 재희의 손을 꽉 힘주어 그러잡았다.

상처는 치유되어야 하는 게 맞았다. 누구나 상처를 가지고 있지만, 상처는 치유되기 마련이다. 선우는 재희의 상처가 치유되길 바랐다. 급하게 할 생각도 다그칠 생각도 없었다. 다만 그녀의 상처가 치유되고, 그 위에 딱지가 내리며 흉터가 남길 바랐다. 언제가 흉터는 점점 더 사라질 테니…….

시간이 필요하겠지. 더는 그녀의 상처가 그녀를 갉아먹어서는 안 될 거였다. 더는 한재희가 제 가슴에 생채기를 내는 걸 두고 보고만 싶지 않았다. 이제는 온전히 제 여자가 되었으니 그녀의 상처를 함께 이겨 나가고 싶었다. 그 시작점은 어쩌면 이곳이 될지 모른다고 생각했다.

평생 가도 놓지 못할 사람. 엄마가 안고 떠난 상처를 재희는 평생 두고두고 생각할 것이다.

그건 싫다. 그래선 안 된다. 떠난 사람의 상처는 떠난 사람과 함께 묻어야 하는 게 맞다. 그래야 산 사람은 살 테니까.

'제가, 나쁜 놈으로 보일지 모르겠습니다. 그래도 어쩔 수 없습니다. 전 재희 평생 못 놓습니다. 대신 재희 울리는 일 없이 평생 잘하겠습니다. 그러니 어머님이 좀 많이 봐주세요.'

차마 내뱉지 못한 목소리가 가슴에서 울려 퍼졌다.

'한재희는 한재희 인생을 살아가게 하고 싶습니다. 예쁘게, 아름답게, 행복하게, 열렬하게 사랑하면서 말입니다. 적어도 재희는 그럴 권리가 충분합니다.'

이제는 그 누구도 그녀의 행복을 방해할 수 없었다. 그렇게 놔두지 않을 것이다.

"재희가 제 프러포즈를 받아 줄지는 아직 모르겠습니다. 한재희가 워낙에 빈틈이 없어서요."

"야."

재희가 입술을 깨물어 보지만, 도무지 그를 당해 낼 재간이 없다.

도대체 뭐가 이렇게 속사포야.

"그래도 전 포기할 생각이 없습니다. 한재희가 제 프러포즈를 받아 줄 때까지 백 번이고 천 번이고 고백할 생각입니다."

"너, 엄마 앞에서……."

"어머님 앞이니까. 그래야 한재희가 날 만나고 있다는 걸 **빼도 박도** 못 하지. 어머님이 다 들으셨잖아."

치, 내 맘도 모르고. 추호도 그럴 생각 없거든. 그렇게 말하고 싶었지만, 왠지 입이 안 떨어진다. 엄마에게 절대 사랑 같은 건 하지 않을 거라고 퍼부었던 그 순간이 생생하다.

재희는 입술만 우물거리다 엄마를 마주했다. 엄마는 뭐가 그렇게 좋은지 마냥 웃고만 있었다. 마치 잘했다고 말하는 것 같았다.

우리 딸, 잘했네. 정말 잘했다고.

'엄마, 나 진짜 잘한 거 맞을까?'

물었다. 꼭 묻고 싶었다. 엄마한테 묻고 싶었다.

"잘한 거야. 그게 뭐든. 난 한재희가 한 건 뭐든 잘했다고 믿으니까. 어머님도 그렇게 생각하실 거야."

마치 그녀의 질문을 알고 있다는 듯 선우가 아주 천천히 대답했다.

'엄마 진짜 그런 거야?'

또 묻는다. 묻고 또 물어도 부족하겠지만, 그래도 묻고 싶다.

"그러니까 너도 믿어. 믿음은 믿음에서 생기는 거야."

낮은 목소리이지만, 그 단호함이 너무 열렬해 목덜미가 후끈 달아올랐다. 그 말을 믿어야 할 것처럼 강렬했다. 가슴이 벅차올랐다.

그래. 그러고 싶어.

"사이비 교주 해도 되겠다."

마음과는 다르게 예쁘지 않은 말이 불쑥 튀어나왔다.

"그것도 나쁘지 않지. 그 첫 번째 열렬한 신도는 한재희로 예약해 둘 거니까."

등 뒤로 와 닿은 따듯한 봄 햇살이 한여름 햇살처럼 뜨겁게 느껴졌다. 고작 해 보아야 창문으로 들어온 햇살일 뿐인데. 재희는 등이 자꾸만 뜨거웠다. 날개 뼈가 꿈틀거렸다.

"가자. 다음에 또 오자."

"응."

재희는 가만히 고개를 끄덕였다. 선우와 함께 고른 앙증맞은 다육이 화분이 엄마의 사진 앞에 놓여 있었다.

"엄마 또 올게. 잘 있어."

재희가 손을 흔들었다. 이제 엄마와의 인사는 절대 포옹이 될 수 없었다.

"가자."

선우가 제 품으로 재희를 스윽 끌어안았다. 한 품에 쏙 안겨 온다.

엄마를 보러 올 때와는 다르게 집으로 향하는 발걸음이 왠지 모르게 가볍다. 손에는 다 놓지 못한 다육이 바구니가 들려 있었지만, 무게감마저 느껴지지 않을 정도로 가벼웠다.

"가는 길에 맛있는 거 먹고 가자."

재희는 고개를 세차게 끄덕였다. 갑자기 허기가 몰려왔다. 이렇게 허기짐을 느껴 본 적이 없는데, 순간 배가 너무 고파 왔다.

"뭐 먹고 싶어?"

"아무거나. 뭐든 다 먹을 수 있을 것 같아."

그 목소리가 너무 컸던지 선우가 하하하 큰 소리로 웃었고, 선우의 웃음소리가 너무 커 재희는 저도 모르게 안 먹을래. 하고 삐친 척을 하고 말았다.

큼. 선우가 목을 가다듬으며 재희의 머리카락을 마구 흩트렸다.

"그런 발언은 위험 수위야. 아무거나라니. 거기엔 나도 포함이야."

"야. 강선우."

화들짝 놀란 재희가 키득거리며 웃는 선우를 흘겨봤다. 이런 강선우에게 적응하기란 도통 쉽지 않다. 어떻게 그런 말을 저렇게 아무렇지 않게 할 수가 있지?! 그동안 정말 어떻게 참았는지 묻고 싶은 욕구가 목까지 차올랐다.

하지만, 물어서 좋을 건 없을 것 같았다.

"나 저거 먹고 싶어."

재희는 앞에 보이는 커다란 간판을 손으로 가리켰다. '수타 짜장' 이라는 커다란 간판이 보였다. 자장면을 먹고 싶진 않았는데, 하필 자장면 간판이 바로 보였다.

"조금 더 가면 버섯전골집 있어. 거기 가자. 너 중식 싫어하잖아."

그럴 거면서 왜 물어. 치. 라고 투정 아닌 투정을 부려 본다. 그래, 아무렴 자장면보다는 버섯전골이 더 낫지.

하지만, 그녀는 절대 대답하지 않았다. 그건 저보다 저를 더 잘 알고 있는 강선우에게 하는 소소한 복수 같은 거였다.

창문에 비친 재희의 입술이 빙긋거렸다. 이런 날이 계속되었으면 좋겠다고 마음속으로 빌었다. 일상이 오늘만 같기를. 그곳에 강선우가 있기를 말이다.

"재희야."

아침 일찍 출근한 소영이 재희를 덥석 껴안아 왔다.

어느덧 선우의 휴가도 소영의 휴가도 지나갔다.

소영보다 하루 더 일찍 출근하게 된 선우는 어제 퇴근하자마자 카페로 출근했고, 오늘 아침 이른 출근을 했다. 이제는 아예 집에 들어와 살 것처럼 그의 일상의 시작과 끝이 모두 재희의 집에서 이루어지고 있었다. 만류해 보려 했지만, 들을 선우가 아니었다.

"잘 다녀왔어?"

"응응. 완전 좋았어. 역시 유럽은 유럽이더라."

재희의 얼굴에 함박웃음이 가득했다.

"좋았다니 다행이네."

"응. 완전 좋았어. 너랑 한 번 더 가고 싶을 정도로. 그리스 너무 좋더라."

"그래?"

"응. 같이 가자. 언제 한번."

"그래. 그러자."

"그나저나 고생했지. 혼자서."

"어? 그게, 선우가 도와줘서……."

"아, 맞다. 강선우가 있었지. 아직도 적응이 잘 안 돼. 너랑 선우랑."

"응. 나도 뭐, 그렇지."

재희가 수줍게 얼굴을 붉혔다.

"치. 좋으면서. 잘했어. 사실 여행 중에 자꾸 너희 둘이 생각나는 거야. 그럴 때마다 인상이 찡그려지다 웃다를 반복했더니 주름이 한 세 개는 더 늘었어. 이거 봐 봐."

인상을 있는 대로 찡그려 이마에 주름을 만든 소영의 표정에 재희는 소리 내어 웃었다.

"맞다. 그리고 자, 이거 선물."

"뭘 사 왔어?"

"뭐 별건 아니고, 거기 오픈 마켓 같은 곳에 구경 갔는데, 이게 딱 한눈에 들어오더라. 그래서 사 왔지. 집에 가서 풀어 봐."

네모난 상자는 부피에 비해 가벼웠다.

"고마워."

"응. 아 참. 그리고 오늘 선우 온대?"

"글쎄. 아직 연락이 없어서. 어제 무슨 새로운 사건을 맡았다고 한 것 같았거든."

"응. 그래도 변호사는 그만두지 않았네. 난 진짜 그만두고 카페 알바로 들어오는 건 아닌지 은근 걱정했는데. 히히히."

"말도 안 돼. 변호사 월급이 얼마인데."

"돈이 문제가. 한재희가 여기 있는데. 한재희를 돈으로 환산할 수는 없지."

"하지 마. 그건 좀 많이 닭살이야. 사실은 지금도 민망할 때가 많아."

친구라는 허울 좋은 가면을 쓰고 지내 온 시간은 꽤 길었다.

"민망하긴. 그러니까 더 닭살스럽게 만나야지. 남들 해 본 건 다 해 보려면. 맨날 쪽쪽 빨아도 부족하겠구만."

"야!"

재희가 소영의 입을 가로막으며 눈을 치켜떴다.

"뭐. 왜? 이번에 유럽 가니까 오다가다 부딪히는 게 눈이 아니라 입술이더라. 아주 쪽쪽 어찌나 빨아 대던지. 내가 봤을 때 한재희가 그 수준을 따라가기는 힘들 것 같고, 평균은 따라잡자. 요즘 같은 시대에 그게 뭐 어때서. 난 남친 생기면 만날 안아 달라고 조를 거야. 하룻밤에 열 번도 하겠다."

소영이 열 손가락을 쫙 펼쳐 들었다.

허억. 재희는 그런 소영을 말릴 자신이 없다. 소영의 음담패설에 가까운 저 입담은 가히 챔피언급이다.

"그래서 말인데. 이건 선우 줘. 여행 보내 준 것에 대한 보답이야. 꼭 선우 줘."

제 거보다는 조금 더 작은 상자였지만, 무게는 저가 받은 것보다 좀 더 무거운 것 같기도 했다.

"이건 뭐야?"

"그냥 선우 주면 알 거야. 알았지?"

"응. 알았어. 오면 줄게."

"그래. 이십 대의 젊음을 위하여. 치얼스?"

히죽 웃으며 소영이 하이 파이브를 해 왔다.

○　●　○

"넌 어떻게 생각해?"

재희가 비밀번호를 바꾸던 날 사석에서 들었던 이야기였다.

선우는 진수가 내민 서류를 꼼꼼히 살폈다. 정식으로 들어온 의뢰는 아니었다. 진수의 아버지를 통해 들어온 의뢰는 일단은 대외적으로는 비공개였다. 은밀하게 진행되어야 할 부분이기에 믿고 맡길 만한 사람이 필요했고, 그 결과는 꼭 승소여야 한다는 전제 조건이 깔린 의뢰였다. 만만치 않은 의뢰였지만 그래 봐야 결과는 항상 두 가지였다.

승소 아니면 패소.

그렇게 따지면 딱히 어려울 게 없는 일이지만, 문제는 누구나 패소를 원치 않는다는 거였다. 그리고 꼭 승소를 전제로 하는 의뢰는 그만큼 더 시간과 에너지가 소비된다.

변호사로서 승소를 전제로 하는 의뢰가 싫을 리는 없다. 승소를 전제로 한다는 건 그만큼 확률이 높다는 의미이기도 하니……. 변호사 승소율은 더 올라갈 것이다.

그런데, 선우는 이 의뢰를 맡을지 말지 고민 중이었다.

진수가 자신에게 이 의뢰를 보여 주는 게 어떤 의미인지 잘 알고 있다. 이 의뢰는 혼자서 할 수 있는 의뢰는 아니다. 팀으로 구성될 테니. 그만큼 벅찬 의뢰이고 힘든 의뢰라는 뜻이었다. 잠잘 시간도 부족할 것이다. 홍콩도 몇 번은 왔다 갔다 해야 할 것이고,

합숙은 기본이 될 거였다. 모든 신경이 이 의뢰에 쏠리게 될 테니. 당연히 재희와 함께할 수 있는 시간은 줄어들 거였다.

프러포즈를 백 번을 해도 모자랄 판에…… 하필.

선우는 소리 없는 신음을 끄응 삼켰다.

"강 선배는."

"서브로 두라던데."

끄응. 끝내 선우의 입에서 신음 소리가 나오고 말았다.

강 선배는 학교 선배에다 로스쿨도 5기 빠른 선배였다. 게다가 자존심도 무척 센 사람이었다. 충분히 존경할 만한 선배지만, 합을 맞추기에 적당한 사람은 아니었다.

"내가 만약 이 일을 맡게 되면 강 선배는 안 돼. 날 빼든지 강 선배한테 일을 주든지 해."

강 선배와 같이 일을 할 수 없다는 말이었다.

"그건 네가 알아서 해. 팀을 꾸리는 건 네 몫이라고 했으니까."

"넌 어때?"

선우가 물었다.

"글쎄. 쉽지 않지. 더욱이 다국적 기업이고. 현재 재무 상태가 나빠지긴 했지만, 덩치가 좀 크잖아."

얼마 전 로한그룹은 새 경영자를 맞이하게 되었다. 로한그룹을 운영하기에는 꽤 젊은 나이의 경영자는 세간에 알려진 게 없는 인물이었다. 그에 대해 알려진 거라고는 로한그룹 혼외자의 피앙세로 곧 결혼한다는 것뿐이었다. 그런 그가 로한그룹의 새로운 경영자가 된 것만으로도 세간의 이목을 집중시키고도 남을 일인데, 그의 새로운 경영 방침은 지금까지 로한그룹의 이미지와는 다르게 다소 공격적인 성향의 경영 방식을 보여 더욱더 눈길을 끌고 있었다.

그런데 아무래도 그 첫 번째 재물이 제 손에 들린 다국적 기업인 듯했다. 둘 다 만만치 않은 상대였다.

"시간은?"

"가능한 빨리해 주길 바라지. 너도 알다시피 뭔가를 가진 자들이 보는 눈은 비슷하잖아. 이쪽이 확실히 많이 빠른 것 같긴 하지만."

진수의 말이 맞았다.

재무제표는 이상이 없다. 그런데 순이익이 묘하게 마이너스로 돌아선 걸 알아챈 그의 눈은 확실히 남들과는 다른 무언가가 확실히 있어 보였다. 그가 로한그룹의 새 경영진이 된 게 이상하지 않을 만큼.

선우의 매서운 눈이 손에 들린 회계 장부를 뚫어져라 보고 있다.

분식 회계.

얼마 전 국내 한 중견 기업의 사례와 같을지 모른다. 겉으로는 아무 문제가 없어 보이나 그 내부는 이미 진창일 수 있었다. 그 말인즉, 현 재무 상태는 보이는 지표보다 더 나쁠 수 있다는 의미였다. 한입에 꿀꺽 삼키기가 부담되긴 하겠지만 불가능한 건 아니었다.

선우는 변호사로서 이 일에 구미가 당겼다. 충분히 해 볼 만했다. 좀 더 파 보아야겠지만, 저가 보기엔 패소보다는 승소에 더 가까운 의뢰였다.

"하루만 시간 줘."

"그래. 뭐 그 정도야. 네가 결정만 해 준다면야."

"한다는 보장은 못 해."

"뭐, 그거야 어쩔 수 없지. 강요할 수는 없으니까. 근데 말이야."

뭔가 망설이는 듯 진수가 눈을 게슴츠레 접었다.

"말할 거면 하고, 아니면 때려치워."

자식이. 칼 같긴. 여자들은 저렇게 칼 같은 놈을 왜 좋아하는 거야, 라고 투덜거린 진수가 씨익 웃었다. 그래도 강선우가 맡아만 준다면 나쁠 게 없고, 강선우도 나쁠 게 없다.

"승소에 지분이 좀 걸렸다. 너도, 나도 말이다."

선우의 미간이 미미하게 움찔거렸다. 지분이라니. 도대체 그림이 얼마나 큰 거야! 쉽사리 가늠하기엔 그 한계가 모호했다.

아. 재희 보고 싶은데. 그 와중에도 지난밤 제 얼굴을 물끄러미 바라보던 재희의 얼굴이 떠올랐다. 한참을 말없이 바라보더니, 천천히 제 얼굴을 쓸어내리던 그 손이 미치도록 사랑스러웠다. 끝내 그 손에 폭풍 같은 키스를 퍼붓는 저에게 '넌 좀 도가 지나쳐.' 라는 소리를 듣고 말았다.

그런가? 내가? 난 그래도 부족한데. 겨우 손에 뽀뽀 좀 한 걸 가지고……. 뭐, 오늘 아침에는 좀 못 참긴 했지만. 그러게 누가 그렇게 예쁘래. 자고 일어났는데도 예뻐. 그러니까 내가 못 참지.

선우는 저도 모르게 히죽 웃고 말았다.

"일단 알았다. 나 간다."

"쳇. 얼굴은 좀 챙겨 가라. 너 꼭 나사 한 두어 개는 빠진 놈 같다."

"어딜 봐서?"

"네 사무실 벽면을 거울로 도배해야 알지?"

짐짓 심각하게 저를 쳐다보는 진수의 눈빛에 선우는 창문에 비친 제 모습을 확인했다. 그러다 어깨를 으쓱였다.

"부러우면 너도 연애해."

"야, 강선우!"

아 참. 오늘 소영이 여행에서 돌아오지.

'여행 다녀오면 남자도 소개해 줄게. 원하는 조건 말해 봐. 최대한 맞춰 줄 테니까.'

선우가 갑자기 소영에게 했던 말을 생각하며 씨익 웃었다.

"가면 갈수록 가관이지."

에이 씨. 못마땅해, 라며 진수가 구시렁거렸다.

"너 소개팅 한번 할래?"

그런 진수에게 선우가 옷을 챙겨 나서며 물었다.

"누구? 나?"

라고 묻는 진수의 표정은 묘하게 풀어졌지만, 선우의 표정은 묘하게 일그러졌다. 종종 진수는 저렇게 얼빵한 소리를 하곤 했다.

그럼, 너지. 나겠냐!

대답조차 하기 싫다는 듯 문을 쾅, 닫고 나온 선우는 엘리베이터를 기다리며 시간을 확인했다. 평소보다 조금 많이 늦은 퇴근이 되었다. 진수가 찾아온 탓이었다. 오늘은 여행에서 돌아온 소영이와 함께 있을 테니 급할 것도 없는데 괜히 마음에 조급증이 일었다. 선우는 도착한 엘리베이터에 올라타 곧장 지하 주차장으로 향했다.

퇴근 시간이 지난 도로는 평소보다 한산했다. 좀 더 속도를 높여도 될 정도였다. 액셀이 힘을 주자 차가 미끄러지듯 도로를 질주했다. 카페가 저 멀리 보이는 것 같았다.

○ ● ○

"안녕히 가세요."

으차차. 테이크아웃을 한 손님이 나가자마자 소영이 팔을 머리 뒤로 길게 늘어트려 기지개를 켰다.

"힘들어?"

"그러게. 놀다 와서 그런가? 오늘따라 손님이 유난히 많은 것 같네."

"날씨가 풀려서 손님이 좀 늘긴 했어."

"그치? 작년 이맘때보다 더 는 것 같아."

"그러게. 매출도 좀 더 올랐던데."

"우와. 우리 이러다 갑부 되는 거 아니야?"

"돈 많이 벌어서 좋다면서."

"히히. 그건 그렇지. 돈이 좋긴 좋더라. 이번에 여행 가 보니까 더욱더."

카페 문이 열린 건 그때였다. 어김없이 선우가 들어섰다. 좀 늦을 것 같다는 연락이 온 뒤였다.

"오우, 강선우. 얼굴 좋다."

소영이 능글거리는 표정으로 선우를 맞았다.

"너도 좋아 보이네. 여행은 즐거웠고?"

"그럼. 공짜에 내가 기대하던 여행이었는데, 당연히 즐거워야지."

"다행이네. 그럼 재희 휴가 좀 줘."

"휴가?"

289

소영의 눈가에 야릇한 미소가 번졌다. 소영이 두 사람을 번갈아 쳐다봤다.

"음. 휴가는 당분간 좀 어렵고, 내가 오늘은 두 시간 더 일찍 보내 줄게."

"무슨 소리야. 네가 들어가야지. 힘들잖아."

"아니야, 아니야. 들어가. 선물 꼭 챙기고."

갑자기 소영이 재희의 등을 밀기 시작했다.

"왜 이래? 진소영."

"이 언니가 챙겨 줄 때 빨리 들어가라. 내가 한 말 잊지 말고."

'난 하루에 열 번도 하겠구만!'

"야."

미간을 잔뜩 찌푸린 채 소영을 노려보는 재희의 표정에 선우가 무슨 소리냐며 눈으로 물었지만, 재희는 말없이 얼굴만 붉히고 있었다.

"그리고 강선우, 내가 널 위해 선물을 준비했다. 이따 집에 가서 재희랑 손잡고 꼭 풀어 봐."

소영이 재희의 시선을 피해 샐쭉거렸다.

"선물?"

"응."

"그래, 고맙다. 잘 쓸게."

"응. 그래야 할 거야."

소영이 이미 카운터 밖으로 나간 재희를 대신해 가방과 선물 상자를 챙겨 줬다. 두 개의 상자는 꽤 컸다.

"그래, 그럼 수고해라."

선우는 사양하지 않고 상자와 가방을 챙겨 들었다.

어휴, 얄미워. 사양하는 법이 없지. 소영의 핀잔이 등 뒤에서 들렸지만, 그러거나 말거나 선우는 재희를 앞세워 카페를 나섰다.

먼저 씻은 재희는 소영이 준 선물을 경계 가득한 눈빛으로 쳐다보고만 있었다. 왠지 상자를 열어서는 안 될 것 같았다. 상자 안에 든 선물이 무엇인지 짐작하기란 쉽지 않지만, 자꾸만 피식피식 웃음을 참던 소영의 얼굴이 못내 신경 쓰였다.

소영은 저와 달리 연애 경험이 많은 편이었다.

"뭐 해?"

뒤늦게 씻고 나온 선우가 손으로 가볍게 젖은 머리를 털어 냈다.

"아무것도 아니야."

"소영이 선물 풀어 봤어?"

"어? 아직. 나중에 풀어 보려고."

왠지 선우와 함께 풀어 보면 안 될 것 같았다.

"그래, 그럼. 내 거 먼저 같이 풀어 보자."

맞은편 의자에 앉은 선우는 거침없이 리본을 풀고, 포장지를 벗겨 냈다.

"포장도 꼼꼼히 했네."

힘 들이지 않고 상자 뚜껑을 열던 선우의 눈가가 자연스럽게 휘어졌다.

"진소영답네."

이게 뭐야!

힐끔 고개를 빼 상자 안을 들여다보던 재희의 두 눈이 점점 커졌다. 놀람을 금치 못하는 표정으로 상자를 보고만 있는 재희의 표정에 선우는 낮게 웃음을 터트리다 어깨를 으쓱였다.

"그래도 선물은 꽤 마음에 드는데. 양도 많은 게."

상자 안에는 다양한 색깔의 콘돔이 들어 있었다. 언뜻 보니 국적도 다양해 보이는 콘돔이 들어 있는 상자는 말 그대로 콘돔 파티였다.

맙소사.

그제야 소영이 선물을 건네며 피식피식 웃던 이유를 알 것 같았다.

'난 하루에 열 번도 하겠구만!'

미쳤어, 진소영. 하룻밤에 열 번을 어떻게 해! 도대체 저 많은 콘돔은 어떻게 다 쓰라고 준 거야?

눈앞에 펼쳐진 콘돔의 양만으로 몸서리치며 고개를 좌우로 거칠게 흔들던 재희는 턱을 괸 채 웃고만 있는 선우와 시선이 마주쳤다.

"그렇게 웃지 마. 이게 웃을 일이야?"

재희는 재빨리 상자 뚜껑을 덮으며 밉지 않게 선우를 흘겼다.

"알겠어. 안 웃을게. 그런데, 내 선물을 보니 네 선물은 뭘지 궁금해. 같이 열어 보는 건 어때?"

선우가 턱을 살짝 들어 상자를 가리켰지만, 재희는 선우의 선물을 보고 나니 더 열어 보기 싫어졌다. 마치 악마의 선물이 들어 있을 것 같았다.

"아니, 보지 않는 게 좋을 것 같아."

눈에 힘을 준 채 상자를 노려보는 재희를 달래듯 선우가 상자에 손을 가만히 올렸다.

"겁먹지 마. 그래 봤자, 선물이야."

"선물은 무슨!"

콤도 양으로 치자면 콘돔 회사 직원도 주기 어려울 정도의 양이었다. 콘돔을 이렇게 큰 상자에 그것도 종류별로 가득 채워 줄 사람이 있을까! 아마 없겠지. 진소영이나 되니까 가능한 거다. 그러니 이 상자에 뭐가 들어 있을지 감히 상상이 안 된다.

"적어도 콘돔은 아닐 거야."

그걸, 지금 말이라고!

묘하게 기대감에 들뜬 듯한 선우의 시선과는 반대로 잔뜩 긴장한 채 상자를 노려보는 재희의 시선은 몹시도 불안했다.

"내가 봐 줘?"

정말 궁금한 듯 한쪽 입술만 살짝 끌어 올린 채 묻는 선우의 입가에는 어느새 엷은 미소마저 보였다. 선우는 그 많은 콘돔을 보고도 전혀 놀란 기색이 없었다. 오히려 반기는 듯한 분위기랄까?

"몰라. 안 궁금해. 난 잘 거야. 알아서 해."

일단 자리를 피하고 보는 게 좋을 것 같았다. 그게 뭐든 간에. 같이 마주 앉아 얼굴을 붉히는 건 한 번으로 족하다. 하여튼, 진소영.

재희는 의자를 뒤로 밀어 냈다. 그사이 선우는 망설임 없이 상자를 열었다. 그리고 손을 집어넣어 뭔가를 꺼냈다. 이미 몸은 돌아선 상태였지만 재희의 고개가 절로 돌아갔다.

"휴우. 와우."

많은 양의 콘돔을 보고도 전혀 놀란 기색이 없던 선우가 환호에 가까운 효과음을 냈다. 그리고 선우의 손에서 뭔가 차르르 아래로 떨어졌다.

그게 뭐야? 어느새 재희의 몸은 완벽하게 선우를 향해 있었다. 한 번도 본 적 없는 물건이다.

도대체 저 물건은 어디다 쓰는 물건인고! 세상 요란하다. 거기다 뭐가 저렇게 다 비쳐. 거울도 아니고.

두 손가락으로 잡고 있는 물건 사이사이로 선우의 또렷한 이목구비가 다 보였다.

무슨 퍼즐도 아니고! 아니 도대체 유럽 어디를 다녀왔기에 저런 물건을 사 오는 건지 진심을 다해 묻고 싶어졌다. 콘돔도 놀랄 노자인데……. 콘돔이야 그렇다 치고, 선우 손에 들린 물건은 정확히 어떻게 착용해야 하는지 모르겠지만, 분명 제 선물은 맞는 것 같았다.

선우가 차례대로 가터 란제리를 꺼내들었다. 콘돔의 종류만큼이나 다양한 색상과 종류였다. 그리고 딱 그만큼 재희의 표정이 변했다. 검정, 흰색, 빨강, 핑크. 아주 휘황찬란하다.

진소영, 진짜 미쳤지.

"내려놔."

재희는 다급하게 선우의 손에 들린 가터 란제리를 빼앗아 상자 안에 아무렇게나 구겨 넣었다.

"이건 버, 버릴 거야."

소영의 성의를 무시하는 것 같지만, 그래도 어쩔 수 없다. 어떻게 이런 걸 입어. 세상 부끄럽게.

재희는 상자를 제 앞으로 당겨 등 뒤로 숨겼다. 그러고는 그길로 싱크대 문을 열고 그 안에 상자를 밀어 넣었다. 선우는 미동도 하지 않은 채 가만히 지켜보고만 있었다.

"잘했어."

그가 제 허벅지를 툭툭 치며 말한다.

"뭘?"

경계의 눈빛으로 재희는 제 허벅지를 가볍게 두드리는 선우의 표정을 살폈다.

"그거 말이야. 소영이 선물."

좋아할 때는 언제고.

"한재희는 그런 거 안 입어도 충분히 자극적이거든. 그런 것과는 비교가 안 될 만큼. 이리 와."

그가 다시 제 허벅지를 툭툭 친다. 가 봐야 좋을 것도 없는데. 하지만, 발은 제멋대로 두어 걸음 앞으로 나아갔다.

그런 재희를 손을 뻗어 스윽 끌어당긴 선우는 제 허벅지 위에 앉혔다. 무슨 말인가 할 줄 알았더니, 선우는 말없이 재희의 허리를 좀 더 깊숙이 제 허벅지 안쪽으로 끌어당겼다.

품에 쏙 들어온 가녀린 어깨에 가볍게 턱을 기대고 좌우로 천천히 움직이자, 목젖이 어깨에 와 닿아 크게 꿀렁거렸다.

"그래도, 이건 다 쓰자."

이럴 줄 알았어.

상자를 가볍게 툭 건드리며 그가 쿡쿡 소리 죽여 웃었다.

진소영 진짜.

선우의 웃음소리가 멈추지 않았다. 재희는 어깨가 간지러워 잔뜩 웅크려야만 했다.

○ ● ○

"그래. 결정했다고?"

선우의 결정을 반기는 로펌 대표 준형의 얼굴에 부드러운 미소가 감돌았다. 그렇지 않아도 지난날 의뢰한 것에 대한 대답을 요구한 전화가 온 뒤였다.

"네."

결정은 깊게 생각하고 말 것도 없이 지난밤 너무 싱겁게 끝나고 말았다. 꼭 소영의 선물 때문은 아니었지만, 그냥 지나치기엔 선물이 쓰임새가 너무 아까웠다.

끝내 카터 란제리는 입지 않겠다는 재희의 단언에 흔쾌히 고개를 끄덕여 주었다. 어디 한재희가 그런 카터 란제리와 비교가 되겠는가! 대신 손안에 한가득 콘돔을 움켜쥐었다.

그런데 재희로부터 청천벽력에 가까운 소리를 듣고 말았다. 색색거리며 재희가 숨을 몰아쉬었다.

'앞으로 우리 집에 일주에 딱 두 번만 와.'

두 번째 콘돔이 사라진 뒤였다.

'그건 안 되겠는데' 라고 하자 '너 또 할 거야?' 라고 물어 왔다.
'왜, 안 돼?' 라고 눈으로 물으니, '응. 안 돼.' 라고 했다.

'나 내일부터 한동안 못 올 수 있어. 홍콩도 가야 할지 모르
고, 합숙도 해야 할지 몰라.'

라는 말이 술술 나오고 말았다. 그 순간 이미 결정한 거나 마찬
가지였다. 임기응변치고는 대가가 너무 컸다. 사실은 좀 더 신중하
게 생각하려고 했는데. 지분이고 뭐고 다 떠나 강선우에게 항상 영
순위는 한재희였다.

지금도 충분히 재희는 먹여 살릴 수 있었다. 그러니 그깟 지분
보다야 한재희 얼굴을 더 많이 보는 게 좋았다.

재희가 눈을 동그랗게 뜨며 물었다.

'바쁜 거야?'
'응, 많이 바쁠 것 같아. 눈코 뜰 새 없이.'
'그래?'

열기로 가득한 검은 눈동자가 옆으로 또르르 구르며, 조금 전까
지 제 가슴을 밀어 내던 손에 힘이 살짝 빠졌다.

그러니 어쩔 수 있나. 맡을 수밖에.

항상 모든 의뢰의 승소를 위해 최선을 다해 왔다. 단 한 번도
제가 맡은 의뢰에 최선을 다하지 않은 적은 없었지만, 아무래도 이
번 의뢰는 특히나 전투적으로 임해야 할 듯하다.

298

선우의 대답이 마음에 드는지 준형이 만족한 미소를 띠고 있었다.

"그래, 내 곧 시간 잡지. 당분간은 비밀로 하고."

"알겠습니다."

"잘 부탁해. 강 변호사."

준형이 내민 손을 선우가 바르게 잡았다.

"맡겨 주셔서 감사합니다. 대신 팀은 제가 꾸리겠습니다."

만만치 않은 일이 될 거였다.

준형이 옆에 앉아 있는 진수를 힐끔 쳐다봤다. 진수는 알고 있었다는 듯 고개를 끄덕였다.

"그래. 그렇게 해. 일도 맘이 맞아야 하지. 최강의 어벤져스 팀 한번 만들어 봐."

준형의 확답에 자리에서 일어난 선우는 고개를 숙여 인사한 후 사무실을 나섰다. 그 뒤를 진수가 졸졸 따라왔다.

"하여튼 강선우 배짱은 알아줘야지. 난 우리 장준형 대표 앞에서 그렇게 단도직입적으로 말하는 사람을 본 적이 없는데. 뭐, 그래서 내가 강선우를 좀 존경해 마지않지. 그나저나 마음에 둔 사람은 있고?"

아마도 강 선배는 배제된 모양이다.

"있지. 그 첫 번째가 너다. 나만 구를 수 있나."

선우의 대답을 미리 알고 있었다는 듯 진수가 고개를 절레절레 흔들었다. 얼마나 힘들지 생각하는 것만으로도 머리가 아팠다.

'말 그대로 쎄가 빠질 텐데…….'

학창 시절, 선우와 같은 팀이 되어 모의재판을 한 적이 있었다. 모의재판에선 사건과 그 사건에 따른 증거만 나열된 상태였다. 팀은 범인을 잡으려는 검사 팀과, 범인을 무죄로 만들려는 변호사 팀으로 나뉘어졌고, 선우는 검사 팀의 팀장이었다.

그때부터 대단했어.

선우는 변호사 팀이 무죄라고 입증한 증거들을 하나씩 분해하며 변호사 팀이 무죄를 위해 준비한 증거 자료들을 모두 유죄의 증거 자료로 돌려 버렸고, 그 모의재판으로 선우는 법학과의 모의재판에 새로운 선례를 만들었다.

그때 선우한테 시달린 걸 생각하면 진수는 지금도 고개를 저었다.

이번 의뢰는 상대도 만만치 않지만, 그 의뢰를 맡은 일명, 팀장인 강선우가 더 만만치 않았다. 가능한 이 일에 끼고 싶지 않았던 게 진수의 솔직한 마음이었다.

"자료 준비는 철저하게 해 줘. 지는 건 딱 질색이니까."

그럴 줄 알았다. 알았는데…… 시작도 하기 전에 누군가 목을 조르는 것 같았다.

"알았다. 그런데 재희 씨는 잘 있지?"

그 물음에 선우가 우뚝 걸음을 멈췄다. 그러지 않아도 한번은 말하려 했다. 그날 밤 술에 취한 재희가 너무 귀엽기는 했지만, 그래도 한꺼번에 많은 술은 마시게 하고 싶진 않았다.

"앞으로 재희한테 술 권하지 마."

그날 밤 술이 좀 과하긴 했지만, 마시지 않고는 버틸 수 있나.

"그건 내 탓이 아니지. 천하의 강선우가 닭털을 날리는데."

진수가 건들거리며 선우의 어깨를 가볍게 툭 치며 반응을 기다렸다.

"재희가 아직 좀 어려워해. 우리 관계를 누군가 아는 것에 대해서. 가능한 힘들게 하고 싶지 않다."

진수에게 재희와의 달라진 관계를 알리긴 했지만, 그날 밤 마주치지 않았다면 좀 더 시간을 두었을 거였다.

으르렁댈 줄 알았던 선우가 너무 얌전해지자 오히려 더 진지해진 것 진수였다.

"자식. 하여튼 유별나긴. 알았다. 그런데 결혼은 할 거지?"

"해야지. 그건 좀 천천히 가자."

그 말을 끝으로 선우는 더는 할 말이 없다는 듯 제 사무실 문을 열고 사라져 버렸다.

18. 흔들리지 않을 거야

선우와의 연애가 때론 실감이 나지 않을 때가 있다. 선우와 관계가 달라진 뒤에도 지난 10년 넘게 지내 온 시간과 지금의 시간은 크게 다를 게 없었다. 그는 여전히 카페로 찾아오고, 같이 퇴근을 한 후 당연하듯이 집에 들어가 잠을 잔다.

그 일상의 관계는 여전히 변함이 없었지만, 달라진 건 있었다.

선우의 잠자리. 항상 당연하다는 듯 이불을 거실 한편에 펴고 그곳에 긴 다리를 폈던 선우는 이제는 당연히 제 침대 한쪽에 누워 툭툭, 제 옆을 두들기기 마련이었다.

참 신기한 일이었다. 10년이 넘는 시간이 고작 20일 남짓의 시간을 이기지 못하다니. 문 하나를 두고 지내 왔던 10년이란 시간이 무색하게 지난 3주 동안 같이 보낸 시간이 어느새 익숙해진 탓일까!

오늘은 좀 늦을 것 같아, 라는 선우의 전화에 그냥 집으로 가,

라고 했다.

못내 아쉬워하는 한숨 소리가 들렸지만, 선우는 잘 자. 사랑해, 라고 했다.

재희는 우두커니 서서 침대를 내려다봤다. 매일 봐 오던 그 침대였다. 매일 밤 자던 그 침대였다. 그런데 오늘따라 그 침대가 왜 이렇게 낯설게 느껴지는지 모를 일이다. 침대가 너무 커 보였다.

"휴우. 한재희 정신 차려."

채 마르지 않은 머리를 가볍게 털어 내며 중얼거렸다.

'머리 말리고 자, 감기 걸려.'

뒤에서 목소리가 들리는 것 같았다. 재희는 그대로 문을 열고 거실로 나가 봤지만, 아무도 없었다.

"한재희 너 미쳤구나."

'오늘은 힘들지 않았어?'

'난 오늘 좀 기운이 빠졌는데. 그래도 한재희 집에 오니까 포근해서 좋네.'

선우가 했던 말들이 파노라마처럼 지나갔다.

으으, 으으. 재희는 머리를 좌우로 거칠게 흔들었다.

"정신 차려. 강선우, 오늘 여기 안 와."

재희는 자꾸만 현관으로 향하는 시선을 애써 외면하며 빠르게 거실 불을 끄고 방으로 들어섰다.

전화가 울린 건 그때였다. 선우였다.

휴대폰 액정에는 '강선우'라는 이름이 단조롭게 깜박였다. 그런데 그 이름을 보자마자 심장이 쿵쿵거리더니 얼굴이 빨개졌다. 근래 들어 생긴 병이라면 병이었다.

강선우만 생각하면 시도 때도 없이 얼굴이 붉어지거나, 심장이 두근대기 시작했다. 그러다 온몸에 열기가 피어나곤 했다.

오늘 따라 그 증세가 너무 심해, 소영으로부터 어디 아픈 거 아니냐는 추궁을 들어 애를 먹었다. 입을 꾹 다물고 있는 제 표정에 소영은 내심 서운하다면서도 뭔지 알겠다는 듯 피식 웃고서는 그래, 좋을 때지. 딱 좋을 때야, 라고 했다.

맞다. 강선우 때문이었다. 이 어찌할 수 없는 두근거림은.

"응. 나야."

최대한 심호흡을 소리 없이 내뱉으며 재희는 전화를 받았다.

— 언제 왔어?

피곤한지 선우의 목소리가 낮게 잠겨 있었다.

"조금 전에."

— 씻었어?

"응."

— 잘했네. 머리는 말렸어?

재희는 종종 머리 말리기 귀찮다며 그냥 잠자리에 들곤 했었다. 그럴 때면 선우는 고집스럽게 그녀의 머리칼을 말려 주곤 했다.

"아직."

— 그럴 줄 알았지. 하여튼 한재희 그런 건 엄청 귀찮아하지.

눈을 살짝 내리깔았을 선우의 표정이 보이는 것 같아 재희는 픽, 웃었다.

"말리고 잘 거야."

잔소리가 나올까 지레 재희가 먼저 말을 이었다.

흐음. 휴대폰 너머 낮게 웃는 웃음소리가 들렸다.

"인제 들어온 거야?"

— 응.

재희는 시간을 확인했다. 12시를 향해 가고 있었다.

'나 내일부터 한동안 못 올 수 있어. 홍콩도 가야 할지 모르고, 합숙도 해야 할지 몰라.'

정말로 바쁜 모양이었다. 오지 말라고 하길 잘했다.

"정말 바쁘구나?"

— 그렇게 됐네. 나 변호사 하지 말까 보다.

"왜?"

재희의 목소리가 다소 크게 휴대폰 너머로 흘러갔다.

— …….

대답이 없다. 무슨 일이 있나? 지금껏 한 번도 그런 소리는 해본 적 없는데.

"무슨 힘든 일 있어?"

그녀가 걱정스러운 목소리로 물었다.

— 응.

그의 대답이 재희는 신경 쓰였다. 그래서 선우가 자신한테 했던 것처럼 그녀도 묻기 시작했다.

"밥은 먹었어?"

— 응. 대충.

"왜 대충 먹어. 나한테 잔소리할 때는 언제고, 잘 챙겨 먹어야지."

아이를 혼내는 엄마처럼 재희의 목소리가 제법 엄했다. 잠시 서로의 숨소리만 들렸다.

— 그럴까?

짧은 침묵 뒤 산들바람처럼 기분 좋게 들려오는 선우의 웃음소리에 재희는 소리 없이 웃으며 그대로 침대 위로 올라가 몸을 모로 누웠다. 크지도 작지도 않은 허밍처럼 기분 좋은 웃음이었다. 선우의 그런 웃음은 절로 마음을 편안하게 해 주는 재주가 있었다.

휴대폰을 귀에 올려놓고, 두 팔을 머리 아래에 포갠 채 나직하게 물었다.

"많이 힘들어?"

— 왜, 힘들다고 하면 힘들지 않게 해 줄 거야?

뭔가를 기대한 듯한 선우의 목소리 끝이 가볍다.

"그거야…… 뭐, 내가 할 수 있는 거라면."

— 한재희.

"응."

그의 부름에 대답을 하던 재희가 용기를 낸다.

"내가 뭘 해 주면 힘이 날 것 같은데?"

표현력이 극도로 부족한 그녀로서는 나름 용기를 낸 말이었다. 지금껏 마음에서 울리는 목소리를 밖으로 내어 본 적이 없었다. 사랑 표현은 더했다.

재희는 선우가 잠들었던 침대 위를 살며시 손바닥으로 쓸었다. 지난밤 같이 덮었던 이불이 손에 와 닿았다. 아직 온기가 남아 있는 듯 손바닥에 열기가 뭉근하게 피어났다.

— 그거야…….

잠시 머뭇거리는 선우의 목소리에 재희의 가슴이 크게 들리다 아주 천천히 내려앉았다.

— 날 사랑해 주면 되지.

이럴 줄 알았다. 한재희가 완벽하게 제 여자가 되고 나면 제가 더 매달리게 될 거라는 걸 선우는 일찌감치 예견했었다.

아직 씻지도 않은 선우는 넥타이를 풀어 바닥에 아무렇게나 떨어트린 채 침대에 걸터앉았다. 오늘은 일찍 끝내려고 했지만, 일이 좀 더 긴박하게 진행되고 있었다.

'좀 더 서둘러야겠어. 저쪽 눈치가 심상치 않은 듯해.'

오늘은 팀만 꾸리고 앞으로 나아가야 할 방향에 대해서만 이야기하고 끝내려고 했지만, 오후에 로한그룹의 긴급 호출로 인해 다녀오게 되었다. 이야기는 좀 더 심각하게 오갔고, 가능한 서둘러 달라는 요청이 있었다. 그러다 보니 일찍 끝날 수가 없었다.

"사랑해."

— …….

"많이 사랑해."

— 하…….

선우는 탄식에 가까운 한숨을 길게 내쉬었다.

"왜. 마음에 안 들어?"

그녀가 조심스럽게 물었다.

— 나, 지금 당장 사표 내야겠다. 변호사 이거 진짜 별로다.

"그러지 마. 일 끝나고 보면 되지."

— 보고 싶다. 너무 보고 싶어.

가면 안 되냐고 묻고 싶은 마음을 선우는 꾹꾹 눌렀다.

"내가 갈까?"

생각지도 못한 말이 또다시 들려왔다.

한재희가 이상하다. 심장이 미친듯이 뛰기 시작했다.

"그게, 난 내일 좀 늦게 출근해도 되고, 또 소영이가 있고, 넌 아침에 일찍 나가야 하니까.그게, 그러니까 네가…… 보고 싶다고 하니까……. 그래서."

얼굴이 화끈거린다.

한재희가 원래 이런 캐릭터가 아니다. 도도녀? 아니다. 차도녀? 아니다. 한재희는 그냥 한재희였다. 그런 한재희는 절대 이런 말을 할 사람이 아니었다.

사랑한다는 말만으로도 벅찬데…… 내가 갈까?

선우는 자리에서 벌떡 일어나 그대로 차 키를 집어 들었다.

— 한재희.

"어?"

재희도 이미 침대에서 일어나 있었다. 자신은 차가 없으니 택시를 타야 할 거였다.

— 꼼짝하지 말고, 그대로 있어.

문을 열고 나가려던 재희의 발걸음이 우뚝 멈췄다. 휴대폰 너머에서 헉헉거리는 소리가 들렸다.

"강선우. 너 지금."

설마 오고 있는 건 아니겠지. 오면 1시가 될 텐데. 너무 늦다.

"야, 강선우. 너 올 생각 하지 마."

다다다 소리가 휴대폰에서 선명하게 들렸다. 이쪽으로 오고 있는 게 분명했다.

괜한 말을 했나? 난 그냥 힘들까 봐 얼굴만 잠깐 보고 오려고 했는데.

통화는 끊어지지 않았다. 누구도 먼저 말을 하지 않았지만.

재희는 다시 침대에 천천히 걸터앉았다. 이미 움직이고 있는 선우라면 무슨 말을 해도 듣지 않을 것이다.

그래. 어쩔 수 없지. 오겠다는데 어떻게 막아. 나도 보고 싶었던 걸.

휴대폰을 쥔 손에 힘이 꽉 들어갔다. 시동을 켜는 소리가 들렸다.

— 한재희, 전화 끊지 마.

드디어 선우의 목소리가 들렸다.

"……."

재희는 대답하지 않았다. 막상 용기를 냈지만, 또 부끄럽긴 하다.

— 오늘 밤 나 제대로 보고 싶으면 전화 끊지 마.

직진 신호등이 깜박거렸지만, 차는 빠르게 사거리를 통과했다. 몇 번째인지 모른다.

빵아앙. 어둠을 가르는 날카로운 클랙슨 소리가 들려왔다.

"강선우."

— 오지 말란 소리는 하지 마.

"응. 안 해. 그러니까 조심해서 와. 나 어디 안 가."

— …….

선우는 대답 대신 끄응 신음을 삼켰다. 손이 아플 정도로 핸들을 꽉 움켜쥔다. 손등의 뼈가 툭 불거질 정도로 힘이 들어갔다. 앞차의 후방 라이트에 붉은빛이 들어왔다.

휘이익.

차선을 빠르게 바꾼다. 모든 신경이 밤거리를 내달리는 앞차의 후방 라이트를 주시하고 있었다.

휘이익. 휘이익.

차선을 빠르게 바꿔 가며 좀 더 빠른 길을 찾는다. 붉은 꼬리를 단 차가 빠르게 자유로를 질주했다. 아무도 선우의 차를 따라올 생각은 하지 못했다. 평일 자정이 넘은 밤 도로가 막힐 리는 만무했지만, 선우에게는 그조차도 방해가 되었다.

— 한재희.

한참 뒤 선우의 목소리가 들렸다.

"응."

— 이렇게 하고 싶진 않았는데.

그가 숨을 깊게 들이쉰다.

— 안 되겠다. 우리 결혼하자.

"……."

대답이 없다.

— 당장 대답하란 소리는 안 해. 하지만, 생각은 해야 할 거야.

주차장으로 차가 급하게 들어섰다. 비어 있는 공간에 빠르게 주차하고 차에서 내린 선우는 작은 별들이 총총 박혀 있는 밤하늘을 가만히 올려다보며 호흡을 골랐다.

선우의 뒷모습을 재희는 창문으로 지켜보고 있었다.

— 한재희가 대답해 줄 때까지 언제까지라도 기다릴 테니까.

호흡을 길게 고른 선우가 몸을 돌려 불이 켜진 재희의 집을 올려다보았다. 창문에 그림자가 졌다.

그가 뚜벅뚜벅 걸음을 옮겼다. 엘리베이터에 올라탔지만, 여전히 전화는 끊기지 않았다.

노크 소리가 들렸다.

창가에 서 있던 재희는 노크 소리에 단숨에 현관으로 향해 손잡이를 잡았다.

— 너무 오래 기다리게 하지는 마.

띠리릭, 현관문이 열리는 소리와 함께 통화가 종료되었다.

선우가 서 있었다.

재희야, 라고 낮게 부르는 선우의 목소리가 깊게 잠겨 있었다. 손을 뻗어 살며시 제 품으로 끌어당기자, 아무런 저항 없이 재희가 안겨 왔다.

어서 와. 조심스레 허리에 팔을 두르며 중얼거리는 재희의 목소리가 미세하게 떨렸다. 욕망으로 들끓던 마음이 오히려 차분해졌다.

선우의 입술이 조용히 그녀의 머리 위로 내려앉았다.

○ ● ○

서둘지 않았다. 급할 게 없다.

조심스럽게 그녀의 티셔츠 속으로 손을 밀어 넣어 편편한 배 위, 배꼽을 따라 둥근 원을 그렸다. 간지러운지 재희의 어깨가 꿈틀거렸다. 그가 부드럽게 눈을 마주쳐 왔다.

"오래전에 너와 섹스하는 꿈을 꾼 적이 있어."

배꼽 주위를 둥글게 배회하던 손이 서서히 편편한 배를 타고 위로 올라갔다. 솜털 하나하나까지도 다 만져 보려는 듯 손길은 무척 섬세했다.

"꿈속에서 널 안아도 안아도 갈증이 채워지지 않았지."

담담하게 고백을 털어놓은 그가 그녀의 봉긋한 왼쪽 가슴을 쓸어 올려 둥글게 감아쥐었다. 그것만으로도 자극적이다.

"하앗. 응큼해."

그의 손길에 재희는 거친 숨을 낮게 토해 냈다.

"응큼하긴. 사랑하는 여자를 상대로 그것마저 못 했으면 아마 난 오래전에 반쯤은 미친놈이 되어 있었겠지."

그가 입술을 끌어 올려 피식 웃으며 손에 잡힌 가슴의 정점을 희롱했다.

"그땐 정말 미칠 듯이 널 안고 싶었던지, 몇 날 며칠을 너와 섹스하는 꿈을 꾸다 끝내는 참지 못하고 혼자 해결했지."

이미 바짝 선 그의 남성이 얇은 잠옷 위를 찔러 댔다. 그가 나머지 손을 마저 옷 속으로 집어넣어 옷을 위로 밀어 올렸다. 하얗고 소담한 가슴이 봉긋하게 제 모습을 드러냈다. 이미 꼿꼿이 솟은 유실이 탐스럽게 그를 유혹하고 있었다.

선우는 말없이 가만히 시선을 내려 그녀의 가슴에 두었다. 당장이라도 먹어 해치워 버릴 것 같은 그 시선에 재희는 가슴을 가리려 했지만, 선우의 손이 더 빨랐다. 그녀의 손목을 부드럽게 잡아 그녀의 머리 위로 올리자, 가슴이 부드럽게 출렁였다.

"그렇게 꿈속에서 널 보고, 만지고, 안았는데도, 어느 것 하나 같은 게 없어. 가슴마저도."

그가 몸을 낮춰 단번에 가슴을 입에 물었다. 흐음. 맛있는 음식을 먹고 감탄하는 미식가의 그것처럼 그가 낮게 신음을 연신 뱉어 냈다.

그의 입안에 오롯이 갇힌 유실이 제멋대로 움직이며 짜릿한 통증을 동반한 쾌락을 가져왔다.

하앗. 그녀의 허리가 들리자 좀 더 하체가 밀착되었다. 그가 제 입술을 야릇하게 훔치며 얼굴을 들어 재희를 빤히 쳐다봤다. 눈빛에 욕망이 가득했다. 그게 재희의 욕망인지 저의 욕망인지 모를 정도로.

"너무 예뻐. 그 무엇과 비교할 수 없을 정도로."

보는 것만으로도 자극이 지나쳐 선우는 낮게 신음을 흘렸다. 그가 두 손에 가슴을 가득 담아 부드럽게 주물렀다. 탄력 있는 가슴이 그의 손안에서 더욱더 탱탱해졌다. 더는 참을 수 없다는 듯 그가 단숨에 제 티셔츠를 벗어 냈다. 곧게 뻗은 어깨 아래 탄탄한 가슴이 드러났다.

손이 자유로워진 그녀가 느리게 손을 뻗어 선우의 탄탄한 가슴 위에 올려 두었다. 후우. 뭔가를 결심한 듯 길게 숨을 내쉰 그녀의 눈빛에 엷은 웃음이 감돌기 시작했다. 그의 가슴에 닿았던 손끝이 잘 잡힌 가슴 근육을 따라 부드럽게 움직이기 시작했다.

"나도, 여길, 상상해 본 적 있어."

시선을 옆으로 피하며 수줍은 고백을 하는 그녀의 얼굴이 노을처럼 점점 더 붉어졌다.

고백이 사랑스럽다.

고백이 지나치게 자극적이었다.

"그런 말은, 지금 이 순간 너무 위험한데."

야릇한 미소를 걸친 채 그녀의 손을 잡아 키스한 선우는 서서히 상체를 낮춰 그녀를 압박했다. 그녀의 어깨 근처에 걸려 있는 옷과 속옷이 그의 단 한 번의 손놀림에 머리 위로 벗겨졌다. 새하얀 가슴이 오롯이 드러나며 그를 자극했다.

그가 그녀의 부푼 가슴을 애타게 매만졌다. 가슴의 정점을 비비고, 문질러 댔다. 그녀가 흘린 신음을 집어삼키자 몸이 더 간절히 그녀를 원했다. 그는 손을 점점 더 아래로 내려 그녀의 잠옷 바지 속으로 밀어 넣었다. 가슬가슬한 느낌이 손끝에 닿자 뒷골이 쭈뼛 섰다. 가슬가슬한 부위를 부드럽게 쓸어내리며 선우는 깊게 신음 했다.

"기다려야 할 거야."

그녀가 무엇에 대한 대답을 하는지 알고 있다.

"얼마든지 기다릴 수 있다고 했잖아."

"하앗. 시간이 더 오래 걸릴 수도 있어."

가슬가슬한 곳을 매만지는 손길에 그녀는 온몸이 바짝 긴장되며 척추가 찌릿거리는 걸 느꼈다. 오늘따라 유난히 그의 손길이 자극 적이다. 그의 손이 점점 아래로 흘러 부드러운 그곳을 자극하기 시 작했다. 그곳이 촉촉하게 젖어 들었다.

"얼마든지. 하지만, 그때까지 내 자리는 한재희 옆이라는 것만 알아 둬."

그의 가늘고 긴 손가락이 촉촉하게 젖어든 그녀의 은밀한 곳을 파고들었다.

허억. 숨을 목에 가둔 그녀가 눈을 크게 뜨며 온몸에 힘을 바짝 주었다. 순간 놀란 하체가 수축하며 선우의 긴 손가락을 있는 힘껏 물었다. 손가락에 짜릿한 쾌감이 전해져 선우는 더욱더 빨리 움직 였다. 그의 남성과는 다른 느낌이 그곳을 마구 유린하고 있었다. 질척거리는 야릇한 소리가 연신 흘러나왔다.

"흐웅. 하, 지…… 마."

감각이 너무 선연해 그녀가 온몸을 비틀며 빠져나오려 했다.

"긴장하지 마. 그냥 느껴."

그녀의 허벅지를 단단히 붙든 한 손이 다시 그녀의 은밀한 곳을 자극하기 시작했다.

"으읏. 하지만…… 너무 뜨거워."

그녀가 힘겹게 항의 아닌 항의를 해 보지만, 몸이 자꾸만 뜨거워져 절로 몸에 힘이 들어가 그의 손가락을 힘껏 물었다.

"겨우 이 정도에."

그가 장난스러운 미소를 입가에 가득 가둔 채, 요령 좋게 그녀의 바지를 단숨에 벗겨 냈다. 그녀의 바지가 침대 아래에 제멋대로 널브러졌다.

"아직 시작도 안 했잖아. 그러니까 긴장하지 마."

그가 몸을 낮춰 귓가에 속삭였다. 몸과 몸이 완벽하게 밀착되었다. 열망이 점점 더 깊어졌다.

"재희야."

단숨에 그녀의 내부로 깊게 파고든 그가 움직이지 않은 채 그대로 그곳에 머물렀다. 그녀의 내부를 다 채우려는 듯 점점 커지는 그의 남성을 그녀가 꾸덕꾸덕 먹어 치우고 있었다. 그의 남성이 그녀의 안에서 꿈틀거리며, 움직임을 재촉했다.

"더는 혼자서 해결하고 싶지 않아."

그가 몸을 뒤로 단번에 빼내어 빠르게 안으로 치고 들어왔다. 조금 전까지 머물렀던 곳의 열기가 그의 남성을 단숨에 집어삼켰다.

"허억."

선우의 허리가 파르르 떨렸다. 그 진동이 고스란히 그녀의 내부로 전달된다.

"더는 못 참겠어."

신음에 가까운 고백을 털어놓은 선우가 거칠게 허리를 움직였다. 침대가 삐걱대며 버거운 소리를 냈다. 서로의 이름을 부르는 애타는 목소리와 침대의 삐걱거리는 철제 소리에 질척이는 살 젖은 소리가 둘을 더욱더 쾌락에 빠져들게 만들었다.

"한재희 날 봐."

절정을 향해 가는 그가 눈을 감고 있는 그녀를 불렀다. 나른하게 풀어진 그녀의 눈이 그를 쳐다봤다.

"보고 싶어. 네가 느낀 희열의 모든 걸."

그가 그녀의 손에 깍지를 꼈다. 손과 손이 단단히 얽매었다.

"나도 보고 싶어."

그녀의 회답에 그가 절정을 향해 거칠게 허리를 흔들었다. 살과 살이 부딪쳐 내는 질퍽한 야한 소리가 그 순간이 가까워지고 있음을 알려 왔다.

허리가 휘고, 발가락이 굽어졌다. 그의 어깨를 감싼 손이 사정없이 그의 어깨를 할퀴었다.

조금만 더. 조금만 더. 절정을 향해 가는 선우의 쉰 목소리가 점점 멀어졌다. 이 밤이 좀 더 길었으면 좋겠다. 밤이 점점 짧아지는 게 너무 아쉬웠다.

잠들지 못한 선우는 어둠 속에서 색색거리며 잠든 재희를 가만히 들여다보고 있었다. 좀 더 있고 싶지만, 시간이 그리 넉넉지 않았다.

깊은 밤, 혹은 이른 새벽녘까지 제 품에 매달렸으니 쉬이 깨지 못할 거였다.

아무래도 오늘, 소영의 핀잔을 피하지 못할 것 같았다. 재희는 아침 출근을 못 할 테니.

선우는 재희의 휴대폰을 꺼 놓았다.

조심스럽게 귀 뒤로 머리카락을 쓸어 넘기며 이마에 가볍게 입을 맞췄다. 좀 더 같이 있고 싶었지만, 선우는 하는 수 없이 잠든 재희의 모습을 눈에 담은 채 조용히 방을 빠져나왔다. 밖은 아직 어두웠다.

○　●　○

선우가 맡은 의뢰는 초반부터 난관에 맞닥뜨렸다. 로한그룹에서 눈독을 들인 홍콩에 기반을 둔 한국인이 설립한 A.J 다국적기업은 벌써 그들의 기업을 매각하기 위한 물밑 작업 중이었다. 아주 은밀하게 매각을 추진 중이었지만, 그 액수가 만만치 않아 선뜻 거래가 진행되지 않고 있었다.

알아본 바에 의하면 두 군데 정도가 관심을 보이고 있는 걸로 확인되었지만, 만만치 않은 액수 때문인지 그들도 섣불리 움직이지 못하고 있었다. 분명 좋은 시기는 아니었다. 이런 찰나에 먼저 달려들면 절대 우위를 점할 수 없었다.

자료를 수집해 온 진수의 얼굴이 어두웠다. 선우는 진수 넘겨준 자료를 꼼꼼히 훑어보았다. 분식 회계를 의심했던 선우로서는 현재 진수가 수집해 온 자료가 눈에 차지 않았다.

"이게 최선이야?"

시선은 마주치지도 않는 선우의 질문에 진수는 또 시작이지, 라며 대답 대신 투덜거렸다.

팀을 짜 로한그룹 건에 돌입한 지 일주일째였다. 그동안 선우의 닦달에 제대로 잠도 자지 못하고 홍콩과 마카오를 제집처럼 드나들며 모은 자료였다.

문제는 분식 회계 자료였다. 그 자료만 있다면 일은 생각보다 좀 더 쉽게 풀릴 테니. 분명 어딘가에는 있을 테니. 숨기고자 마음만 먹는다면 못 숨길 것도 없지만, 찾아내려 마음만 먹으면 못 찾을 것도 없었다. 세상에 분명 존재할 테니.

일주일 동안 재희를 보지 못한 선우도 신경이 곤두서 있었다. 겨우 몇 번의 통화와 짧은 영상 통화가 다였다. 호텔에서 합숙을 하고 있기에 저 혼자서만 빠져나갈 수는 없는 노릇이었다.

"로한그룹에는 알렸어?"

"알렸지."

"……."

이 자료로는 절대 거래를 성사시킬 수 없었다. 뭔가 뾰족한 다른 무언가가 필요했다.

"그쪽도 뭔가 알아냈는지 이번 일 의뢰한 유선재 부회장이 도울 일은 없냐고 묻더라."

유선재. 일명 미카엘. 대천사.

선우는 이 의뢰를 맡으면서 로한그룹의 경영진을 단번에 제압하고 부회장 자리에 오른 유선재에 대해 알아보았다. 참 묘한 인물이었다. 특히나 과거사가.

구르카 용병이라니! 믿기 어려운 일이었다.

구르카? 선우는 생각을 정리하다 불현듯 유선재의 과거를 떠올렸다. 전 세계에서 세 손가락 안에 드는 용병으로 첩보 활동과 맨손과 단검의 사용이 뛰어난 용병이기도 했다.

선우는 어쩌면 좀 더 일이 쉽게 풀릴지도 모르겠다는 생각이 들었다.

불법을 할 필요는 없었다. 다만 불법을 저지르고 있다면 밝혀낼 필요는 있었다.

선우의 입가에 미소가 번졌다. 어쩌면 좀 더 일이 빨리 끝날 수 있을 것 같았다.

○　●　○

"어서 오세요."

소영은 카페로 들어서는 손님을 맞았다. 단골은 아니었다. 처음 본 여자 손님이었는데, 눈길이 갈 정도로 미인이었다. 굵은 웨이브 가 들어간 고운 머릿결에 몸매가 드러난 옷차림은 카페 안에 있는 손님들의 시선을 끌 정도였다.

여자가 카운터로 걸어왔다.

"안녕하세요. 주문 도와드릴까요?"

소영이 상큼한 미소를 담은 채 밝게 맞았다.

"아닌데. 이 얼굴이."

난데없는 웬 얼굴 타령?

소영은 손님임에도 자기도 모르게 미간을 깊게 찡그리고 말았 다.

"무슨 말씀이신지?"

"아, 아니에요. 에스프레소 한 잔 주세요."

여자가 카드를 건넸다.

"아, 네."

소영은 떨떠름한 표정을 숨긴 채 카드를 받아 결제를 했다. 기분 나쁜 건 나쁜 거고, 카드는 카드니. 장사 하루 이틀 하는 것도 아니고, 세상에는 별사람들이 많으니까.

그렇게 따지면 사람은 진짜 겉으로 봐서는 몰라. 그중 대표적인 인간이 강선우지.

— 오늘 재희 늦게 출근 좀 시킬게. 수고 좀 해 줘.

'왜?'

— 이유를 꼭 듣고 싶진 않잖아.

우엑. 진짜 재수 없어, 강선우. 패 죽일 수도 없고.

소영은 커피를 내리며 아침에 선우에게서 걸려 온 전화 내용을 떠올렸다.

그때였다. 카페 문이 열리고 드디어 재희가 모습을 드러냈다.

하여튼 커플은 닮아 간다더니. 쯔읏.

낮게 혀를 차면서도 머쓱한 얼굴로 들어서는 재희의 모습에 소영은 금세 표정을 바꿨다.

그래, 부러우면 지는 거지. 지는 거야. 암.

"왔어?"

"응. 미안."

"아니야. 별로 안 바빴어."

재희는 카운터로 들어오자마자 앞치마를 두르며 물었다.

"에스프레소야?"

"응."

"벨 누를게."

"그래."

재희는 진한 에스프레소가 담긴 앙증맞은 커피 잔을 쟁반 위에 올려놓았다.

○ ● ○

소영은 고개를 연신 갸웃거렸다. 첫날 이미지가 워낙에 강력했기 때문에 여자의 얼굴은 단번에 기억할 수 있었다. 단골은 아니었는데, 단골을 할 생각인지 여자는 일주일 동안 세 번이나 비슷한 시간에 찾아와 에스프레소를 마셨다.

여자가 올 때마다 느끼는 건데, 여자는 묘하게 카운터로 시선을 두고 있었다. 왜 그러냐고 물어보고 싶기도 했지만, 이상하게 입이 잘 떨어지지 않았다.

"진짜 희한하네."

"뭐가?"

재희가 물었다.

"아니, 에스프레소 말이야."

"에스프레소?"

재희의 물음에 소영은 말없이 턱을 치켜들어 여자가 앉은 테이블을 가리켰다.

"그게 왜?"

"아니, 나랑 벌써 눈이 한 네 번 정도 마주쳤거든."

"근데?"

"왜 자꾸 카운터를 보고 있냐 이거야. 혹시 너, 나 모르게 카페 내놨어? 그런 거야?"

"무슨 소리야. 카페를 왜 내놔."

재희의 확답에 소영이 '그건 그렇지. 이렇게 좋은 목에 장사도 잘되는데. 근데 왜 그러지?' 라고 다시 의문을 가졌다. 뭔가 계속 찝찝한 기분이 없어지지 않았다. 마치 고기에 마늘, 양파까지 싸서 먹고 양치질을 삼 일 동안 안 한 그런 찝찝함이었다. 뭔가 좀 더티하고, 냄새나고, 구리고. 이 민감하게 촉이 서는 삼단 콤보의 찝찝함은 뭐지?

소영의 의문이 극에 달할 때쯤 여자가 자리에서 일어섰다. 소영의 시선은 힐끔 그녀의 동선을 따라 움직였다.

온다, 온다. 와. 카운터로.

여자가 가고자 하는 방향은 확실했다. 카운터였다.

"저기, 한재희 씨 맞죠?"

이름을 알고 있다? 소영이 재희의 표정을 살폈다. 여자는 재희를 알고 있는 눈치인데, 재희는 모르는 눈치였다.

"네. 제가 한재희는 맞는데, 누구신지……."

재희가 소영을 한 번 힐끔 쳐다보고 물었다.

"전 멀리서 몇 번 뵌 적이 있긴 한데. 저 선우 대학 동창 민가연이에요."

강선우? 동창?

소영의 미간이 절로 구겨졌다.

"아. 안녕하세요."

재희가 제법 상냥하게 인사를 건넸다.

가연은 약 일주일 전, 진수에게 얼굴이나 보자고 전화를 했다. 그런데 지금은 시간이 안 되니 나중에 보자는 대답이 돌아왔다. 그럼 선우는? 물으니, 그 자식은 나보다 더 바쁘지. 요즘은 몸이 열 개라도 부족하다. 선우 찾지 마라. 묘하게 뉘앙스가 언짢았다. 여자의 직감은 그랬다.

왜. 강선우 연애라도 하는 거야? 혹시나 해 그냥 가볍게 던진 말이었다.

그러자 어떻게 알았냐? 라고 진수가 너무 순순히 대답을 해 왔다.

그 대답이 못내 마음에 들진 않았지만, 강선우가 연애를 한다고 하니 떠오르는 사람은 딱 한 사람밖에 없었다.

대학 시절, 강선우의 눈빛이 누굴 좇고 있는지는 알고 있었다.

진수의 SNS를 타고 들어가니 한재희의 카페를 찾는 건 어렵지 않았다. 선우야 그런 걸 할 리가 없으니 말이다.

"잠깐 시간 되면 이야기 좀 나눌 수 있어요?"

가연이 빙긋 웃으며 물었다.

"무슨 이야기인지……."

재희가 조심스럽게 물었다. 선우의 친구라고는 하지만 한 번도 본 적 없고, 그리고 친구라고 해도 굳이 시간을 내어 가면서까지 할 이야기는 없었다.

"저 장진수하고도 친해요. 여기 알게 된 것도 진수 때문이거든요."

마치 약을 파는 약장수처럼 가연의 입에서 재희가 알고 있는 이름이 술술 나왔다.

"저기 실례지만, 무슨 일 때문에 그러세요?"

소영이 물었다.

"아니야, 소영아. 나 잠깐 다녀올게."

"어, 어. 그래, 갔다 와."

소영은 묘하게 신경이 거슬리는 웃음을 짓는 가연의 표정이 마음에 들지 않았지만 앞치마를 벗는 재희를 말리진 않았다.

당나귀처럼 귀를 쫑긋 세운 소영은 재희와 가연이 앉은 테이블 쪽으로 귀를 기울였다. 다행히 테이블은 카운터에서 가장 가까운 곳이었다.

"갑자기 이야기 좀 하자고 해서 놀라셨죠?"

가연이 자연스럽게 물었다.

"네."

분위기는 여전하네. 나이가 들면 좀 바뀌기도 하는 법인데.

가연의 기억 속에 자리하고 있던 재희의 분위기는 여전했다. 여전히 저와는 전혀 다른 분위기였다.

재희의 카페는 오늘로 네 번째 찾았다. 그 시간 동안 한재희를 지켜봤지만, 선우가 찾아온 건 보지 못했다. 정말로 둘이 사귀는 건지 의심이 들기도 했지만, 진수의 말이 거짓은 아닐 터였다.

그렇다면 중요한 건 둘의 관계가 얼마나 깊은가 하는 정도였다. 원래 이렇게 막무가내는 아닌데, 가연은 이번이 아니면 두 번 다시는 기회가 없을 것 같았다. 마음이 조급해졌다.

강선우는 처음 봤을 때부터 마음에 들었다. 열병을 앓듯이 한동안 강선우 앓이를 했지만, 자존심이 강했던 그녀는 대놓고 대시를 하지 못했다. 아니 저 정도면 언젠가는 강선우가 절 봐 줄 거라고 생각했었다. 그게 불가하다는 걸 졸업하면서 알게 되었지만.

그 뒤 선우와 마주칠 일은 그다지 많지 않았다. 강선우는 모임에 참석률이 좋은 것도 아니었고, 저는 그동안 결혼과 이혼을 했다.

최근에 마주한 강선우는 스무 살의 풋풋했던 강선우보다 더 가슴 벅차게 갖고 싶어졌다. 가연은 이번 기회에 선우를 가져야겠다고 마음먹었다. 그러려면 강선우의 눈빛이 항상 향해 있던 한재희부터 만나 봐야 할 것 같았다.

"선우랑은 같은 대학에서 같이 공부했어요. 그래서 재희 씨를 멀리서 몇 번 본 적이 있어요. 재희 씨는 절 모르시겠지만."

"네."

소영은 귀를 쫑긋거렸지만, 두 사람의 목소리는 생각보다 더 작았다. 게다가 음악 소리 때문에 재희의 목소리는 아예 들리지도 않았다. 가연, 이라는 여자는 계속 웃고 있었지만, 소영은 계속 그 웃음이 신경 쓰였다.

'도대체 뭐라는 거야? 음악 소리를 줄여야 하나.'

가연이 말을 더 많이 하고 있었고, 그에 비에 재희는 거의 말을 하지 않고 있었다. 주로 듣는 쪽이었다.

'에이 씨, 도대체 뭐야? 아니 자기가 강선우 대학 동창이면 동창이지 재희는 왜 찾아.'

"어서 오세요."

손님이 들어섰다. 소영은 이야기 중인 재희를 대신해 일에 열중했다.

얼마나 시간이 지났을까.

어? 여자가 자리에서 거칠게 일어서 카페 문을 열고 나섰다. 그리고 재희는 카페를 나서는 여자의 뒷모습을 물끄러미 쳐다보다 이내 몸을 돌려 카운터로 들어섰다.

"뭐야? 저 여자 뭐라고 한 거야? 여긴 왜 온 거야?"

"별거 아니야."

"아니긴. 뭔데? 뭐라고 하는데."

소영의 다그침에도 재희는 입을 꾹 다물며 묵묵히 앞치마를 목에 걸었다.

"한재희."

"소영아 나중에. 나도 뭔가는 좀 정리를 해야지. 내가 조금 전에 잘한 건지 잘못한 건지 판단이 정확히 서지 않아. 그러니까 생각을 정리하고 말해 줄게. 지금은 어떻게 말해야 할지 잘 모르겠어."

적어도 내가 집착하는 게 아니길 바랄 뿐이야.

재희는 조금 전 가연에게 자신이 한 말을 곰곰이 되새겼다.

일주일째 선우를 보지 못했다. 어쩌면 앞으로 당분간은 만나기 어려울 것 같다고 했다. 잠깐 얼굴이라도 보러 가면 안 되겠냐는 전화에 일에 집중하라고 했지만, 내심 선우가 보고 싶은 마음은 어찌할 수가 없었다.

하지만, 그래서는 안 될 것 같았다. 저는 아직 그 경계를 정확히 모르겠다. 어느 선까지 해야 하는 건지.

흔들리고 싶지 않았다. 선우에게 향한 마음만큼은.

재희는 카운터에 놓인 휴대폰을 쳐다봤다.

전화해도 될까? 일하는 중일 텐데. 일하는 데 방해하긴 싫은데.

"그냥 전화해. 뭘 고민해. 연인 사이에 전화도 마음대로 못 해? 그럴 바엔 그냥 만나지 마."

소영이 컵을 씻으면 대차게 한마디 한다.

"그냥 해. 망설이지 말고."

소영이 전화하고 오라는 듯 문을 가리켰다. 재희는 잠시 망설이다 고개를 끄덕인 후 휴대폰을 들고 카페 밖으로 나섰다. 목소리라도 듣고 싶었다. 재희는 익숙한 전화번호를 눌렀다.

신호가 간다. 기계음이 들렸다.

다시 한번 더 전화를 걸었다. 다시 기계음이 들렸다. 끝내 선우의 목소리는 들을 수 없었다. 바쁜가 보다.

재희는 못내 아쉬움을 삼켜 보려 했지만, 긴 한숨과 함께 어깨가 추욱 처졌다. 재희의 시선이 아득히 멀어지는 붉은 해를 따라갔다.

이제는 해가 제법 길어졌다. 아파트 단지 사이사이로 길게 늘어선 노을이 눈부시게 아름다웠다. 앞으로 펼쳐질 그녀의 미래를 보여 주는 것 같았다. 어둠은 없고, 아름다운 빛만 가득한.

설사 그렇지 않더라도 강선우만 있다면 상관없지.

"그래, 잘한 걸 거야. 흔들리지 않기로 했잖아. 어떤 경우에도. 겨우 이 정도에 흔들리면 안 되지."

재희는 크게 심호흡을 했다.

"선우한테 아무 말도 듣지 못했잖아."

재희는 스스로에게 고개를 끄덕여 주었다.

'선우가 재희 씨랑 연애한다고 들었어요.'

'……'

'저 선우 좋아해요. 저도 선우를 놓치고 싶지 않아서요. 이번에 최선을 다해 선우한테 한번 다가가 보려고요.'

'왜 저한테 그런 말을 하시는 거예요?'

'뭐, 일종의 선전 포고 정도로 하죠.'

가연은 의기양양했다. 얼굴에는 자신감이 가득 차 있었다. 그냥 무시할 수도 있었다.

그런데.

'겨우 좋아하는 거 정도로 되시겠어요.'

그 정도로는 어림도 없다. 저가 어떤 마음으로 선우의 마음을 받아 줬는데, 겨우 좋아하는 것 정도로 강선우를 가질 수는 없었다.

○ ● ○

여전히 선우는 바빴다. 하루에 겨우 두 번의 짧은 통화가 다였다.

— 재희야. 이틀 정도 연락이 안 될 수 있을 거야. 홍콩에 다녀와야 할 것 같아.
'응. 조심히 다녀와.'
— 보고 싶다.
'나도.'

마지막 통화였다. 이틀 정도 연락이 되지 않을 거라는 선우의 약속과는 다르게 선우와 연락이 되지 않은 시간은 하루가 더 늘어나고 있었다.
"야, 강선우 요새 너무 얼굴 안 비친다."
"응. 홍콩 갔어."
"홍콩? 홍콩이라고?"

"응. 일 때문에."

"그래?"

"응."

"언제 오는데?"

"글쎄."

"전화 안 해 봤어?"

"많이 바쁜가 봐. 급한 일이기도 하고."

"그래?"

"응."

"뭐, 바쁘면 어쩔 수 없지. 난 그동안 너무 얼굴을 자주 보여 변호사가 무척이나 한가로운 직업인 줄 알았더니. 히히히."

선우에게 얼굴 너무 자주 본다고 소영이 핀잔 아닌 핀잔을 주곤했었다.

"그런데 막상 또 이렇게 얼굴 안 보이니까 궁금하긴 하네. 역시 습관이라는 게 무서워. 그치?"

"응. 그러네."

"너 보고 싶구나."

"어?"

으그. 숙맥 같으니라고. 소영이 재희의 휴대폰을 가져왔다.

"여기 봐 봐."

"어딜?"

찰칵, 찰칵, 찰칵. 순식간에 사진이 찍혔다.

"뭐 해?"

"뭐 하긴. 널 그리워할 임에게 사진 좀 보내 주자는 거지. 홍콩에 갈 정도면 뭐 엄청 큰일인가 본데, 그럼 스트레스 장난 아닐 거 아니야. 이럴 때 떡하니 너의 사진을 보면 얼마나 기분이 업 되겠냐. 에너지가 마구마구 채워지겠지. 그러면 안 풀리는 일도 막 풀릴걸."

소영이 다시 휴대폰을 들고 예쁜 표정에 이어 섹시한 표정을 요구했고, 사진은 계속 찍혔다.

"맞다. 우리 이러지 말고, 나 오늘 저녁 너희 집에서 자고, 그때 내가 준 거 입고 찍을까?"

"미쳤어."

"미치긴. 야, 연인들끼린 다 그렇게 입어. 그거 되게 비싼 거야. 알지도 못하면서."

한번 입어 봐. 다 좋은 게 좋은 거지, 라는 소영의 너스레에 재희의 얼굴이 붉어졌다. 차마 버리진 못한 소영의 선물 상자는 옷장 가장 구석에 자리를 차지하고 있었다.

"일단 웃어 봐. 환하게. 브이도 좀 하고."

빨리, 라며 카메라 촬영 버튼을 마구 누르는 소영의 주문에 재희는 그녀가 시키는 대로 예쁜 표정에 환한 웃음. 그리고 브이까지 들어 보였다. 그리고 그 사진은 고스란히 선우에게 전송되었다.

○　●　○

쉴 셈 틈도 없이 몰아붙여서 일을 했다.

역시 선우의 예상대로 로한그룹 유선재 부회장은 평범한 그룹 부회장이 아니었다. 구르카 용병 출신이라더니…….

유선재는 선우의 예상보다 더 빠르게 그가 원하는 정보를 찾아냈다.

분식 회계 자료. 물론 그걸 찾아낸 경로와 방법, 그리고 누가 움직였는지에 대해서는 밝히지 않았고, 선우도 묻지 않았다. 굳이 물을 필요가 없었다.

선우는 건네받은 자료 복사본을 몇 번이고 확인하고 또 확인했다. 기존에 가지고 있던 회계 자료와는 전혀 다른 숫자들이 기입되어 있었다. 유선재가 제대로 가지고 온 셈이다.

분식 회계 자료를 놓고 비교해 보면 기존에 가지고 있던 회계 자료는 매우 정교하게 꾸며져 있었지만, 역시 잘못된 부분이 많았다. 수치는 속이기도 쉽지만, 찾기도 쉬웠다.

분식 회계 자료를 받자마자 홍콩으로 날아왔고, 지난 3일 동안은 피 말리는 시간이었다. 한 치의 양보도 없는 접전이 이어졌다. 전투의 마지노선에 부딪힌 대화는 그 어떤 진전도 이뤄 내지 못했다.

불법을 알아냈고, 그걸 합법으로 돌려서 이야기하는 건 생각보다 더 어려운 일이었지만, 그 정도는 예상하고 있었기에 힘들 건 없었다. 문제는 누가 더 끈기 있고, 침착하게 대응하느냐는 거였다.

하지만, 오늘 선우가 콕콕 찍어 낸 회계 수치에 다국적 기업 변호사 팀은 합당한 말을 내어놓지 못했다. 어쩌면 내일이 분수령이 될 거였다.

아, 한재희 보고 싶다.

점점 에너지가 고갈되어 가고 있었다. 생각보다 에너지 고갈이 컸다.

이미 진수는 나가떨어져 초저녁부터 자고 있었지만, 내일 다시 만나 대화를 주도해야 하는 선우는 잠시의 쉴 틈도 없었다.

"하여튼 팔자 좋지."

옷도 갈아입지 않은 채 침대에 널브러진 진수를 보며 선우가 낮게 중얼거릴 때, 그의 휴대폰이 울렸다. 선우는 물도 마실 겸 자리에서 일어나 저만치 놓아 둔 휴대폰을 집어 들었다. 휴대폰이 가까이 있으면 자꾸만 재희에게 전화를 하고 싶어져 저 멀리 떨어트려놓은 상태였다.

하하. 선우는 사진을 보며 낮게 웃음을 터트렸다. 다양한 포즈로 웃고 있는 재희의 사진이 여러 장이었다. 한재희가 이런 깜찍한 짓을. 선우의 눈매가 깊게 휘어졌다. 손으로 재희의 얼굴을 몇 번이고 쓰다듬었다.

가늘게 휘어진 낭창한 눈매. 입술을 가린 채 환하게 웃고 있는 수줍은 미소.

"아. 젠장. 진짜 비행기 타러 가고 싶네."

선우는 휴대폰 사진에서 눈을 떼지 못한 채 계속 쳐다보고만 있었다. 전화라도 걸어 볼까 싶었지만, 그랬다간 오늘 일을 못 할 것 같았다.

문자라도 보내 볼까? 아님 내 사진이라도?

이런저런 생각이 들었지만, 선우는 아무것도 하지 않은 채 휴대폰을 그대로 내려놓았다. 차라리 그럴 시간에 한 자라도 더 보고 더 완벽하게 준비를 하는 게 더 나을 것이다.

한재희의 예상하지 못한 이런 깜찍한 행동이 너무 사랑스럽지만, 사진만 가지고 해소될 갈증은 아니었다. 선우는 물병을 가지고 다시 제자리로 돌아갔다.

무슨 일이 있어도 내일 끝내 버리겠어.

밤을 지새워서라도 꼭 내일 합의점을 만들어 내겠다는 선우의 두 눈에서는 의지의 불꽃이 타오르고 있었다.

"야. 장진수 일어나."

선우는 자고 있는 진수의 다리를 툭툭 건드려 깨웠다.

"장진수!"

선우가 좀 더 큰 목소리로 진수를 깨웠다.

"자자. 나 죽을 것 같아."

"죽더라도 이건 해결하고 죽어. 일어나!"

선우의 에누리 없는 말투.

"당장 일어나. 나 손 놓고 비행기 타러 가기 전에."

선우가 으름장을 놓았다. 그 소리에 진수가 눈을 번쩍 뜨며 자리에서 벌떡 일어났다.

"뭐?"

현재 심리 상태가 몹시도 불안정한 선우는 비몽사몽 눈을 비비는 진수에게 그가 오늘 밤 검토해야 할 서류 한 뭉치를 툭 던지듯 건넸다.

자다가 봉창 두드리는 것도 아니고, 갑자기 제 품으로 툭 떨어진 서류에 진수는 멍하니 서류를 쳐다봤다. 몇 번을 봤던 서류, 이제는 속이 다 울렁거릴 정도였다.

"더, 더, 훑고 찾아내. 내일 끝내 버릴 생각이니까!"

그 말만 남긴 채 다시 제자리로 향한 선우는 혹시나 자신이 놓친 게 있나 싶어 매의 눈으로 다시 서류를 처음부터 훑기 시작했다.

"야. 이걸 내가 혼자 다 어떻게?"

"팀원은 괜히 있어? 밤을 새워서라도 새로운 거 찾아."

"젠장. 빌어먹을. 이놈의 분식 회계!"

진수가 거친 욕설과 함께 다시 뒤로 벌러덩 넘어졌다.

"시간 없어."

로봇 같은 자식. 저런 자식이 뭐가 좋다고 여자들은 그러는지. 하여튼, 여자들의 속은 알 수가 없어, 라고 꿍얼거리며 자리에서 일어난 진수는 자료를 가지고 다른 방으로 들어섰다.

○ ● ○

"아니, 도대체 저 여자는 왜 또 온 거야?"

요 며칠 안 보이더니 다시 가연이 나타났다. 그때와는 좀 더 다른 분위기를 풍기면서.

소영은 에스프레소 한 잔을 시켜 놓고 앉아 있는 가연을 힐끔거렸다. 그에 비해 재희는 눈길 한번 주지 않은 채 묵묵히 자신이 해야 할 일만 하고 있었다.

아, 진짜 궁금해 미치겠네.

궁금한 걸 유달리 참지 못하는 소영에게는 지금 이 시간이 너무 답답했다. 선우라도 있으면 도대체 뭐냐고 쏘아붙이기라도 할 텐데, 재희한테는 그럴 수도 없었다. 그러고 보면 또 강선우가 가장 만만하긴 했다.

"저기, 재희야."

"응."

"저 여자, 그냥 놔둬도 돼?"

그제야 재희의 시선이 카운터 너머 가연에게로 향했다.

"손님이잖아."

재희의 표정에는 별다른 변화가 없었다.

"그, 그야 그렇지. 하지만."

"나한텐 그냥 손님이야. 그냥 그렇게 생각하기로 했어."

지난 3일 동안 생각을 정리했다. 선우에게서 연락은 없었다. 전화를 해 볼까 수십 번은 고민했지만, 끝내 하지 않았다. 선우와는 상관없이, 오로지 저 스스로 판단하고 그 판단을 믿고 싶었다. 그래야 한다고 생각했다.

'믿음은 믿음에서 생기는 거야. 그러니까 너도 믿어.'

선우와 엄마를 보러갔던 날 선우가 한 말이었다. 그 말이 맞았다. 믿음은 믿음에서 생겨난다는 거. 재희는 자신을 믿고 싶었다. 믿어 주고 싶었다. 그래야만 했다.

"나, 나 자신을 믿어 보려고."

의심의 싹을 키워서는 안 된다. 싹부터 잘라 내야 하는 게 맞다.

"재희야."

"나 선우 믿어. 그리고 나도 믿고. 겨우 선우 좋아한다는 그 정도 말에 흔들리고 그러는 거 안 하려고."

"뭐야? 저 여자 선우 좋아한대?"

"응. 옛날부터 좋아했대. 그런데 이번엔 최선을 다해서 선우를 차지해 보겠대."

"저런 미친 개나리를 봤나. 아니, 그 이야기를 너한테 해?"

"응. 선전 포고하는 거라고."

"와, 세상은 넓고, 본인이 돌아이인지 아닌지 모르는 돌아이들이 많다더니, 그중 한 명이 여기 있었네. 너 그래서 뭐라고 했는데."

당장이라도 쫓아가 따져 물을 것 같은 표정으로 묻는 소영은 이미 흥분해 있었다.

"겨우 좋아하는 것 정도로 되겠냐고."

"진짜? 진짜로 그렇게 말했어?"

"응."

난 내 전부를 다 걸었으니까. 겨우 좋아하는 것 정도야.

"대박, 진짜 잘했어. 또?"

"뭘?"

"더 없어?"

"응. 뭘 더 말해. 자기 혼자 좋아서 그런 걸."

"저 여자 너랑 선우랑 사귀는 거 알고 있어?"

"응. 연애하냐고 묻더라."

"그래서?"

"그렇다고 했지."

소영은 거침없이 대답하는 재희를 물끄러미 쳐다봤다. 한편으로는 뿌듯하기도 하고, 또 한편으로는 짠하기도 했다. 이제 겨우 마음 열고, 얼굴에 꽃피우고 있는데, 어디서 벌도 아닌 날파리가 날아들었다. 마음 같아선 한마디 해 주고 싶었지만, 재희에게 맡겨도 나쁘지 않을 것 같았다.

"선우는?"

"아직."

"아, 진짜. 하여튼 한재희 옆에 없는 강선우는 진짜 마음에 안 들어. 아주 이걸, 오기만 해 봐."

"그러지 마. 선우가 무슨 잘못이야. 선우는 아무것도 모를 수도 있는데."

"뭐라. 지금 한재희가 강선우 편드는 거야?"

"어? 아니, 그건 아니고. 그러니까 선우 잘못은 아니라는 거지. 누구를 좋아하는 건 좋아하는 사람 마음이니까."

"아이구야. 한재희 팔불출 다 됐네. 벌써."

선우를 챙기는 재희의 모습에 소영은 피식 웃었다.

"그래, 보기 좋네. 이게 정상이지. 남친을 여친이 안 챙기면 누가 챙기겠어. 그치?"

손뼉을 짝, 소리 나게 치며 생글 웃던 소영이 저 여자 두 번 다시 우리 카페에 발 못 붙이게 오늘 아주 보내 버려, 라며 주먹을 불끈 쥐어 보였다.

○ ● ○

깊이 잠든 건 아니었다. 잠이 스르륵 들려던 순간 부스럭거리는 소리에 감긴 두 눈이 파르르 떨렸다.

"다녀왔어. 그냥 자."

잠결에 들려오는 목소리가 따듯한 봄날의 바람 소리처럼 포근했다.

어쩌면 그랬는지도 모르겠다. 으응. 잠결에 나직막이 대답을 흘리며 잠이 들었는지도.

그리고 눈을 뜨게 된 건 요 며칠간 느껴지지 않았던 따듯한 온기 때문이었다. 저와는 다른 체온을 지닌 것처럼 유난히 더 따듯하게 느껴진 선우의 품이 너무 포근해 재희는 잠결에 그 품으로 파고들며 그의 가슴에 얼굴을 묻었다.

파고드는 재희의 머리카락을 가볍게 쓸어 올리며 머리에 입술을

337

묻은 선우는 "보고 싶었어."라고 낮게 속삭였다.

"으응."

낮게 깔린 재희의 목소리가 나른하게 온몸을 타고 들려와 선우는 가볍게 입술을 끌어 올렸다. 이 목소리가 그토록 그리웠다.

"내가, 밤하늘을 날아오는 비행기 안에서 곰곰이 생각해 봤는데."

계약을 성사시키고, 혼자서만 비행기에 몸을 실었다. 남은 일들은 저가 없어도 누군가 마무리할 테니. 배신자, 라는 진수의 울부짖음을 듣긴 했지만, 더 급한 일이 생겨 어쩔 수 없었다.

"응."

머리카락 속으로 선우의 손이 부드럽게 파고들었다.

"재촉하고 싶진 않은데, 생각은 해 봤어?"

아무리 생각해 봐도 너무 오랫동안은 정말 못 기다릴 것 같다. 하루하루가 너무 길게 느껴질 뿐이다. 사람 욕심은 끝이 없다더니……. 아무래도 강선우의 모든 욕심은 한재희한테 국한된 것 같았다.

"일은 잘 끝났어?"

대답이 아닌 다른 말이 흘러나왔다.

"응. 생각은?"

대답과 동시에 다시 묻는다.

"다른 일은 없어?"

"글쎄. 당분간은."

"그럼 언제 한가해지는데?"

"그건 왜?"

그제야 두 사람이 서로의 시선을 마주했다. 아직 잠이 남아 있는 나른한 눈을 천천히 위로 밀어 올린 재희는 흐음, 하고 잠꼬대 같은 낮은 허밍을 흘렸다. 얼굴이 살짝 붉어진 채 그녀가 입술을 끌어 올려 살포시 미소를 지었다. 뭔가를 잔뜩 기대하게 만드는 그런 표정이었지만, 선우는 말없이 그녀의 말을 기다렸다.

"그거야…… 한가해야 결혼을 하지."

일순 세상의 모든 소음으로부터 해방된 듯 고요해졌다. 아무 소리도 들리지 않았다. 그녀를 안고 있던 팔에 저절로 힘이 들어갔다.

순간 시간이 멈췄다. 프레임 속에 갇힌 듯.

　당장 결혼을 해야겠다는 선우의 고집은 세 살 아이가 쓰는 떼보다 더했으면 더했지 덜하진 않았지만, 홍콩에서 돌아온 선우는 결혼은커녕 재희 얼굴 보기도 어려울 정도로 바쁜 시간을 보내고 있었다.

　선우가 맡았던 일은 방송에서 연일 보도가 된 만큼 화제였고, 경제계가 들썩였다. 너무나도 갑작스러운 발표에 증권가의 찌라시는 난무했고, 로한그룹 주가는 매일 요동쳤지만, 무성한 추측과 소문이 무색하게 모든 건 합법적으로 완벽하게 진행이 된 상태였다.

　그런 일상의 반복 속에서 가장 죽어나는 이는 바로 장진수였다.

　프러포즈에 대한 화답을 받은 선우는 어떡해서든 빨리 결혼을 하고 싶었고, 그러기 위해서는 지금 닥친 이 일을 빨리 마무리해야만 가능했다.

"야. 강선우!"

"왜?"

진수가 거칠게 넥타이를 풀며 소파에 털썩 소리 나게 주저앉았다.

"나 못 해. 더는 못 해. 숨 좀 쉬자. 숨 좀. 아니 급한 일 다 끝났잖아. 이거 이렇게 급하게 숨넘어가는 사람처럼 안 해도 되는 일이잖아."

"무슨 소리야. 모든 일은 속전속결. 몰라?"

무슨 개소리야! 진수가 여전히 서류에서 시선을 떼지 않는 선우를 흘겨보았다.

모든 인수 합병이 이뤄졌지만, 그 외에도 부수적인 일은 아직 남아 있었다. 인수한 기업 계열사의 모든 회계와 법적인 부분까지 로한그룹에서 마저 의뢰했기 때문이었다.

"그러게 누가 일을 더 가져오래. 일을 더 가져온 사람이 누군데."

"그럼, 일을 가져오지 내팽개치랴! 도대체 이러는 이유가 뭐야? 너 내일모레 죽기라도 하냐? 어!"

"죽긴 왜 죽어. 내 여자 놔두고."

"미친놈. 그러니까 왜 그러냐고 지금 묻는 거잖아!"

버럭 소리를 내지르는 진수의 고성에 그제야 서류에서 눈을 뗀 선우가 한숨을 길게 내쉬었다.

"나 결혼한다."

"그러니까…… 뭐?"

진수가 상체를 앞으로 급하게 기울이며 자리에서 일어나려다 다시 뒤로 벌러덩 주저앉았다.

"그러니까, 좀 더 열심히 해 주는 게, 너의 축의금이야. 일해."

허허. 허허로운 웃음 뒤, 한탄에 가까운 감탄사를 연이어 내뱉은 진수는 말없이 선우를 가만히 쳐다봤다. 어쩐지 이번 일을 숨도 못 쉬게 몰아붙인다 싶었더니 그런 속사정이 있었구나 싶었다. 팀원들도 선우의 기세에 눌려 말을 못 해서 그렇지 다들 죽을 맛이었다.

다시 7년 전 로스쿨로 돌아가야 하는 거냐는 원성을 듣는 건 모두 진수의 몫이었고, 그들을 달래는 것도 진수의 몫이었다. 어쩐지 자기보다 한 기수 낮은 팀원들을 모은다 싶더라니.

"재희 씨는 허락했고?"

"그럼 결혼을 나 혼자 하냐? 우리 재희가 허락했으니까 하지."

"으으으 야! 이런 반푼이 강선우를 나 혼자 봐야 하는 거냐? 뭐 우리 재희가 허락했으니까 하지? 그럼, 재희 씨가 허락 안 하면 못 하고?"

말하고 보니 그렇다. 허락 안 하면 못 하는 거다.

"그렇게 엉뚱한 소리 할 정도로 한가하면 일 더 줄게. 이거 가져가."

"무슨 소리!"

반동도 없이 로봇처럼 그대로 자리에서 수직으로 일어선 진수는 자신이 확인해야 할 서류를 얼른 챙겼다.

"내 축의금은 이 정도면 족해."

말이 끝나기 무섭게 진수가 부리나케 방을 나섰다.

"하여튼 뺀질거리긴."

"그나저나 결혼 축하한다."

진수가 마지막으로 축하 인사를 건네고 다시 사라졌다.

○　●　○

　"정말?"

　"응."

　"잘했어. 진짜 잘했어. 축하해. 너무 축하해."

　재희의 고백에 소영이 재희의 두 손을 꼭 맞잡으며 진심으로 축하해 주었다. 연인이 된 지야 얼마 되지 않았지만, 둘 사이는 그 어떤 연인보다 더 끈끈하고 깊은 관계라는 걸 소영은 알고 있었다.

　"강선우 간만에 마음에 드네. 근데 언제 할 건데?"

　"글쎄. 선우가 아직 너무 바빠서."

　그러고 보니 홍콩에서 돌아온 후 잠깐 보고 다시 얼굴을 보지 못한 지 3일이 되어 가고 있었다.

　"넌 언제 하고 싶은데?"

　소영이 재촉하듯 물었다.

　이젠 완연한 봄이었다. 벚꽃이 피고 곧 지겠지만, 날은 좋고 꽃은 만발할 계절. 엄마가 가장 좋아하는 계절이기도 했다.

　만약 한다면 봄이 좋을 것 같지만, 시간이 너무 촉박하기는 했다.

　찾아가 봬야 하나.

　재희는 아주 오래전에 인연을 끊고 살았던 한 사람이 떠올랐다. 종종 전화가 걸려 왔지만, 받지 않았다. 엄마가 돌아가신 것조차 알리지 않았으니…….

　그런데 왜 갑자기 결혼을 한다고 하니 지금껏 보고 싶지도 않았던 아빠가 떠오르는지 모를 일이었다.

"글쎄. 선우하고 상의해 봐야지."

"그럼, 그럼. 상의해 봐야지. 봄은 너무 늦었고, 여름은 너무 덥긴 한데. 가을까진 또 너무 길다. 그치?"

"⋯⋯응."

"하긴 뭐, 결혼식이야 실내에서 하는데 여름도 나쁘지 않지. 다들 뭐, 5월의 신부 이런 거 할 필요 있나. 여름 신부도 좋지. 홀라당 다 벗고, 기본만 입고 하면 좋겠네. 크크크."

뭔 생각을 하는지 소영이 키득키득 웃었다.

"아 참."

"뭐?"

"강선우 내 소개팅은 어떻게 된 거야? 여행 다녀오면 해 준다고 하더니, 입을 꼭 다물고 있네. 이걸 재촉해 말아. 결혼까지 한다는 마당에 내가 베프 결혼식 날 혼자 쓸쓸히 가야겠냐?"

"언제 할지 모르잖아. 좀 기다려 봐. 약속은 지키잖아."

"얼레. 너 자꾸 그렇게 강선우 편만 들 거지? 내 편 안 들고!"

"아니야. 편은 무슨. 편으로 따지면 나야 진소영 편이지."

재희가 살갑게 팔짱을 끼며 히죽 웃었다.

그때였다. 카페 문이 열렸다.

"어서 오세⋯⋯요."

손님을 맞이하던 소영은 어색함을 감추지 못하고 얼굴이 점점 딱딱하게 굳어 갔다.

"안녕하세요."

김경호였다. 점심시간에 온다고 했던 사람이었는데, 나타나도 너무 늦게 나타났다. 그리고 그의 시선은 여전히 재희를 좇고 있었다.

"안녕하세요."

그 시선을 느낀 듯 재희가 인사를 건넸다.

"오랜만이에요."

남자가 살짝 미소를 지은 채 웃어 보였다.

"네."

재희는 의외로 차분했다.

"라떼 드릴까요?"

"네."

두 사람은 마치 뭔가를 아는 것처럼 차분하게 대화를 하고 있었다. 소영은 한 발짝 뒤로 물러서 두 사람을 말없이 살폈다. 남자는 주문 후 테이블로 향했고, 재희는 말없이 라떼를 만들기 시작했다.

"나 잠깐만."

"어, 어."

라떼를 다 만든 재희가 커피를 들고 카운터를 나서 김경호가 앉은 테이블로 향했다.

"쟤가 왜 저러지?"

소영은 슬쩍 분위기를 살폈지만, 분위기만으로는 뭔가를 알 순 없었다.

직접 라떼를 들고 찾아온 재희를 맞이한 김경호는 씁쓸한 웃음을 지어 보였다.

점심 약속을 지키지 못했다. 몇 번이고 망설였지만 저답지 않게 차마 발길이 떨어지지 않았다. 다시 카페를 찾은 건 약속을 지키지 못한 날로부터 며칠 뒤였다. 하지만 카페에서 재희의 모습은 보이지 않았다.

그리고 다시 카페를 찾은 어느 날 재희와 선우가 나란히 걸어가는 걸 보게 되었다. 그냥 평범한 연인 같은 모습이었지만, 경호의 눈엔 왠지 모를 단단함이 느껴졌다.

잊어야 하는구나, 마음을 먹었다. 하지만, 쉽사리 마음이 정리되지 않았다.

"사과는 해야 할 것 같아서요."

사실은 그녀가 보고 싶었다. 이건 핑계일 뿐이었다.

재희는 조용히 고개를 끄덕였다.

"그날 점심 약속 지키지 못해 죄송했습니다."

남자가 정중하게 사과했다.

"아니에요. 제가 더 죄송하죠. 먼저 제 입장을 확실하게 말씀드렸어야 했는데."

"……."

경호는 물끄러미 재희를 쳐다봤다. 여전히 그녀는 제 가슴을 설레게 했지만, 이젠 어쩔 수 없었다. 마음을 접는 수밖에.

"또 이만큼 제 마음에 드는 카페를 찾기도 어려울 것 같습니다만, 부지런히 다른 카페를 찾아봐야죠."

커피엔 손도 대지 않은 남자는 더는 앉아 있기가 어려운 듯 자리에서 일어섰다.

"마음 감사했습니다. 안녕히 가세요."

재희가 정중하게 허리를 숙여 인사했다.

말하지 않아도 알 것 같았다. 그동안 이 남자는 카페에 오지 않은 게 아니라 올 수가 없었다는 걸. 어쩌면 저가 좀 더 선우의 마음을 일찍 받아 주었다면 이런 일은 없었을 거였다.

"네."

경호는 안경을 살짝 추켜올리며 그대로 몸을 돌려 카페 문을 열고 나섰다.

재희는 짧게 한숨을 내쉬었다. 그러자 소영이 다가와 '뭐래?' 라
고 물었다.

"응. 그날 점심 약속 못 지켜서 미안하다고."

"다른 말은 안 해? 그러니까 이유라든지 뭐, 그런 거 있잖아."

"응."

"뭐야? 왜 그랬는지 이유를 말해야지. 뭐가 그렇게 싱겁고 간단
해."

"됐어. 나도 미안했는데 뭐. 서로에게 사과했으면 됐지, 뭘 더."

아닌데, 분명 뭔가 있는데. 고개를 연신 갸웃거리던 소영은 강
선우가 나와야 하는데, 작게 중얼거렸지만 재희는 못 들은 척 카운
터 안으로 들어섰다. 곧 마감할 시간이었다.

"진짜 안 데려다줘도 돼?"

"응. 날도 좋고, 걸어가려고. 집에 일찍 가 봤자 기다리는 사람
도 없고."

"강선우 오늘도 못 온대?"

"아마도."

"그래, 그럼. 조심히 들어가."

"응."

재희는 멀어지는 소영의 차를 향해 손을 흔들어 주었고, 몇 걸
음 걸어갈 때였다. 앞쪽에서 차의 헤드라이트가 연속 두 번 깜박였
다. 재희가 밝은 불빛에 눈을 찌푸린 채 손으로 눈을 가릴 때 차가
바로 앞에서 멈췄다.

"한재희."

차에선 내린 선우는 금세 재희의 곁으로 다가왔다.

"어? 어떻게 된 거야?"

이번 주까지는 힘들 거라고 했다. 한재희랑 빨리 결혼하려면 빨리 일을 끝내야 하니까, 라고 통화한 지 얼마 되지 않은 시간이었다.

"어떻게 되긴. 도저히 못 참겠어서 왔지."

"일은?"

"하고 있겠지."

"넌?"

"내 몫은 하고 왔지."

선우가 재희의 허리에 팔을 둘러 가볍게 끌어당겼다.

"응."

"응?"

"어, 응. 왜?"

흐음. 그답지 않게 제법 눈이 가늘게 접혔다. 허리에 두른 팔에 살짝 힘을 줘 그대로 가볍게 재희의 몸을 돌리자 그녀의 등이 차에 닿으며 살짝 뒤로 휘었다. 좀 더 몸을 밀착하며 선우가 조심스럽게 물었다.

"혹시 나한테 할 말 없어?"

그가 의미심장한 눈빛으로 물었다.

할 말? 뭔가 곰곰이 생각하던 재희는 며칠 전 찾아왔던 가연이 떠올랐다. 그동안 서로 만나지 못했지만, 선우가 저런 눈빛으로 물어볼 일은 그 일 밖에 없는 거 같았다.

설마 알고 온 건가?

'이번에 최선을 다해 선우한테 한번 다가가 보려고요.'

카페를 나서기 전 가연의 표정은 비장해 보였다. 당장이라도 선우를 찾아갈 것처럼 말이다.

말해야 하나? 하긴 비밀을 만들어서 좋을 건 없지. 그게 아무리 별거 아니라고 할지라도.

가연이 찾아왔지만, 그녀의 등장으로 인해 변한 건 없었다. 오히려 좀 더 자신을 찾을 수 있었다. 하지만, 선우와는 가능한 비밀은 만들지 않는 게 좋을 것이다.

"실은, 얼마 전에 찾아오긴 했었는데."

뭐야? 또 왔었단 말이야? 나 없을 때!

그녀의 허리에 두른 팔에 힘이 절로 들어갔다. 저녁도 거른 채 일을 마무리한 선우는 곧장 카페로 왔다. 차를 주차하고 막 내리려는 순간 카페에서 나온 김경호를 보게 되었다. 뭔가 홀가분해 보이는 표정으로 피식 웃는 모습이 묘하게 신경에 거슬렸다.

그대로 카페로 들어갈까 싶기도 했지만, 한 템포 쉬는 게 필요했다. 그래서 차 안에서 호흡을 고르며 재희를 기다리고 있었다.

"그러고 보니 내가 할 말은 아니고, 내가 물어야 할 말이었네. 어떻게 된 거야?"

조심스럽게 선우의 목에 팔을 두르며 재희가 은근하게 물어 왔다. 그냥 넘어갔을 수도 있는 일이었다. 흔들리지 않기로 했으니. 게다가 저는 선우한테 청혼까지 받지 않았는가! 그런데 이렇게 나오니 한 번쯤은 물어도 나쁘지 않으리라.

하지만 역으로 질문을 받은 선우의 두 눈이 커졌다.

"무슨 소리야?"

"무슨 소리긴. 민가연. 어떻게 알고 카페를 찾아온 거야?"

생각지도 못했던 이름이 재희의 입에서 튀어나왔다.

민가연이라니. 걔가 카페에 왜? 묻고 싶은 건 오히려 선우였다.

"흠흠. 아무래도 오늘 밤 우린 할 말이 많을 것 같으니, 일단 집에 가서 듣기로 하고, 일단 타."

선우가 재빨리 팔을 풀고 문을 열어 주었다. 재희의 가는 눈매가 살짝 접혔다.

"알았어. 일단 타. 집에 가서 얘기하자. 그게 뭐든!"

못 이기는 척 그녀가 차에 올라탄다.

"잠깐만."

직접 안전벨트를 채워 주며 선우가 가볍게 입을 맞춘다.

"할 말이 엄청 많은가 본데?"

시선을 살짝 틀어 피하며 재희가 반쯤은 장난스레 말을 건넸다. 할 말이 많다기보다는 듣고 싶은 말이 많았지만, 재희를 불안하게 하고 싶진 않았다.

"네가 뭘 생각하든 딱 그 반대로만 생각해. 난 한재희한테 목맨 남자야. 내 인생에 여자는 한재희 하나라는 소리지. 앞으로도 영원히."

마음이 놓인다. 이런 말을 들으면. 강선우가 옆에 있다는 것만으로도 기분이 좋아진다.

재희는 소리 없이 싱긋 웃었다.

"정말 그래도 돼?"

묻는 그녀의 표정이 어딘가 모르게 짓궂어 보였다. 선우의 미간이 미세하게 구겨졌다.

"아니. 일단 집에 가자."

선우는 빠르게 운전석에 올라탔다.

○ ● ○

3일이 지났다.

선우의 일은 거의 마무리가 되어 가고 있었고, 이제는 한숨 돌릴 만큼 여유로워졌다.

선우는 급하게 사인한 서류를 비서에게 건네고, '저 약속 있습니다. 급한 일은 전화 주세요.' 라며 로펌을 나섰다.

로펌을 나선 선우는 가연과 약속된 장소로 향했다. 진즉에 연락을 하려고 했지만, 그럴 만한 시간이 나지 않았다. 그리고 그리 급하게 처리할 일도 아니었다.

하지만, 이제는 정확히 해야 할 때였다. 가연이 무슨 생각으로 재희를 찾아갔는지는 중요하지 않았다. 그녀가 재희를 찾아갔다는 것만이 중요할 뿐.

재희를 통해서 가연과 어떤 이야기를 주고받았는지 들었다. 불쾌하기 짝이 없었다. 재희를 무시하지 않고서야 그런 일은 있을 수 없었다. 더욱이 제가 없는 사이에 말이다.

"여기야."

카페로 들어서자 가연이 손을 들어 반겼지만, 선우의 얼굴엔 단한 점의 웃음도 보이지 않았다. 내심 설레는 마음으로 약속 장소에 나온 가연은 냉정해 보일 정도로 차가운 선우의 표정에 뭔가 잘못되었다는 걸 직감적으로 알았다.

그동안 가연은 몇 번이고 선우를 만나 보려 애를 썼지만, 연락도 닿지 않았다. 애가 탔지만, 얼마 전 방송을 보고서야 왜 연락이 되지 않았는지 알게 되었고, 충분히 이해가 되니 그녀로서는 훨씬 마음이 홀가분했다.

생각보다 한재희가 만만치 않았지만, 결정은 그녀가 아닌 강선 우의 몫이라고 가연은 생각하고 나온 자리였다.

선우가 정확히 가연의 맞은편에 자리를 잡고 앉았다.

설마하니 가연이 재희를 찾아갔을 줄은 꿈에도 몰랐다. 가연에 게 재희에 대해 이야기한 적 없었고, 이번 이혼 소송을 맡으면서도 그 어떤 여지도 주지 않았다. 저 또한 그런 걸 결벽증에 가까울 정 도로 싫어하지만, 재희가 오해할 만한 일은 그 어떤 것도 하고 싶 지 않았다.

그날 모임에서 가연의 뜬금없는 의기양양한 태도에도 충분히 의 사 표시는 했다고 생각했다. 좋든 싫든 동창회였고, 모두 즐겁게 즐기는 분위기였기에 최소한의 예의는 지키고 싶었다. 그런데 아 무래도 돌려서 이야기하면 못 알아듣는 타입인가 보다.

3일 전 눈이 충혈될 정도로 일을 하고 가까스로 재희를 찾아갔 는데, 때아닌 불청객도 되지 않을 이름 때문에 선우는 아까운 시간 을 버리고 말았다.

하긴 그런 타입이 있긴 하지. 백번 돌려 말해도 못 알아듣는 타 입. 쯔읏. 두 번 다시는 마주치고 싶지 않다.

"단도직입적으로 말할게."

선우가 상체를 앞으로 기울여 간격을 좁혔다. 단단하게 선을 그 은 그의 눈썹이 높이 각을 그리며 우뚝 솟고, 서늘하게 빠진 눈매 가 더 깊게 자리 잡았다. 그 사이로 검은 눈동자가 또렷하게 정중 앙에 깊이 박혀 들었다.

순간 가연은 저도 모르게 무릎 위에 놓인 두 손에 힘이 들어가는 걸 느꼈다.

"……?"

"나 재희랑 결혼한다."

생각지도 못한 선우의 고백에 가연의 눈이 절로 휘둥그레졌다.

연애야 그럴 수 있다 치지만, 결혼이라니!

"물론 내가 너한테 이런 말을 해야 할 이유는 없지. 하지만, 정확히 해 두어야 할 것 같아서 말이야."

재희가 이런 일로 신경 쓰는 건 싫다.

"……."

"난 지금까지 단 한 번도 한재희가 내 여자가 아니라고 생각해 본 적 없어. 그건 앞으로도 변함이 없을 테고. 내 인생에 여자는 한재희 단 한 명뿐이겠지. 난 평생 한재희만 보고 살아가게 될 거야. 매일 아침 눈을 뜰 때마다 내 옆에 한재희가 있는지 매일매일 확인하며 살아가겠지. 그래서 말인데."

생각만으로도 좋은지 평소의 그답지 않게 선우는 피식 웃기까지 했다.

"난 누가 우리 사이에 끼어드는 게 끔찍이도 싫어. 그게 누구든 말이야. 설사 친구라는 어쭙잖은 관계를 빌리더라도 말이지. 난 내 여자가 나 외에 다른 그 어떤 일로도 신경 쓰게 하고 싶지 않아. 오로지 한재희의 머릿속에는 나만 가득 차 있어야 하거든. 그래서……."

가연의 눈초리가 볼썽사납게 구겨지고 있었지만, 선우는 개의치 않았다. 그는 느긋하게 말을 이었다. 서둘거나 조급해하지 않았다.

"앞으로는 무슨 일이 있어도 서로 마주치는 일은 없었으면 좋겠는데. 재희와도 마찬가지고. 여기까지 민가연이 말했던 친구로서 강선우가 해 줄 수 있는 마지막으로 하자. 더는 뭐든 힘들 것 같으니까."

정중앙에 깊이 박혀 있던 검은 눈동자가 순간 검은빛을 내며 번뜩였다.

움찔. 가연은 저도 모르게 두 어깨를 움찔거렸다. 뭐라고 말을 하고 싶었지만, 입은 쉽사리 열리지 않았다.

선우는 그대로 자리에서 일어섰다.

안 돼. 나도 너 좋아해. 옛날부터 너 좋아했단 말이야.

이번에 그를 놓치면 다시는 기회가 없을 것 같았다. 가연은 원피스 자락을 있는 힘껏 감아쥐었다. 손이 부르르 떨리는 힘을 빌려 가까스로 그의 이름을 불렀다. 손톱에 긁힌 스타킹의 올이 그대로 나갔다.

"강선우."

가연이 거칠게 자리를 박차고 일어서며 선우를 불렀다.

"너 내가 너 좋아하는 거 알고 있었잖아."

"언제?"

완벽한 무시.

"……."

"설사 그렇다 하더라도 난 너한테 아무런 감정이 없지. 이미 충분히 보여 줬잖아."

더 이상의 설명은 사양이다. 이런 일에 뺏길 시간은 없었다. 할 일이 태산이었다. 하나씩 하나씩 해결하려면 시간을 쪼개고 또 쪼개야 했다.

선우는 카페를 나서면서 시간을 확인했다. 오후에 사무실에 들어가 할 일을 머릿속으로 정리하고 내일 토요일 오후에 가야 할 곳을 다시 한번 되짚어 보았다.

한 번은 꼭 만나야 할 사람이었다. 재희가 어떻게 나올지는 모르겠지만 말이다. 싫다고 하면 굳이 강요하지 않을 생각이지만, 가능한 재희가 받아들여 주길 빌었다. 그게 앞으로 남은 시간을 살아가야 하는 재희에게도 더 좋은 계기가 될 테니.

선우는 그길로 곧장 로펌으로 다시 들어갔다.

○　●　○

"이 정도면 충분하지?"

인수 합병 한 기업의 상관관계를 정리한 서류를 건넨 진수는 밤을 꼬박 샜는지 몰골이 말이 아니었다.

"수고했네."

"앞으로 내가 강선우랑 다시 일을 하면 성을 간다."

"그거 대표님께 말씀드려도 되냐?"

선우가 가방을 챙기며 피식 웃었다.

"친구의 연을 그렇게 끊고 싶다는 의미로 받아들여도 되냐?"

"꽤 세게 나온다, 장진수?"

"내가 이 정도도 안 하면 너 때문에 맨바닥에서 구른 분이 안 풀릴 것 같거든."

"이는 그만 갈고. 어떻게, 소개팅할 거냐?"

'소영이 소개팅은 언제 해 줄 거야? 소영이가 기다리고 있던데.'

며칠 전 오랜만에 재희와 나란히 침대에 누워 이런저런 이야기를 두런두런 나눴다.

오해조차 될 수도 없는 오해를 풀고, 보지 못했던 시간 동안의 소소한 이야기를 서로의 체온을 나누며 주고받았다. 그 모든 게 너무 사랑스러워 그 시간이 너무 좋았다. 너무 행복해 매일 그 시간을 함께 보내고 싶었다.

손을 맞잡고, 하루를 어떻게 보냈는지, 서로의 이야기에 귀를 기울이고 싶었다. 하루 종일 무슨 일이 있었는지 누군가에 말할 수 있는 건 생각보다 더 가슴 벅찬 일이었다.

그 상대가 한재희여서 더 좋았다. 선우는 하루라도 빨리 결혼을 하고 싶어졌다.

"해 준다고 한 지가 좀 된 것 같다만?"

진수가 의심의 눈초리로 선우를 쳐다봤다.

"소개팅은 이 일 마무리되면 해 줄게. 대신 내일 일 좀 부탁하자. 나 내일 휴무다."

"뭐? 야! 나는."

"넌 이번 일 끝나고 소개팅이지만, 난 결혼이다. 내일은 결혼하기 전에 꼭 해야 할 일이 있어. 그러니 네가 양보 좀 해 줘. 부탁한다."

진수는 결혼이란 말에 대꾸도 못 하고 앓는 강아지처럼 끄응, 소리를 냈다.

"아, 알았어. 알았어. 대신 소개팅은 절대 잊지 마라."

"그럼, 꽤 괜찮은 여자야. 그건 내가 보증하지."

"그래, 알았다. 그나저나 그렇게 좋냐?"

정신없이 달려왔음에도 선우의 얼굴에는 피곤한 기색이라고는 찾아볼 수가 없었다. 가장 피곤해야 할 사람이었지만, 너무 멀쩡한 선우를 보며 모두 혀를 내둘렀다.

"말해 뭐 해. 이 시간만 기다려 왔다. 나 간다."

선우는 그길로 재희에게로 향했다. 재희가 기다리고 있을 거였다.

결혼을 하면 매일 이 길을 다니게 될 거였다. 재희의 배웅을 받으며 출근하고, 그녀가 퇴근하길 기다렸다 함께 집으로 갈 거였다. 선우는 그것만으로도 이 길이 사랑스러워지려는 참이었다. 참 신기하게도 말이다.

○　●　○

"그래. 잘 쉬고. 월요일에 봐."

"응. 미안해 매번."

"미안하긴, 무슨. 덕분에 유럽 여행 잘 갔다 왔는데 뭘 더. 게다가 소개팅도 해 준다잖아. 히히."

내심 기다리던 소개팅 소식을 드디어 듣게 되었으니…….

"응. 들어가."

"선우 기다릴 거야?"

"응. 다 왔대."

"그래, 그럼. 나 먼저 간다."

선우를 기다리는 재희를 뒤로하고 소영이 먼저 카페를 나섰고, 소영이 나가고 얼마 지나지 않아 선우가 들어섰다. 이제는 선우가 오는 모습만 봐도 기분이 좋고, 함께 집에 가는 길이 마냥 즐겁기만 했다.

손을 맞잡고 같이 엘리베이터에 오르고, 그가 열어 준 문으로 들어서는 건 생각보다 더 행복한 순간이었다.

"그런데 우리 내일 어디 가는 거야?"

내일 시간 비워 두라는 말만 들었지 어딜 간다는 말은 아직 듣지 못한 재희는 궁금했다.

"화내지 않겠다고 하면 말할게."

재희의 머리를 말리던 드라이어를 제자리에 가져다 놓고 온 선우는 재희 옆에 자리를 잡았다.

"사실은 말이야."

재희는 조용히 선우의 말에 귀를 기울였다.

"아버님이 어디 계시진 알게 됐어."

선우의 이야기에 재희는 아무 말도 하지 않았다.

"한재희가 싫다고 하면 아무것도 안 할 거야."

선우 또한 조심스러운 부분이었다. 하지만, 재희를 위한 일이었다. 사이가 좋지 않아도 그녀의 유일한 가족이었다.

"내일 찾아뵙겠다고 했지만, 네가 싫다고 하면 나만 혼자 다녀올 거야."

재희는 마지막으로 봤던 아빠의 모습을 떠올렸다. 아주 오래전 일이었다.

초췌한 몰골을 한 아빠도 엄마만큼이나 정상은 아니었다. 하지만, 그때는 아빠의 그런 모습이 눈에 들어오지 않았다. 그때 아빠에게 가졌던 감정의 골은 절대 메워질 수 없는 그런 종류의 것이었다. 그때는 모든 게 몸서리치게 위태로웠던 그런 나날들이었다. 제 외모와 성격이 아빠를 닮았다는 게 몸서리치게 싫을 정도로 말이다.

저는 엄마보다는 아빠를 많이 닮았다. 분위기며 눈매며 말이다. 엄마는 그런 아빠를 좋아했었다. 그래서 더 싫었다. 그게 싫다고 소리쳤었다. 다시는 보고 싶지 않다고 소리쳤었다. 그 뒤 단 한 번도 찾지 않았다.

하지만 다시는 찾지 않겠다고 했지만, 문득문득 잘 지내고 계신지 궁금하긴 했다. 특히 엄마가 돌아가셨을 때 말이다.

울컥거린 마음을 간신히 추스르며 재희가 아주 낮은 목소리로 물었다.

"어디에 계신 거야?"

"네가 가겠다고 하면 내일 같이 갈 거야. 하지만, 싫다고 하면 가지 않아도 돼."

이 남자는 나한테 왜 이렇게 잘하는 걸까? 도대체 왜? 한재희가 뭐라고. 저보다 더 좋은 여자를 얼마든지 만날 수 있을 텐데. 왜 강선우는 이렇게 제 맘을 다 알고 있는 걸까!

선우에게 프러포즈를 받았을 때 아빠가 떠올랐다. 그렇게 싫다고 노래를 불렀던 아빠가 왜 떠올랐는지는 모를 일이었지만, 혼자서 선뜻 찾아가기란 쉽지 않을 거라는 걸 알고 있었다.

시간은 아주 오래 흘러 있었다. 아빠와 딸로서 지내 오지 않았던 시간이었다.

재희는 말없이 선우의 품으로 파고들었다. 한쪽 얼굴을 가슴에 대고 있자니, 선우의 심장 소리가 규칙적으로 들려왔다. 그의 심장 소리에 맞춰 숨을 내쉬고 들이쉬었다. 선우와 하나가 된 것 같은 착각이 들었다.

"나 이러면 안 되는데, 자꾸 강선우한테 의지하게 돼."

선우가 함께 가 준다면 얼마든지 갈 수 있을 것 같았다.

"그거 듣던 중 반가운 소리네."

제 품으로 파고드는 재희의 등을 그가 길게 아래로 쓸어내린다.

"강선우가 옆에만 있어 준다면 한재희가 못 갈 곳은 없지. 그곳이 어디든."

"그곳이 어디든?"

"응. 그곳이 어디든."

억눌린 음성이 서서히 가벼워졌다.

두렵지 않다. 무섭지 않다. 강선우가 옆에만 있어 준다면 말이다.

"한재희가 간다는데 강선우가 못 갈 곳은 없지. 그곳이 어디든."

고개를 낮추고, 서서히 고개를 들어 가볍게 입을 맞춘다. 닿았다 떨어진 입술이 부드럽게 맞물렸다 다시 떨어지길 반복했다.

"내가 혹시라도……."

"응."

"못되게 굴어도 날 떠나면 안 돼. 강선우한테 한재희가 못되게 굴어도 말이야."

"내가 그럴 수 있을까?"

"아니, 절대 그러지 마."

다짐에 다짐을 받아 내듯 그녀가 연신 입술을 부딪쳐 왔다. 목을 감싼 손을 채 마르지 않은 머리카락 속을 헤집으며 그녀가 그에게 매달렸다.

"키스해 줘."

사랑받고 싶어.

그가 제 입술을 삼키기 전 그녀가 애원하듯 속삭였다.

"사랑해."

재희야, 라고 부르는 그 한마디에 애정이 가득했다. 아무리 가물어도 마르지 않을 샘물처럼 말이다.

물기가 가득한 눈언저리에 사뿐히 입술이 내려앉았다. 서서히 볼을 타고 흘러내린 열기가 가득한 입술이 꽃잎처럼 부드러운 그녀의 입술을 찾아들었다.

열망이 과하다. 흥분이 지나치다.

선우야. 제 품에 안겨 매달려 오는 그녀를 꼭 껴안는다. 입술을 진하게 맞춰 오는 그녀의 아찔한 유혹을 서서히 삼키며 선우는 구석구석 그녀의 온몸에 정성스레 입을 맞췄다.

제 몸에 쏟아지는 정성스러운 입맞춤에 재희는 가쁜 숨을 내뱉었다.

시나브로 선우의 애무에, 농염하게 젖어 가는 제 몸의 반응이 이젠 익숙했다. 선득하게 선 그의 남성이 제 몸 이곳저곳을 스치듯 닿는 느낌도 좋았다. 단단히 성이 난 채 제 몸 깊숙이 들어올 때면 온몸에 짜릿한 전율이 일었다.

그녀가 조심스럽게 손을 아래로 뻗어 그의 것을 두 손으로 부드럽게 감싸 쥐었다.

한재희, 라고 부르는 선우의 목소리가 신음에 무겁게 억눌려 있었지만, 차마 열기 가득한 그녀의 손을 뿌리치진 못했다. 그녀의 두 손이 조심스럽게 남성을 길게 훑어 내렸다. 끝까지 훑어 내린 손이 다시 위로 올라가 번들거리는 부분을 둥글게 매만졌다. 허리가 절로 튕겨졌다.

재희야. 한재희. 흐윽. 그녀가 만지는 대로 반응하는 제 분신의 솔직함에 그가 깊게 신음했다.

유혹이 지나치다. 손길이 너무 뜨거워 녹아내릴 것 같다.

그가, 그녀에게 제 모든 걸 온전히 맡겼다. 그녀가 만지는 대로, 빠는 대로 내버려 두었다. 서툴게 제 것을 물어 삼키는 그녀가 너무 사랑스러워 선우는 차마 그녀를 말리지 못한 채 그녀에게 휘둘렸다. 그가 그녀의 머리를 살며시 내려 눌렀다. 그녀의 입이 더 깊게 그의 것을 빨아들였다.

재희야. 지독한 쾌락에 선우에 목에 핏대가 툭툭 불거졌다. 선우의 짙은 신음 소리가 질척이는 소리에 뒤섞였다. 순간 그가 다급하게 엉덩이를 뒤로 물렸다.

희열에 가득 찬 눈으로 그녀를 내려다본 그가 그녀를 위로 끌어당겼다. 고개를 천천히 흔든 그가 그대로 그녀의 내부로 깊게 삽입했다.

이미 절정의 끝에 다다른 선우는 허리를 미친 듯이 흔들어 대며 그녀를 몰아붙였다.

서로의 신음성이 뒤섞여 서로를 애타게 찾았다.

열망이 가득한 밤이 선우의 허리 위로 뜨겁게 내려앉았다.

낯선 곳은 아니었다. 먼 곳도 아니었다.

엄마와 함께 살았던 그곳에서.

"같이 가 줘?"

손을 맞잡은 채 묻는 선우의 물음에 재희는 가만히 고개를 가로 저었다.

"그래, 다녀와."

선우는 천천히 손을 놓아주었다. 그녀가 고개를 끄덕였다.

그녀는 몇 걸음 걷다 다시 뒤돌아보았다. 선우는 그 자리에 그 대로 서 있었다. 그가 가볍게 손을 들어 보이며 싱긋 웃어 주었다. 얼마든지 기다릴 수 있다는 듯 한 치의 미동도 없이. 그의 등 뒤로 봄날의 눈부신 햇볕이 길게 내리쬐고 있었다.

재희는 다시 한번 고개를 끄덕이며 아빠가 기다리고 있다는 집 으로 향했다.

집 앞에 도착해 조심스럽게 손잡이를 돌려 문을 열었다. 문은 처음부터 열려 있었는지 부드럽게 안으로 밀렸다. 그리고 조금 열린 문틈 사이로 검고 마른 등이 보였다. 재희는 그 순간 숨을 멈췄다.

우두커니 앉아 있는 검은 등은 제 기억 속의 등보다 더 말라 있었다.

어차피 온 거, 인사라도 제대로 하고 가는 게 좋겠지. 선우를 위해서라도.

휴우. 재희는 짧게 한숨을 내쉬며 천천히 문을 닫고 안으로 들어섰다. 창문을 열어 놓았는지 사방에서 바람이 들어왔다.

"……저, 왔어요."

재희는 현관으로 올라서지 않은 채 그대로 서 있었다. 아빠에게서는 대답이 없었다.

아침에 일어나 이곳에 오기 전까지 무수히 많은 생각들이 머릿속을 헤집어 놓았다. 무슨 말을 해야 할지. 어떤 말을 해야 할지 고민해 봤지만, 막상 떠오르는 건 없었다.

아빠, 라고 부르고 싶은데 그 한마디가 쉽지 않았다.

그녀가 조용히 신발을 벗고 현관으로 올라선다. 발자국 소리를 죽여 조심스럽게 안으로 걸어 들어간다. 한껏 마른 등이 점점 더 가까워졌지만, 아무도 먼저 말을 하진 않았다.

소파 근처에 다다랐을 때 재희는 흠칫 발걸음을 멈췄다. 제 아빠는 키가 컸다. 제 기억 속 아빠의 어깨는 오랜 시간 자란 등나무처럼 단단했다. 마른 어깨였지만, 강한 어깨였다. 그런 어깨가 들썩이고 있었다. 소리를 죽이려 애를 쓰고 있었지만, 들썩이는 어깨만큼은 어쩔 수가 없었다.

어디서부터 잘못되었을까? 뭐부터 풀어야 할지! 예전의 아빠와 딸로 돌아갈 수 있을까? 엄마가 돌아가신 건 알려야 할까!

그 짧은 순간 수많은 물음들이 생각났지만, 어느 것 하나 입 밖으로 튀어나오진 못했다.

"재희야."

울음 섞인 단 한마디.

"재희야."

차마 시선을 마주치진 못한 그녀의 아버지는 연신 그녀의 이름만 부르고 있었다.

"아빠가…… 아빠가 미안해."

흐흡. 끝내 목 놓아 울고 말았다. 마른 장작 같은 어깨가 크게 들썩였다.

평생 두고두고 후회할 일이었다. 한 번의 실수가 모든 걸 다 망쳐 놨다. 되돌릴 수 있을까! 그건 알 수 없었다. 그저 할 수 있는 건 그토록 보고 싶었던 제 하나뿐인 딸의 이름을 목 놓아 부르는 것밖에 없었다.

재희야. 재희야. 재희야.

아빠…….

엄마의 말이 모두 진실인지는 알 수 없었다. 아빠의 말 또한 진실인지도 알 수 없었다.

하지만, 지금은 그 어떤 진실도 소용없게 되어 버렸다.

"엄마가, 돌아가셨어요."

재희는 담담하게 엄마의 죽음을 알렸다.

"뭐?"

벌떡 일어선 아빠의 검은 얼굴이 하얗게 질려 갔다.

"무, 무슨……. 죽다니. 누가?"

"작년에 돌아가셨어요. 죄송해요. 말씀드리지 않아서."

큰 키가 무너지듯 쓰러져 그대로 무릎이 바닥에 닿았다.

"그럴 리가. 그럴 수가."

그녀의 아버지, 태영이 오열했다.

어쩌면 기회가 있을지 모른다고. 다시 그때 그 화목했던 시간으로 돌아갈 수 있을지 모른다고 기다리며 살아온 시간이었다.

자신의 잘못을 한 번만 용서해 주길. 그녀의 마음의 상처가 아물길. 아귀처럼 서로를 할퀴었던 그 시간이 과거가 되길 빌고 또 빌었다.

바싹 말라 생기를 잃어 가던 제 아내를 마주했던 그 순간.

으으으으으, 아아아아아. 내가…… 내가…… 아아아아.

깊이를 헤아릴 수 없는 태영의 오열에 그대로 바닥에 주저앉은 재희의 어깨 위로 커다란 손이 내려앉았다.

"차에 가 있을래?"

선우가 아주 낮게 속삭였다.

"그렇게 해. 내가 있을게."

순수하게 고개를 끄덕인다. 눈물이 후드득 떨어졌다. 어떻게 해야 할지 모르겠다. 엄마가 너무 보고 싶다. 엄마가 살아 계셨다면, 저가 그때 전화를 받았다면, 아빠가 그러지 않았다면 다시 처음으로 돌아갈 수 있을까!

생각 속 시간의 태엽은 과거로 돌아가고 있었지만, 부질없는 일이라는 걸 안다. 그래도 시간의 태엽을 다시 되돌릴 수만 있다면 얼마나 좋을까! 어쩌면 우린 다시 한 가족으로 살 수 있을 텐데……

재희의 이루어질 수 없는 바람을 담은 시선이 아득히 멀어져 갔다.

○　●　○

　집 안은 고요했다. 한바탕 오열이 휩쓸고 간 공간은 공허함만이 가득하게 느껴졌다. 초점 없는 태영의 시선이 허공에 힘없이 흩어졌다.

"아버님."

태영을 부르는 선우의 목소리가 나직했다.

"재희와 곧 결혼합니다."

멍하니 한곳을 향해 있던 초점이 서서히 선우에게로 향했다.

"평생 한재희만 바라보면 살아가고 싶습니다. 재희가 재 곁에서 아무 걱정 없이 살아가게 하고 싶습니다. 그 어떤 상처도 없이 말입니다. 그러려면 아버님께서 자리를 지켜 주셔야겠습니다."

태영은 선우가 무슨 말을 하는지 정확히 이해하지 못했다.

"전 한재희의 모든 걸 사랑합니다. 그녀가 가진 모든 걸. 거기엔 아버님도 포함되겠지요."

재희에게 남은 유일한 가족. 평생 가도 지울 수 없는 관계. 그녀의 오랜 상처의 근원.

밀쳐 내는 게 아니라 품어야만 한다. 그래야만 상처는 나을 것이다. 흔적은 남겠지만, 흔적은 시간이 지나면 서서히 옅어질 테니. 그 정도면 충분하다.

"곧 머지않아 아이가 태어나고, 재희는 엄마가 될 겁니다. 전 아빠가 되겠죠. 그리고 아버님은 할아버지가 되실 겁니다. 그러려면 이대로는 힘들 겁니다."

태영의 몰골은 말이 아니었다. 삶을 포기한 사람처럼 생기라고는 하나도 없었다.

"잘 드시고, 건강을 챙기십시오. 그리고 오래오래 사셔야 될 겁니다. 그것만이 아버님이 재희를 위해 줄 수 있는 유일한 것이 될 테니까요."

사과와 후회가 상처를 지울 수는 없다. 그 오랜 시간 베이고, 찢겨 남은 상처의 흔적들을.

필요한 건 시간이었다.

"재희에게 아버지가 되어 주십시오."

자리에서 일어선 선우가 정중하게 허리를 숙여 예의를 표했다.

"나⋯⋯는⋯⋯."

원래부터 한재희의 아빠였다고 말하고 싶었다. 하지만, 입은 생각대로 떨어지지 않았다.

그래, 어쩌면 선우의 말이 맞는지도 모른다. 지난 시간 원망과 자책만 하며 보내왔다. 왜 제 말을 믿지 않느냐고. 믿어 달라고만 했던 시간이었다. 억울하다고. 단 한 번의 실수였는데 왜 믿어 주지 않느냐고.

믿어 주지 않는 제 아내가 미웠고, 절 밀어내는 딸이 원망스러웠다. 절 아귀처럼 할퀸 아내의 말들이 모두 지긋지긋했다.

의심은 의심을 불렀고, 집착은 더 큰 집착을 불러왔다. 종국엔 뭐가 뭔지 알 수 없게 되어 버렸다. 남은 건 되돌릴 수 없는 파국뿐이었다.

그러나 그걸 다시 바로잡으려 하지 않았다. 더는 할 수가 없을 만큼 지쳐 있었다.

그런데 할아버지라니…….

"내가, 내가 그럴 수 있을까?"

그가 가물거리는 시선을 바로잡으며, 정말 그럴 수 있냐고 물었다.

"그래 주셔야 할 겁니다. 그러니 지금이라도 식사 제대로 하시고, 술은 끊으셔야 할 겁니다. 도움이 필요하시다면 얼마든지 도와드리겠습니다."

그는 알코올에 의존도가 매우 높은 상태였다. 검게 변한 얼굴이 그 사실을 대변하고 있었다. 태영의 손이 심하게 떨렸다.

"재희가, 날 받아 줄까?"

태영의 시선이 창문 밖으로 향했다.

"받아 줄 때까지 노력하셔야 될 겁니다. 전 가족이 되고 싶습니다. 아버님과 함께."

선우의 시선도 그를 따라 창문 밖으로 향했다. 그곳에는 한재희가 있었다.

"그럼 이만 가 보겠습니다. 다시 오겠습니다."

선우는 그대로 그를 지나쳐 문으로 향했다.

"이보게."

태영이 선우를 다급하게 불러 세웠다. 선우가 몸을 돌려 그를 마주했다. 큰 키에 깡마른 그는 곧 쓰러질 것처럼 위태로워 보였다.

"내 딸 재희는 나와는 다르네. 제 엄마와도 다르네."

부모의 허물이 딸의 발목을 잡아서는 안 될 일이었다.

"압니다. 한재희는 한재희일 뿐입니다. 그럼."

선우는 다시 한번 정중하게 허리를 숙여 인사한 후 그대로 밖으로 나섰다.

선우가 집을 나오는 걸 보고 있던 재희가 차 안에서 나와 그를 반겼다.

"왜 나와."

"그냥."

"기분은 좀 어때?"

그가 허리를 끌어안는다. 다정하게 묻는다.

그녀가 고개를 끄덕인다.

"서울 가자마자 청첩장 만들자."

아직 예식장도 잡지 못했는데, 무슨.

"예식장은 이미 잡았어. 한재희가 원하는 날에 언제든지 할 수 있도록."

재희의 눈이 휘둥그레졌다. '어떻게?' 라고 묻는 그녀는 진심 궁금했다.

"나 유능한 변호사라니까."

선우가 몸을 밀착해 오며 속삭였다.

'봄은 너무 늦었고, 여름은 너무 덥긴 한데. 가을까진 또 너무 길다.'

소영과 이야기를 주고받으면서 어쩌면 소영의 말이 맞을지 모른다고 생각했었다. 아무리 빨라도 여름, 늦으면 가을이 되겠구나. 뭐 상관이야 없지만, 그래, 어쩌면 선우의 말대로 좀 더 빨리 결혼을 하고 싶은지도 모르겠다. 봄의 신부도 나쁘지 않으리라.

"내가 원하면 언제든지?"

"응. 언제가 좋은데?"

선우의 목소리가 등 뒤로 와 닿은 햇살만큼 따뜻했다.

이 남자와 함께라면 언제라도 상관없을 것이다. 때론 힘들고, 때론 부딪치기도 하겠지만, 그 상대가 강선우라면 얼마든지 이겨 낼 수 있을 것이다. 저가 가지고 있는 이 불안감이 아무것도 아닌 것으로 만들어 줄 것이다. 강선우는 말이다.

어쩌면 한재희는 그런 강선우에게 길들여지겠지. 그가 주는 모든 것을 아무 의심 없이 받아들이겠지. 그렇게 될 것이다.

지금까지 그가 그랬듯이. 지금까지 한재희가 그러했듯이.

점점 더 한재희는 강선우에게 빠져들게 되겠지. 그곳이 제아무리 늪이라고 해도. 다시는 헤어 나올 수 없는 곳이라 해도. 빠져나 오고 싶지 않겠지.

"강선우는 언제 한재희의 남편이 되고 싶은데?"

발꿈치를 한껏 세워 그의 목에 부드럽게 팔을 두른다.

"그거야 말해 뭐 해. 지금 당장이지."

가볍게 입을 맞춰 온다.

이날을 얼마나 기다렸는지 모른다.

"음, 난 혼인 신고부터 해도 상관없는데."

그녀가 부드럽게 입을 맞춰 온다.

"그게 내 전문인데. 법적인 거 말이야."

그가 환하게 웃으며 좀 더 깊은 키스로 화답해 온다.

가자. 그가 손을 잡아끈다.

그곳이 어디든 가는 게 맞다. 그를 따라서. 그가 이끄는 대로 가고 싶다.

그런데 우리 지금 어디 가는 거야? 출발하는 차 안에서 그녀가 묻는다.

그가 대답 없이 웃기만 한다.

어디 가는데. 응? 다시 그녀가 어린아이처럼 묻는다.

그가 그녀의 손을 꼭 잡은 채 웃기만 한다.

어딜 가긴. 한재희 내 거 만들러 가지.

선우의 웃음소리가 길게 이어졌다.

그녀는 꽃이 만발한 봄날의 신부가 될 것이다.

결혼식은 그녀의 상상 속의 한 자락을 그대로 재현하며 그녀를 최고의 신부로 만들어 주었다.

둘이 하나가 되었음을 알리는 웨딩마치는 로한그룹의 계열사인 호텔에서 진행되었고, 지금껏 진행된 그 어떤 결혼식보다 화려했다. 결혼식에 참석한 모든 하객들의 입이 쩌억 벌어질 정도였지만, 그 모든 것들이 무료에 가깝다는 사실이 더 놀랍게 만들었다.

하객들은 다시 한번 선우의 능력에 혀를 내둘렀고, 결국 재희는 그해 6월의 신부가 되었다.

강선우는 왜 이렇게 못하는 게 없을까!

"하앗. 으웃."

재희야. 하악. 깍지 낀 손을 더 깊게 파고들며 선우는 그녀의 거친 숨소리에 거친 제 숨소리를 더했다. 이제는 그와 서로의 체온을 나누는 일이 더는 어색하고 민망해할 일은 아니었지만, 여전히 힘에 부친 건 사실이었다.

결혼한 지 벌써 1년 가까이 되어 가지만, 강선우는 늘 한결같았다. 이걸 좋다고 해야 할지. 싫다고 해야 할지.

선우는 여전히 바빴고, 이른 출근에 늦은 퇴근을 하는 경우가 많았다. 물론 사건에 따라 좀 더 느긋한 날이 있긴 했지만, 그런 날은 또 그런 날대로 집에서 바빴다.

오늘 밤처럼 말이다.

선우는 마감 알바생이 오는 시간에 맞춰 카페에 왔고, 그대로 재희의 퇴근을 서둘렀다.

배가 고프다는 재희의 말에도 불구하고 한 번만, 이라는 애교 아닌 애교를 들어준 게 잘못이라면 잘못이었다. 강선우는 한 번에 끝나는 법이 없지.

하지만, 이제는 그게 익숙해진 듯 재희의 몸도 열렬히 그를 환영했다. 그가 이끄는 대로, 그가 주는 흥분을 그대로 느끼고 있었다.

"아웃. 선우야."

그는 그녀가 좋아하는 부위를 정확히 알고 있다. 그녀가 어떤 자세를 좋아하는지 모를 리가 없으니. 선우는 그녀의 가는 허리를 가볍게 옆으로 틀어 한쪽 다리를 제 어깨 위로 올렸다. 그녀의 뜨겁게 달궈진 한쪽 내벽을 완벽하게 찔러 댈 수 있는 자세는 그녀가 좋아하는 체위였다.

그녀는 자연스럽게 그의 어깨에 다리를 밀착시켜 그를 좀 더 가깝게 끌어당겼다. 픽, 하고 웃는 선우의 모습에 재희는 쑥스러운 듯 눈동자를 또르르 굴렸다.

"눈 피하지 마. 그럼 더 거칠게 할 거야."

숨을 거칠게 내쉬면서도 할 말은 한마디도 놓치지 않는다.

"하아, 내가…… 으읏, 언제?"

짓궂게 허리를 앞뒤로 흔들던 그가 엉덩이를 뒤로 쑥 빼냈다. 지금껏 안을 가득 채우던 그의 발기한 성기가 빠져나가자 그녀는 순간 허전함을 느꼈다.

"아."

아쉬운 듯 낮은 탄성이 흘러나왔다. 그가 짓궂게 허리를 가볍게 앞뒤로 흔들며 그녀의 입구를 간지럽혔다.

"넣어 줘."

"……?"

"라고 해 줘."

재희의 가슴의 정점을 희롱하며 그가 부탁을 했다. 여전히 그는 그녀의 입구를 간질이고 있었다. 살짝 들어갔다 다시 뒤로 빼며 감질나게 굴고 있었다. 재희의 한쪽 다리는 여전히 어깨에 올려 둔 채.

"싫다면? 흐응."

신음을 흘리면서도 그의 애교 어린 장난에 그녀가 장단을 맞췄다. 그가 제 남성을 잡고 그녀를 괴롭히듯 여린 부분을 쿡쿡 찔러 댔다.

"그렇다면 나야 좋지."

그가 이를 세워 그녀의 탐스러운 유실을 잘근거리다 둥글게 돌려 삼켰다. 그녀의 유실이 그의 혀에 완벽하게 유린당하고 있었다.

"하앗. 비겁해."

"겨우 이 정도에 뭘."

그가 얼굴을 들어 씩 웃어 보였다.

"하지 마. 강선우!"

그 표정이 뭘 할지 알 것 같았다. 종종 선우는 그녀에게 새로운 세계를 보여 주고 싶다며 하던 행위가 있었다. 재희는 순간 자신의 하복부에 힘이 들어가는 걸 느꼈다. 지금까지의 긴장은 아무것도 아니었다는 듯 말이다.

"넣어 줘. 라고 해 줘. 빨리."

그가 한 손으로 자신의 성기를 잡은 채 그녀의 입구를 비벼 대기 시작했다. 내벽을 파고드는 쾌감과는 다른 느낌의 쾌감이 아찔하게 그녀의 온몸을 잠식해 가고 있었다. 그것만으로도 재희는 절정으로 갈 것 같았다.

"넣어 줘. 빨리."

결국 그녀가 항복하듯 그의 손 위로 제 손을 겹쳐 선우의 남성을 붙잡았다. 그가 씨익 웃으며 그대로 제 걸 그녀의 내벽 깊이 밀어 넣었다.

"아윽."

그녀의 허리가 크게 들리며 어깨에 걸쳐 있던 다리가 그의 등을 강하게 압박했다.

깊다. 너무 깊다. 완벽하게 한쪽으로 쏠린 압박에 그녀는 숨을 헐떡였다.

"숨 쉬어."

너무 깊게 들어온 탓에 그녀가 통증에 가까운 신음성을 내뱉었다.

"너무 깊어."

"좋아하잖아."

그가 다시 허리를 튕겨 완전히 제 것을 깊게 밀어 넣었다.

"으윽."

선우의 잇새로 끝내 외마디 신음이 흘러나오고 말았다.

그녀만 좋은 건 아니었다. 그도 좋았다. 그녀의 내벽이 완벽하게 그를 집어삼키고 있었다.

"너무 조여서 금방 갈 것 같아."

한 번만 하자던 그는 두 번째였고, 아직 저녁 전이었다.

"가고 싶어. 보내 줘."

그녀가 부드럽게 선우의 얼굴을 감쌌다.

"바라던 바야."

허리가 움직인다. 엉덩이가 들썩일 정도로 치받는 소리 위로 같은 호흡을 하는 신음성이 연신 터져 나왔다. 서로의 이름을 부르던 것이 어느새 거친 신음성으로 뒤바뀌고, 외마디의 탄성이 터져 나오며 그가 그녀 위로 조심스럽게 몸을 낮추었다. 그가 거친 숨을 그녀의 어깨 위로 토해 냈다. 그녀가 그의 머리를 연신 쓰다듬어 주었다.

끝내 저녁은 배달 음식을 시켜 먹을 수밖에 없었다.

○　●　○

"오늘 가기로 한 거야?"

"응."

출근하는 선우의 넥타이를 바로 매 주며 재희가 가볍게 고개를 끄덕였다.

"나 쉴 때 같이 가자니까."

"오늘 야간 알바가 시간이 된대. 게다가 나랑 소영이랑 같이 놀러 가 본 적 너무 오래됐잖아."

오늘은 재희가 소영과 함께 하루짜리 여행을 가는 날이었다. 날이 좋은 탓에 바람도 쐴 겸 가까운 근교로 갈 예정이었다.

"언제든지 이용할 수 있는 든든한 운전기사가 있는데, 꼭……."

선우는 저가 쉬는 날 함께 가자고 했지만, 소영의 강한 만류로 어쩔 수 없었다.

"하여튼 진소영 마음에 안 들어. 남의 와이프를 이렇게 막무가내로 데려가고 말이야."

"소영의 친구이기도 하거든. 그리고 소영이도 쉬는 날엔 진수 씨 만나야지."

"이것 참, 다시 무를 수도 없고."

두 사람의 결혼식이 있기 전 진수와 소영은 소개팅을 했고, 두 사람은 첫 만남부터 유쾌한 시간을 가졌다고 했다. 그리고 소영은 자유분방한 그녀의 성격을 확실히 보여 주며 만난 지 얼마 지나지 않아 진수와 함께 밤을 보냈고, 어느새 두 사람은 결혼 이야기가 나올 정도로 관계가 진척되어 있었다.

그런 이유로 네 사람은 같이 보는 날이 많았다. 물론 선우는 그들과의 만남을 그다지 달가워하진 않았지만, 소영도 진수도 만만한 상대는 아니었다.

선우가 마음에 들지 않는다는 듯 입술을 삐죽이다 재희의 이마에 가볍게 입을 맞췄다.

"조심하는 거 알지?"

"나 어린애 아니야."

"알지. 한재희가 얼마나 야한 여자인지."

'한재희가 이렇게 야한 여자라는 건 나만 알고 싶어.'

지난밤 저녁을 먹은 후 잠이 들기 전 재희는 그의 팬티 속으로 스윽 손을 집어넣었다.

'이게 궁금해. 어떻게 그렇게 커지는 거지?'

놀라고 당황한 그리고 야릇한 선우의 시선에도 아랑곳하지 않고 그녀는 선우의 그것을 아이들이 미술 시간에 공작 놀이 하는 것처럼 만지작거리기 시작했다. 그렇지 않아도 한재희만 보면 주체하지 못하는 선우의 그것은 그녀의 손놀림에 발딱 서지 않고는 버틸 재간이 없었다.

'더는 하지 마.'

인내에 인내를 더하며 선우가 낮게 경고했지만, 재희는 '이런 게 인체의 신비구나.' 라며 고개를 끄덕이기까지 했다. 그러고는 아무렇지 않게 팬티에서 손을 빼낸 후 바르게 누웠다.

'잘 자. 나 내일 일찍 일어나야 해.'

잘 자? 이 상태로? 어떻게? 세상에서 제일 힘든 일이다.
그래서 그는 그녀의 힐난에도 끝내 그녀를 안고야 말았고, 결국은 한 소리를 듣고야 말았다.

'넌 정말 참을성이 너무 없어.'

참을 게 따로 있지. 그걸 어떻게 참아! 그런 건 참는 거 아니야.
라는 말 대신 '언제든 환영이야. 자주 찾아 주세요.' 라고 했다
가 등짝을 세게 맞아야만 했다.

눈을 뾰족하게 세우긴 했지만, 재희는 사납지 않게 선우를 올려
다보았다.

상관없지, 뭐. 강선우한테만 야한 여자 하며 되지. 이젠 이 정도
는 그녀도, 그에게, 면역이 되었다.

"오늘도 수고하고, 저녁에 봐."

"그래. 즐겁게 놀다 와. 너무 늦진 말고."

"응."

"가자."

선우가 그녀의 손을 잡아끌었다. 둘은 동시에 집을 나섰고, 재
희는 집을 나서자마자 도착한 소영의 차에 올라탔다.

"너 아까 강선우 얼굴 표정 봤어?"

소영은 운전대에 턱을 올려놓은 채 키득키득 웃었다.

"그만 웃지. 그 표정 구겨진 사람이 내 남편입니다만."

"아, 미안. 미안. 그래도 표정이 너무 웃기잖아. 무슨 어린애도
아니고. 아이고, 배야."

선우의 표정이 조금 구겨지긴 했지만, 그리 웃을 일은 아니었다.
재희는 지금 정확히 소영이 왜 이렇게 배꼽이 빠질 정도로 웃고
있는지 공감이 되지 않았다.

분명 선우의 표정이 썩 즐거워 보이진 않았다. 소영의 등장에
말이다. 약속 장소는 카페였고, 선우는 카페까지 데려다준다고 했

지만, 소영의 등장에 그건 할 수 없게 되었다.

이럴 때 보면 둘은 은근 앙숙처럼 느껴지곤 했지만, 두 사람을 다 알고 있기에 재희는 아무 말 없이 그저 피식 웃고 말았다.

"너무 많이 웃지는 마. 그 와이프 삐친다?"

라는 가벼운 핀잔에 소영은 '넵.' 이라고 하며 웃음을 갈무리했다.

하지만, 다시 소영은 웃음보가 터져 버렸고, 급기야 핸들까지 통통 두드리며 웃기 시작했다.

"진소영, 너 운전 중이야."

"하하하하."

운전 중이라는 재희의 일침에도 불구하고 소영의 웃음은 더욱 격해지고 있었다. 어찌나 큰 소리로 자지러지게 웃는지 이러다 무슨 일이 날 것 같았다.

"진소영. 제발 좀."

"알겠어, 알겠어."

소영이 한 손을 들어 나풀거리며 헛기침을 하기 시작했다.

"어? 어, 소영아!"

그 순간, 재희의 다급한 목소리 뒤 '어어어어어.' 하는 소영의 다급한 목소리가 이어졌다.

쿵. 쾅. 쿵. 쿵.

"으악."

"소영아."

소영의 차가 그대로 앞차를 들이박고, 다시 충격을 받은 차가 한 번 더 앞차에 부딪혔다.

재희의 몸이 앞으로 한 번 출렁이다 다시 의자에 어깨가 두어 번 더 부딪힌 후에야 차는 멈췄다.

○　●　○

　전화를 받은 선우와 진수는 그길로 경찰서로 향했다. 경찰서로
가는 내내 한마디도 하지 않던 선우는 차를 빠르게 주차하고 경찰
서 안으로 뛰어 들어갔다.

　"선우야."

　경찰서 의자에 앉아 있던 재희가 안으로 다급하게 들어서는 선
우를 알아보고 손을 들었다.

　"괜찮아?"

　한걸음에 다가온 선우가 재희의 몸 이곳저곳을 살피기 시작했
다.

　"괜찮아. 그보다 소영이."

　선우에게 두 손을 꼭 붙들린 재희의 시선이 경찰관과 조사 중인
소영에게로 향했다.

　"잠깐 여기서 기다려."

　"응."

　선우가 재희의 손을 한 번 더 힘주어 잡은 후 소영에게로 향하
던 그 찰나였다.

　"거긴 네 영역 아니지. 비켜라."

　항상 생글생글 웃던 진수의 얼굴에 웃음기가 완전히 싹 가셨다.
진수가 화가 나 있다는 걸 선우는 알 수 있었다. 선우는 진수에게
가 보라는 듯 턱을 들어 까닥거린 후, 다시 재희의 얼굴을 살폈다.

　"어떡해, 소영이?"

　재희의 얼굴에 걱정이 한가득이었다.

"걱정하지 마. 유능한 변호사 둘이나 있잖아."

사건은 이러했다.

소영이 웃는 통에 앞차가 급정거하는 걸 보지 못했다. 하지만, 앞차의 잘못이 먼저였다. 소영은 좌회전 차선에 있었고, 앞차는 직진 차량이었다. 직진 차량의 신호가 먼저 정지가 되자 급정거를 해 버렸고, 신호등만 보고 가던 소영은 그걸 미처 확인하지 못하고 차를 들이받았다.

안전 간격 미확보이긴 하지만, 좌회전 차선에서 급정거해 버린 차량도 잘못은 있었다.

그래서 소영의 뒤를 따라온 차량도 소영의 차를 그대로 들이받아 버렸다. 뒤차는 과속이었고, 소영은 부주의였고, 앞차는 차선 위반이었다.

거기까지였다면 단순한 교통사고로 끝났을 텐데, 소영을 들이받은 차량 운전자는 세상 둘째가라면 서러워할 다혈질 운전자였다.

소영의 차는 경차였고, 소영의 차를 받은 차량은 대형 SUV였다. 그 차가 받았으니 소영의 차 뒷부분은 심하게 부서진 상태였고, 충격도 만만치 않았다.

그런데 소영의 차를 받은 운전자가 차에서 내려 쌍욕을 하기 시작하며 소영에게 삿대질을 했고, 소영은 앞차가 급정거하는 바람에 어쩔 수 없었다고 했다. 그러자 남자의 화살은 소영이 받은 차의 운전자에게로 향했고, 초보 운전이었던 여자는 그 남자가 두렵기도 하고, 사고가 났다는 게 무서워 차량 밖으로 나와 보지도 않았다.

그 화살은 다시 고스란히 소영에게 돌아왔고, 소영도 지지 않고 대꾸하는 바람에 급기야 남자가 소영을 밀쳤고, 소영을 만류하던 재희가 달려들자 남자가 다시 재희에게 험하게 굴었다.

남자는 경찰이 오고 나서야 조금 이성을 찾는 듯했지만, 여전히 자기는 잘못이 없다며 고래고래 소리를 지르고 있었다.

소영의 법적 대리인으로 진수는 차분하게 사건의 전말을 듣게 되었고, 진수의 분노는 더 커졌다.

"장진수 변호사입니다. 앞으로 진소영 씨에 대한 모든 법률 대리인으로서 제가 상대하게 될 겁니다."

진수는 담당 경찰관과 가해자, 그리고 또 다른 피해 여성 운전자에게도 명함을 건넸다.

"일반적인 교통사고에 변호사까지는······."

경찰관이 머리 아프다는 듯 인상을 찡그렸다.

"일반적인 교통사고라니요, 경찰관님. 이건 폭행 사건이죠. 곧 제 와이프가 될 여자가 제 여자 덩치의 최소 두 배는 되는 남자에게 폭행을 당했지 않습니까!"

진수의 태도는 확실하고 분명했다. 지금까지 씩씩대고 있던 남자는 폭행 사건이라는 말에 부리부리한 눈을 더 크게 뜨며 진수를 위아래로 훑었다.

"내, 내가 언제 폭행했습니까?"

목소리 큰 놈이 장땡이다 생각하는지 남자가 목청껏 소리쳤다.

"폭행의 범주는 아주 다양합니다. 그중 타인에게 위협적인 모습으로 눈을 부라리거나, 손을 대려는 순간 그건 가장 위험한 폭행의 범주에 속하게 됩니다. 당신은 내 여자 친구를 밀쳤고, 여자 친구는 당신이 밀치는 힘에 의해 차에 그대로 부딪혔죠. 당신은 폭행 가해자 맞습니다. 또한 저는 진소영 씨의 법률 대리인으로서 그 사건을 철저하게 분석할 생각입니다."

아니, 뭘 또 그렇게까지. 그냥 좀 부딪힌 건데, 라고 하려던 소영은 입을 꾹 다문 채 흐뭇한 표정만 짓고 있었다.

그 뒤 한참 동안 이어진 조사 과정이 끝난 후 진수는 소영을 대신해 남자를 폭행죄로 추가고소해 버렸다. 두 여성 운전자는 사고 접수와 더불어 경찰서에서 나오게 되었지만, 남자는 그럴 수 없게 되었다.

"저기, 진수 씨 너무 심한 거 아닐까?"

경찰서를 나서며 소영이 물었다.

"저런 놈은 한번 호되게 당해 봐야 해. 목소리 큰 놈이 이기는 세상이면 그게 무법 세상이지. 그건 나 같은 법조인에겐 모욕이나 마찬가지야."

어느새 소영과 편하게 말을 놓게 된 진수는 화를 참는 듯 씩씩거렸다.

"감히 누구한테 손을 대. 가해자 주제에."

소영은 자신의 일에 대신 화를 내 주는 진수의 모습에 히죽 웃으며 재희와 선우의 눈치를 살폈다. 너네 커플 너무 닭살이야, 하고 면박을 주던 자신의 모습이 떠올랐기 때문이다. 자신에게도 이런 닭살스러운 연인이 생길 줄은 미처 몰랐기에.

"아 참. 재희야."

소영이 그제야 재희의 얼굴을 살피며 그녀를 불렀다.

"응. 왜?"

"넌 괜찮아?"

"어. 괜찮아. 그냥 목이 좀 뻐근하고 어깨가 무겁긴 한데…… 괜찮아지겠지."

재희가 가볍게 뒷목을 주물렀다. 확실히 충격이 있긴 했다.

"아니, 그건 그냥 괜찮아질 리가 없지. 당장 병원에 입원해."

재희의 목을 가볍게 주무르며 선우가 단호하게 말했다.

"입원은 무슨."

"그냥 해. 후유증 오래가."

사고가 난 게 마음에 들지 않는 선우는 제 눈치를 슬슬 살피는 소영을 노려보다 이내 고개를 저었다.

"하지만 카페는."

"지금 그게 중요한 게 아니잖아."

선우는 끓어오르는 화를 꾹 참으면 내내 침착하게 대답했다.

"그래, 소영이 너도 입원해."

진수도 옆에서 거들고 나섰다.

"안 돼. 둘 다 입원하면 카페는 어떡해?"

"알바 구하면 되지."

"당장 어떻게 알바를 구해. 그건 어려워."

"재희는 오늘 당장 입원할 거야. 그러니까 당장 어려워도 알바 구해. 시급을 세 배, 아니 그 이상 주더라도."

선우가 강하게 나오자, 재희가 그의 손을 잡아 가볍게 흔들어 보였다.

"야. 뭘 또 그렇게 정색……."

소영의 입장을 대변하려던 진수는 자신을 못마땅한 시선으로 노려보는 선우의 눈빛에 말을 얼버무렸다.

"정색? 지금 정색이라고 했냐?"

진수의 말을 싹둑 잘라먹은 선우의 목소리가 커졌다.

"넌 돈 벌어서 어디다 쓰냐? 진즉에 소영이한테 크고 튼튼한 차 한 대 사 주지. 차 상태 봤냐?"

사진에 찍힌 차 상태는 말을 잃을 정도로 무척 심각했다. 다시 그 차를 타고 다니라고 하기가 멋쩍을 정도로. 뒤차가 좀 더 세게 박았다면 대형 사고로 이어질 뻔했다.

진수는 잠시 할 말을 잃었다.

"한재희."

"응."

"너 당장 운전 배워."

"내가 차 쓸 일이 뭐가 있어. 카페도 걸어서 다니고, 또 너도 있고."

"이럴 때 쓰라고! 아니면 앞으로는 무조건 나하고만 다니든지."

"야. 강선우!"

"왜?"

"너 무슨 말을 그렇게 해! 내가 사고 나고 싶어 난 것도 아닌데."

"부주의는 있었지."

한 성격. 소영이 발끈했지만, 선우의 한마디에 소영은 입을 꾹 다물었다. 어찌할 수 없는 상황이긴 했지만, 사실 웃느라 전방을 꼼꼼히 보지 못한 건 사실이었다.

하여튼, 강선우. 맘에 안 들어.

오늘은 재희 곁에 찰싹 달라붙어 있는데도 소영은 선우가 마음에 안 들었다.

"선우야 나 진짜 괜찮아. 일단 병원은 가 볼 거니까 너무 걱정 말고 빨리 회사 들어가."

"아, 괜찮아요, 재희 씨. 다 처리하고 왔습니다. 일단 병원부터 가죠."

"그래. 너 아까 놀랐잖아. 나 진짜 저런 남자 처음 봐. 나 그 순간 그 남자가 너 치는 줄 알았다니까?"

"뭐?"

선우와 진수의 얼굴이 동시에 소영에게로 향했다.

이건 또 무슨 소리야? 소영이한테만 폭행을 행사했던 게 아니었나? 선우의 눈매가 바짝 치켜 올라갔다.

"이게 무슨 소리야? 한재희?"

"어? 아, 그냥……."

"진소영 네가 말해 봐."

"아니, 남자가 날 밀친 후에 재희가 다가오니까 손을 들어 올리면서 눈을 부라렸다니까. 다 똑같은 것들이라면서."

휘이익.

그길로 선우가 다시 경찰서로 향했다.

"야, 강선우!"

진수가 빠르게 선우의 앞을 막아섰다.

"비켜라."

"내가 해. 이미 폭행죄로 고소했잖아."

"너 좀 애먹이다 합의해 줄 거잖아. 난 그럴 마음이 없거든!"

뜨끔. 하여튼 눈치는! 그의 말처럼 며칠 애 좀 먹이다 합의해 줄 생각이었던 진수는 차마 그 속내를 드러내지 않으려 '무슨 소리야!' 라고 말했다.

"내가 장진수를 몰라?"

"이번엔 아니야. 나도 내 와이프가 될 사람한테 폭행을 쓴 사람은 쉽게 봐줄 생각 없어."

내 와이프? 그 와중에 소영은 그 말만 귀에 들어왔다.

결혼하는 게 어떻겠냐는 말이 종종 오가고 있었지만, 아직 구체적으로 진행된 건 없었다.

소개팅 이후 다시 만나고 싶다던 진수의 고백에 소영은 흔쾌히 허락하며 교제는 시작되었고, 그 시간이 약 1년이 다 되어 가고 있었다.

"선우야. 일단 진정하고 병원부터 가자. 나 목이 좀 많이 아파."

재희가 선우의 손을 살며시 잡아끌었다.

"목이? 병원 가자."

번개 같은 속도로 돌아선 선우는 조금 전 경찰서로 가려던 걸 잊어버린 듯 그대로 재희를 단단히 부축해 재빨리 차로 향했다.

○ ● ○

결국 소영과 재희는 입원을 해야 했다. 다음 날 아침 몸이 더 무겁고 어깨에 내려앉은 묵직한 후유증 때문에 둘 다 불편함을 호소했기 때문이었다.

다행히 야간 알바가 낮에 카페를 봐 주기로 했고, 야간에는 선우와 진수가 대체해 주기로 했다. 굳이 그럴 필요 없다고 말렸지만, 진수와 선우는 솔선수범했다.

병실에서도 재희와 나란히 같이 눕게 된 소영은 진수가 사 온 귤을 까먹으며 헤실헤실 웃기 바빴다.

"왜 그렇게 웃어?"

재희가 물었다.

"재희야. 들었어? 제 와이프가 될 여자래. 무슨 프러포즈를 그렇게 공개적으로 하고 그러는 건지. 어쩔 때 보면 진수 씨는 너무 막나간다니까."

아……. 그제야 재희는 소영이 나사 하나는 빠진 사람처럼 웃는
이유를 이해했다.

"그래서. 결혼은 할 거야?"

"그거야 뭐, 좀 생각해 봐야지."

여전히 웃으며 말하는 소영의 말에는 신빙성이 없었다. 웃지나
말든지. 입이 귀에 걸렸다는 말이 딱 맞았다.

"그러든지. 진수 씨한테 그렇게 전해 줄게."

재희가 짓궂게 웃으며 대꾸했다.

"야! 뭘 그런 걸 또 전하고 그래. 그냥 그렇다는 거지. 내가, 내
가 직접 말할게."

강선우랑 살더니 한재희 좀 까칠해졌다? 소영이 입술을 삐죽이
며 깐 귤을 한입에 쏙 넣었다.

그 모습에 재희는 생긋 웃으며 휴대폰을 흔들어 보였다. 재희는
그사이 선우에게서 걸려 온 전화를 받은 상태였다.

하지만 소영은 재빨리 몸을 날려 재희의 휴대폰을 낚아채 꺼 버
렸다.

○ ● ○

겨울을 앞둔 가을 하늘은 청명했다. 춥지도 덥지도 않은 날씨가
더할 나위 없이 좋은 하루였다.

일상은 평화롭게 하늘에 떠다니는 하얀 구름처럼 흘러가고 있었
다. 비록 예기치 못한 사고가 있긴 했지만, 교통사고는 언제, 어디
서든 일어날 수 있는 사고이기도 했다.

물론 이번 일을 통해서 소영은 운전 중의 부주의가 얼마나 무서운 건지 다시 한번 깨달은 계기가 되었다. 사고가 일어났기 때문이기도 하지만, 선우의 잔소리가 더 무섭다는 걸 깨달았기 때문이었다.

앞으로 재희를 제 차에 태워도 되나? 하는 심각한 고민이 들게 할 정도로 말이다.

진수는 그가 계획했던 것보다 더 오랜 시간 소영을 밀친 폭행 가해자를 괴롭혀야 했다. 선우의 감시 아닌 감시가 있었기 때문이다.

물론 남자가 한 행동은 그 죄를 물어 마땅했다. 정말 심각한 폭행 가해자로 아주 강하게 대하고 싶었지만, 종국엔 그의 아내가 사정하는 바람에 진수도 다소 늦은 합의를 해 주었다.

다사다난했던 2주가 지나고, 퇴원한 소영과 재희는 그동안 고생한 선우와 진수를 위해 저녁을 같이 먹기로 했다.

"그동안 고생 많았어요. 진수 씨."

"네."

재희의 인사에 진수의 대답은 에누리 없는 단호박이었다.

"왜 그래? 진수 씨."

그 대답이 너무 단호박이어서 소영이 재희의 눈치를 살폈지만, 재희는 그 이유를 알 것 같다는 듯 가볍게 웃고 말았다.

"재희 씨한테 한 말은 아니야. 그 옆에 있는 괴물 로봇한테 한 말이지."

"괴물 로봇?"

소영이 선우를 빤히 쳐다봤다. 그러자 아, 하고 절로 입이 벌어졌다.

뭐든지 대충 하는 법이 없는 강선우! 뭐든 완벽해야 하는 강선우! 저보다 완벽한 와플 플레이팅을 구사하는 강선우!

내 남친을 잡았구만! 답은 바로 나왔다.

소영은 못마땅한 눈빛으로 선우를 쳐다봤다. 그러거나 말거나 선우의 시선은 오로지 재희에게로만 쏠려 있었다.

"몸은 좀 어때?"

"이젠 괜찮아."

"다행이네. 운전은 언제부터 배울 거야?"

"운전?"

"응."

"직접 가르쳐 줄 거야?"

"당연하지."

"난 반댈세."

소영과 진수가 동시에 입을 열었다.

운전을 배울 사람이 따로 있지, 강선우한테? 그건 그냥 죽음이 야! 군대를 다시 가는 게 낫지, 암!

진수가 고개를 가로저었다.

"왜? 난 좋은데? 언제 시간 돼?"

소영이 재희의 말을 끊고 나섰다.

"한재희 네가 뭘 잘 몰라서 그러는데, 원래 운전은 연인 사이에 배우는 거 아니야. 연인 사이는 백퍼 이별이고, 부부는 백퍼 이혼 이야."

"동감입니다."

그게 강선우면 더욱더, 라는 말을 아끼며 진수가 소영의 말을 거들고 나섰다.

"말 같지도 않은 말은 듣지도 마. 이번 주에는 쉬고, 다음 주 주말부터 시작해. 밤에는 위험하니까."

"한재희 난 분명 경고했다."

"저도요."

두 사람의 반응에 재희는 빙긋 웃어 보일 뿐 달리 대꾸는 하지 않았다. 대신 그녀의 시선은 선우에게로 향했다.

"근데, 나 운전면허증 따고 한 번도 운전해 본 적 없는데."

소영의 등쌀에 운전면허증을 같이 따기는 했지만, 운전을 제대로 해 본 적은 없었다. 할 기회도 없었고, 그다지 운전에 취미도 없었다.

"괜찮아. 천천히 하면 되지."

"응."

뜨악. 두 사람의 대화에 소영과 진수는 황당한 표정으로 서로의 얼굴을 쳐다보고 있었다. 두 사람은 소영과 진수 커플의 디스 아닌 디스에도 불구하고 완벽하게 서로에 대한 신뢰를 드러내고 있었다. 두 사람이 천생연분이라는 걸 모를 리가 없지만, 그래도 이건 아니지 않나 싶었다. 어떻게 말이 먹혀들어 가는 법이 없는지!

소영과 진수는 아무것도 하지 않았는데, 스멀스멀 올라오는 알 수 없는 불쾌한 패배감에 소영이 '짜증 나지?'라고 진수에게 묻자, '내 말이!'라며 그가 맞장구쳤다.

하지만, 그러거나 말거나 여전히 선우와 재희는 그들만의 페이스를 유지 중이었다.

"밥 먹어. 배고프잖아."

선우가 다정하게 재희에게 말한다.

"그러게. 배고프다. 오늘 테이크아웃 손님이 좀 많았거든. 날씨가 좋잖아."

그녀가 사랑스럽게 대답한다.

"집에 가서 주물러 줄게."

이미 그들에게 진수와 소영은 없는 사람들이었다.

김이 모락모락 나는 샤브샤브를 사이에 두고 완벽하게 두 사람은 다른 세상에 있는 듯 화목해 보였고, 저녁을 먹은 후 네 사람은 각자의 자리로 빠르게 사라졌다.

○ ● ○

"흐읍."

"하앗."

집으로 돌아온 재희는 집으로 들어서자마자 몰아붙이는 선우의 키스 세례에 묵묵히 보답했다. 지난 2주 동안 매일 병원에 선우가 찾아오긴 했지만, 가볍게 안아 주는 포옹이 전부였던 재희는 선우의 키스가 무척이나 그리웠다.

선우는 적극적으로 다가오는 재희의 입술을 열렬히 환영했다. 점점 더 적극적으로 변해 가는 재희를 마다할 이유는 없었다. 그리고 한재희는 강선우가 그녀에게서 헤어 나오지 못하도록 점점 더 빨아들이고 있었다.

차에서 그녀에게 가볍게 입맞춤을 하는 순간부터 부풀어 오르던 선우의 남성은 이미 빳빳하게 발기되어 있었다. 발기한 남성은 달라붙은 바지가 불편한 듯 연신 불편한 비명을 질러 대고 있었지만, 선우는 좀 더 이 시간을 즐기고 싶었다.

열기 가득한 두 손으로 그녀의 목과 얼굴을 감싼 채 혀를 옭아매던 그 순간 자유롭게 그를 더듬던 그녀의 가는 손이 거침없이 바지 버클을 풀고, 지퍼를 내렸다. 그러자 바지 속에 속박되어 있던 남성이 투욱 튕겨져 나와 드로어즈 위로 모습을 드러냈다.

그녀의 손은 이제 거침이 없었다. 그대로 속옷 속으로 손을 집어넣은 그녀는 단단하게 발기한 남성을 두 손으로 감아쥐었다. 두 손을 채우고도 남는 그의 귀두에서는 벌써 미끈한 쿠퍼액이 흘러나와 그녀의 손 사이사이로 미끄러졌다. 그녀가 부드럽게 위아래로 손을 움직이자 남성이 더 단단해지며 그녀의 손안에서 점점 더 커졌다.

"으…… 한재희. 그건 너무 위험해."

그녀의 입술을 핥던 그가 일순 짜릿한 쾌감에 허리를 튕기며 낮게 신음하듯 내뱉었다.

"좋아하잖아."

그녀가 그가 한 말을 그대로 따라 하며 은근하게 속삭이며 제 손에 든 그의 남성을 다시 위아래로 흔들었다. 푸른 핏줄이 툭툭 불거져 흉측해 보일 정도로 발기한 남성이 그녀의 손안에서 위아래로 빠르게 움직이고 있었다. 지나치게 외설적인 장면에 재희의 얼굴이 붉게 변했다.

좋아한다. 그녀의 손이 '제 것'을 만지는 걸.

"하앗. 좋아하지. 한재희가 해 주는 건 뭐든지. 거길 깨문다고 해도 좋아할 거야."

그가 엉덩이를 앞뒤로 가볍게 흔들며 생긋 웃곤 사랑스러운 강아지처럼 혀로 길게 그녀의 코를 핥아 올렸다. 그가 그녀의 열망에 들뜬 시선을 마주했다.

그가 다시 씨익, 웃으며 그녀의 얼굴 구석구석 키스를 퍼붓기 시작했다. 그의 움직임에 맞춰 그녀의 양손이 리드미컬하게 위아래로 움직였다. 손끝으로 그의 귀두를 꾹 누르자, 그가 깊게 신음하며 그녀의 입술을 집어삼켰다. 그의 신음 소리가 점점 더 커졌다.

"한재희. 재희야."

그가 다급하게 다가온 절정을 참으며 고개를 뒤로 젖혔다. 탁한 숨을 후욱, 토해 내며 숨을 골랐다.

"여기서 내가 혼자 가면 안 되지."

어느새 침실 문에 기댄 채 서 있던 재희가 빙긋 웃었다. 곧이어 딸각, 소리와 함께 침실 문이 스르륵 열렸다.

"으윽."

그녀는 서서히 방 안으로 뒷걸음치면서도 여전히 그의 발기한 남성을 자극하고 있었다.

"정말 몸은 괜찮은 거지?"

가볍게 그녀의 아랫입술을 집어삼키며 그가 묻는다. 아무래도 오늘 밤은 그리 쉽게 끝날 것 같지 않다. 내일은 휴일이고, 다음 날도 휴일이다. 휴일에 사랑하는 남녀가 할 만한 게 딱히 뭐가 있겠나!

선우의 검은 눈동자가 점점 더 짙어졌다. 짙어진 그의 눈매가 짓궂어 보이기까지 했다.

"응. 아주 멀쩡해."

그녀가, 그가, 원하는 대답을 내어놓는다.

그가 허밍처럼 낮은 웃음소리를 내며 그녀의 목덜미에 입술을 비볐다. 이미 피어난 열기 위에 다시 미미한 열기가 또 피어나기 시작했다.

"난 가면 갈수록 한재희가 더 좋다. 앞으로 시간이 지나면 지날수록 더 좋아지겠지. 지금보다 더."

그의 고백은 항상 가슴 설렌다. 지금도 차고 넘칠 텐데 뭔가를 또 기대하게 만들곤 했다.

"넌 그런 말들이 얼마나 위험한지 모르는 거야?"

재희가 묻는다. 그녀의 마음속 어딘가 꽁꽁 숨어 있을 못된 녀석은 종종 이렇게 불쑥 튀어나오곤 했다.

하지만, 그건 그냥 지나가는 바람보다 못한 존재라는 걸 그녀도, 그도 알고 있다. 두 사람은 그 무엇으로 떼어 놓을 수 없을 만큼 단단해지고 있었다.

그녀가 그 안에서.

그가 그녀 안에서.

"보여 줘. 맘껏. 난 한재희의 모든 걸 사랑하니까."

"아흑……."

그가 그대로 그녀의 쫀쫀한 내부로 급하게 들어섰다. 단숨에 깊이 들어선 그가 그녀를 꽉 끌어안았다.

"내가 매일 어떤 생각을 하는지 알면 넌 도망치고 싶을지도 몰라. 그러니까 겁내지 말고 보여 줘."

그가 그녀의 희게 드러난 허벅지를 들어 올리며 허리를 세웠다. 자세가 야하다. 그가 야한 자세로 서서히 움직이기 시작했다. 완벽하게 그녀의 머리부터 발끝까지 시선 안에 둔 그가 훤히 드러난 긴 다리를 혀로 길게 핥아 올렸다.

익숙한 흥분으로 떨리는 그녀의 가녀린 온몸의 솜털이 바짝 솟구쳤다. 이젠 이런 감각이 익숙하지만, 그렇다고 늘 똑같은 건 아니었다. 매일매일 다름을 느낀다.

소영의 말대로 강선우는 못하는 게 없다. 그런 그가 미치도록 좋다.

날 채워 줘. 좀 더 강하게. 미친 듯이 날 가져 줘.

그녀의 엉덩이에 힘이 들어간다. 그대로 그 힘이 그녀의 내부로 흘러들어 선우의 남성을 꽉 잡아 물었다. 일순 그녀의 다리를 핥던 그가 움직임을 멈췄다. 시선을 들어 그녀를 오롯이 응시했다.

왜? 라고 그녀가 소리 없이 묻자, 그가 소리 없이 웃으며 그대로 몸을 낮춰 단박에 그녀의 상체를 압박했다. 묵직한 압박에 그녀가 숨을 크게 들이쉬지 못하고 입만 벙긋거렸다.

그 모습에 선우가 살짝 몸을 들어 올리며, 그녀의 귓가에 입술을 바짝 붙였다. 그리고 속삭였다.

"내가 먼저 보여 줄게, 한재희. 내가 얼마나 한재희한테 미친 놈인지. 느껴 봐."

귓바퀴를 핥아 올리던 그가 그대로 그녀의 입술에 제 입술을 거칠게 부딪치며, 그녀를 숨 쉴 틈도 주지 않고 몰아붙이기 시작했다. 퍽퍽 치대는 소리가 아플 정도로 그녀의 귓가에 내려앉았다. 그녀의 잇새로 앓은 소리가 연신 흘러나왔다. 그는 거칠게 여기저기 그녀의 모든 곳을 깊게 찔러 댔다. 한 번의 절정을 참아 낸 그는 연신 사정감이 몰려왔지만, 이를 꽉 깨물어 참아 내며 그녀를 거칠게 몰아붙였다.

"……아웃. 흑."

온몸이 땀으로 번들거린 그녀는 연신 괴성에 가까운 신음을 질러 댔다. 그녀의 가슴 위로 땀이 뚝뚝 흘러내려 가슴골을 적셨다.

완벽하게 병원에서 치료를 다 받았다고 생각했는데, 일순 극심한 근육통이 느껴졌다. 허벅지 안쪽이 뻐근하게 아파 왔다. 연신

'그의 것'이 들락거리던 곳에 아릿한 통증이 일기 시작했지만, 결코 그가 멈추지 않았으면 했다.

그 순간 재희의 허벅지가 넓게 벌어졌다. 그가 가는 허벅지를 활짝 벌린 채 그대로 안으로 치받았다. 허리가 절로 비틀리고, 온몸이 덜덜 떨렸다.

"선우야…… 으윽."

손이 아플 정도로 재희는 이불을 꽉 감아쥐었다.

"힘들어도 참아. 오늘만큼은. 한재희가 참아."

항상 그랬어, 라고 말하고 싶었지만, 그녀는 대답할 여유가 없었다. 그녀의 손에 잡힌 이불이 엉망으로 구겨졌다.

"대답……. 한재희 대답해……."

갈라진 목소리 끝 그가, 대답을 하라는 듯 그녀의 허벅지를 좀 더 넓게 벌리며 몸을 뒤로 뺐다.

"한재희."

"아, 으응."

신음 섞인 그녀의 대답에 그가 폭주했다. 정말 그의 말처럼 지난날 그와 함께했던 그 많은 순간들이 아무것도 아니었다는 듯 말이다.

그가 밀어 넣는 대로, 박아 넣는 대로, 그녀는 그의 모든 걸 집어삼켰다.

겨우 숨 쉴 틈만 주고 그가 몰아붙였다. 서로의 몸이 넝쿨처럼 엉켰다. 그녀가 그의 입술을 찾아들어 거칠게 빨아들였다. 그것만으로 부족했다. 그녀는 정신이 나간 듯 선우의 몸 이곳저곳에 잇자국을 내고 있었다.

"재희…… 윽……."

그가 곧 숨이 넘어갈 듯 괴로워하며 몸을 부르르 떨었다. 몸 안에 뭉근한 느낌이 퍼져 나갔다. 그가 그대로 그녀의 몸 위로 늘어졌다. 그리고 한참을 거친 숨을 몰아쉬며, 흐르듯 말했다. 새벽이 다가오는 시간이었다.

"한 번 더 하자."

그 소리에 약속이나 한 듯 두 사람은 거친숨을 몰아 쉬며 낮은 웃음을 한참이나 토해 냈다.

죽을 것 같은 밤이었다.

그녀도, 그도.

하지만, 둘 중 어느 누구도 멈출 생각은 하지 않았다.

주는 대로, 받는 대로 함께한 시간이었다.

○ ● ○

겨울은 지나가고 있었지만, 날은 풀릴 기미가 없었다.

"너 진짜 어디 아픈 거 아니야?"

다소 늦은 오후 출근을 한 재희의 이마를 소영이 만져 보고 있었다.

"좀 피곤한가 봐. 잠을 제대로 못 자서."

"아닌데? 열도 있는데. 그니까 그냥 나오지 말라니까. 마감 조 있는데 뭐 하러 나와."

"그래도 너 저녁도 먹어야 하고, 또 미안하기도 하잖아. 너도 바쁜데."

소영은 이번 겨울을 보내고 다가오는 봄의 신부가 될 예정이었다.

"바쁠 게 뭐 있어."

재희는 선우가 모든 걸 알아서 한 덕에 정말 편했지만, 소영은 진수와 결혼 준비 과정에서 이런저런 잘잘한 충돌이 있는 듯했다.

"왜 없어? 많겠지."

"으으. 이 결혼 다시 무를까 봐. 진수 씨 은근 까다롭고 성격이 괴팍해. 뭘 그렇게 보는 게 많아."

털털한 성격의 소영에 비해 변호사답게 꼼꼼한 진수의 선택은 서로 충돌이 있을 수밖에 없었다.

"화내지 말고 천천히 맞춰 봐. 진수 씨가 또 네 말은 잘 들어 주잖아."

"모르겠어. 지금 보니까 그렇지도 않은 것 같아. 너무 까다롭다니까! 다 거기서 거기지."

소영의 성격이 그대로 나왔다.

"그래, 그래도 난 네가 결혼한다니까 좋은데 뭘. 천천히 잘해 봐."

"하아. 그래야겠지. 아 참, 지금 중요한 게 그게 아니잖아. 너 빨리 들어가."

"괜찮아."

"괜찮긴. 너 딱 보기에도 안 좋아 보여. 열도 있고! 또 괜히 나 강선우한테 잔소리 듣게 하지 말고 빨리 들어가."

"10일이나 너 혼자 일했잖아."

"괜찮아. 나 멀쩡해. 빨리 들어가. 들어가서 푹 쉬고 낼 나와. 알겠지?"

소영이 머뭇거리는 재희의 등을 억지로 떠밀어 카운터 밖으로 내보냈다.

"어차피 나 내년에 본격적인 결혼식 준비에 신혼여행 가면 너혼자 카페 봐야 할지 모르니까, 지금 시간 있을 때 많이 쉬어. 빨리 들어가."

소영이 손을 휘휘 저었다. 재희는 카페에 출근한 지 한 시간도 되지 않아 카페를 나서야 했다.

진짜 몸이 왜 이렇게 으슬거리지. 몸살이라도 오려나!

사실은 조금 이상했다. 누군가 조금씩 늘여 놓은 엿가락처럼 몸이 나른해지고 있었기 때문이다.

봄은 아니다. 추운 겨울이다. 모든 게 바짝 오그라들고, 새싹도 웅그리는 계절. 겨울은 모든 걸 쪼그라들게 만드는 계절인데, 어찌자고 몸은 하루가 다르게 쭉쭉 늘어나고 있는지 모를 일이었다.

그 일 때문인가?

선우의 말대로 일에 시달려서 그런가 싶기도 했지만, 사실 몸은 그 전부터 조금 나른한 상태였다.

시간이 촉박한 일이었다. 처음 번역을 하던 번역사가 갑작스러운 병환으로 일을 할 수 없게 되었고, 출간일은 잡혀 있었다. 선우의 반대에도 불구하고, 재희는 일을 받았고, 밤낮으로 일에 매달린 끝에 어제서야 일을 끝마칠 수 있었다.

"날이 꽤 춥네. 차를 가져올걸."

그녀는 선우와 함께 운전 연습을 했고, 튼튼한 차를 선물받아 종종 운전을 하긴 했지만, 그녀가 차를 가지고 다니는 날은 많지 않았다.

재희는 차가운 바람에 옷깃을 여미며, 택시를 기다렸다.

결혼 후 이사를 한 집은 이전 집보다는 카페에서 조금 더 멀어졌지만, 선우의 출퇴근을 생각하면 재희가 멀어진 거리는 아무것도 아니었다. 선우는 결혼 전에 살던 집에 비해 아주 먼 거리를 운전해야 했다.

빈 택시가 오지 않았다. 시간을 확인해 보니 선우가 올 시간이 되어 가고 있었다.

'오늘은 특별한 일 없어. 너무 늦지 않을 거야. 저녁 같이 먹자.'

아침에 출근하며 선우가 말했었다. 카페에 출근한다는 문자를 보냈으니 어쩌면 지금쯤 카페로 오고 있을지도 모를 일이다.

전화를 해 볼까 싶어 휴대폰을 꺼내던 재희의 시선이 선우가 올 방향으로 향했다. 쌩, 하고 불어오는 바람에 자동차 헤드라이트 불빛들이 빠르게 지나갔다. 그중 한 대가 재희 바로 앞에 멈춰 섰다.

"한재희."

선우였다.

"왜 나와 있어?"

차 문을 열고 나서려는 선우 대신 재희가 재빨리 조수석 문을 열고 선우의 차에 올라탔다.

"춥다."

선우의 차 안은 따뜻했지만, 재희의 얼굴은 차가웠다.

"왜 나와 있었어?"

차가워진 재희의 손을 비비며 선우가 물었다.

"집에 가려고. 소영이가 나 열나는 것 같다고 억지로 떠밀어서."

"열 있어?"

"글쎄."

그대로 재희의 이마를 만져 본 선우의 미간이 구겨졌다.

"있네. 열."

선우가 못마땅하다는 듯 낮게 혀를 찼다.

"근데 왜 밖에 서 있어? 차는?"

"어? 어, 그냥 피곤해서 버스 타고 왔지."

선우가 낮게 한숨을 내쉬었지만, 다른 말은 하지 않았다.

"안전벨트. 집에 가자."

"응."

재희가 안전벨트를 매자마자 차는 무서운 속도로 집으로 향했다.

"약 먹지 말고. 일단 가서 누워 있어. 수건 좀 이마에 대고."

"괜찮아. 그 정도는 아니야. 피곤해서 그런 건지 몸이 좀 나른하고 무겁고 그래. 같이 저녁 준비해. 도울게."

"안 돼. 빨리 가서 누워."

선우는 재희의 두 어깨를 조금 강하게 누른 후 그대로 방으로 향했다. 그리고 그녀를 침대에 억지로 눕히고 차가운 수건을 이마에 올려놓았다.

"너 피곤하잖아. 일하고 와서."

재희가 차가워진 선우의 손을 잡으면 속삭이듯 낮게 말했다.

"안 피곤해. 한재희 보면. 그러니까 한숨 더 자. 저녁 준비하는 동안에."

"싫다니까. 나도 같이할 거라고. 넌 가끔 날 너무 과잉보호해. 내가 어린애도 아닌데."

"과잉보호는. 내가 과잉보호하게 되면 넌 아무것도 못 하고 하루 종일 내 옆에만 있어야 할걸. 그러니까 투정 부리지 마."

치잇. 재희가 피식 웃으며 입술을 삐죽이자 그가 천천히 그녀의 머리를 어루만졌다.

"사실 좀 많이 피곤하긴 해. 몸이 너무 나른하다고나 할까. 봄도 아닌데 말이야."

"그러니까⋯⋯."

내가 일 받지 말라고 했잖아, 라는 말이 목구멍까지 나왔지만, 선우는 꾹 참아 냈다. 이미 지난 일로 그녀를 몰아붙이고 싶진 않았다.

그런 선우의 마음을 알고 있다는 듯 그녀가 상체를 들어 선우의 입술에 쪽, 입을 맞췄다.

"알겠어. 한숨 자고 일어나며 나아지겠지. 됐지?"

그녀가 빙긋 웃으며 대꾸했다.

"그래."

그제야 표정을 푼 선우가 그녀의 긴 머리카락을 매만지며 아쉬운 눈빛을 보냈다. 조금 전의 입맞춤이 너무 아쉽다.

"한 번 더 해 줄까?"

그 눈빛의 의미를 귀신같이 알아챈 그녀가 묻는다.

"마다하면 강선우가 아니지. 좀 더 진하게 해 줘."

그가 상체를 좀 더 숙여 그녀의 입술 가까이 다가섰다. 입술을 부딪친 건 그녀였지만, 그녀의 입술을 탐닉한 건 선우였다.

가볍게 시작한 입맞춤은 농밀한 키스로 돌변했다. 아프다고 누워 있으라는 말이 무색하게 선우의 키스는 짙었다.

"⋯⋯선우야. 나⋯⋯ 하앗."

재희가 제 몸을 파고드는 선우의 입술에 낮은 신음을 토해 내며 몸을 들썩였다. 이젠 그녀의 몸은 선우의 모든 것에 민감하게 반응했다.

"금방 끝낼게. 약속해."

그가 넥타이를 거칠게 풀어 던졌다. 와이셔츠를 거칠게 풀고,

바지 버클을 빠르게 풀어낸다. 그리고 그녀의 바지를 단숨에 벗겨낸 손이 거침없이 그녀의 검은 속옷 속으로 들어갔다. 그가 주는 농밀한 자극에 그녀의 온몸이 민감하게 반응했다. 흥분이 그녀의 온몸을 감쌌다.

"흐읏. 들어와. 빨리."

열이 있는 것도 잊은 채 그녀가 그를 재촉했다. 그가 곧장 반응하며 그녀의 내부로 들어섰다. 단숨에 그녀의 내벽을 가득 채운 그가 뱉어 낸 낮은 신음에 그녀도 신음을 토해 냈다.

그가 움직이기 시작했다. 금방 끝내겠다고 약속한 것을 잊지 않은 듯 그녀가 아프다는 걸 인지한 그의 움직임이 거칠지는 않았다. 최대한 부드럽게 움직여 보지만, 그래도 그 여파는 모조리 그녀의 온몸 구석구석 전달되었다.

"좀 더 빨리."

그녀가 그를 자극한다. 천천히 가려 했지만, 그녀는 좀 더 빠르게 해 달라 주문을 했다.

"너 몸 안 좋잖아. 천천히 해."

"날 이렇게 만들어 놓은 게 누구데?"

열기가 가득한 눈빛으로 그녀가 그를 유혹했다.

"강선우지."

그녀의 물음에 충실하게 대답한 그가 엉덩이를 뒤로 길게 빼내었다.

"한재희의 남자."

퍼억, 소리가 날 정도로 그가 그녀를 치받았다. 그가 빠르게 움직였다. 찰박거리는 소리가 점점 빨라지고, 신음 소리가 점점 더 거칠어졌다.

몸은 솔직했다. 그녀는 지난 열흘간 금욕에 가까운 삶을 실천한 선우에게 갈증이 나 있었던 게 분명했다. 미열 따위는 아무것도 아니라는 듯 선우의 몸이 갖고 싶었다.

그녀의 두 다리가 그의 허리를 감았다. 그가 씨익 웃으며 그녀의 가슴을 세게 움켜쥐었다.

"목 잡아."

그가 그녀에게 부드럽게 명령했다. 그녀가 순순히 그의 목에 팔을 둘렀다. 이제 그녀는 완벽하게 그에게 매달린 꼴이 되었다. 그가 허리를 치받을 때마다 그녀의 등이 살며시 침대에 떨어졌다 닿았다를 반복했다. 쾌락이 그들을 감쌌다.

"다리 풀지 마. 재희야."

그가 밀려드는 쾌락에 입술을 꽉 깨물며 제 허리에서 떨어지려는 그녀의 두 다리를 다시 들어 올렸다.

"하웃."

더 깊게 그의 몸이 밀고 들어왔다. 평소보다 더 깊이 들어온 것 같은 느낌에 재희는 머리를 좌우로 흔들었다. 몸이 평소보다 더 빨리 절정을 향해 가고 있었다.

"갈 것 같아."

그녀가 두 다리에 힘을 주며 선우를 올려다보았다.

"같이 가."

그가 참지 못하고 거칠게 허리를 움직였다. 절정은 동시에 찾아왔다.

한바탕 그녀에게 모든 걸 쏟아 낸 그가 재희의 젖은 머리카락을 쓸어 넘겼다. 힘에 부쳤는지 그녀는 눈을 감은 채 길게 숨을 고르고 있었다. 그녀가 숨을 고를 때마다 가슴이 크게 들썩였다.

좀 참을걸, 하는 후회 아닌 후회가 들었지만, 그녀의 도발에 넘어가지 않고는 버틸 재간이 없었다.

"꼭 그렇게 날 자극해야 해? 안 그래도 한재희한테 미쳐 있는데?"

그가 그녀의 이마에 제 이마를 부딪치며 귀엽게 투정 아닌 투정을 해 본다.

"그래서…… 싫었어?"

그녀가 살짝 어깨를 틀어 좀 더 그에게 밀착했다.

"한재희는 가면 갈수록 예쁜 말만 느네. 예전과는 다르게."

그녀가 입만 열면 아픈 말만 쏟아 냈던 적이 있었다. 이제는 그 기억이 아득하지만.

"그래서 싫……."

"싫지 않지. 싫을 리가 없지. 좋아. 너무 좋아. 그러니까 더 해 줘. 들어도 들어도 목마른 놈 여기 있으니까."

가볍게 입술에 입을 맞추며 선우가 상체를 일으켰다. 계속 누워 있으면 또다시 그녀에게 달려들 것 같았다.

"누워 있어. 저녁 먹고 같이 샤워하자."

선우의 제안에 재희가 고개를 끄덕이자, 그가 가볍게 옷을 챙겨 입고 밖으로 나가 저녁 준비를 했다.

선우가 준비한 저녁은 재희가 좋아하는 간편식이었다.

김치볶음밥에 계란 프라이. 그리고 된장국.

배도 고팠고, 재희도 배가 고플 것 같았다.

"따듯할 때 먹어."

먹음직스러워 보이는 계란 노른자가 올라간 김치볶음밥에서 맛있는 냄새가 났다. 버터를 살짝 풀었는지 고소한 냄새에 잘 익은 김치 냄새가 어우러져 침샘을 자극했다.

배가 고팠던 선우가 먼저 한입 크게 떠 입에 넣었다. 맛있었다.

그런데, 김치볶음밥을 좋아하는 재희는 멀찌감치 얼굴을 뒤로 물린 채 손도 대지 않고 있었다.

"왜?"

"아니야. 먹어야지."

갑자기 김치 냄새가 역겹다. 진짜 왜 이러지? 평소라면 연신 감탄사를 내뱉으며 먹었을 그녀였다.

하지만 간신히 수저에 밥을 떠 입에 넣으려는 순간, 그녀는 그대로 수저를 내팽개치며 욕실로 향했다.

"재희야!"

놀란 선우가 빠르게 그녀의 뒤를 따랐지만, 이미 문이 잠긴 뒤였다.

쿵쿵.

"한재희 문 좀 열어 봐. 왜 그래?"

선우의 목소리에 걱정이 가득했다.

너무 힘들게 했나. 젠장! 참았어야 했는데…… 금욕의 기간이 너무 긴 탓이었다.

쿵쿵쿵.

"한재희. 문 열어 봐."

선우는 이마를 거칠게 쓸어 올리며 굳게 닫힌 문을 두드렸다.

"나 괜찮아. 조금 있다 나갈게."

욕실에 들어간 재희가 그대로 세면대를 붙잡았다. 요 며칠 이상하다 했더니……

그녀는 빠르게 뭔가를 생각했다. 뭔가가 빠르게 계산되자, 그녀의 미간이 찌푸려졌다.

생리 주기는 다소 불규칙했다. 이전에도 그러했기에 이번에도 그런 줄 알았다. 그랬는데…….

설마!

재희는 거울에 비친 창백한 제 얼굴을 빤히 들여다봤다. 아무래도 느낌이 이상했다.

피임은 달리 하지는 않았다. 피임에 대해선 누구도 묻지도 말하지도 않았다. 그저 서로가 원할 때면 언제든지 서로의 몸을 찾아들었을 뿐…….

하긴, 지난 1년간 선우가 그렇게 밤마다 절 탐했으니……. 어쩌면 이 시기도 너무 늦은 걸 수도 있었다.

진정해, 한재희. 아닐 수도 있잖아. 일단 약국부터 가 보자.

생각을 정리한 재희는 크게 숨을 들이쉬며 욕실 문을 열었다.

딸각.

욕실 문이 열리자, 걱정 가득한 얼굴로 선우가 바로 문 앞에 서 있었다.

"괜찮아?"

"응. 괜찮아. 나 약국에 좀 다녀올게."

"그냥 있어. 내가 가."

선우가 그녀를 만류했다.

"아니야, 선우야. 이번에는 내가 다녀와야 할 것 같아."

"안 돼. 내가 가. 증상이 어떤데. 속이 울렁거리고, 토할 것 같고 그래?"

"……."

"열은."

그의 손이 곧장 이마로 향한다. 여전히 미열이 있었다.

"미안해. 내가 그렇게 몰아붙이면 안 됐는데."

"아니, 그런 게 아니야. 그게, 그러니까……."

"일단 침대에 가서 누워 있어. 죽도 사 올게."

"아니. 선우야 그게 아니라……."

벌써 현관으로 향하는 선우를 재희가 졸졸 뒤따랐다.

"침대에 누워 있어. 꼼짝하지 말고."

선우가 신발을 신으려는 재희를 다시 만류하며 강하게 말했다.

"강선우!"

무슨 말을 못 하게…….

재희가 눈을 밉지 않게 흘기며 한숨을 길게 내쉬었다.

"……."

"그런 거 아니야. 나, 아무래도……."

그녀의 눈가가 붉어졌다. 어쩌면 엄마가 되려는 건지도 모르겠다는 말이 입속에서 맴돌았지만, 곧장 튀어나오진 않았다.

그녀가 쑥스러운 듯 제 이마를 매만지며 시선을 피했다. 그런 그녀를 선우가 불안한 시선으로 바라보고 있었다. 선우의 저런 시선은 미안하다.

"그게…… 나 아무래도 임신한 것 같아."

그녀는 어깨가 크게 들릴 정도로 숨을 내쉬었다.

뭐어? 선우의 동공이 지진 난 듯 심하게 흔들렸다.

임신 소식을 기다려 오긴 했다. 하지만, 재희에게 그 어떤 부담도 주고 싶지 않았기에 한 번도 내색하지 않았었다. 그저 그녀의 몸이 허락하면 그때, 그녀가 원하면 그때 해도 늦지 않겠구나 싶었다.

그런데…….

"진짜야? 정말이야?"

생각했던 것보다 더 간절히 기다리고 있었던 모양이다. 그가 그녀의 허리를 조심스럽게 끌어안았다.

"한재희."

이미 선우의 눈빛은 확신으로 변해 가고 있었다.

"아직 확실치 않아. 그게, 임신 테스트기도 확실한 건 아니어서 병원에도 가 봐야 하고, 그러니까…… 이 팔은 좀……."

"사랑한다. 한재희."

그가 그녀를 품에 꼭 끌어안으며 그녀의 머리에 입술을 비볐다.

이 겨울이 지나면 봄이 올 거였다. 봄이 지나면 여름이 오고, 여름이 지나면 가을이 올 거라는 걸 알고 있다. 사랑스러울 아이는 그렇게 서서히 제 곁으로 올 거였다.

선우는 그것만으로도 가슴이 벅찼다.

그녀를 사랑할 수밖에 없는 이유가 또 늘어났고, 앞으로도 계속 늘어날 거였다.

아주 오래전부터 시작된 둘만의 밀착된 시간이 점점 더 깊어지고 있었다.

그들의 밀착주의보가 울리기 시작했다.

— *Fin*

안녕하세요. 송라현입니다. ^^

먼저 종이책으로 인사를 드리게 되니 사실 가슴이 많이 벅찹니다.

사실 이 글을 쓰게 될 때에는 설마 종이책으로 나올 거라고는 상상도 하지 못했습니다.

몇 번에 걸쳐 수정이 되고, 또 수정을 하면서 나는 정말 로맨스를 쓸 수 있는 작가인가, 난 정말 글을 쓸 수 있는 사람인가를 고뇌하면서 쓴 글이었습니다. ^^;;

이렇게 말씀드리니 아주 대작을 쓴 것 같지만, 사실은 부족한 제 실력에서 오는 고뇌였다는 걸 누구보다 더 잘 알고 있습니다.

그래도 시간은 흘러가고, 몇 번의 퇴고 끝에 글은 완성이 되었습니다.

글이 완성되니 뿌듯하기도 하고, 시원섭섭하기도 합니다.

물론 부족하고 아쉬운 부분도 많긴 하지만, 이 글은 이렇게 끝내야 된다고 제 자신을 위로할 뿐이랍니다. ^^; (더 손대었다가는 출간이 안 될지도 모른다는…….)

물론 그 위로에는 다음에는 좀 더 나은 글을 써야겠다는 나름 비장한 각오를 하게 만들지만요. ^^

사실, 전 특별하거나 유별난 연애를 해 본 적이 없고, 누군가를 죽을 만큼 짝사랑해 본 적도 없습니다.

나쁜 남자와 사랑해 본 적도 없고, 나쁜 여자가 되어 본 적도 물론 없습니다.

그렇게 제 연애사를 찬찬히 돌아보니 난 참 잔잔하게 살았구나, 싶더라구요.

좀 더 격하고 진한 사랑을 해 보았더라면 좋았을 텐데, 라는 아쉬움은 하나 마나여서 하지 않기로 했습니다.

그래서 결심했습니다.

그 하나 마나 한 아쉬움을 글로 표현해 보자, 라구요…….

뭐든 가능한 상상 속의 나래에서 제가 어떤 사랑을 하게 될지는 모르겠지만, 전 제 사랑을 그 누구보다도 더 열정적으로, 적극적으로 미친 듯이 해 볼까 합니다. 그리고 그 모든 사랑을 글에 한번 녹여 볼 생각입니다.

물론, 아직 이래저래 많은 것들이 부족한 저에겐 힘든 여정이 되겠지만, 여행자에게 힘든 건 당연한 거니까요…….

마지막으로 끝까지 연재를 함께해 주신 독자님들께 감사드립니다.

그리고 부족한 글을 끝까지 함께 수정하고 교정해 주신 편집자님께도 감사의 마음을 담아 봅니다.

　　이 글을 읽는 모든 독자님들께 다시 한번 감사드리며, 건강하고 행복하시길 바랍니다.^^

　　전 좀 더 즐겁고 멋진 사랑 이야기로 돌아오겠습니다.
　　감사합니다.

※추신
열심히 하라고 격려해 준 남편……. 고맙네, 이 사람아! ^^

밀
착
주
의
보

초판 1쇄 찍음 2019년 12월 6일
초판 1쇄 펴냄 2019년 12월 13일

지은이 | 송라현
펴낸이 | 정　필
펴낸곳 | **(주)뿔미디어**

기획 · 편집 | 이영은
표지 디자인 | 우　물

출판등록 | 2002년 9월 11일 (제1081-1-132호)
주소 | 경기도 부천시 원미구 소향로 17, 303(두성프라자)
전화 | 032)651-6513 / 팩스 | 032)651-6094
E-mail | dahyangs@naver.com
블로그 | http://blog.naver.com/dahyangs
비북스 | http://b-books.co.kr

값 9,000원

ISBN 979-11-90379-94-6 03810

당
함

www.b-books.co.kr

www.b-books.co.kr